Miyamoto Teru

미야모토 테루 장편소설

홍은주 옮김

등대

灯台からの響き

비채

주요 등장인물 소개

마키노 고헤   중화소바집 '마키노' 점주. 아내가 세상을 떠난 후 가게를 휴업중.

마키노 란코   고헤의 아내. '마키노'를 함께 꾸렸다. 이 년 전에 갑자기 세상을 떠남.

고사카 마사오   1987년 란코 앞으로 수수께끼 같은 엽서를 보낸 사람.

야마시타 도시오   고헤의 친구. '마키노'와 같은 상점가 반찬가게 주인.

구라키 간지   고헤의 친구. 같은 상점가 건물주. 애칭은 간짱.

다키가와 신노스케   간짱의 아들. 간짱은 그가 태어난 사실을 몰랐다.

일러두기

- 인명, 지명 등 고유명사는 국립국어원 외래어표기법을 기준으로 하되 굳어진 표현 등
  은 예외로 두었습니다.
- 모든 주는 옮긴이주입니다.

1장

방바닥에 드러누워 두께가 족히 4센티미터는 되는《신의 역사》카렌 암스트롱 저를 읽던 마키노 고헤는 긴 서문을 몇 줄 못 읽고 깜빡 졸았던 듯했다.

묵직한 책이 얼굴을 덮어 몸을 반쯤 일으키는데, 책장 사이에서 뭐가 팔락 하고 떨어졌다. 엽서였다.

"어, 이게 왜 여기 있어? 란코가 끼워뒀나? 나는 기억이 없는데."

고헤는 속으로 말하고, 소파로 옮겨 앉아 엽서를 내려다보았다. 지도임 직한 일러스트와 그 위에 적힌 무뚝뚝한 글 몇 줄이 눈에 들어왔다.

― 대학 마지막 여름방학에 등대 순례를 했습니다. 보고 싶었

던 등대를 전부 봐서 만족입니다. 여행 내내 아침 일찍 일어난 탓에 지금은 그저 자고 싶은 생각뿐입니다. 1987년 9월 4일. ─

글 아래쪽에 그린 삐죽빼죽한 얇은 선은 어딘가의 곶이 아닐까 싶었다.

받는 사람 : 도쿄 도 이타바시 구 ○○초 ○○번지…… 마키노 란코. 보내는 사람 : 도쿄 도 무사시노 시 기치조지 히가시초 ○번지…… 고사카 마사오.

아내 란코는 고사카 마사오라는 대학생은 기억에 전혀 없다면서, 대체 누구고 왜 이런 엽서를 보냈는지 모를 일이라고 말했다. 그리고 망설인 끝에 답장을 썼다.

이러저러한 엽서를 받았는데 저는 그쪽을 전혀 모릅니다. 혹시 잘못 보내셨다면 엽서를 돌려드려야 합니다. 제 주소와 이름을 어떻게 알고 계시는지…….

답장은 오지 않았다. 란코의 편지가 수취인 불명으로 되돌아오지 않은 걸로 보아 당시 스물한두 살이었을 고사카 마사오, 아니면 그 가족에게는 배달되었을 것이다.

반년쯤 지나, 별일도 다 있다고 한마디 하고 란코는 그 묘한 엽서 이야기를 다시는 꺼내지 않았다.

고혜는 엽서에 그려진 가느다란 선을 잠시 들여다보고, 이걸 용케 아직도 기억한다고 새삼 생각했다.

란코가 죽은 지도 이 년이 되어간다. 살아있었으면 올해 환갑이다.

하굣길 학생들의 목소리가 바로 앞 상점가에 시끌벅적하게 울렸다. 자전거 브레이크 소리도 들리고, 건너편 가게 주인과 손님의 잡담도 귀기울이면 알아들을 수 있다.

고혜가 사는 집은 상점가 뒤편에 있지만, 아버지가 쇼와 26년 1951년 문을 연 중화소바 일본의 '라멘'을 일컫는 다른 말 가게는 에도 시대에는 이타바시슈쿠 板橋宿 에도와 지방을 잇는 다섯 가도의 첫 역마을인 에도4숙의 하나라 불렸던 활기찬 거리를 바라보고 있다. 1층을 가게로, 2층을 고혜가 자신의 방으로 사용해왔다.

남북으로 길게 뻗은 구旧 이타바시슈쿠는 북쪽이 가미슈쿠, 가운데가 나카주쿠, 남쪽이 히라오슈쿠라 불린다.

아버지가 세상을 떠나고 이어받은 중화소바집 '마키노'는 나카주쿠 한복판 동쪽, 말하자면 일본 전국에서 가장 활기찬 상점가 한복판에 있었다.

란코는 월요일을 제외하면 새벽 4시에 일어나 혼자 아침을 먹고, 4시 50분에 지은 지 삼십 년쯤 되는 이층집을 나선다.

골목길이라 부르기도 무색한 폭 80여 센티미터의 좁은 길을 지나 가게 뒷문을 열고 들어가면, 우선 주방 청소로 일과를 시작한다.

고혜는 6시 전에 가게로 나가 란코와 교대한다. 란코는 집으로 돌아가 세 아이의 아침을 준비한다.

이미 정육점에서 배달하고 간 닭뼈, 생닭 두 마리, 다진 닭고기 등을 점검하고, 고혜는 국물 만들기에 돌입한다. 하룻밤 우린 마른 멸치와 말린 고등어포를 약한 불에 끓이면서, 생강, 파, 마늘과 야채 몇 종류는 따로 중불에 끓인다.

다른 업자가 돼지뼈와 돼지어깨 등심을 가져오면 깨끗하게 씻어, 돼지뼈는 야채와 합쳐 뭉근히 고는 한편, 어깨등심으로는 차슈돼지고기를 한 번 구워 술, 향신료를 탄 간장 국물에 조린 것. 도톰하게 썰어 주로 라면에 얹어 먹는다를 만든다. 그런 다음 완탕용 완자소를 만들기 시작한다.

완성은 다섯 시간 후. 오전 11시경이다.

둘 중 하나가 몸살로 임시 휴업이라도 하지 않는 한 한결같은 루틴이었다.

이 년 전 9월 말도 마찬가지였다. 고혜는 꿈결에 "다녀올게요오"라는 아내의 목소리를 들은 것 같았다.

초인종 소리에 잠이 깬 시계를 보니 5시 반이었다. 뭔가 나쁜 예감이 들어 파자마 바람으로 현관문을 열자 낯익은 정육점 업자가 서 있었다.

"가게에 아무도 안 계신 것 같아서요. 오늘 임시 휴업이신가요?" 정육점 업자가 물었다.

"집사람이 청소하고 있을 텐데요."

고혜는 옷을 갈아입고, 걸어서 일 분도 되지 않는 가게로 잔달음 쳤다.

뒷문을 열고 들어가자 아내가 바닥에 태아처럼 웅크린 채 쓰러져 있었다.

가스레인지 위에 올라간 냄비는 아직 하나도 없었다. 청소를 시작한 직후에 쓰러졌던 것이리라.

구급차로 병원으로 옮겨 소생 처치를 시도했지만, 의사는 이마의 땀도 닦지 않은 채 사망 선고를 했다. 지주막하출혈이었다.

란코와 손발을 맞추지 않고는 '마키노' 중화소바는 만들 수 없다. 딱히 특별한 비법이 있거나 기교를 부린 음식은 아니다. 조리법도 간단하다면 간단하다.

결혼하고 삼십 년, 같이 가게를 꾸려오면서 주로 란코의 아이디어로 몇 번이나 맛을 개량해왔다.

차슈도, 완자소도, 국물도, 조미액도, 만들려고 들면 만들 수 있다. 아버지 대부터 특별히 주문해온 중간 굵기 면은 사십 년 동안 변함없이 히가타 제면소 제품이다.

그런데도 '마키노' 중화소바는 란코와 공동 작업이 아니면 만들지 못한다. 비슷할지언정 같은 중화소바는 아니다.

그런 까닭에 고헤는 아내가 죽고 열흘째에는 미련 없이 가게 문을 닫았고, 그대로 오늘에 이르렀다.

상점가의 참견꾼들과 가까운 이웃 가게 주인들이 가게를 다시 열라고 할 때마다 고헤는 말끝을 흐릴 뿐이었다.

큰딸 아케미는 올해 스물여덟 살로, 증권 회사에 다닌다. 둘째 유타는 스물네 살. 대학을 졸업하고 중장비 제조업체에 취직해 현재 나고야 지점에 근무한다. 막내 겐사쿠는 스물두 살로, 재수해서 올봄 교토의 대학에 들어갔다.

세 아이 누구에게도 가게를 물려줄 생각은 없다. 삼남매를 대학에 보내는 일은 고혜에게 인생의 중대 목표 가운데 하나였다.

아래층 가게를 세놓으면 간단하련만, 부동산에 내놔도 나서는 사람이 없다. 가게로 쓰기에는 어정쩡한 면적이라는데, 란코는 일곱 명이 앉는 카운터석과 아이들을 데려오는 손님용인 테이블석 두 개를 얼마든지 요령껏 회전시키지 않았던가.

란코의 갑작스러운 죽음이 좀 과장해서 말하면 나를 흐늘흐늘한 얼간이로 만들어버렸다. 모아놓은 돈이 떨어질 때까지는 이렇게 하는 일 없이 지낼 생각이다. 나는 이제 일이 싫어졌다. 생활비가 달랑달랑해지면 그때 가게를 재개해도 된다.

가게도 그 뒤편의 집도 내 명의니까 임대료가 나갈 일은 없다. 일할 수 있을 때 부지런히 일하고 짠돌이 소리 들을 만큼 열심히 저축해서, 늙으면 가게를 접고 둘이 여행이나 다니자. 어차피 죽을 때 들고 갈 것도 아니다. 전부 다 쓰고 죽자. 노후 케어에 필요한 돈만 떼어두면 아이들이 곤란할 일도 없다. 치매기가 보이거든 지체 없이 요양시설로 보내달라고 하자.

나도 란코도 태평하게 그런 말을 하며 웃었지만, 계획은 덧없이 허물어졌다. 란코는 일을 너무 많이 했다. 늘 수면이 부족했던 몸에 쌓인 피로가 란코의 뇌혈관을 조금씩 좀먹었다.

고혜는 그런저런 생각에 잠긴 채 삼십 년 전 엽서를 새삼 들여다보았다. 고사카 마사오라는 대학생에게 보내는 편지는 란코가 썼지만, 우체통에는 고혜가 넣었다. 편지를 넣고 돌아서는데 비가 뿌리기 시작했던 것까지 기억한다.

지도는 대개 북쪽이 위에 온다. 고사카 마사오가 그린 곳과 그 주변의 깔쭉깔쭉한 선은 후미를, 톡 찍은 점은 등대를 나타내는 게 틀림없다.

그렇다면 이 등대는 태평양 쪽이라기보다 한국 쪽 바다를 바라본다고 생각하는 것이 타당하리라. 곶이 북쪽으로 튀어나와 있으니까.

란코는 왜 엽서를 이 책에 끼워두었을까. 자신에게 온 엽서니까 자신이 보관하면 될 일인데.

남편이 '도서실'로 삼아버린 가게 2층의 책장에 꽂힌 팔백여 권 중에서도 하필 《신의 역사》를 골라 끼워둔 데는 뭔가 이유가 있지 않을까.

칠 년 전에 산 책이다. 나는 책을 사면 반드시 표지 안쪽에 연필로 흐릿하게 날짜를 적어둔다. 《신의 역사》에는 2010년 9월 21일이라고 적혀 있다.

신문 칼럼난에서 읽고 바로 샀던 책이다. 유대교와 기독교의 차이를 자세히 알고 싶었고, 이슬람교의 기원과 초기 원리적 교의에도 흥미가 있었기 때문이다.

그렇지만 배송된 《신의 역사》는 어찌나 두껍고 어려운지 도통 머릿속에 들어오지 않았다. 그 무렵 번역 문장을 살짝 기피하는 경향도 있던 터라 일단 미루고, 시마자키 도손의《동트기 전》을 다섯 번째 완독하기에 도전했다.

미루기를 일곱 번, 조금 전 큰맘 먹고 읽기 시작했는데 졸음이 쏟아졌고, 동시에 엽서가 떨어졌다.

고헤는 냉기를 느끼고 에어컨을 껐다.

"아빠, 여기 계셔?"

계단 밑에서 큰딸 아케미의 목소리가 들렸다. 아직 5시니까 퇴근할 시간은 아니었다. 오늘이 목요일이냐 금요일이냐, 라고 중얼거리며 고헤는 엽서를 책상에 내려놓았다.

매일 빈둥대다 보니 요일 감각도 흐려졌구나.

"웬일로 일찍 끝났나 보네?"

2층으로 올라온 아케미에게 묻자, JR 이타바시 역 북쪽에 사는 고객에게 전할 물건이 있어서 들렀단다.

"집은 평범한 2세대 주택인데, 우리 지사 큰손 고객. 완전 알부자. 내 실수로 손해를 입힌 모양이라 야단맞으러 왔어."

"흐음? 어떤 실수?"

"설명해도 아빠는 몰라."

"응, 내가 주식이랑은 인연이 없지."

아케미가 묵직해 보이는 가죽 가방과 숄더백을 내려놓고, 침대 쪽과 오른쪽 벽 서가를 채운 책들을 한 권씩 점검하듯 바라보았다.

"누가 보면 대학 연구실이나 교수님 서재인 줄 알겠네. 도쿄 23구 귀퉁이, 이타바시 상점가의 중화소바집 주인장 방이라고 상상이나 하겠어?"

"23구 귀퉁이…… 뭐, 그래도 상점가는 전국에서 제일 활기차거든."

아케미가 책상 위의 엽서에 얼굴을 가까이 가져가면서 말했다. "하나로 연결된 오야마 상점가까지 포함하면 생활 밀착형 상점가 중엔 전국 제일인지 몰라도, 지난번 오사카 지점 출장 때 일 끝나고 텐진바시즈시 상점가에서 회식이 있었거든. 나는 신칸센 막차를 타야 해서 8시쯤 먼저 일어났는데, 그때 그러더라고, 오사카 텐진바시즈시 상점가는 남북으로 무려 2.6킬로미터, 전국에서 제일 긴 상점가래. 역참터였던 이타바시 상점가는 2.6킬로미터 안 되잖아?"

아케미가 창문을 열었다. 방충망 너머로 건너편 반찬가게와 임대주택을 전문으로 취급하는 부동산 사무소가 보였다.

"해피로드 오야마도 넣으면 여기가 더 긴 거 아니고?"

"글쎄. 근데 텐진바시즈시 상점가는 셔터 내려간 가게가 꽤 있더라."

아케미가 엽서를 집어 들고 물었다.

"뭐예요? 날짜가 1987년인데. 삼십 년도 넘은 거잖아?"

"응, 맞아. 정확히 삼십 년 전 네 엄마 앞으로 왔어."

그런가, 아이들은 엽서 건을 모르는구나. 고헤가 간추려 설명했다.

"엄마는 이 대학생을 전혀 모른다고?"

"응, 그런 모양이야."

"모양이야?"

"알면서 모른다고 했을 수 있잖아. 하지만 진짜 모르지 싶다. 아니면 '댁은 누구신지?' 같은 편지를 쓸라고? 심지어 내가 저기 우체통에 넣었거든."

"이 사람, 대학에서 건축 전공했거나, 일러스트 전공한 미대생 아닐까?"

아케미가 고헤의 낮잠용 침대에 걸터앉아 말했다.

"왜 그렇게 생각하는데?"

"아무리 얇은 만년필도 이렇게 가는 선은 못 그려요. 건축 설계도나 일러스트에 쓰는 특수 펜을 썼잖아. 위에 적은 글까지 통틀어 엽서가 뭔가 작품 같잖아?"

듣고 보니 그렇다. 엽서 전체에 유머러스한 천진함이 보인다.

"글씨까지 합쳐서 한 장의 작품이란 느낌? 한때 유행했던 자필 그림 들어간 엽서처럼 촌스럽지도 않고." 고헤가 말하고 엽서를《신의 역사》에 대충 끼우고 책을 덮었다. 아무튼 '묘한' 엽서로 남겨둘 생각이었다.

"아빠, 대체 언제 '마키노' 포럼을 다시 내걸 거야? 이대로 질질 세월만 보내다가는 일할 기력을 완전히 상실하거든." 아케미가 동생들을 나무랄 때의 눈으로 고헤를 바라보았다.

저 눈으로 야단치면 두 동생은 순순히 누나 말을 듣는 수밖에 없다. 어릴 때부터 누나한테 꼼짝 못 하는 것은 눈빛에 압도되는 탓이다.

고헤가 소리 없이 웃었다.

"왜 웃어?"

"안 웃었어. 그냥, 딸이 제일 무섭구나 했지."

아케미는 니혼바시 가야바초에 있는 회사를 나와 도쿄 역 백화점에서 쇼핑한 다음, 야마노테 선으로 스가모까지 가서 도에이미타 선으로 갈아타고 이타바시 구청 역 앞에서 내렸다고 말했다.

그게 어쨌다는 걸까. 매일 회사 출퇴근하면서 이용하는 루트 아닌가.

고헤는 아케미의 다음 말을 기다렸다.

"스가모부터 계속 옆에 앉아 있던 아주머니 5인조가 나카주쿠의 중화소바집 '마키노' 얘기를 꺼내더라고. 그 집 중화소바가 일품이었지, 라면서."

"호오, 기억해주는 사람이 있네. 이런 가게는 한 달만 휴업하면 잊히기 마련인데."

"남 말 하듯 그러지 마. 그중 한 분이 이러더라고. 부인이 가출해서 주인장 머리가 이상해져서 문 닫았다잖아. 지금은 날마다 술에 절어 지낸대? 집 나간 이유야 알 수 없지. 남자가 생겼는지도 모르지만, 젊어 보였어도 예순 가까웠던 모양이고. 우리 집 양반은 설마 그럴 리가, 하더라만."

"네 엄마가 들으면 좋아하겠다."

아케미의 눈빛을 피하면서 고혜가 말했다.

아케미는 곧바로 표정을 풀고 말을 이었다. "그게 다가 아니야. 다른 아주머니 말이, 우리 아버님은 그 집 중화소바 국물로 이 년이나 사셨어, 라잖아. 무슨 소린가 싶어 잘 들어봤더니, 한 십 년 전부터 거긴 포장도 되니까, 빈 페트병 가져가면 국물 담아주고 따로 조미액이랑 간장, 면, 고명도 싸주거든. 아버님이 딱딱한 걸 못 드셔서 그 국물로 죽을 쒀드렸어. 식욕이 없으셔서 도통 식사를 못 하셨는데, 그 집 국물로 만든 죽만은 드셨어. 주인이 그 얘길 듣더니 그럼 국물만 팔겠습니다, 하는 거야. 어차피 못 드시는 걸 가져가도 낭비니까요, 하면서 국물 값만 받지 뭐야. 맑고 부드러운, 영양이 가득한 그 국물 맛이 그립다. 거기 안주인은 병으로 세상을 떠났어. 남자가 생겨서 가출하다니 어디서 그런 헛소문을 들었어, 하더라고."

"아, 그 손님 기억한다. 그럼 나머지 재료는 어떻게 하느냐고 물었더니, 인스턴트라면의 분말스프로 국물을 끓여 본인이 먹는다더라고. 우리 집 중화소바 맛은 결국 국물 맛이잖아. 그래서 국물만 가져가시랬지. 그 아주머니 발길 끊어졌을 때 네 엄마가 그러더라, 아마 어르신이 돌아가셨거나 가족만으로는 힘에 부쳐서 요양시설이라도 들어가신 거 아니겠냐고. 우리한테도 그런 날이 올 거라고."

"그런 얘기 하자는 게 아니야. 아빠가 생각하는 이상으로 '마키노' 라면은 평가가 좋다는 말을 하려는 거지."

"나한테도 그런 때가 오면 눈치 볼 필요도 죄책감 느낄 필요도 없어. 바로 노인 요양시설로 보내. 이건 현실 문제거든. 나 분명히 말했다. 치매 노인 품고 있다가 가족이 먼저 나가떨어졌다는 말을 한두 번 들었어야지."

아케미가 한숨을 쉬며 손목시계를 내려다보고, 계단을 내려가면서 말했다.

"다시 회사 들어가서 부장님께 보고서 제출하고 꾸지람 들어야 해. 오늘 저녁은 집에서 안 먹어요."

고헤는 방충망 너머로 나카주쿠 상점가를 바라봤지만, 아케미가 남북 어느 쪽으로 달려갔는지 알 수 없었다.

어차피 이타바시 구청 앞 역에서 도에이미타 선을 탈 테지만, 고헤는 달려가는 딸의 뒷모습을 보고 싶었다. 아케미가 달리는 모습이 좋았다. 고등학교 때 100미터 장애물 달리기 선수였던 아케미가 다리를 올리는 포즈가 아름답다고 느낀 적이 몇 번이나 있다.

도 대회는 임시 휴업하고 란코와 응원하러 갔다. 준결승에서 5위였다. 결승 진출 자격은 3위까지다.

중학교 때도 고등학교 때도, 준결승까지는 진출하는데 결과는 어김없이 5위였다. 그 덕에 육상부에서는 '준고'_{준결승[준겟쇼]과 5위}_{[고이]의 합성어}라는 별명이 붙었다.

그렇지만 장애물을 넘는 순간, 다리가 얼굴에 닿다시피 할 때의 포즈는 우승자보다도 아름답다고 고혜는 생각했다.

그걸로 됐다. 스포츠는 아름다워야 한다. 우리 딸이 장애물 뛸 때의 모습은 도쿄에서 제일 아름답다고 고혜는 지금도 믿는다.

고혜는 쇼핑객이 더 늘어난 상점가로 나와, 전병가게 옆에 있는 간짱네 4층 건물 앞을 지나갔다.

아버지가 세상을 떠나자 간짱은 안쪽으로 길게 들어앉은 46평 가게 겸 집을 부수고 상가 건물을 지었다. 1층이 닭 꼬치구이점, 2층은 침술 마사지점, 3층은 초등학생 대상 학원. 4층이 간짱 부부의 집이다.

"은둔형 외톨이 중년남도 가끔은 집 밖으로 나오네?"

소리는 옥상에서 들려왔다. 옥상에는 간짱이 가꾸는 갖가지 장미 화분들이 조르르 늘어서 있다.

"누구더러 은둔형 외톨이래. 이래봬도 하루에 한 시간은 걷고, 해 질 무렵이면 도시오 가게에서 반찬도 조달해 오는데. 너야말로 한량 아니야? 회사도 장사도 때려치우고 건물주 신분이신데."

"과일가게는 적성에 안 맞아. 어려서 일찌감치 깨닫고, 대학 입학할 무렵엔 이미 아버지 세상 뜨시면 바로 집 부수고 건물 지을 계획을 굳혔다고. 어이, 잠깐 안 올라올래? 계속 찾던 진귀한 장미 묘목이 손에 들어왔어."

고헤는 손사래 치고 반찬가게로 걸음을 옮겼다.

옛 역마을의 모습은 지워졌지만 지금도 떠들썩한 활기를 유지하는 상점가 북동쪽에는 약간 잡다한 주택가가 샤쿠지이 강 근처까지 펼쳐지는데, 대개는 예부터 상점가에서 장사를 해온 사람들의 집이다.

전쟁이 끝나고 어떤 변화를 겪었는지 자세히는 몰라도, 그 주민들의 선조는 훨씬 옛날부터 이타바시 역마을을 터전으로 살아왔으리라.

고헤는 상점가를 걸을 때마다 에도 시대의 이타바시 역참을 상상하고는 한다. 에도 이타바시슈쿠는 중요한 역참이었다. 여기서부터 니혼바시에도 시대 다섯 가도의 기점. 현재 주오 구 일대까지는 2리가 조금 넘는데, 오슈 가도와 닛코 가도를 지나 도착한 사람도, 나카센도와 고슈 가도를 걸어 피곤한 다리를 끌며 도착한 사람도 이곳에서 하룻밤 쉬어 갔다.

니혼바시에서 시나가와슈쿠로 향해, '여기서부터 도카이도에도 시대 다섯 가도의 하나. 에도와 교토를 잇는 길'라 적힌 둔덕 앞에서 배웅 온 사람과 작별하면 바야흐로 교토와 오사카로 가는 여행길이 시작된다.

얼마나 많은 나그네들이 이타바시 역참에서 먼 길의 피로를 풀었을까. 얼마나 많은 무사들이 에도 중심부의 번저에도 시대 상급 무가가 소유한 저택로 향했을까. 파발꾼, 짐꾼, 가마꾼, 마소……. 그들의 힘찬 구호와 거친 숨소리가 쉴 새 없이 오가던, 전국 유수의 활기찬 역마을을 고헤는 눈앞에 보듯 떠올릴 수 있었다.

그런 상상력 혹은 공상력이라 할 능력이 거의 병적인 독서량으로 길러졌음을 고헤는 알아차리지 못했다.

다만 자신의 독서열이 학력 콤플렉스에서 비롯한다는 사실은 또렷이 자각했다.

고2 때 왜 갑자기 자퇴했는지 새삼 논리 정연히 설명하기란 불가능했다.

왠지 자신을 미워했던 담임 선생님 탓으로 돌린 적도 있고, 언제부턴가 급우들과 서먹해진 것이 발단이라고 생각한 적도 있다.

마키노한테서는 늘 이상한 냄새가 난다는 여학생들의 뒷담화에 오싹했던 것도 학교와 멀어진 이유 중 하나였으리라.

나중에 냄새의 정체가 차슈를 조리는 냄새라는 것을 알았다.

생강과 파가 듬뿍 들어간 그 짭짤한 간장 냄새에는 하룻밤 찬물에 우린 마른 멸치와 말린 고등어포를 약한 불로 조리는 비린내도 섞여 있었다. 이른 아침부터 주방에 서는 고혜 본인은 느끼지 못해도 남들은 민감하게 느낄 수 있다.

그 사실을 알고부터 가게 일을 돕고 집에 오면 꼼꼼히 샤워를 하게 되었다. 일하면서 입었던 속옷까지 갈아입고 등교하는데도 냄새가 날까봐 신경쓰였고, 그러다 보니 가슴이 답답해지면서 심장이 벌렁거렸다.

그것이 고통으로 바뀌면서 결석이 잦아졌다.

어차피 가게를 물려받을 거면 대학을 꼭 가야 할 이유도 없다는 생각이 들어, 고2 올라가기 전에 아버지에게 학교를 그만두고 싶다고 말했다.

아무튼 고등학교는 졸업해. 그러면 마음이 바뀌어 대학도 가고 싶다는 생각이 들 거다.

아버지는 그렇게 말했지만, 아직 어렸던 고혜는 한 번 마음먹었으면 끝이라고 고집을 꺾지 않았고, 그날부터 정말로 '은둔형 외톨이 생활'을 시작해버렸다.

담임 선생님이 몇 번 찾아와 설득했는데, 한번은 "라면집 같은 거 언제 망할지 모른다, 너. 한 그릇 팔아서 얼마나 버는데?"라고 말했다.

"저희, 라면집 아니에요. 중화소바집이에요."

울컥해서 뺨을 붉혀가며 그렇게 되받고, 그때부터 선생님이 무슨 말을 해도 입을 떼지 않았다. 하고 싶은 말은 가슴속에 넘쳐흘렀지만 표현할 수 없었다.

"후회할 거다. 삼십줄 들어서면 아, 그때 중퇴하지 말고 대학도 갈 걸, 하는 소리가 나올 거라고. 아들한테 그런 후회까지 시키면서 가게 물려주고 싶은 생각은 없다"라던 아버지는 이튿날 새벽 고혜가 가게 주방에 들어서자, 육수냄비를 가리키며 다시마만 건져내고 마른 멸치와 말린 고등어포는 약한 불로 조리라고 지시했다.

"애들이 마키노는 냄새난다고 했다고? 넌 마음이 물러서. 새벽부터 가게 주방에서 아버지 일 돕느라 그렇다고 당당히 말하면 끝날 일을. 너 어려서 틱 장애가 된 적이 있었어. 쉴 새 없이 눈을 깜박거렸지. 원인도 모르는 채 한참 그러다가 낫기는 했지만, 그때 의사가 그랬어, 얘는 강박성 장애가 될 소지가 있다고. 같은 반 여학생이 냄새난다고 한마디 한 게 너무너무 마음에 걸려서 아무것도 못 하는 거네. 그러다 정말로 머리가 이상해지면 큰일이지. 대신 한 번 더 말해두는데, 후회할 거다."

말을 마치고, 아버지는 약한 불에도 세 단계가 있다고 일러주었다. 하룻밤 찬물에 우린 마른 멸치와 말린 고등어포를 '마키노'에서는 가장 약한 불로 조린다. 물이 끓기 시작하면 바로 불을 끄고, 내용물을 헝겊 주머니째로 꺼낸다.

그런 다음 아버지는 당시 창고로 쓰던 2층에서 커다란 종이를 가져왔다.

첫째도 청결, 둘째도 청결, 셋째도 청결, 넷째도 청결, 다섯째가 맛과 영양, 이라고 적혀 있었다.

"오늘부터 수행이다. 밤에 가게 닫으면 주방 구석구석까지 번쩍번쩍하게 닦아. 스테인리스 선반, 벽, 조리대, 가스레인지, 육수냄비, 조리 도구, 환풍기 주변까지, 기름얼룩은 물론이고 먼지 한 톨 없게 씻고 닦아. 매일 밤이야. 하루도 거르지 말고. 영업중엔 설거지. 면기, 숟가락, 앞접시. 뭐든지 뽀드득뽀드득 씻어. 꾀부릴 생각은 말고. 손님 가시면 바로바로 카운터와 테이블을 깨끗한 행주로 닦아."

말투에서 어차피 못 할 거다, 그땐 끌어내서라도 학교에 보내겠다는 결의 같은 것이 느껴졌다.

하지만 어머니는 납득하지 않았다. 고등학교도 중퇴하고 가게 일을 시작하다니 말도 안 된다. 당신은 어쩌자고 그걸 허락하느냐. 나는 절대 허락 못 한다. 지금 다니는 학교가 싫으면 다른 사립학교로 전학 가자. 내일이라도 그쪽 일을 잘 아는 사람과 상담해 사립학교로 옮길 방법을 생각하자. 고등학교 중퇴가 웬 말이냐.

어머니는 끝내 울음을 터뜨렸고, 그 바람에 옆에 있던 중3 여동생마저 덩달아 울었다.

여동생 유키는 단기 대학을 졸업하고 스물여섯 살까지 동네 신용금고에 근무하다, 스물일곱 살 때 고등학교 선배와 결혼했다. 지금은 2남1녀의 엄마지만, 여전히 눈물이 헤프다. 남편은 대학을 졸업한 후 줄곧 소방청에 근무하다가 작년에 정년을 맞았다.

"어머니가 우셨던 건 좀 타격이었지."

고혜는 속으로 중얼거리고, 나카주쿠 상점가 북쪽에 있는 야마시타 반찬가게로 들어갔다. 가게 안쪽 조리실에서 닭을 튀기는 도시오의 시원하게 벗어진 머리가 보였다. 가게 앞에서는 도시오의 아내 후미 씨가 팩에 담긴 반찬들을 진열하고 있었다.

"오늘은 평소보다 마늘이 듬뿍 들어갔어. 추천 품목이야."

야마시타 도시오가 고혜를 향해 우렁차게 말했다. 본인은 큰소리를 낼 의도는 없지만 바리톤 가수급 성량은 고교 시절 연극부를 거치며 울림이 한층 깊어졌다.

"응, 그럼 한 팩 줘."

"여주랑 느티만가닥버섯을 넣은 비지 무침도 추천이에요." 후미 씨가 말했다.

"해파리도 들었어요. 고혜이 씨, 비지 좋아하잖아요?"

"그럼 그것도 한 팩 주세요. 아, 두 팩 할까? 아케미 아침용으로."

"아케미는 아침 제대로 먹고 다녀요?" 후미 씨가 물었다.

"커피만 마시고 나가는 날이 많아요. 안 먹으면 내가 저녁에 먹죠 뭐."

"란코 씨가 자주 만들던 다시마 멸치 조림이 참 맛있었는데. 비슷하게 흉내 내봐도 그 맛이 안 나네요. 원가도 의외로 비싸게 먹히고."

"다시마도 마른 멸치도 값이 뛰었잖아요. 하룻밤 물에 우려 다시마는 먼저 건지고, 마른 멸치는 한 번 더 가열해서 국물을 내는데, 그걸 그냥 버리기 아깝다고 란코가 간장에 살짝 조려 밑반찬으로 만들었어요. 둘 다 우리 집 중화소바 국물에는 꼭 필요하죠."

"고헤네 중화소바의 비밀 병기는 실은 '단풍잎'이야. '마키노'의 국물 맛은 단풍잎에서 나온다고."

도시오의 말에 후미 씨가 '단풍잎'이 뭐냐고 물었다.

"닭발. 흔히 보는 닭다리 말고, 발톱 달린 쪽. 쭈글쭈글한 회갈색 발 말이야." 도시오가 다섯 손가락을 구부려 쭉 내밀며 덧붙였다.

"헉! 그런 게 들어가?"

"그럼요, 그게 마른 멸치, 말린 고등어포, 닭뼈, 돼지뼈의 잡내를 전부 잡아주고 감칠맛을 내거든요. 생긴 게 단풍잎 같대서 그렇게 불러요. 콜라겐도 풍부하고." 고헤가 말했다.

도시오가 마지막 닭튀김을 우묵한 프라이팬에서 건지고, 냉장고 옆 둥근 나무 의자에 앉아 담뱃불을 붙였다.

"감자샐러드 삼십 팩, 연어 튀김 이십 팩, 달걀말이 열다섯 개, 닭튀김 백 개 달성했으니 임무 완료야."

"이게 지금부터 전부 팔려버리니까 굉장하지."

"다 상점가 덕택이다. 이 동네 사람들은 어디를 가건 상점가를 통과해야 하잖아. 퇴근길에 우리 가게 앞을 지나다가 감자샐러드며 햄가스며 닭튀김을 보면 발길이 멈춰. 그리고 요것조것 집어 담게 되지. 집에 가서 밥만 하면 되거든. 이 동네에서 살다 보면 야마시타 반찬가게에서 사는 게 훨씬 싸게 먹힌다는 걸 깨닫는다고."

한 팩 남은 달걀말이도 챙긴 고헤가 무심코 도시오가 기대어 앉은 벽 위쪽을 바라보았다. 재작년 달력이 아직도 걸려 있다. 왼쪽 절반이 업소용 대형 냉장고에 가려져서 지금껏 알아차리지 못했다. 등대 사진이 실린 달력이었다.

"저거 좀 보여줘봐" 하면서 고헤가 조리실로 들어갔다. 열두 장이 전부 등대 사진이고, 사진 밑에 지바 현 이누보사키 등대, 홋카이도 노삿푸미사키 등대 같은 이름이 적혀 있다.

고헤가 달력을 내려 한 장씩 넘기는 동안에도 닭튀김이 일곱 팩, 감자샐러드가 다섯 팩 팔렸다.

"재작년 달력을 왜 여태 걸어놨어?" 고헤가 물었다.

"날달걀을 벽에 던진 분이 계셔서 말이야, 닦아도 닦아도 얼룩이 남아서 할 수 없이 재작년부터 계속 저 상태."

도시오가 손님과 잡담하면서 연어 튀김과 비지 무침을 봉지에 넣는 후미 씨를 흘금 쳐다봤다.

"날달걀이 날아와?"

"세 개. 두 개는 내 얼굴에 명중, 하나는 피했어. 피한 게, 저거."

도시오가 벽에 묻은 얼룩을 가리켰다.

달력 아래쪽 여백에 수도 공사점 이름이 인쇄되어 있었다.

"환갑 넘긴 부부가 여전히 싸움은 화려하시네."

후미 씨에게 들리지 않게 속닥이고, 고혜는 달력을 줄 수 없느냐고 물었다.

"그래라, 가져가. 대신 나중에 다른 거 걸어놓고."

고혜는 달력을 둘둘 말아 챙기고, 구입한 반찬을 제 손으로 비닐봉지에 담은 다음, 두 집 건너 잡화점으로 들어갔다.

사진이나 그림을 넣는 저렴한 액자가 빽빽이 늘어서 있다. 다양한 용도의 축하 카드에 과일 모양 양초, 가정용 DIY 공구 세트, 앞치마도 보인다.

어쨌거나 주력 상품은 액자와 축하 카드 같은데, 고혜가 어렸을 때는 무슨 가게였는지 생각해봤지만 기억나지 않았다.

이 일대는 주택 밀집 지역이지만, 똑바른 길이려니 하고 가다 보면 막다른 곳이거나, 뜬금없이 도로 폭이 바뀌거나, 주인이 누구인지 진심으로 궁금해지는 폐가 같은 집 옆에 막 리모델링을

끝낸 훌륭한 2세대 주택이 서 있거나, 짧은 언덕길에서 발을 멈추고 오른쪽을 보면 멀리 거대한 고층 빌딩이 하나 쓸쓸하게 솟구쳐 있거나 한다.

미로라고 하면 좀 과장이지만, A씨네 집 지도를 그려준다고 그걸로 수월하게 A씨네에 당도한다는 보장은 없을 만큼 뒤틀림이 많은 주택가다.

고혜 집 현관까지는 가파른 계단을 세 단 올라가야 한다. 집 앞 도로가 언덕길이라, 수평으로 집을 짓자면 계단이 덤으로 필요했던 까닭이다.

모르타르 벽은 거무튀튀해졌고, 2층 베란다 난간은 녹슬었다. 크지도 않은 대문은 여닫을 때마다 으스스한 소리를 낸다. 경첩에 기름칠을 해봐도 소용없다.

고혜는 좁은 현관에서 신발을 벗어 붙박이 신발장에 넣고, 세면대에서 손을 씻었다. 욕실 청소는 저녁 먹고 할 요량으로, 일단 부엌 싱크대 밑에서 한 되들이 소주병을 꺼내 오유와리소주에 뜨거운 물을 탄 것를 만들었다.

이십오 년째 끄떡없는 6인용 테이블은 란코가 큰맘 먹고 장만했던 스웨덴제다.

소주 오유와리를 한 모금 마시고, 기왕 액자를 샀으니 예의 엽서도 가져다 넣어버리기로 했다.

그 김에 상점가 책방에 들러 등대 관련 책도 찾아볼까. 아니,

요즘엔 어지간한 대형 서점에서도 신간 서적 말고는 원하는 책을 사기 힘들다. 인터넷 서점에서 검색하면 곧바로 뜨고, 다음 날이면 재깍 배송된다.

고혜는 가게로 가서, 엽서를 가져와 액자에 넣었다.

액자를 테이블에 올려놓고, 아까 얻어온 달력을 한 장 한 장 넘겼다.

달별로 홋카이도, 도호쿠, 간토, 주부로 나뉘는데 1월은 노삿푸미사키 등대였다.

간토 지방 등대는 3월로, 지바 현 이누보사키 등대뿐이었다.

이미 본 것은 건너뛰고, 도호쿠 편인 2월을 펼쳤다. 흰색과 검은색 가로줄무늬의 오마사키 등대가 나타났다. 등대 주위에 무수한 바닷새가 날아가는 광경이 아름다웠다.

아오모리 현 시마모타 군 오마. 흠, 가보고 싶은데. 나도 전국 등대 순례나 해볼까.

기차와 버스를 갈아타고, 때로 렌터카를 운전해 등대를 찾아가는 여행이다.

하지만 식어버린 소주 오유와리를 마시는 사이에 충동은 사라지고, 대신 등대 자체의 아름다움과 어딘지 외로워 보이는 고고한 자태에 마음을 빼앗겼다.

저 불빛이 일러주는 대로 나아가면 비바람과 안개 속에서도 끄떡없다. 후미의 암초에 배 바닥을 긁힐 일도, 방파제에 충돌할 일도 없다.

말벗 하나 없이, 어느 곳, 반도 끝엔가 묵묵히 서 있는 등대.

문득 나카하라 주야일본의 시인이자 번역가. 30세에 요절할 때까지 350편 이상의 시를 남겼다의 시 한 구절이 떠올랐다.

— 나는 비 갠 흐린 하늘 밑 철교처럼 살고 있다. —

이 구절을 빌려 다부지고 믿음직하고 위풍당당한 등대의 모습을 표현할 수는 없을까 하고 머릿속에서 이리저리 조합해봤지만, 마음에 드는 한 구절은 끝내 얻지 못했다.

"뭘 써봤어야 말이지. 시는 아무나 쓰나. 글재주도 없어, 시심도 없어, 끈기도 없어. 내 마음에는 힘이라고는 없구나. 어쩔 거야. 앞으로도 이렇게 숨만 쉬면서 살다 갈 생각이냐?"

가슴속에서 자문하고, 고헤는 도시오네 가게에서 사 온 반찬들을 접시와 종지에 옮겨 담고 랩을 씌웠다.

TV 위에 걸린 디지털시계를 보니 6시 반이었다. 란코가 죽은 후로 저녁식사는 늘 7시였으므로, 고헤는 스마트폰으로 인터넷서점에 들어가 등대에 관한 책을 검색했다.

책 제목이 우르르 떴지만, 맨 처음 눈에 들어온 사진집의 구입 버튼을 눌렀다.

오카 가쓰미라는 사진가의 《일본 등대 기행》이라는 책이었다. 사진과 더불어 각 등대를 상세히 설명해주는 듯했다.

주문 접수 메일을 확인하고, 다시 가게 2층으로 가 일본 전국

지도를 찾아내 집으로 돌아가려는데, 수도 고속 5호선에서 나카주쿠 상점가 쪽 도로로 구급차 한 대가 들어왔다.

상점가에 응급 환자나 부상자라도 생겼나?

사흘 뒤면 란코의 기일이다. 고헤는 왠지 불길한 예감이 들어 구급차가 어디 서는지 보고 싶지 않았지만, 언제까지 이렇게 도망만 다닐 셈이야, 하고 입속말을 하면서 좁은 골목을 걸어 상점가 쪽으로 되돌아갔다.

구급차는 간짱네 건물 앞에 서 있었지만, 바로 옆 건물 전병가게에 볼일이 있는지도 모른다. 그 집에는 여든세 살 노인이 있으니까.

구급대원이 바퀴에 달린 반송용 들것을 접어, 간짱네 건물 계단을 올라갔다.

2층 침술 마사지점인가? 아니면 3층 어린이 학원?

들것에 실려 가는 이가 간짱 부부 어느 쪽도 아니기를 바라면서 고헤는 구급차의 붉은 점멸등을 바라보았다.

도시오가 달려와 "간짱이 쓰러졌어!"라고 말했다.

"뭐? 어떻게 알아?"

"사키에 씨가 전화했어. 남편이 옥상에 쓰러져 있는데 의식이 없다고, 어떡하냐고. 무조건 구급차부터 부르라고 하고, 놀라서 뛰어온 참이야. 중간에 집에 들르느라 시간이 걸렸지만."

"무슨 그런, 두 시간쯤 전에 옥상에서 나 부르던데? 얘기까지

했는데." 고헤가 말했다.

계단에 나와 있는 아이들을 강사가 호통쳐 교실로 불러들였다. 좁은 계단이라 구급대원이 환자를 반송하는 데 방해가 되는 듯했다.

먼저 계단을 내려온 사키에 씨가 새파랗게 질린 얼굴로 "이따 우리 집 현관 좀 잠가줘요" 하면서 도시오에게 열쇠를 건넸다.

들것에 실린 간짱의 얼굴은 구경꾼들 때문에 보이지 않았다.

사키에 씨가 올라타고도 구급차는 좀처럼 출발하지 않았다. 받아줄 병원을 무선으로 알아보는 중인지도 모른다. 란코 때도 그랬다.

이윽고 구급차가 사이렌을 울리며 달리기 시작했다.

병원에 도착해 상황을 확실히 알게 되면 사키에 씨가 연락할 테지. 나는 다시 가게로 가 있을게.

열쇠를 잠그고 내려온 도시오가 말하고, 땀이 흥건한 이마와 목덜미를 손등으로 닦아내면서 상점가 가게 쪽으로 총총히 뛰어갔다.

"무슨 일이래요?" '마키노' 북측에 있는 양품점 여주인이 말을 걸어왔다.

"옥상에 쓰러져 있더래요." 고헤가 말했다.

집으로 돌아가 소파에 앉아 잠시 마음을 가라앉히고, 소주 오유와리를 새로 만들었다.

곧 10월인데 이렇게 후텁지근하다니, 확실히 이상한 날씨다. 해도 짧아지고 아침저녁은 서늘했지만, 한낮은 에어컨 없이 버틸 수 없다. 오늘은 유독 뙤약볕이었으니 옥상에서 장미를 손질하고 물을 주던 간짱은 열사병에 걸린 것이 틀림없다.

"겨우 4층이라지만 빌딩 옥상은 특히 덥잖아." 고혜는 중얼거렸다.

간짱은 8월 초순에 건강검진을 받았는데 아무 이상도 없었다며, 이참에 나리타공항 근처 골프장의 회원권을 살 생각이라고 했다.

"버블 시기1986년에서 1991년까지 이어진 일본 경제 호황기에는 삼천만 엔을 호가했던 게 지금 백오십만 엔에 거래되거든. 한마디로 꿀이득이지. 이 몸은 바야흐로 장미와 골프의 나날이야."

그렇게 말하던 간짱의 얼굴이 눈에 선했다.

스마트폰이 울리기를 기다리면서 여느 때보다 한 잔 많은 석 잔째 오유와리를 만들었을 때 도시오에게 전화가 왔다.

"틀렸어." 도시오가 말했다.

"틀리다니…… 뭐가?"

"뭐기는, 틀렸다니까."

"그러니까 뭐가 틀렸냐고."

"간짱, 가버렸다."

"뭐!"

"심근경색이란다. 두 아들한테 연락이 안 닿네. 하나는 미국에 부임중이고, 또 하나는 니가타에 출장중이야."

도시오는 그렇게 말하고 입을 다물어버렸다.

조용해서 전화가 끊어진 줄 알았는데 "사키에 씨가 정신줄을 놔버려서 혼자 둘 수 없어서 지금 우리 집사람이 병원 갔다. 걔도, 이제 예순둘이야. 너무 빠르잖아. 허망하다. 란코 씨도 그랬지만"이라는 말이 들렸다.

두 아들에게는 조만간 연락이 닿겠지만, 전야식고인의 가족. 친구 등 이 모여 최후의 밤을 보내는 의식이며 장례 준비는 도와줘야 할 거라고 고혜는 말했다.

상점가에는 이런 일에 훤한 어르신이 많으니까 우리한테까지 차례가 안 올지도 몰라. 잘 아시는 분께 상담해볼게.

도시오가 말하고 전화를 끊었다.

고혜는 일본 전국 지도를 테이블 위에 펼쳤다. 테이블이 꽤 큰데도 지도는 다 들어가지 못하고 바다 대부분이 밖으로 나가버렸지만, 이 나라는 전 국토가 리아스식해안이었나 싶게 해안선은 한눈에도 들쑥날쑥했다.

"여기서 이걸 무슨 재주로 찾냐고."

액자 속 엽서를 보면서 중얼거리고, 지도의 해안선과 엽서 그림을 대조해 나갔지만, 전부 비슷하다면 비슷하고, 전부 아니라면 아니었다.

달력의 6월 사진은 이시카와 현 가나자와 시 오노 등대였다.
전국에서도 보기 드문 사각 등대로, 높이 26미터.

사진은 절반쯤이 석양에 촬영한 것이었다. 이유는 바로 알 수
있었다. 등대는 해가 져야 활동하니까, 사진 찍는 사람은 등댓불
도 담고 싶다. 하지만 등댓불이 선명해지려면 밤을 기다려야 하
니 결국 등대 자체의 모습은 찍지 못한다.

등댓불과 등대를 동시에 담으려면 점등하고 얼마 안 된 석양
무렵뿐이다.

"자태가 아무리 위풍당당한들 바다를 비추지 않는 등대는 무
의미하니까."

고혜는 지도를 접고, 도시오네 가게에서 사 온 반찬을 테이블
에 늘어놓고 저녁을 먹기 시작했다. 밥은 일주일에 한 번 해서
냉동해뒀다가 전자레인지로 데운다.

전자레인지에서 밥을 꺼냈지만, 평소보다 한 잔 많이 마시고
도 술이 당겨서 소주병을 테이블에 올려놓았다.

술이 부족한 것이 아니라 간짱의 갑작스러운 죽음이 가져온
충격으로 식욕이 달아났음을 깨달을 때까지 시간이 꽤 걸렸다.

더 마시면 아케미에게 잔소리를 듣는다. 그 애는 언제나 은근
히 소주병을 체크하고, 잔량을 관찰한다.

아내를 먼저 보낸 중년남은 알코올의존증이 되기 쉽다는 기
사를 신문 문화면에서 읽은 이래, 술은 오유와리 두 잔까지로 제

한하게 되었다. 석 잔 마시면 귀신같이 알아채고, "두 잔 이상은 안 돼" 하면서 노려본다. 오늘 밤도 그럴 테지.

그런데도 고혜는 진한 오유와리를 만들고, 아케미에게 전화를 걸었다. 부장의 꾸지람을 성실하게 듣고 이미 회사에서 나왔는지도 모르지만, 간짱의 죽음은 알려둬야 할 것 같았다. 소주를 넉 잔이나 마실 수밖에 없었던 핑계를 미리 꾸려두자는 심산도 있었다.

"간짱이 죽었다."

아케미는 일단 좀 조용한 곳으로 가겠다며 잠깐 기다리라고 말했다. 동료 여직원들인지 "어라, 어딜 도망가" 하며 웃는 소리가 들렸다.

회식하는 모양이네, 하고 고혜는 소주를 한 모금 마셨다.

"무슨 소리야? 간지 아저씨, 아까까지 멀쩡했는데." 이윽고 아케미가 말했다. "나 회사 다시 들어갈 때, 옥상에서 장미에 물주면서 아직 일 안 끝났냐고 물어보셨다고."

"그다음에 나하고도 얘기했는데, 그러고 나서 옥상에서 쓰러졌어. 심근경색이란다. 난 지금 집이야. 유해를 일단 집으로 옮기는지, 그대로 장례식장 안치실로 가는지 아직 몰라."

아케미는 가능한 한 일찍 들어오겠다며 전화를 끊었다.

해 질 무렵의 소소한 즐거움인 소주 오유와리가 오늘은 마시면 마실수록 씁쓸해서 고혜는 컵에 남은 술을 부엌 싱크대에 버렸다. 큰 유리창 너머로 멍하니 좁은 뒤뜰을 내다보다가 문득 중얼거렸다. "나한테 독서를 권한 사람이 간짱이야."

내가 맹렬히 책을 파고들기 시작한 것은 간짱 덕이다. 간짱의 쓴소리가 없었다면 중화소바집 '마키노'의 2층이 도서실로 변모하는 일은 없었으리라.

그런 중요한 일을 왜 잊고 있었을까. 고혜는 냉장고에 있던 양상추를 씻어, 어제 먹고 남은 감자샐러드를 싸 먹기 시작했다.

초등학교 때부터 성적이 우수했던 간짱은 분쿄 구의 사립 중고등학교로 진학했고, 대학은 1지망인 국립대학은 떨어졌지만 전국에서 경쟁률이 가장 센 사립대학 경제학부에 들어갔다.

고혜와는 어릴 때부터 한동네에서 투닥거리며 자랐지만, 간짱이 입시 학원에 다니기 시작하면서 서먹해졌다.

하지만 대학을 졸업하고 대형 제약회사에 취직한 무렵, 간짱이 먼저 고혜에게 다가왔다.

퇴근길에 '마키노'에 들러 차슈를 안주 삼아 맥주를 마시면서 고혜에게 이런저런 말을 붙였다. 그러는 사이 가게 정기 휴일인 월요일 밤이면 이십사 시간 영업하는 골프 연습장에 함께 가게 되었다.

고혜는 스포츠라면 모조리 신통치 않았지만, 당시 제약회사 영업 사원에게는 필수라는 골프 연습을 따라가 일주일에 한 번, 자신이 모르는 세계에서 일하는 간짱에게 여러 가지 이야기를 듣는 것이 즐거웠다.

고등학교를 중퇴하면서 친구들도 잃은 고혜는 이른 아침부터 밤 10시까지 가게에서 일만 하는 나날이었다.

골프 실력은 조금도 향상되지 않았지만, 옛 친구와 관계를 복원한 것이 기뻐서 일주일에 한 번 골프장 나들이를 위해 중고차를 샀을 정도였다.

간짱이 200구를 치고 나면 연습장 레스토랑에서 맥주를 마시고 싶어했기 때문이다.

간짱의 본명은 구라키 간지.

스물네 살 여름 어느 월요일, 고혜는 여느 때처럼 간짱을 자동차 조수석에 태우고 다카시마다이라에 있는 골프 연습장으로 향했다.

그날, 간짱은 출장에서 돌아와 피곤했는지 썩 내키지 않는 기색이었지만, 평소처럼 200구를 채우고 레스토랑에서 맥주를 마셨다. 무슨 얘기를 하던 중이었는지는 기억나지 않지만, 간짱이 불쑥 이런 말을 했다.

"너랑 얘기하면 재미없어서 짜증나. 고혜, 왜 재미없는지 가르쳐줘? 네가 아는 건 라면뿐이야. 그러면, 이른바 직인 소리 듣는 사람들은 다 재미가 없나? 아니거든. 마키노 고혜라는 인간이 재미없어. 그건 말이야, 너한테 '잡학'이란 게 없어서야. 대학이 뭐야? 전문 학문보다 더 중요한 걸 익히는 곳이야. 해학, 유머,

토론 용어, 알고리즘…… 이것들을 간단히 말하면 '잡학'이야. 여자 얘기하다 뜬금없이 진화론으로 옮겨 가서 게놈 이야기가 됐다가, 곤충의 생태로 흘러가다 어느새 카르타고의 멸망과 로마 제국의 정치 같은 역사학으로 변해 있다고. 물론 대개는 한없이 유치찬란한 얘기지. 그래도, 그걸 통해 저마다 읽었거나 얻어들은 '잡학'이 얼마나 되는지 드러난다고. 고헤, 너는 그 잡학이 아예 없어."

고헤는 굴욕감으로 얼굴이 새빨개져서 "난 고등학교 중퇴니까"라는 말밖에 돌려주지 못했다.

"그건 네가 좋아서 한 일이고. 집이 어려워서 할 수 없이 학교를 관두고 일해야 했던 게 아니잖아."

자식, 걸어가든지 말든지, 하고 속으로 내뱉고 자동차 키를 쥐고 일어나는데 간짱이 말했다.

"고헤, 아무튼 책을 좀 읽어봐. 소설, 평론, 시, 명논문, 역사서, 수학, 과학, 건축학, 생물학, 지정학. 뭐라도 좋아. 잡학을 채워 넣으라고. 활자만 잔뜩 있는 서적을 읽어. 훌륭한 책을 계속 읽는 것 말고 인간이 성장할 방법은 없어."

어쩌면 간짱은 자기 자신에게 그렇게 말하는지도 모른다는 생각이 들었다.

잘난 척하지 마. 내가 고등학교 중퇴라고 무시하냐? 나도 나름 생각이 있어서 가게를 물려받겠다는 거거든.

그렇게 받아치고 싶었지만 결국 한마디도 하지 않은 채, 간짱을 조수석에 태워 집에 데려다주었다.

나도 나름 생각이 있었다고?

어떤 생각이냐고. 그저 학교 가기 싫었을 뿐이잖아.

간짱을 향한 섭섭한 마음은 쉽게 풀리지 않았지만, 얼마 안 되어 간짱의 오사카 전근 소식을 들었다. 그래서 그날 그런 말을 했나 싶자 이번에는 스스로에게 화가 치밀었다.

간짱이 오사카로 떠나고 한 달쯤 지났을 때, 한 오 년째 일주일에 두세 번 오는 초로의 손님이 과거에 고등학교 수학 교사였다는 사실을 알았다.

노인은 대개 화요일과 토요일 저녁에 와서 소주 오유와리 두 잔에 차슈면을 먹고 갔다.

'마키노'에서 내놓는 주류는 맥주, 청주, 소주였는데, 가게가 정한 룰이 있었다.

맥주는 큰 병으로 한 병. 청주와 소주는 컵으로 두 잔. 그 이상은 팔지 않습니다. 더 드실 분은 다른 데 가서 드세요.

짐짓 무뚝뚝한 투로 적은 종이가 눈에 잘 띄게 붙어 있었다.

이곳이 주점이 아니라 중화소바집이란 사실을 손님들에게 상기시키기 위해서다. 그런 룰을 정해두지 않으면 차슈를 안주 삼아 언제까지고 술을 마시려는 손님이 있다.

"청주도 소주도 딱 두 잔까지, 이게 좋다니까. '마키노' 다녀온다고 하면 집사람이 안심하거든." 노인은 그렇게 말하고, 고헤를 칭찬했다.

"게으름 부리는 걸 못 봤어. 젊은 사람이, 훌륭해."

남에게 칭찬을 받아본 적 없던 고헤는 기분이 좋아져서, 차슈를 썰면서 여느 때 없이 이런저런 이야기를 나누는 사이 노인의 이력을 알게 되었다.

기요세 고로, 예순다섯 살, 전직 수학 교사.

기요세가 다음에 왔을 때, 고헤는 책을 읽고 싶은데 뭘 읽어야 할지 막막하다고 고민을 털어놓았다. 아무튼 제대로 된 책을 읽고 싶다고.

기요세는 소주 오유와리를 한 모금 마시고, 호주머니에서 메모지를 꺼내 '몬테크리스토 백작, 알렉상드르 뒤마'라고 적었다.

"무작정 어렵기만 해도 곤란하지. 책은 일단 재미가 있어야 하거든. 우선 이걸로 문학의 세계에 들어가 보게. 다 읽고 나면 다음에 읽을 책을 가르쳐주겠네." 기요세는 말했다.

상점가 책방에서는 구하지 못해, 휴일에 시내로 나가《몬테크리스토 백작》문고본을 샀다. 다 읽는 데 열흘 걸렸다.

다음에 기요세가 추천한 책은 위고의《레미제라블》, 그다음이 모리 오가이의《시부에 추사이》였다.

"이건 전기인데, 나는 오가이의 최고 걸작이라고 생각하네. 이걸 완독할 수 있다면 고헤 씨의 마음속에는 수천 명 인간의 역사가 태어나는 셈이야."

고헤는 반드시 다 읽겠다고 약속하고, 다시 시내 대형 서점에 가《시부에 추사이》를 사 왔다.

그때는 이미 독서의 기초가 다져져서 고전과 명작의 위대함을 어느 정도 알게 되었는데, 본인은 알아차리지 못했다.

《시부에 추사이》는 만만치 않았다. 에도 시대 실존 인물인 시부에 추사이라는 학자의 주위 사람들의 이력을 비롯해 시시콜콜한 에피소드, 그들의 가족의 온갖 개성과 특기 등이 세밀히 묘사되어 따분한 데다 재미고 뭐고 없어서, 몇 번이나 책을 내동댕이칠 뻔했다.

그렇지만 마지막 몇 페이지에 접어들었을 때, 한 사람이 태어나 죽을 때까지 이토록 많은 타인이 조건 없는 애정을 내어주고 수고로움을 무릅써 그의 운명까지도 관여한다고 생각하자 숙연한 기분이 들었다.

"그래? 그렇게 느꼈나? 됐네, 앞으로는 책방에 가서, 고헤 씨가 읽고 싶은 책을 사다 읽으면 돼." 기요세는 말하고, 다음 책을 추천해주지 않았다.

《시부에 추사이》의 영향으로 고헤는 역사에 흥미를 품게 되었다.

작가의 상상력이 만들어낸 가공의 인물보다 실재했던 인물 쪽이 훨씬 매력적으로 와 닿았다.

고헤는 우선 역사 자체를 알아야 한다고 생각했다.

역사라 하면 워낙 방대하고, 영어 단어처럼 A부터 Z까지 외운다고 끝나는 일도 아니다.

고헤는 다음으로 톨스토이의 《전쟁과 평화》를 읽고, 고골의 《외투》를 읽고, 러시아 역사에 관한 책을 몇 권 구입해 러시아 혁명에 대해 공부했다. 부족하다 싶은 쪽을 채우다 보니 역사서만 열 몇 권으로 늘어났다.

그런 다음 프랑스혁명을 공부하고, 다시 《시부에 추사이》를 읽고, 에도 시대에서 메이지, 다이쇼에 걸친 기간의 역사서를 탐독했다. 시마자키 도손의 《동트기 전》을 그 무렵 읽었다.

아버지는 고헤의 갑작스러운 독서열을 진즉 눈치챘거니와 그것을 처음 지도해준 이가 기요세 고로라는 단골손님이란 사실도 알면서 계속 모르는 척했다.

고헤의 독서량은 꾸준히 늘어나 한동안 닥치는 대로 읽어치우는 시기가 이어졌지만, 《시부에 추사이》와 《동트기 전》에서 멀어지는 일은 결코 없었다. 독서에 지치면 늘 이 두 작품으로 돌아갔다.

고헤가 스물일곱 살 때 책들을 더는 감당할 수 없어져서, 아버지에게 가게 2층을 자신이 쓰게 해달라고 부탁했다.

"그러다 방바닥 내려앉는 거 아니냐?" 하면서도 아버지는 창고로 쓰던 2층이 아들의 서재로 변하는 것이 기뻤는지 곧바로 허락했다.

　이미 백 권 이상이던 고혜의 장서가 가게 2층으로 옮겨져, 고혜가 뚝딱뚝딱 만들어 벽에 설치한 DIY 책꽂이에 정연히 꽂히는 광경을 팔짱을 지른 채 바라보던 아버지는 "내 것보다 맛있는 중화소바가 여기서 태어날 거다"라고 말했다.

　"우리 집 중화소바는 아버지가 이미 완성했어요."

　입에 발린 말이 아니라 고혜의 진심이었다.

　"무슨 소리. 어떤 요리에도 완성된 맛 같은 건 없어. '마키노' 중화소바 국물에는 뭔가 하나 부족해. 어쩌면 하나 많은지도 모르지만, 그게 뭔지 나는 도저히 모르겠다. 생각나는 대로 더해도 보고 빼보기도 했지만, 그 하나의 맛을 낼 수가 없어."

　쉰네 살의 아버지는 책꽂이에 꽂힌 책 가운데 책등이 제일 더러운 문고본 《시부에 추사이》를 꺼내 "이거냐? 네가 벌써 몇 번이나 읽었다는 책이" 하면서 펼쳤다.

　"아들이 그렇게 푹 빠졌다니 나도 읽어볼까."

　"어려워서 하품 나는 데는 건너뛰어도 돼요." 고혜가 말했다.

　"시건방진 소리. 다 읽고 가져올 테니 그리 알아."

　하지만 나흘 뒤 이른 아침, 주방을 청소하고 맨발로 환풍기 날개를 닦던 고혜의 코앞에 아버지가 《시부에 추사이》를 들이밀고 쓴웃음을 지었다. "됐어. 포기다."

　"틀림없이 일본어 맞는데, 읽어도 모르겠어. 이거, 구어체 아니지?"

"아뇨, 구어체 맞는데요. 하지만 오가이의 구어체니까, 지금은 거의 쓰지 않는 어구나 용어가 수두룩한 부분도 있어요."

"너 용케 읽었다?"

"그러니까 옥편이랑 국어사전까지 샀잖아요. 읽는 법을 적어 놓지 않은 한문도 많고, 읽을 줄은 알아도 뜻을 모르는 단어가 많아서요."

그 무렵 한 달에 오만 엔이던 고혜의 급료는 대부분 책값으로 사라졌다. 딱히 부탁하지도 않았는데 아버지는 다음 달부터 칠만 엔으로 올려주었다.

"어느새 팔백 권이 넘었어." 고혜는 아버지의 쓴웃음을 떠올리며 중얼거렸다.

거슬러 올라가면 계기는 간짱이고, 은사님은 단골손님이던 기요세 노인이었다.

2 장

간짱의 장례식이 끝나고 나흘 후, 고혜는 이미 배송되었던 《일본 등대 기행》이라는 사진집을 펼쳤다.

맨 처음 눈에 들어온 것은 지바 현 조시 시 이누보사키 등대였다. 아무래도 보소 반도간토 지방 남동쪽으로 튀어나온 반도. 지바 현 대부분을 차지한다 쪽이 등대가 많으리라 짐작하며 페이지를 넘겨 나갔다.

다테야마 시에 스노사키 등대가, 미나미보소 시에 노지마사키 등대가 있었다.

지바 현은 도쿄 도와 이웃이라 지도를 보지 않고도 대개 위치를 알 만했다.

대강의 위치를 가늠해 머릿속에서 동선을 그려본 결과 1박 2일 드라이브 여행이면 등대 세 곳을 볼 수 있을 것 같았다.

단, 생각만 했지 가기로 결정한 것은 아니었다.

내일은 10월 6일 금요일.

미국에 부임중인 간짱의 장남과는 어찌어찌 연락이 닿았지만, 뉴욕에서 나리타까지 직항표를 구하지 못했고 로스앤젤레스에서 오는 비행기도 만석이라, 샌프란시스코를 경유하는 바람에 이타바시 본가에 온 것은 9월 30일이었다.

도착한 날 전야식을, 이튿날 장례식을 치르고 간짱의 장남은 거의 눈도 붙이지 못한 채 뉴욕으로 돌아갔다.

경황없는 와중에도 장례식장에서 오 분쯤 그와 이야기를 나누었다. 여기, 제 약혼녀예요, 라면서 사진을 한 장 보여줬는데, 뒤쪽에 운치 있는 벽돌 등대가 눈에 띄었다. 어디냐고 물었더니 이탈리아 카프리 섬 등대란다. 올여름 약혼녀와 이탈리아 남부를 여행한 듯했다. 약혼녀는 뉴욕에서 알게 된 교포라고 했다.

결혼식은 뉴욕에서 올릴 예정이라 아버지도 기대하셨는데 애석합니다, 라고 간짱의 장남은 말했다.

뭐라고 위로해야 할지 몰라 "자네 아버님은 내 은인이셔"라고 했지만, 장남이 연유를 물어오지는 않았다. 친척들과 인사가 남아서 그쪽에 신경이 쏠렸던 탓이리라.

고혜는 그의 이름이 생각나지 않아 자네라고 부를 수밖에 없었다.

"잘 컸지? 구니요시 약혼녀는 미국 국적이란다. 뉴욕에서 태어나고 자랐대."

도시오의 말을 듣고서야 구니요시라는 이름을 기억해냈다.

간짱의 아내 사키에의 슬픔은 곁에서 보기 딱할 정도였다. 마지막 고별인사 때는 울다 쓰러져서 두 아들의 부축을 받으며 영구차에 올라야 했다.

장례식장에서 그렇게 실성한 듯 통곡하는 사람도 드물리라 생각하면서, 고혜는 그날 사키에 씨의 푸석푸석하던 얼굴을 떠올리며《일본 등대 기행》을 덮었다.

얼마 전 새로 산《시부에 추사이》문고본을 펼쳐 좋아하는 구절을 읽었다. 지금껏 갖고 있던 문고본은 두 권째였는데, 이십 년 치 손때가 묻은 데다 종이도 누레졌다.

추사이와 이오五百 부부의 딸 구가陸가, 에도가 도쿄로 이름이 바뀐 무렵 우여곡절 끝에 혼조미도리초에 설탕가게를 열었다. 사족士族의 딸이 다기차게 장사를 시작했다 하여 입소문이 퍼져 꽤 번창했다.

— 어느 날 또 이오와 다모쓰추사이의 막내아들가 요세라쿠고, 만담 등을 들려주는 상설 옥내 공연장를 찾았다. 마지막 무대를 장식한 이는 산유테이 엔초에도 시대 말기에서 메이지 시대에 활약한 라쿠고가. 웃음보다는 인정미 넘치는 이야기를 주로 들려주었다였는데, 그날의 라쿠고무대에 한 사람이 앉아 해학적인 이야기를 들려주는 일본의 전통 예능를 시작하기 전에 이런 말을 했다. "이즈음 미도리초에 대갓집 따님이 설탕가게를 열었는데, 예상 외로 번

창한다 들었습니다. 시절이 시절인지라 훌륭한 결심일뿐더러, 누구나 본보아야 할 일 아닐는지요." 라쿠고를 통해 이른바 심학 心學 에도 시대 서민 사회에서 행한 도덕 교육을 설파했던 엔초의 면목이 엿보인다. 이오가 듣고 매우 감격했다 한다. ―

고헤는 구가의 어머니이자 추사이의 넷째 아내로 살다 간 이오가 좋았다. 젊을 때는 이런 여자를 만나 사랑하고 사랑받고 싶다고도 생각했다.

에도 상인의 집안에서 태어난 이오는 당시 봉건사회에서는 보기 드문 재기와 기개를 지닌 여성으로, 여느 상가에서는 흔치 않게 부모님의 뜻으로 무가 고용살이를 시작했다. 그는 곧바로 주로가시라 에도 시대 막부나 다이묘의 시녀 우두머리로 발탁되었다. 경학, 서도, 회화, 와카 和歌 단가 형식의 고전 시는 물론이고 무예마저 익혀버렸다. 스스로 원하여 추사이에게 시집가, 막부 말기 혼란기와 메이지 시대를 거치며 시부에 가를 지켰다.

란코는 이오와는 전혀 스타일이 달랐지, 라고 고헤는 생각했다. 입안 가득 먹이를 넣고 볼을 빵빵히 부풀린 채 종종거리며 뛰어다니는 다람쥐 같은 여자였다.

사흘 뒤 일은 아랑곳하지 않으면서 십 년 뒤 일이 어쩌나 걱정인지 차곡차곡 대비해둔다.

사흘 뒤 일이 걱정인 남편은 그날그날 가게 매상을 따지느라 십 년 뒤 따위 생각할 겨를이 없는데.

무가 고용살이로 단련된 이오는 인간의 풍류를 알았지만 애교가 있는 편은 아니었다. 하지만 란코는 애교가 있었다. 타고났다 해도 좋을 그 애교에 '마키노 안주인 얼굴만 봐도 기분이 좋아진다'는 손님이 많았다. 대신 재테크에는 썩 소질이 없었다. TV에서 보험 광고를 보면 덜컥 가입하기 일쑤였다.

다달이 나가는 보험료는 얼마 되지 않는다. 천오백 엔에서 이천 엔, 많아야 삼천 엔쯤 되는 의료보험이다. 암 진단을 받으면 일시금으로 이백만 엔, 치료비와 입원비로 하루 삼만 엔씩 지급되고, 사망하면 백오십만 엔이 나오는 정도인데, 란코가 급사한 뒤 아케미가 알아보니 비슷비슷한 보험만 무려 여덟 건이었다.

치료비도 입원비도 지급받을 기회는 없었지만, 소액 보험을 전부 합치니 천만 엔 가까운 사망 보험금이 들어왔다.

고액 보험도 한 건 있었다. 그것도 얼추 천만 엔이었다.

고혜는 그 돈은 한 푼도 손대지 않았다. 아이들에게 유산으로 남겨줄 작정이었다.

아케미도 오늘은 별일 없으면 곧장 퇴근한댔으니 오랜만에 스키야키얇게 썬 소고기를 두부나 야채와 함께 간장에 달콤하게 익혀 먹는 요리나 만들까. 고혜는 부엌 겸 거실에 걸린 시계를 쳐다보았다. 5시 반이었다.

파는 있으니까, 고기, 구운 두부, 표고버섯, 실 곤약을 사 오면 되겠네.

고혜는 다시 《시부에 추사이》의 끝부분을 펼쳐 몇 페이지 읽었다. 그러다가 "좋아, 가자"라고 소리 내어 말했다.

"등대를 보러 가자."

딱히 등대를 보고 싶은 것은 아니었다.

란코가 죽고 이 년 새, 밖에 나가기가 갈수록 싫어지더니 급기야 집 앞에 장 보러 가기마저 귀찮아졌다. 이래서야 어느 날부터 등교를 거부하고 집에 틀어박혔던 고교 시절로 역행한 셈이다.

예순둘에 은둔형 외톨이가 되었다가는 젊지 않은 만큼 재기하기 힘들 터다.

뭐라도 좋다, 이유를 만들어 밖으로 나가야 한다. 다만 목적도 없이 나갔다가는 자칫 배회의 시작이 될 수도 있다. 각지의 등대를 방문한다는 정당한 이유가 필요하다.

고혜는 등대 순례가 지금의 자신에게 적절한 행동인지 아닌지는 따지지 않기로 했다.

아무튼 억지로라도 밖으로 나가야 한다. 그러니까 등대를 보러 간다. 그걸로 되지 않나.

고혜는 스스로에게 타이르듯 말하고, 스마트폰 구글 맵에서 보소 반도를 띄웠다.

이누보사키 등대에서 구주쿠리하마 해안지바 현 동부, 태평양과 맞닿은 총길이 약 66킬로미터의 일본 최대급 모래 해안을 남하해 나아가면 반도 남단의 노지마사키 등대에 닿는다. 거기서부터 남서단의 스노사키 등대까지는 멀지 않다.

소토보에서 우치보를 일주해서 돌아오면 된다.

그나저나 소토보까지는 어떤 길이 그나마 덜 붐비고 편리할까.

고헤는 지도를 확대했다. 도쿄 만 아쿠아라인이라는 길이 있었다. 하네다 공항 근처에서 기사라즈 서쪽 일대를 잇는다.

"응? 언제 이런 게 생겼대? 도쿄 만 밑에 터널을 뚫었나? 몰랐네."

고헤는 보소 반도 일주 코스를 거꾸로 짚어 여행하기로 하고, 숙소를 물색했다. 스노사키 못미처 어항 근처에 오래된 료칸일본 고유의 숙박 시설. 대개 전통적 건축에 온천을 갖추고, 아침과 저녁을 제공한다을 발견하고 스마트폰으로 검색하자, 낚시객들이 주로 묵는 모양인데 가격도 괜찮았다. 사전에 예약하라고 되어 있다.

"잠만 잘 거니까 뭐. 그래도 맛있는 생선 요리가 나올 것 같은데. 여기라면 밤에 스노사키 등대도 보일지 몰라."

전화해보니 주말은 만실이란다. 월요일 밤으로 예약했다.

스키야키 재료를 사러 간 김에 상점가 스포츠 용품점부터 들러 후드 달린 윈드브레이커를 사고, 망설인 끝에 워킹슈즈도 장만했다.

기껏 등대 세 군데를 돌아보는데 굳이 새 신발까지 필요하랴 싶었지만, 이 년째 신발장에 처박혀 있는 것은 이참에 버리기로 했다.

월요일 아침, 고혜는 아케미가 중학 시절에 썼던 배낭을 메고, 렌터카 회사까지 걸어가 소형 왜건을 빌렸다.

직원에게 도쿄 만 아쿠아라인으로 가는 길을 듣기는 했지만, 친절하고 똑똑한 최신 카 내비게이션의 지시대로 나아가다 보니 아쿠아라인으로 들어섰다.

"음, 딱 봐도 여자 건데."

조수석 아래 내려놓은 배낭을 보고 고혜는 쓴웃음을 지었다. 초록색 주머니가 달린 오렌지색 배낭이다.

1박 예정이지만 혹시 몰라 갈아입을 옷을 이틀 치 넣고, 수건 석 장, 윈드브레이커, 세면용품, 소주 두 홉을 옮겨 담은 페트병, 도자기 술잔, 지도, 나침반, 디지털카메라, 새로 산 《시부에 추사이》 문고본과 《일본 등대 기행》, 노트와 볼펜, 스마트폰과 충전기, 노안경과 선글라스도 챙겼다.

내용물은 그게 전부였는데 배낭이 워낙 작은 터라 터질 기세다.

아쿠아라인을 벗어나 다테야마 자동차전용도로로 진입해 계속 직진하자 야트막한 산이 나오고, 조금 더 지나자 왼쪽으로 바다가 보이기 시작했다.

날씨가 좋아서 에어컨을 끄고 차창을 열자, 흰머리가 부쩍 많아진 퍼석한 머리카락을 바람이 흐트러뜨렸다.

고혜는 원래 운전을 좋아하지 않았다. 가게에서 필요할 때가 있을 것 같아 열아홉 살에 면허를 땄지만, 운전할 기회는 거의 없었다.

한때 끌고 다녔던 중고차는 순전히 간짱을 태워 골프 연습장에 가는 용도였다. 그나마 간짱이 전근하고 곧바로 팔아버렸다.

신호 대기를 위해 브레이크를 밟을 때마다 아이들링이 자동으로 정지하는 차는 처음이라, 이타바시를 벗어난 이래 몇 번이나 시동이 꺼진 줄 알고 당황했지만 아쿠아라인으로 진입할 무렵에는 익숙해졌다.

다테야마 방면을 알리는 표지판 근처에서 창문을 닫고 다시 에어컨을 켰다. 차창으로 쨍쨍한 햇볕이 쏟아져 들어와 10월인데도 한여름처럼 차 안이 후끈후끈했다.

"뭐야, 여긴 남국이야? 햇볕이 남국인데?"

다테야마를 향해 차를 달리면서 고헤는 혼잣말을 했다. 보소 반도를 일주하는 동안 대체 얼마나 많은 혼잣말을 해댈까 생각하니 우스웠다.

아마 오른쪽이 우라가스이도_{미우라 반도와 보소 반도 사이의 해협}이고, 그 너머에 미우라 반도가 있으리라. 야트막한 산에 가로막혀 바다는 보이지 않았다.

"아직 11시네." 고헤는 중얼거렸다.

아쿠아라인 도중에 있는 '우미호타루'라는 인공섬 휴게소에 식당이 많았지만 배가 전혀 고프지 않아 그냥 지나쳤다.

백미러를 흘끔 보고, 아무 동네에서나 이발소가 눈에 띄면 머리를 잘라야겠다고 생각했다.

　지난 삼십 년 동안 한결같은 머리 스타일이다. 4, 5센티미터 길이에 7대 3 가르마. 헤어크림이나 왁스 따위는 써본 적이 없다. 일할 때는 머리에 흰색 무명 수건을 두르니까 굳이 필요 없었다.

　"좋아, 다테야마에서 점심 먹고 이발해야지. 한 2센티미터로 짧게 깎아 달래자."

　그렇지만 이내 월요일인 것을 떠올렸다.

　"하필 전국의 이발소가 휴일이잖아."

　도중에 도로 공사로 일방통행이 이어지고, 다테야마 시내로 들어간 것은 2시가 조금 되기 전이었다.

　주차장을 사이에 낀 대중식당과 라면집을 도로변에서 발견하고, 고헤는 차를 세웠다.

　어디로 할까. 남이 만든 맛없는 라면을 돈 주고 먹으면 억울할 테니까, 포렴에도 큼직한 간판에도 대중식당이라고 적힌 쪽으로 들어갔다. 저녁은 스노사키 등대 근처 료칸에서 생선 요리가 나올 확률이 높으므로 돈가스 정식을 주문했다.

　"맛있다. 잘하는 집이네. 가막조개 된장국도 풍미가 있어. 주인장이 잘난 척하던 그 니혼바시 식당보다 월등히 낫다. 값도 착하고."

예전에 TV에 소개됐다며 란코가 한 번 먹어보고 싶대서 일부러 니혼바시까지 찾아갔던 유명 맛집의 등심 돈가스를 떠올리고, 고헤는 칠십대 중반임 직한 주인에게 "맛있네요"라고 말해주었다.

수학여행 온 초등학생처럼 들떠서 왜 이래. 지금부터 하고 싶은 말은 혼잣말로만 하자.

맛있네요. 감사합니다. 여기서 끝나면 좋은데, 온갖 잡학 상식을 끝없이 늘어놓는 주인장들이 많으니 문제다.

시키지도 않은 건어물이나 고추냉이 절임이라도 친절하게 내오는 날엔 남기고 싶어도 남길 수 없다.

고헤는 지금껏 몇 번 그런 난감한 경험이 있었다.

짙은 남색 반소매 폴로셔츠에 청바지를 입고 앞치마를 한 주인은 "오늘은 더우니까 찬 보리차가 좋겠죠?" 하면서 냉장고를 열었다.

보리차를 담은 컵을 테이블에 내려놓으며, 여행 오셨어요? 하고 물어왔다.

고헤는 네, 라고만 대답하고 보리차를 마셨다.

"여기서 조금 가면 노지마사키 등대라고, 커다란 팔각 등대가 있어요. 막부 말기에 외국과 에도 조약1866년 6월, 에도 막부와 영국, 미국, 프랑스, 네덜란드 사이에 체결한 관세율 경감을 골자로 한 협약이란 걸 맺었는데, 여덟 기의 등대를 건설하라는 요구 조항이 들어 있었어요. 에도 시

대에도 선박의 안전을 위해 등명대라는 게 있기는 했지만, 서양
식 등대는 완전히 생소했죠."

아니나 다를까, 시작됐다고 생각하면서도 고혜는 이야기에
귀기울였다.

"바칸 전쟁이라고 아세요?" 주인이 물었다.

"네, 분큐 3년1863년 조슈 번長州藩 현재 야마구치 현을 중심으로 에도 시대에
경제력과 군사력을 갖추었던 큰 번이 시모노세키 해협을 기습 봉쇄하고 외
국 상선과 군함을 포격했던 것이 계기였죠. 보복을 당한 게 그
이듬해였고요."

"맞아요, 잘 아시네요. 에도 시대에는 시모노세키를 바칸이라
고 불렀거든요."

에도 조약은《일본 등대 기행》에서도 읽었던 것이 떠올랐다.

"결국 조슈는 열강 4개국의 공격을 받고 항복했지만, 막대한
배상금을 요구받았잖아요? 그러자 조슈 측도 태도가 돌변해 그
건 막부에 청구하라고 튕겼죠. 아마 삼백만 달러였든가."

"호오. 당시 삼백만 달러면, 지금은 얼마일까요?"

"천문학적 금액일걸요. 도쿠가와 막부에 그런 돈이 있을 리 없
죠. 영국은 배상금을 삼분의 일로 깎아줄 테니 이 조약을 맺어
라, 하고 압박해왔어요."

"그게 에도 조약인가요?"

"맞아요. 그 가운데 '일본 정부는 외국과 교역하기 위해 개방

할 각 항구 부근에 선박의 안전 운항을 위해 등명대, 등부표, 입표를 설치한다'라는 조항이 있어서, 여덟 기의 등대 건설을 약속해야 했어요. 사실 우라가스이도를 지나 에도 만을 드나드는 항로는 꼭 외국 선박이 아니라도 위험했어요. 미우라 반도와 보소 반도 사이에 낀 우라가스이도가 워낙 위험한 장소거든요. 그 결과 제일 먼저 미우라 반도에 간논사키 등대가, 보소 반도에 노지마사키 등대가 생긴 겁니다. 간논사키 등대가 메이지 2년1869년, 노지마사키 등대가 메이지 3년이에요."

"잘 아시네요. 등대를 좋아하시나 봐요?" 고헤가 감탄하면서 물었다.

"뭐 등대 여자까지는 아니고요."

고헤에게는 '동대 여자'일본어 등대灯台와 도쿄대학을 줄인 동대東大는 발음이 같대[도다이]로 들렸는데, 주인은 빙그레 웃고 도쿄 대학을 졸업하지는 않았다고 덧붙였다.

"철도 팬을 뎃짱철도를 의미하는 '데쓰도'에 친근감을 담아 부를 때 쓰는 '짱'을 붙인 말이라고 하잖아요? 그것처럼 등대 여자요. 뎃짱 만큼 눈에 띄지는 않아도 꽤 있는 모양이에요."

"흠, 등대 여자라."

슬슬 일어나려고 지갑을 꺼내면서, 고헤는 조슈의 무모한 포격이 빚은 사태였지만 어쨌든 일본에 근대적 등대를 가져온 셈이네요, 라고 말했다.

주인이 거스름돈을 건네며 숙소를 물었다.

스노사키 등대를 보고 싶어서 그 앞쪽 에이노우라 어항 근처 료칸에 묵는다고 대답하고, 은근히 사람을 가르치려 드는 주인에게 자신도 꽤 상식이 있음을 보여줄 요량으로 "바칸 전쟁 강화 회담에서는 다카스기 신사쿠가 시시도 교마라는 가명으로 외국 공사와 협상에 나섰죠"라고 덧붙였다.

"다카스기 신사쿠는 무슨, 순 시골 도련님 양아치죠."

주인이 잔잔히 웃으면서 말했다.

"누가 그 사람을 영웅으로 둔갑시켰을까요. 아마 메이지 신정부의 조슈 벌閥이겠죠."

고헤는 살짝 바보 취급을 받은 것 같아 "뭐든 일가견이 있으시네요. 어째 학교 선생님과 얘기하는 기분입니다"라고 말했다.

주인이 소리 내서 웃고, 사실이 그렇다고 대답했다. 스물네 살 때부터 정년까지 다테야마의 고등학교에서 역사를 가르쳤단다.

"네? 어쩐지……."

"그래도 등대 얘기는 주로 오빠한테 들은 거예요. 십 년 전쯤 세상을 떠났지만, 오빠가 오랫동안 해상보안청에 근무했거든요. 등대는 1945년 이후 해상보안청 관할이 됐고, 지금도 해상보안본부의 해상보안부가 관리해요."

"아, 네……."

"삼사 년 후에는 등대도 구실을 다하리란 말도 있어요. GPS의

발달로 선박의 컴퓨터가 위치나 방위를 수신해 항로를 더 정확히 파악하면 굳이 등대가 없어도 되나 봐요."

고헤가 마침내 가게를 나왔다.

"아직 갈 길이 머네요. 조심히 가세요."

주차장까지 따라온 주인이 말할 때 사십줄로 보이는 여자가 가게 앞에서 자전거를 세웠다. 주인과 얼굴이 꼭 닮았다. 아마도 모녀지간이리라.

현 도로 257호선은 바다를 따라가며 이어졌다.

어느새 3시가 지나 있었다. 햇볕이 더 따가워져서, 고헤는 차를 갓길에 세우고 선글라스를 꺼냈다.

고등학교 교사를 정년퇴임하고 저 자리에서 식당을 시작했나. 뭔가 사연이 있어 보이는데. 다카스기 신사쿠가 시골 도련님 양아치라고…… 하기는 그럴지도 모르지. 고헤는 혼잣말을 중얼거리고, 선글라스를 끼고 다시 차를 달렸다.

현재를 사는 인간에게 과거의 역사는 어떻게도 해볼 도리가 없다. 사실史實 따위에 무슨 근거가 있으랴. 과거에 그것을 기록한 사람 마음대로 아닌가. 얼마든지 제 형편에 유리하게 빼고 보태고 꾸밀 수 있었는지도 모른다.

내가 《시부에 추사이》에 끌리는 것은 거의 모든 내용이 진실이라고 느끼기 때문이다. 오가이는 시부에 추사이와 그의 가족, 벗, 지인의 경력과 공적과 과실을 허위로 기록할 필요가 전혀 없었다.

알아낸 사실을 가감 없이 기록했기에 훌륭한 전기문학이 되었다. 뒷일을 모르면 모른다고 적었다.

조금 전 그 식당 주인을 《시부에 추사이》처럼 톺아보면 등장인물이 수천 명에 이르리라. 특히 중요한 인물로만 범위를 좁혀도 수백 명. 주인의 남편, 아들, 딸, 친척, 친구, 또 그들의 가족…….

증조부, 증조모, 또 그들의 아버지, 어머니, 형제자매와 친구들…….

그 한 사람 한 사람이 어떤 삶을 살았고 어떤 공로와 죄과를 남겼는가. 그들이 있었기에 지금 저 노부인이 '있다'.

나 같은 평범한 인간에게도 똑같이 적용되는 말이다. 여기 지금 마키노 고헤가 '있는' 것은 과거에 숱한 사람들과 그들이 살았던 역사가 있기 때문이다.

바닷가 바위에 서서 낚시하는 사람들을 바라보며 고헤는 그런 생각에 잠겼다.

햇볕도 햇볕이지만 바닷바람도 거세서, 커다란 파도가 쉼 없이 바위를 때렸다.

고헤는 낚시객들을 위한 주차 공간에 차를 잠깐 세우고 미네랄워터를 마셨다.

문득 나는 란코를 잘 모른다는 생각이 들었다. 그저 이력과 부모 형제를 알 뿐이다.

'마키노 란코'라는 제목으로 나의 《시부에 추사이》를 써볼까. 지극히 평범한 한 여자에게도 뜻밖의 이야기가 있어서 놀랄지도 모른다.

내 이야기는 쓰지 못할 것이다. 스스로를 톺아보기가 제일 어렵다. 자신을 둘러싸는 진실 가운데는 남에게 알리기 싫은 사연이 얼마쯤 있게 마련이다. 나는 그것을 숨기기 위해 보태고 빼고 꾸밀 것이다. 그래서야 오가이의 《시부에 추사이》와는 영 다른 것이 되어버린다.

더욱이 지금은 간단히 신원 조사를 할 수 없는 시대 아닌가.

이른바 개인정보 보호의 시대다. 남에게 노출하기 싫은 사실을 함부로 캐내지 못하게 법률로 묶는 일은 중요하다.

오가이가 《시부에 추사이》를 쓰기 위해 많은 사람의 협력을 얻을 수 있었던 것은 그가 독일에서 유학한 의사이자 군의軍醫 총감이라는 요직에 있었던 덕분이다. 말하자면 인맥이 많았다.

"란코는 일개 중화소바집 안주인이고, 나는 란코가 태어나기 몇 대 전으로 거슬러 올라간 이들을 알아볼 재주 따위 없잖아." 고헤가 소리 내어 말했다.

낚시객들의 낚싯대 끝을 잠시 바라보다가, 고헤는 차를 출발시켰다.

내비게이션 지시대로 운전을 계속해 에이노우라 어항 근처에 도착한 것은 4시가 조금 못 되어서였다.

하늘이 아직 밝아서 등댓불이 들어오려면 여유가 있었다. 어항에 차를 세운 뒤 선글라스를 벗고,《일본 등대 기행》의 페이지를 넘겼다.

'등질灯質'을 설명한 대목을 읽었다.

— 등대의 형태가 다양하듯 등댓불이 빛나는 방식도 다양합니다. 한눈에 어느 등대인지 판별할 수 있게끔 서로 다른 방식을 채택합니다. 이 빛의 차이를 '등질'이라고 합니다.

등질에는 등광과 색깔이 있는데, 빛을 일정하게 유지하는 부동광, 빛 자체는 일정하되 주기적으로 완전히 꺼지는 단명암광, 그 밖에 단섬광, 군섬광 등이 있습니다. 색깔은 흰색(W), 빨간색(R), 녹색(G), 노란색(Y) 4종류입니다.

이 두 요소를 조합함으로써 밤바다를 항행하면서도 어느 등대인지 식별 가능한 시스템입니다.

선박이 GPS에 의한 항로 안내로 항행하게 되면 전세계의 등대가 사라지는 날이 올까.

어항에서 료칸은 보이지 않았다.

어차피 가까울 테니 스노사키 등대부터 보고 갈 요량으로, 등대로 가는 길로 되돌아갔다.

"아, 저건가."

어항에서 떨어진 산 위에 높다란 흰색 건물이 보여 언덕길에 차를 세웠다.

가까운 것이 잘 보이지 않아 노안경이 필수지만, 거기에 원시까지 겹쳐서 중간 거리도 초점이 맞지 않는다. 5미터 이내가 잘 안 보인다.

대신 먼 것은 잘 보인다. 그래서 작년에 원시용 안경과 노안경을 맞추었다. 선글라스도 마찬가지로 맞추었지만, 그 원시용도 노안경도 도수가 잘 맞지 않게 되었다.

"멀리 볼 때는 나안이 좋고, 5미터 이내일 때는 원시용, 가까운 것은 노안경. 뭐야, 눈동자만 여섯 개 필요하네." 고혜는 중얼거리고, 주변의 밝기를 감지해 자동으로 점등되는 순간을 보기 위해 스노사키 등대로 다시 차를 달렸다.

커브가 많은 한산한 길을 나아가자 등대가 차츰 가까워졌다.

나직한 산속 포장도로를 어디서 어떻게 돌았는지 모르는 채 등대 바로 아래쪽에 닿자, 차를 주차장에 넣었다.

우편함처럼 생긴 수제 나무 상자에 주차료 이백 엔을 넣으라고 적혀 있었다.

고혜는 주차료를 넣고, 등대로 가는 계단을 올라갔다. 여행용 바이크 다섯 대가 주차장으로 들어왔다.

높낮이가 불규칙한 시멘트 계단은 오르기 만만치 않아 고혜는 몇 번이나 발을 삐끗할 뻔했다.

평소에 하도 안 걸어서 발목과 발바닥 근육이 쇠퇴했다고 속으로 투덜거리는데, 나중에 도착한 바이크 무리 젊은이들이 앞질러 갔다.

일행 중 한 젊은 여성이 등대 옆 전망대에서 어딘가에 전화를 걸었다. 해상보안청에 문의하는 눈치였다.

"스노사키 등대에 와 있는데요, 불 몇 시에 들어오나요?"라고 여자는 물었다.

용케 저런 언죽번죽한 전화를 한다고 생각하면서도 고헤는 대화를 엿들었다. 발은 자연히 등대 옆 전망대 쪽으로 움직였다.

"아아, 그렇군요. 네, 알겠습니다."

"네, 괜찮습니다. 조심할게요."

"네, 금방이네요. 감사합니다."

상대방 말은 들리지 않았지만 친절하게 응해주는 기색이다.

여자가 헬멧을 옆구리에 끼고 "이 시기엔 오류 분 후면 점등할 거래. 정확히 몇 시 몇 분 몇 초에 불이 들어오는지는 등대한테 물어보라면서 웃던데"라고 전망대에 있던 일행에게 말했다.

호, 친절하셔라. 내가 물어봤으면 어림없지. 저희가 좀 바쁘거든요, 기다리시다 보면 불 들어옵니다, 하고 무안이나 당했을걸. 상대가 아가씨 같으니까 그랬겠지.

젊은이들과 좀 떨어져서 우치보의 해안선과 석양을 바라보면서, 고헤는 실없는 생각을 하며 혼자 소리 없이 웃었다.

여긴 바다보다 상당히 높은 장소야. 맑은 날 한낮에는 미우라 반도, 잘하면 후지산까지 보이겠다. 바람이 워낙 세차서 겨울엔 오 분도 못 버티겠지만.

고헤가 등대를 올려다볼 때 마침맞게 불이 들어왔다. 불빛은 약했다.

"불 들어왔어요." 고헤가 라이더 일행에게 말했다.

"와, 들어왔다, 들어왔어. 빛이 점점 강해지네." 누군가 말했다.

고헤는 묵묵히 등댓불을 바라보다가, 가져온 책과 노안경을 꺼내 스노사키 등대에 대해 설명한 대목을 읽었다. 우라가스이 도로부터 도쿄 만을 드나드는 선박의 중요한 항로 표지이자 지상에서 꼭대기까지 15미터, 수면에서 불빛까지 45미터라고 적혀 있었다.

눈 아래 보이는 해면에서부터 이 등댓불까지 45미터. 어촌에서 꽤 많이 올라왔다는 소리다.

옛날에는 대부분의 등대를 '등대지기'가 지켰다. 〈기쁨도 슬픔도 몇 해였던가〉라는 등대지기 부부를 그린 영화가 있었지. 나 어렸을 때 개봉했어. 텔레비전 흘러간 명화 시간에 방영해줬는데, 엄마 옆에 앉아 있다가 덩달아 끝까지 봤었지, 라고 속으로 중얼거리며 고헤는 등대 뒤쪽으로 가보았다.

불빛을 가린 차단판을 보고, 역시 등대는 육지를 비추는 게 아님을 새삼 깨달았다.

당연한 일인데 대단한 발견이라도 한 기분으로 전망대로 돌아와, 난간에 기대어 에이노우라 어항을 찾았다.

바다를 훑으며 회전하는 불빛이 잘 보이는 장소로 되돌아갈 때 라이더 일행이 안녕히 가세요, 라고 인사를 해왔다.

"잘 가요."

고혜도 돌아보며 답하는 순간 평소의 자신과 좀 다르다고 느꼈다. 모르는 사람에게 말을 걸다니, 여느 때 같으면 어림도 없었다.

나는 아까 분명히 저 젊은이들에게 '불 들어왔어요'라고 말을 건넸어. 어쩌다 역에서 누가 물건을 떨어뜨리는 걸 보고도 '떨어졌어요'라는 한마디가 잘 나오지 않는데.

낯을 가리는 게 아니라 주눅이 드는 탓이다.

서로 알고 나면 먼저 말 걸기쯤은 일도 아닌데, 처음 만나는 사람 앞에서는 늘 한 발 물러서고 만다.

언제부터 이런 성격이 됐을까 생각하면서 높낮이가 불규칙한 계단을 내려가는데 라이더 일행이 앞질러 갔다.

"이제 어디로 가요?" 고혜는 큰맘 먹고 물었다.

"다테야마 시내까지 갑니다"라고 한 명이 대답했다. 한 여성 라이더가 헬멧을 쓰면서 어항 방파제 끝에서 보는 스노사키 등대가 제일 예쁘다고 가르쳐주었다.

여행용 바이크 무리가 좁은 길 너머로 사라지자, 고혜는 차 안에서 스마트폰을 꺼내 '등대지기'를 검색했다. 2005년 9월 22일자 요미우리 신문 온라인 뉴스가 떴다.

— 아오모리 현 쓰가루 반도 최북단 닷피미사키에 있는 닷피사키 등대(소토가하마마치)가 내년 4월부터 무인화한다. 나가사키 현 단조 군도男女群島의 메시마 등대(고토 시)도 내년에 무인화할 전망으로, 이로써 전국 3345기 등대에서 '등대지기'가 사라진다. —

흠, 등대지기가 사라진 지 불과 십일이 년 정도란 말이지.

고헤가 중얼거리고 소형 왜건을 출발시켰다.

등대 주위를 돌게끔 만든 길이라, 숲도 아니고 잡목림도 아닌 무성한 키 큰 풀들에 가려 때때로 보이지 않았지만, 멀어지면 멀어질수록 스노사키 등대는 위엄찬 모습으로 변모하는 듯했다.

도중에 휘황하게 빛나는 큰 료칸을 지나쳤다.

예약한 곳은 민박보다 조금 나은 작은 료칸이리라 짐작했지만, 에이노우라 어항에서 1킬로미터 떨어진 항구맡에 자리 잡았고 노천 욕탕도 있었다.

대부분 낚시 오신 손님이라 새벽 4시쯤 일찌감치 아침을 드시고 해 뜰 무렵에는 나가버리신답니다, 라고 주인이 말하고 신속히 요리를 내왔다.

고헤는 소주 오유와리를 주문하고 바다 쪽으로 난 큰 유리창 너머를 내다봤지만, 민가의 지붕과 바다가 조금 보일 뿐이었다. 스노사키 등대는 고헤 방에서 반대쪽에 있는 모양이었다.

다섯 종 모듬회와 석화 구이가 맛있었다. 달걀찜도 훌륭했다. 오유와리는 평소에 마시는 것보다 엷어서, 주인이 방을 나간 뒤 페트병에 넣어온 소주를 더 넣었다.

더 진하게 만들어달라면 될 일인데, 고헤는 어째 그 말을 하지 못한다.

사람이 왜 이 모양일까 생각해봐도 그게 성격이고 천성인데 별수 있냐는 진부한 결론에 도달할 뿐이다.

하지만 오늘은 여느 때와 뭔가 다르다.

처음 해보는 나 홀로 여행이라 들뜨기도 했으리라. 사내 나이 예순둘에, 이런 말도 좀 부끄럽지만.

고헤는 밥을 공기에 푸고, 서덜물고기의 좋은 부분을 바르고 남은 부분로 끓인 된장국과 함께 그러넣었다.

"응, 이 맛이야. 낚시객 단골이 많은 료칸은 이런 게 맛있어야지. 금눈돔 서덜이라니, 제대로 호강인데."

디저트를 내온 주인에게 등대를 보러 제방에 간다, 9시쯤 돌아올 테니 이불을 펴달라, 목욕은 돌아와서 바로 하겠다, 라고 일러두었다.

제방으로 가는 지름길을 묻고, 고헤는 윈드브레이커와 스마트폰만 들고 료칸을 나와 집집 사이의 좁은 길을 누비듯 걸었다.

동네 사람들만 다니는 지름길이지 싶었는데, 걸어보니 어항까지는 거리가 꽤 되었다.

금목서 향기가 떠다니는 길을 벗어나 어항으로 나온 순간 바람으로 몸이 옆으로 밀려났다.

고혜는 허둥대며 윈드브레이커를 입었다. 밤이 되면 이 일대는 강풍이 부는구나. 한낮엔 햇볕이 뜨거워서 폴로셔츠도 벗어 던지고 싶을 정도였는데, 이건 거의 태풍급인걸.

아득히 먼 앞쪽 산에서부터 바다를 향해 섬광을 내뿜는 등대를 바라보았다.

여기서 보면 차단판이 회전등의 절반을 가리므로, 제방 위로 올라가 스마트폰의 플래시 아이콘을 터치해 발밑을 밝혔다. 제방 끝까지 걸어가, 바닥에 주저앉아 등댓불을 바라보았다.

제방이 50미터만 더 앞으로 뻗었어도 거의 정면에서 볼 수 있을 텐데.

집게손가락을 눈앞에 치켜들어 겹쳐보니 등대 전체가 손가락 한 마디쯤이었다.

"저게 우라가스이도를 지나는 유조선과 여객선, 화물선을 인도하는구나. 훌륭한데. 가까이서 보면 땅딸막한 연통 같은데 바다 쪽에서 보면 늠름한 장수 같아. 전황이 적군에게 유리하건 아군이 파죽지세로 진격하건 막사 앞에 바위처럼 앉아 있는 장수. 그나저나 등대지기도 참 극한 직업이야. 폭풍이 계속될 땐 관사에 틀어박히는 수밖에 없었겠지. 부부 싸움이라도 했다가는 지옥이잖아."

마음속으로 말하는 사이, 등대에 인접한 관사에서 몸을 맞대고 있는 어린아이들의 모습이 그려졌다.

그러자 《시부에 추사이》를 처음 읽었을 때 품었던 의문이 떠올랐다.

에도 시대, 얼마나 많은 아이들이 죽어갔던가. 아이들만이 아니다. 서민도 무사도, 한창나이에 잇따라 죽어간다.

오가이는 죽음의 연유를 별로 적지 않았다. 누구누구 부부는 슬하에 다섯 아이를 두었는데 첫째가 두 살, 둘째가 여섯 살, 막내가 열세 살에 죽고 지금은 둘만 남았다, 라든가. 어디어디의 네 아이 가운데 성인이 된 아이는 한 명, 그 아이가 가업을 이어받았으나 스물두 살에 죽었다, 라든가…….

당시 고혜는 감정이 없는 필치라고 느꼈다. 《시부에 추사이》라는 전기소설의 밑바닥을 흐르는 차가움이 불만이었다. 왜 그렇게 냉랭해야 하는지 이해할 수 없었다.

그렇지만 에이노우라 어항의 제방 끝에서 스노사키 등댓불을 바라보는 사이, 그것이야말로 산유테이 엔초가 라쿠고 속에서 깨우치려 했던 '심학' 자체였다는 생각이 들었다.

생활환경도 영양 상태도 의학도 지금과는 판이했으므로, 어린아이가 병사할 확률은 현대인이 상상하는 이상으로 높았으리라. 성인이 될 때까지 사는 아이는 많지 않았다. 성인이 되어도 홍역, 포창천연두의 속칭, 장티푸스나 콜레라에 걸리면 의학도 속수

무책이었다. 그러니까 어린이나 젊은이의 죽음은 드문 일은 아니었다.

하지만 현대도 마찬가지 아닐까. 장티푸스나 폐렴이 교통사고나 새로운 난치병으로 바뀌었을 뿐이다.

옛날에는 '노해'라 불린 폐결핵은 불치병으로, 그저 죽기를 기다리는 수밖에 없었다. 앞날이 창창한 젊은이들이 얼마나 숱하게 노해로 죽어갔을까.

세균이나 바이러스라는 개념조차 없었다. 저항력이 없는 아이들은 종기만 생겨도 처치가 늦으면 전신에 균이 퍼져 간단히 죽었다.

《시부에 추사이》는 요컨대 무수한 죽음을 나열했다고 할 수 있다. 그러기에 더더욱 당시 부모들은 아이의 탄생을 성대히 축하하고, 시치고산7세, 5세, 3세가 된 어린이의 성장을 축하하는 행사을 축하하고, 겐푸쿠나라 시대 이후 11살에서 16살 사이의 남자가 의관을 갖추고 치른 일종의 성인식를 축하했다.

이런 사실을 이해하게 된 것은 《시부에 추사이》를 열 번째 읽었던 사십대의 마지막 해였다.

시부에 추사이와 그의 아내, 아이들, 벗들이 살았던 시대에도, 지금도 그리고 앞으로도, 사람은 죽는다.

그러나 죽어도 지워지지 않는 것을 남기고 간다. 사흘을 살고 죽은 아이조차 눈에는 보이지 않는 뭔가를 남기고 간다. 보이지 않는 그것을 어떻게 느끼고 어떻게 믿어 나갈 것인가.

아이에게는 단 사흘이지만, 순간 속의 영원이다.

불경에서는 백천만억 나유타 아승기 겁이라는 표현으로 무한의 시간을 나타낸다.

나유타는 10의 16승, 아승기는 10의 56승.

다시 말해 백×천×만×억×나유타×아승기×겁이라는 말이다. 천문학적이란 말도 초월한다. 상상할 수도 없거니와 숫자로는 도저히 나타낼 수 없는 시간이다.

겁은 순환 우주론에서는 하나의 우주가 탄생해 소멸할 때까지의 기간이지만, 우주가 장구한 시간 속에서 순환한다는 설을 부정한다면 백천만억 나유타 아승기 겁이라는 시간은 순환 우주론을 크게 넘어선다.

어쨌거나 사흘 만에 죽건 백 살에 죽건 그저 순간일 뿐이다. 영원 속의 순간이 아니라 순간 속에 영원이 있다면, 사흘을 살고 죽은 아이도 뭔가를 남기고 생애를 마친 셈이다.

그렇지만 정말 끝났을까. 백천만억 나유타 아승기 겁이라는, 상상하면 머리가 이상해지는 무한의 시간 속에서는 끝나지 않은 게 아닐까.

고혜는 스노사키 등대를 향해 가볍게 손을 흔들었다.

또 만나자는 뜻으로 흔들었던 손으로 스마트폰의 플래시 아이콘을 눌러, 발밑을 조심하며 천천히 되돌아왔다.

어항을 벗어나 주택지 쪽으로 걸음을 옮길 때 스마트폰이 울렸다. 막내 겐사쿠다. 몇 번이나 걸었던 모양이다.

"미안, 미안. 바람 때문인지 벨 소리를 못 들었다." 고헤가 말했다.

"바람? 지금 어딘데요?"

보소 반도 남서단이라 대답하고, 주택 사이의 좁은 길로 들어갔다.

바람 없는 곳으로 와서야 비로소 몸이 차디찬 것을 느꼈다.

"왜 그런 데 있는데요?"

"등대 보러 왔어. 오늘은 스노사키 등대. 그보다, 무슨 일 있냐?"

"지금 도쿄 역이에요. 지금부터 이타바시 집에 간다고 연락한 건데."

"학교는? 방학이야?"

"아뇨, 시나가와에서 학회가 있었는데, 지도 교수님이 출석 좀 하래서요. 우리 세미나 팀에서 최소한 한 명은 학생이 참가해야 한대서 내가 대표로 왔어요. 바로 교토에 돌아갈 생각이었는데 학회가 늦게 끝나서 신칸센 막차를 놓쳤어요."

"무슨 말썽이라도 일으킨 줄 알았다."

"그런 거 안 일으키거든요."

"그럼 집에서 자고 가. 나는 없지만 아케미가 있으니까."

"누나 오늘 회식이라던데."

"그럼 너, 나랑 여행할래? 내일 보소 반도 어디쯤에서 만나서."

농담처럼 해본 말인데, 겐사쿠는 일단 전화를 끊고 다시 이야기하잔다.

"뭐야, 진짜로 올 셈인가?"라고 중얼거리고, 고헤는 빠른 걸음으로 료칸에 돌아가 전화를 기다렸다.

"어디서 만날까요? 도쿄 역 야에스 출구에서 아와코미나토행 고속버스가 있거든요. 아침 10시 출발, 고미나토 도착이 12시 반쯤."

다시 전화를 걸어온 겐사쿠가 말했다.

"그거, 중간에 어디어디 정차하는데?" 고헤가 물었다.

"정차역이 꽤 많은데, 보소 반도 한복판을 가로질러 가쓰우라까지 가는 건가? 가쓰우라에서 남하해서 고미나토로 가는 것 같아요. 온주쿠 갈 사람은 중간에 갈아타는지도 모르죠. 나는 그냥 가만히 앉아 있으면 고미나토에 닿지만."

겐사쿠는 전화를 끊었다.

"가쓰우라에 먼저 도착하나?" 고헤는 중얼거리면서 스마트폰으로 보소 반도 지도를 확인했다. 가쓰우라에도 등대가 있다. 가쓰우라에서 만나서 같이 가쓰우라 등대를 보러 가는 게 효율적이다.

겐사쿠에게 다시 전화를 걸려다가, 아들과 처음 해보는 여행인데 서두를 필요는 없을 것 같아 목욕을 하러 갔다. 바닷바람에 차가워진 몸을 어서 덥히고 싶었다.

료칸의 대욕장에 혼자 몸을 담그자 '순간 속의 영원'이라는 말이 머릿속을 맴돌았다.

문득 신문에 게재됐던 어느 작가의 수필 한 구절이 떠올랐다.

영국의 이론 물리학자 스티븐 호킹 박사가 일본에 와 일반인을 대상으로 강연한 적이 있었다. 작가는 회장에서 직접 강연을 들었는데, 우주 시간에서 말하는 순간은 지구의 시간으로 어느 정도인지 질문했다고 한다.

호킹 박사는 주저 없이 '백 년'이라고 하더란다.

고혜는 한때 호킹 박사의 저작을 열렬히 탐독했다.

호킹 박사는 학생 시절 난치병에 걸려 줄곧 휠체어 생활을 해야 했는데, 그의 블랙홀 이론은 전세계 물리학자에게 계속해서 지대한 영향을 미친다고 한다.

"《시부에 추사이》라는 전기문학 속에서 죽어가는 무수한 어린이와 젊은이."

"백천만억 나유타 아승기 겁."

"우주의 순간은 지구에서 백 년."

고혜는 느긋하게 욕탕에 몸을 담그고 몇 번이나 중얼거렸다.

《시부에 추사이》도, 간다의 헌책방에서 산 《불교 철학 개론》도, '호킹 박사의 강연회에서 질문한 작가의 수필'도, 제각각 다른 동기로 읽었을 뿐이지 계통을 세우려던 것은 아니다.

그렇지만 지금 그것들은 하나로 이어졌다.

"이게 간짱이 말했던 잡학일까. 잡학에서 오는 '묘'라는 것일까." 고헤는 중얼거렸다.

처음에는 기분이 좋더니, 목욕물에 몸이 훈훈해지자 굵은 땀이 떨어졌다.

천천히 몸을 씻고 방으로 돌아와, 냉장고에서 미네랄워터를 꺼내 마셨다.

10시를 조금 넘겼을 뿐인데 관내는 적막했다. 쥐 죽은 듯 조용하다. 새벽에 일찍 나가는 낚시 손님들은 벌써 잠자리에 들었는지도 모른다. 바닷바람도 잦아든 듯했다.

"대학생 아들놈과 등대 순례라니, 꿈같다." 고헤는 말했다. 여태껏은 혼잣말이었지만, 지금은 란코에게 하는 말이다.

"당신, TV에서 봤다면서 무로란에 있는 두부가게 얘기를 했지. 언제였더라. 전통 제조법을 지키면서 벌써 4, 5대째 이어진다던 두부가게. 초대 주인장의 신조가 '더도 덜도 말고 지금처럼만'이랬어. 여보, 따지고 보면 우리도 그런 신조로 해온 셈이잖아요, 라고 당신 말했었지."

땀이 멎자 집에서 가져온 소주를 긴 술잔에 따르고, 미네랄워터를 부었다.

"가볍게, 수면제 대신" 하면서 한 모금 마셨다. "좀 진하지만 그냥 마실 거야."

문득 이번 여행이 1박 예정이었다는 사실이 떠올랐다. 내일 돌아갈 작정이었는데 덜컥 겐사쿠를 끌어들여버렸다.

아버지가 가자니까 그 애는 이타바시에서 도쿄 역 야에스 출구까지 굳이 와서, 고속버스를 타고 보소 반도를 비스듬하게 횡단해 아와코미나토까지 온다. 그런데 이누보사키 등대만 보고 자, 그럼 그만 가볼까, 한다면 좀 심하지 않은가.

결국 하룻밤 더 자기로 했다. 이누보사키 등대 근처도 괜찮고, 어차피 교토로 돌아갈 겐사쿠를 도쿄 역에 떨어뜨려줄 거면 기사라즈 근처도 괜찮으리라. 렌터카 회사에는 내일 전화해서 연장 신청을 하면 된다.

스마트폰을 충전하고 이불 속으로 파고들었다. 잠깐 눈을 감았다가 고혜는 불도 끄지 않고 그대로 잠들었다.

잠결에 멀리서 사람 소리가 들리는 것 같았다.

날이 밝았구나 싶어 밤새 차고 잔 시계를 보니 아직 6시 전이었다.

잠시 멍하니 삼나무 판자 천장을 올려다보고, 불을 켜둔 채 잤다는 사실을 깨달았다. 낮은 탁자 위에 간밤에 만든 소주 미즈와리소주에 찬물을 섞은 것가 그대로 남아 있다. 한 모금 마셨을 뿐이었다. 커튼도 치지 않았다.

전날 10시 반쯤부터 꿈도 꾸지 않고 일곱 시간 이상을 내리잔 모양이었다.

이렇게 깊이 자본 게 몇 년 만일까. 고헤는 이불에서 나와 미네랄워터를 마셨다. 창문을 열었다. 방충망 너머에서 갯냄새가 들어왔다.

잠결에 들었던 목소리는 배를 타고 바다로 나가는 낚시 손님들이었으리라. 그렇다면 5시쯤이었을까.

고헤는 료칸에서 제공하는 유카타 목욕 후나 여름에 주로 입는 홑옷를 벗고, 새로 꺼낸 흰색 폴로셔츠에 짙은 남색 여름 바지를 입고, 차를 끓였다.

아와코미나토까지 차로 얼마나 걸릴까. 분명 도중에 노지마사키 등대가 있다. 겐사쿠가 고미나토에 도착하는 것은 12시 반쯤이다. 틀림없이 배고프단 말부터 할 텐데.

고미나토에서 점심을 먹고 노지마사키 등대로 되돌아와, 거기서부터 가쓰우라 등대를 향해 다시 소토보 지바 현 남부 스노사키에서 가쓰우라에 이르는 태평양 해안를 북상해도 해 질 무렵에는 이누보사키 등대에 닿을 터다.

고헤는 대충 따져보고 "뭐, 천천히 가자" 하고 중얼거렸다.

그렇지만 세수하다 말고 머리를 깎아야 한다는 사실을 떠올리고, 역시 서두르기로 했다.

주인이 아침식사는 아래층 식당이나 방에서 할 수 있다면서,

계란말이가 좋은지 날달걀이 좋은지 물었다.

"식당에서 먹겠습니다. 따끈한 밥이면 달걀을 비벼 먹는 게 좋죠."

그렇게 말하고 짐을 챙겼다.

작은 냄비에 담겨 나오는 따끈한 두부와 전갱이 구이도 맛있었고, 이 지역 특산이라는 끈적거리는 해조가 들어간 된장국도 풍미가 좋았다.

"근처에 이발소 있을까요?"

"현 도로 따라서 조금 가다 보면 있어요." 주인이 말했다.

8시 전에 료칸을 나와 운전석에 앉아, 고혜는 내비게이션을 아와코미나토로 설정했다. 불과 오 분쯤 창을 닫아뒀을 뿐인데 차 안 온도가 쑥쑥 올라가 에어컨을 켜지 않으면 버틸 수 없어졌다.

"아니, 무슨 오키나와라도 돼? 어제보다 날씨가 좋아서 고맙긴 한데, 너무 덥잖아."

현 도로를 달리기 시작하고 조금 지나, 도로변과 항구 여기저기에 꼭대기만 잎이 무성한 키 큰 나무들이 있는 것을 알아차렸다.

"쟤들은 꼭 야자나무처럼 생겼네. 보소 반도 남쪽은 그냥 남국이구나. 야자나무처럼 생긴 게 아니라, 이거 야자나무 맞네."

이발소는 곧바로 발견했지만, 아직 문을 열기 전이었다.

바다 쪽에 제방이 있는 시라하마라는 동네로 들어서자 영업 중인 이발소가 있었다. 고헤는 가게 주차장에 차를 세우고, 가게 앞에서 비질을 하는 자신과 비슷한 또래의 주인에게 물었다. "이발 되나요?"

"방금 문 열어서, 스팀 타월이 미처 준비가 안 됐는데요."

"머리 깎는 사이에 준비되겠죠?"

의자에 앉자마자 제일 긴 부분도 2센티미터 정도로 깎아달라고 했다. 1.5센티미터도 좋고요, 라고 덧붙였다.

"목덜미 쪽도 짧게 할까요?"

"네, 확 쳐주세요."

"2센티미터면 상당히 짧거든요. 손님은 얼굴이 갸름하셔서 더 짧아 보일 텐데, 괜찮으세요?"

"괜찮습니다. 마음 같아선 아예 네모지게 바싹 치켜 깎고 싶은데, 도편수처럼 보일까봐 그건 좀 그렇고."

이발소 주인은 고헤의 머리카락을 만져보고 "손님 모발로는 그 스타일은 안 됩니다"라고 말했다.

머리카락이 원래 부드러운 데다 앞머리가 제법 벗어져서, 짧게 깎아도 머리가 누워버린단다.

"이런 걸 M형 대머리라고 합니다. 대신 정수리는 안 벗어지죠."

나름 민감한 주제를 서슴없이 건드린다 싶었지만, 고헤는 아무 말 않고 거울에 비치는 가위와 빗의 움직임을 눈으로 좇았다.

면도와 샴푸까지 마치고 드라이어로 머리를 말리면서 주인이 물었다. "여행 오셨어요?"

"등대 보러 왔습니다."

너무 짧게 잘랐나 하고 약간 후회했지만 이미 늦었다.

"노지마사키 등대요?"

"어제는 스노사키 등대를 봤고요. 오늘 노지마사키, 가쓰우라, 이누보사키를 보려고요."

"노지마사키 등대라면 저희 가게 앞 국도를 건너가 제방 쪽으로 가면 잘 보입니다. 흔한 말로 베스트 뷰죠. 등대는 너무 가까이서 보는 게 아니거든요. 한 100미터 떨어져서, 바다를 훑으며 움직이는 불빛을 봐야 진짜죠. 옛날엔 가게 2층에서 할아버지, 할머니, 아버지, 어머니, 저, 남동생, 여동생이 살았습니다. 네, 할아버지도 이발소, 아버지도 이발소, 제가 3대쨉니다. 다들 매일 매일, 노지마사키 등대를 보며 살아서, 등대 없는 세상은 상상이 안 돼요. 가끔 내륙부에 가서 등대가 눈에 안 띄면 뭐야, 여기 어디야, 하고 불안해집니다." 주인이 말하고 빙그레 웃었다.

싹싹한지 무뚝뚝한지 헷갈리는 사람이지만 말은 구수하게 잘한다고 생각하면서, 고헤는 실례지만 나이가 어떻게 되느냐고 물었다.

"예순둘입니다."

"그럼 저랑 동갑이시네요."

"이왕에 오셨으니 1869년에 처음 불을 밝힌 노지마사키 등대를 가까이서 올려다보시라고 권하고 싶지만, 실은 저희 가게 앞 제방에서 바라보는 게 최고였단 걸 느끼실 걸요." 주인이 말하면서 브러시로 고헤의 어깨와 목덜미를 털었다.

이발소에서 나와, 고헤는 주인의 말대로 국도를 건너 바다 쪽에 설치된 긴 제방 앞까지 갔다.

낮은 산기슭에서 솟구친, 햇빛을 머금은 하얀 등대가 눈에 들어왔다.

등대 주변은 바위가 많은 깊숙한 후미로, 지도를 봐서는 바다 건너편의 말굽 모양 후미에서 보는 편이 경관이 좋을 것 같았다.

그쪽까지 가보고 싶은 생각도 있었지만 벌써 11시가 가까웠으므로 "육십이 년을 여기서 매일 노지마사키 등대를 본 사람이 한 말이야. 좋아, 이걸로 보소 반도 최남단 노지마사키 등대 견학은 완료다"라고 마음속에서 말하고, 고헤는 차에 올라탔다. 아와코미나토까지 한 시간은 잡아야 할 것이다.

시동을 걸기 전에 스마트폰을 보니 겐사쿠한테서 라인 메시지가 와 있었다.

— 출발했어요. —

보낸 시각은 10시 2분이었다.

"버스가 예정대로 출발한 모양이군."

바람은 바다 쪽에서 불어오는데, 금목서 향기가 차 안으로 들어왔다. 그러고 보니 도쿄 이타바시는 아직 금목서가 피지 않았던 것 같다.

아와코미나토 버스터미널에 닿았지만 도쿄 역에서 오는 고속버스는 아직 도착하지 않은 모양이었다. 고헤는 주차장에 차를 세우고 JR 역 앞으로 갔다. 역사에 걸린 아와코미나토 간판을 배경 삼아 스마트폰 카메라로 셀카에 도전했지만, 햇빛이 눈부셔서 아무래도 얼굴이 제대로 찍히지 않는다.

결국 손가락에 쥐가 나서 포기하고 하릴없이 역 앞에 서 있자, 동네 아주머니가 다가와 찍어주었다.

"겐사쿠에게 찍어달랬으면 됐을걸."

아주머니에게 고맙다고 인사하고, 셀카도 난생처음이라 생각하니 한심해졌다.

역 앞 안내판을 보고 아와코미나토가 니치렌일본 가마쿠라 시대의 불교 승려. 니치렌 종의 창시자의 탄생지란 사실을 알게 되었다.

조오 원년1222년 2월 16일 출생, 고안 5년1282년 10월 13일 입멸이라 적혀 있다.

"흠, 1222년엔 아와코미나토는 어떤 곳이었을까. 가마쿠라 시대잖아. 어부의 아들로 태어났지? 이 일대 해안도 바위투성이인데"라고 중얼거리는데 누가 어깨를 두드렸다.

"잘못 본 줄 알았네. 어떻게 된 거예요, 머리?"

연두색 티셔츠에 베이지색 면바지를 입고 검은 배낭을 든 겐사쿠가 구릿빛 얼굴에 미소를 떠올리고 서 있었다.

"아까 잘랐어. 너무 덥기도 했고, 이참에 인생도 좀 바꿔보려고. 의외로 어울리지 않냐?"

"응, 젊어 보여요."

"정말? 성공이네."

"배고파요. 누나는 커피 한 잔 타주더니 정신없이 뛰어나가고, 냉장고엔 먹을 만한 게 없고. 할 수 없이 버스 타자마자 바로 자버렸어요. 어디를 어떻게 지나왔는지, 전혀 몰라요."

"젊구나, 배고픈데도 잠을 잘 수 있고."

겐사쿠는 역 앞 길을 건너면서 스마트폰으로 뭔가 검색하는 눈치더니 고헤가 차 문을 열자 온주쿠에 맛있어 보이는 식당이 있다며 영상을 보여주었다. 새우튀김 정식이 고헤의 눈앞에 나타났다.

"뭐가 이리 크냐. 이게 보통 새우라고? 이세 새우_{지바 현과 미에 현에서 주로 잡히는 대형 새우. 고급 식재료로 쓴다} 아니고?"

고헤는 진심으로 말했다. 지름 3센티미터는 될 듯한 새우튀김이 접시에 세 개 놓였고, 양배추채도 수북하다.

온주쿠는 구주쿠리하마 곶미처, 가쓰우라 등대와 구주쿠리하마 사이에 있다. 그렇다면 가쓰우라 등대는 패스라고 고헤는 마음먹었다.

여름에 본 후로 처음 만나는 아들이다. 아침도 못 먹고 온 아들에게 거대한 새우튀김을 먹이는 일이 더 중요했다.

온주쿠를 향해 차를 달리면서 앉은키도 자신보다 4, 5센티미터는 큰 겐사쿠의 머리를 보고, 누가 보면 부자가 약속이라도 하고 이발한 줄 알겠다고 생각했다.

여름방학 전에는 앞머리가 눈까지 내려왔는데, 지금은 짧다. 실습 강의 때 반드시 헬멧을 착용하기 때문이다.

"아버지, 나 교량공학 쪽으로 진로를 바꿀까 해요. 지도 교수님이 권하셔서." 겐사쿠가 말했다.

"교량? 아, 다리?" 고헤가 선글라스를 끼면서 물었다.

"응, 그 다리요. 원래는 토목공학 전공할 생각이었는데, 지도 교수님이 다리 전문가라 나한테도 그쪽으로 나가라고 하세요."

"네가 그러고 싶으면 그러면 되잖아."

"응, 근데 그럴 거면 대학원까지 마치는 게 좋나 봐요. 대학 과정만으로는 교량공학은 다 배우기 힘들대요. 그래서 하는 말인데, 대학원 가도 돼요? 매일 현장이랑 연구동에서 실습만 하느라 아르바이트는 못 하지만."

"아르바이트하러 대학 간 거 아니잖아."

"그래도 아버지, 이제 중화소바 안 만들잖아요? 가게 저대로 닫아두면 우리 집 경제는 천천히 기울어가는 거고요."

얘가 말을 기분 나쁘게 하네, 라고 생각했지만 고헤는 잠자코 있었다. 공학계 대학원 등록금도 짐작되지 않았거니와 사실 틀린 말도 아니었다.

"교량이라. 아무튼 다리는 국내 수요만 있는 게 아니니까. 개발도상국들은 앞으로 얼마나 많은 다리가 필요하겠어. 보람 있는 일이다. 그쪽으로 해봐. 다리 놓이기를 기다리는 사람들이 세상엔 많잖아."

"그래도 아버지, 가게 다시 열 생각 없잖아요. 이대로 엄마 보험금으로 그럭저럭 생활할 거잖아요? 엄마가 여기저기에 소액 생명보험 들어놔서 다행이죠 뭐. 큰 욕심 안 부리면 곶감 빼먹듯 생활은 하겠죠. 하지만 객관적으로 봤을 때 대학원 학비는 무리란 말이죠……."

이 녀석 봐라, 듣기 싫은 소리를 잘도 하는구나. 그것도 아주 조곤조곤, 상냥한 얼굴로, 공부 못하는 아이 에둘러 야단치는 부모처럼.

스스로 생각해도 의외일 만큼 화가 나서, 고헤는 소토보쿠로 시오 라인에 진입했음을 짐작케 하는 국도 갓길에 차를 세우고 자동판매기에서 미네랄워터를 두 병 샀다.

조수석의 겐사쿠에게 한 병 건네고, 자동판매기 옆 그늘에서 꿀꺽꿀꺽 들이켰다.

교량공학을 배우기 위해 대학원에 진학하겠다고. 겐사쿠는 아직 대학 1학년이다. 그럼 삼 년 후쯤인가.

"대학원 가." 운전석으로 돌아온 고헤가 말했다.

겐사쿠는 별로 감격하는 기색이 없다. 한참 뒷일이니까 그냥 해보는 말이겠거니 하는 눈치다. 고헤는 잠자코 온주쿠로 가는 국도를 달렸다.

"아버지, 고속도로도 엄밀히 말하면 교량이에요."

십오 분쯤 아무 말도 없던 겐사쿠가 입을 열었다.

"어, 그래?"

"직접 지면 위를 달리는 게 아니니까요. 고속도로는 대부분 도리 다리 기둥 위에 걸쳐 널빤지를 지탱하는 부재 비슷한 것 위에 있어요. 아, 비슷한 게 아니라 따지고 보면 구조는 도리나 마찬가지네요."

"흠, 그렇구나. 그럼 고속도로 만드는 데도 교량공학이 필요하다는 말이네."

"응. 또 하나 필요한 게 지질학. 실제로 다리나 고속도로를 만들게 되면 지질 전문가가 미리 현장 조사를 하지만, 설계자도 정확히 파악하고 있어야 돼요. 나 지금 지질 조사 조수 아르바이트하거든요. 시급은 완전 짜지만. 기타노텐만구 매화와 단풍이 유명한 교토의 신사 주변 라면가게 시급의 절반도 안 될걸요."

겐사쿠는 요즘 기타노덴만구 주변은 라면가게가 우후죽순으로 늘어 '교토 라면 전쟁'이라 불릴 정도로 격전을 벌인다고 덧붙였다.

"라면 전쟁이라. 옛날에 이타바시도 있었어. 나카주쿠 상점가 북쪽 간조7호선 도로를 따라 가게들이 포진했는데, 인기점은 한두 시간씩 밖에서 대기하기 예사였지. 돼지 등기름이 흐벅지게 들어간 진국 계열, 혀가 얼얼하게 매운 계열, 시원한 어패류 국물 계열, 쓰케멘차가운 면을 따로 나오는 국물에 찍어먹는 라면 등이 치열하게 경쟁해서, 맛집 탐방 TV카메라가 촬영을 오고…… 오죽하면 도시오가, 너네도 뭐 좀 개성을 발휘하지 않으면 손님 다 뺏긴다라며 걱정했을까."

"그래서, 우리 집 중화소바는 어떻게 바꿨는데요?"

"아무것도 안 바꿨어. 한때는 손님이 확실히 줄었지만. 하루에 고작 열두세 그릇 나가는 날도 있었다. 하지만 그 무렵 많이 쇠약해졌던 아버지 그러니까 네 할아버지가 사람은 과한 것에는 금방 질린다고 하셨어. '마키노'의 맛은 어디 내놔도 꿀리지 않으니까 안심하라고."

아버지 말이 옳았다. 이타바시 라면 전쟁은 언제 끝났는지 모르게 끝나, 붐만 타면 그만이라 생각했던 가게는 문을 닫고 우직하게 자신의 맛을 추구했던 가게만 지금도 영업중이다.

하지만 붐이 끝나는 데는 역시 십 년 가까이 걸렸다. '마키노'에 간단히 손님들의 발길이 돌아온 것은 아니다.

그 경험을 통해 고혜는 세상에는 십 년 단위로 큰 파도 작은 파도가 몰려와 도태될 것은 도태되고, 사람이건 물건이건 풍파를 버텨낸 것들만 더욱 튼튼해진다는 사실을 배웠다.

"네 할아버지가 가게를 시작한 때는 태평양전쟁이 끝나고 기껏 육 년쯤 지난 무렵이야. 이타바시 상점가에는 암시장이 남아 있었다더라. 일단 재료를 다 갖추는 게 보통 일이 아니었지. 생닭은커녕 닭뼈도 구하기 힘들었고, 다시마나 마른 멸치도 언제나 귀했거든. 면을 제조할 밀가루를 조달하기도 쉽지 않던 시대에 할아버지는 열심히 다리품을 팔아 도쿄 구석구석과 요코하마, 지바까지 찾아다녔어. 한국전쟁 때 바야흐로 일본 경제가 일어선 덕에 재료를 한결 수월하게 입수하게 되면서 할아버지의 진짜 노력이 시작됐지. 어디 내놔도 꿀리지 않는 '마키노'의 맛을 어떻게 완성할까 하는 연구가 시작된 거야. 하지만 할아버지는 어느 순간, 그런 건 없다고 깨달았어. 누구나 각자 입맛이 있거든. A가게의 라면이 좋다는 사람이 있나 하면 아니, 나는 B가게가 맛있다는 사람도 있지. 그런 생각을 하면서 상점가를 오가는 사람을 보다가 할아버지는 또 하나 중요한 사실을 깨달았어. '마키노' 앞을 지나가는 사람이 정말 많다는 거. 아무튼 도쿄에서도 손꼽히게 유동인구가 많단 말이야. 그중에 한 오십 명도 들어오지 않는 가게라면 그냥 접어버려야지. 하루에 최소 오십 그릇 팔리면 우리 식구 어찌어찌 먹고산다. 봐, 이 상점가를 오고가는 사람들. 나는 내가 좋아하는 중화소바를 만들면 돼. 이렇게 많은 사람 중에는 '마키노'의 중화소바가 좋다는 사람도 분명히 있을 거야. 그 사람들만 와주면 된다……."

고헤는 이야기를 멈추었다. 온주쿠로 진입했기 때문은 아니었다. 골목에서 고양이가 튀어나온 탓도 아니었다.

혼자만 너무 떠든 감이 있었지만, 고생에 고생을 거듭해 '마키노'의 맛을 만든 아버지가 지금 이 꼴을 보면 "또냐. 또 고등학교 때로 돌아가는 거냐" 하고 혀를 찰 것 같았다.

"또 싫어졌다고 그만둘 셈이구나. 세 살 버릇 여든 간다더니."

아버지의 목소리가 귓전을 울리는 듯했다.

겐사쿠는 묵묵히 귀를 기울이면서 스마트폰 지도를 봐가며 "저기 삼거리에서 우회전" "그다음 신호에서 다시 우회전" 하고 지시를 계속하더니 "저거다"라며 손가락으로 가리켰다.

중심가인 듯 가게들이 늘어선 곳에 큰 식당이 보였다. 단체 손님도 너끈히 받을 만한 규모로, 가게 입구에 화려한 깃발이 펄럭인다.

널찍한 실내에 커다란 테이블이 늘어서 있었다. 주방에도 일손이 충분한 것 같았다.

"이거요, 이거." 메뉴를 펼치면서 겐사쿠가 말했다.

"역시 크긴 크네."

고헤는 그렇게 말하고 전갱이 튀김 정식을 선택했다.

"생선이 주력 메뉴인데, 오므라이스랑 돈가스 카레도 있어요. 그래도 난 초지일관. 이 새우튀김 정식이요." 겐사쿠가 함박웃음을 지으며 말했다.

종업원을 불러 주문하면서도 고혜의 마음은 어쩐지 공허했다.

배고프다는 막내아들에게 여행길에 초거대 새우튀김을 사 먹이는 아버지가 느낄 법한 뿌듯함도 없었다.

결단하려면 지금이다. 지금 이 자리에서, 가게를 재개해 열심히 일할 테니 안심하고 대학원에 가라고 겐사쿠에게 말해주고 싶다.

하지만 혼자 가게를 꾸릴 자신이 없다. 손님이 한꺼번에 몰리면 나와 란코가 구슬땀을 흘려가며 주방에서 분투해도 불평이 날아왔다.

완탕 3인분, 공깃밥 두 개, 중화소바 일곱 그릇, 차슈면 세 그릇쯤 주문이 한꺼번에 쏟아지면 란코가 아니면 대처할 수 없다.

"우리 같은 작은 가게는 사람을 쓰면 안 된다."

고혜는 아버지가 돌아가시기 열흘 전쯤 새삼 다짐 두듯이 했던 말을 떠올렸다.

그 속에는 그저 인건비를 쓰지 말라는 뜻 말고도 몇 가지 의미가 있었다.

타인이 섞이면 생각도 못 했던 번거로움이 생긴다. 그것이 쌓이고 쌓여 커다란 스트레스가 된다.

주방에서는 이러이러하게 움직이고, 홀에서는 저러저러하게 행동해줬으면 하는 이쪽의 희망 사항은 저쪽 입장에서는 왜 꼭 그래야 하는지 모르는 경우가 많다.

육수냄비 속 국물을 국자로 떠 그릇에 옮길 때 방해되지 않게 끔 주방에서는 지그재그로 다니지 말고 똑바로 걸으라고 일러 둔다. 하지만 상대방은 방해한다는 의식이 없으므로 같은 실수 를 반복한다. 왜 똑바로 걸어야 하는지 모르는 탓이다.

그래서 차슈를 써는 도마가 있는 쪽으로 가는 김에 멘마데친 죽순을 발효시켜 건조하거나 염장한 식품. 라면 고명으로 많이 쓴다가 담긴 볼도 가져올 요량으로 주방을 비스듬히 가로지른다. 그 결과, 막 삶은 5인분 의 면을 그릇에 담는 팔뚝과 부딪친다.

하나를 보면 열을 알고, 작은 일이 큰일을 만드는 법이다.

가족끼리라면 툭 터놓고 할 말도 타인에게는 조심스러워서 마음껏 하지 못한다.

끊임없이 마음에 들지 않는 움직임 속에서 일하는 것만큼 신 경에 거슬리는 일은 없다.

"혼자서 할 수 있을까." 고혜는 생각했다.

일손이 저뿐이라 시간이 좀 걸리는데 괜찮으세요? 바쁠 때는 이렇게 솔직히 말하고, 괜찮다는 손님만 받아도 되지 않을까.

늦게 나오면 다른 가게로 가겠다는 손님은 그냥 보내주면 된 다. 그렇다, 간단해.

그러자 고혜는 내일이라도 재개 준비를 시작하고 싶어졌다.

"너 대학원 보내야지. 가게 다시 열 거야."

고혜는 짐짓 생색내듯 말하고, 겐사쿠를 향해 씩 웃어 보였다.

팔불출인 스스로가 멋쩍기도 했지만, 교량공학을 배워 다리를 건설하는 기사가 되겠다는 막내를 대견해하는 티를 내고 싶지 않았다.

"정말요?" 겐사쿠가 되묻고 새삼 자세를 바로잡을 때 새우튀김 정식이 먼저 나왔다. 고혜가 아연한 표정을 지었다.

스마트폰 화면에서 이미 봤지만, 상상보다 훨씬 거대한 새우튀김 세 개가 접시에 우뚝 서 있었다.

겐사쿠도 얼굴을 접시에 바싹 들이대고 "이거, 설마 이세 새우는 아니죠?"라고 중얼거렸다.

"혹시 튀김옷만 두툼하게 입힌 거 아니냐? 왜 가끔 있잖아, 그런 엉터리 튀김 얹은 소바. 이거는 하나만 먹어도 배부르겠다. 다 먹을 수 있겠어? 산더미 같은 양배추채에 밥도 고봉이고, 조개 된장국까지 나오는데."

고혜가 주문한 전갱이 튀김 정식도 나왔는데, 이쪽도 생선 크기가 심상치 않다.

"이 정도는 문제없다고요. 아버지, 하나 맛보실래요?"

"됐다, 먹은 걸로 할게."

두 사람은 웃으면서 나무젓가락을 갈랐다.

아무리 한창때고 평소 맛보기 힘든 메뉴라지만 이건 좀 무리겠지 했는데, 웬걸 겐사쿠는 깨끗이 먹어치웠다. 양배추채 위에 얹은 파슬리까지 집어 먹고 조개 된장국도 싹 비웠다.

"살짝 오래 튀겨진 감은 있는데 맛있었어요. 과연 바닷가 동네라 다르네요." 젠사쿠가 말했다.

고혜는 밥도 된장국도 반쯤 남겼다.

"무슨 밥을 그렇게 빨리 먹냐. 아주 순식간이다?"

"아르바이트 현장에서 나오는 도시락은 시간과의 싸움이거든요. 지질 조사반 반장님은 오 분에 뚝딱이라고요. 안 쉽으시거든. 우물우물하다가는 불호령 날아와요. 그래서 나도 자연히 먹는 속도가 빨라졌어요. 남기면 밤까지 몸이 못 버티니까."

늦은 점심을 먹고 주차장으로 돌아오면서, 젠사쿠가 정색하고 고맙다고 말했다.

"네 엄마 죽고 힘이 빠져버렸어…… 가도 너무 갑자기 갔잖아. 생전에 얘기를 더 많이 못 했던 것도 한스럽고. 그냥 만사 귀찮아지더라. 거기다 네 엄마랑 둘이 손발을 맞춰 꾸려온 가게니까, 혼자선 무리라고 아예 마음을 접었지. 그래도 계속 놀 수는 없다는 생각은 마음 한구석에 있었어. 너 대학원 보낸다는 목표가 생기니까 혼자서라도 해볼 결심이 섰다." 고혜가 말하고 자동차 시동을 걸었다.

"고생스러우시겠습니다만, 잘 부탁드립니다."

젠사쿠가 기특한 소리를 하면서 고개를 숙였다.

이 녀석, 키가 또 큰 거 아닌가 하면서 고혜는 아들의 얼굴을 올려다보았다. 182, 183센티미터는 될 것 같았다.

고혜가 내비게이션을 이누보사키 등대로 설정하자 "어? 가쓰우라 등대로 돌아가는 거 아니고요?" 하고 겐사쿠가 물었다.

"벌써 2시 넘었잖아. 가쓰우라까지 돌아갔다가는 이누보사키 전망대에서 일몰을 못 봐. 어젯밤 항구 제방에서 스노사키 등대를 봤고, 오늘은 이발소 앞에서 노지마사키 등대를 보면서 깨달았다, 등대는 멀리서 보는 게 제일이야."

"겨우 등대 두 개 보고요?" 겐사쿠가 피식 웃었다.

온주쿠 시내를 벗어나 한동안 달리자 구주쿠리하마의 긴 해안선이 시작됐다. 도로변에 서퍼들이 이용하는 가게와 서프보드를 파는 가게가 있고, 알맞은 파도를 기다리는 젊은이들이 해변에 모여 있었다.

일본에서야 확실히 큰 파도지만 올림픽을 개최할 정도는 아니다 싶어 "다음번 도쿄 올림픽 땐 서핑도 정식 종목이잖아. 대회 장소가 여기던가?"라고 고혜는 물었다.

"조금 더 북쪽일걸요. 이 근처는 파도가 모자라니까."

"큰 기술을 발휘할 수 있는 파도는 일본에는 없는 거 아니고?"

"큰 파도가 없으면 없는 대로, 그때그때 가능한 기술을 구사해 채점하는 거래요. 작은 파도라면 구경하는 쪽은 재미없어도, 타는 쪽은 나름 재미있는 모양이에요." 겐사쿠가 말하고, 뒷좌석에 놓인 아케미의 배낭을 바라봤다.

"저거 누나 거 아니에요? 고1 때 너무 애들 것 같다고 누나는 새것 샀는데. 아버지, 이건 좀 아니다. 창피해요. 예순두 살 아저씨가 메고 있으면 어디서 훔쳐 온 줄 안다고요."

"그러냐? 그럼 배낭 팔 것 같은 가게 보이면 말해줘. 새로 하나 사지 뭐."

구주쿠리하마九十九里浜라 해도 이름만 거창할 줄 알았는데, 모래톱이 끝없이 이어졌다.

"나 구주쿠리하마, 처음 와봐요." 겐사쿠가 말했다.

"나도. 도쿄 옆인데도 이쪽에 온 적이 없어. 햇볕이 이렇게 뜨거운 곳인 줄 몰랐다."

햇볕이 정면으로 들이치기 시작하자 조수석의 겐사쿠가 수건을 뒤집어썼다.

"그 엽서 보셨구나?"

"엽서?"

"엄마가 책에 끼워둔 거요."

"응? 네가 그걸 어떻게 알아?"

"어떻게는요, 봤으니까 알죠. 네 아버지, 이 책은 아직 안 읽었지만 언젠가 분명히 읽을 테니까 끼워두는 거야, 그럼 싫어도 생각나겠지, 하셨는걸."

"그게 언제야?"

고혜는 속이 설렁해져서 갓길에 차를 세웠다.

"엄마 돌아가시기 반년 전쯤? 나 고3 올라갔을 무렵. 아, 맞다.

《선의 역사》라는 두툼한 책이요. 모르는 대학생이 보낸 엽서랬어요. 무슨 지도 같은 그림이랑, 등대를 돌고 왔다는 짧은 글이 적혀 있었죠?"

"선 아니고,《신의 역사》." 고혜가 정정했다.

란코가 그 엽서를 떠올리게 할 요량으로 일부러《신의 역사》안에 끼워뒀다고?

내가, 한 번 산 책은 반드시 읽는다는 건 알았다 쳐도,《신의 역사》만은 읽지 않았다는 건 또 어떻게 알았을까.

아니, 그런 건 아무래도 좋다. 란코는 왜 내게 새삼 그 엽서를 환기하려 했을까?

언제 읽을지 모르는 책에 굳이 끼워두지 않아도, 이 엽서 생각나느냐고 직접 물어보면 될 일인데.

엽서 건으로 란코와 다툰 적은 한 번도 없다. 당시 란코는 서른 목전이고, 엽서를 보낸 사람은 짐작건대 스물한두 살의 대학생이다.

과거에 남자와 여자로 뭔가 있었다고 생각하기는 힘들다. 란코가 나와 결혼한 게 스물다섯 살 때니까, 고사카 마사오는 열예닐곱 살이었다.

스물다섯 살 여자와 열예닐곱 살 남자가 서로 연애 대상으로 바라보지 말란 법은 없다 해도, 그런 설정은 내가 아는 란코와는 너무 동떨어진다.

그래서 엽서를 보고도 꼬치꼬치 캐묻지 않았다. 만약에 그런 과거가 있었다면 란코는 내게 엽서를 보여주지 않았을 터다.

란코도 그쪽은 누구고 왜 이런 엽서를 보냈느냐고 묻는 편지를 쓰지는 않았으리라.

고헤는 석연치 않은 몇 가지 의문은 일단 덮어두기로 하고, 다시 물었다. "그때 엄마가 다른 말은 하지 않았고?"

아무래도 난처한 화제를 건드렸다 싶었는지 겐사쿠가 페트병의 물을 한 모금 마셨다.

"아뇨, 그것뿐이었어요. 뭔가 굉장히 즐거워 보였어요."

해안선이 살짝 오른쪽으로 뻗기 시작했다. 구주쿠리하마 한복판쯤일까 생각하면서 고헤는 차를 달렸다. 서퍼들이 더 많이 눈에 띄었다.

"어제, 등대 보러 왔다기에 아아, 아버지가 드디어 그 책을 읽기 시작했구나 했어요." 겐사쿠가 말하고 다시 얼굴에 수건을 덮었다.

"어렵다는 책도 꽤 읽어봤지만, 이건 차원이 달라. 서론만 슬쩍 봤는데도 와, 일단 신구약성서부터 읽고 다시 와야겠네, 코란도 읽어야 되겠는데, 같은 생각이 들어 자꾸 미뤘거든. 그런데 무슨 바람이 불었는지 갑자기 읽어볼 마음이 들더라고. 그랬더니 엽서가 나와서…… 간짱이 죽기 두 시간 전쯤인가." 고헤가 말했다.

"그럼 역시 그 엽서가 등을 떠밀어서 집 밖으로 나온 거네요? 엄마는 당신이 반년 후에 돌아가실 걸 알았고, 그 뒤에 아버지와 가게가 어떻게 되는지도 다 내다보셨고, 그래서 엽서를 《신의 역사》에 끼워뒀다면, 소름인데."

"겁나는 소리 하지 마라. 그럼 나는 부처님 손바닥 안 손오공 이야?"

가도 가도 해안선은 이어졌고, 그러는 사이 해가 저물기 시작했지만 눈앞 어디에도 이누보사키 등대는 보이지 않았다.

뭐, 일몰은 놓쳐도 멀리서 등댓불만 보면 된다. 그때 겐사쿠가 올 여름방학에 교습소 단기집중 코스를 수료하고 운전면허를 딴 사실이 떠올랐다.

"가만, 너 운전할 줄 알잖아."

"아, 생각나셨어요? 생각나지 말았으면 했는데."

"왜?"

"내가 운전이 서툴거든요. 좀 적성에 안 맞아요. 아버지가 언제 운전 바꿔달라고 할지 몰라 내심 떨었다고요. 그래도 거의 매일 운전하는 신세지만."

지도 교수는 학교에 차를 몰고 온다. 하지만 퇴근길에 학교에서 걸어서 십 분쯤 되는 주점에서 고래 고로고래 껍질을 튀겨 기름을 짠 후 건조시킨 것 초된장 무침을 안주 삼아 일본주를 한 홉 마신다. 그게 유일한 낙이란다. 가끔 두 홉 마시는 날도 있지만, 그 이상은 마시지 않는다.

그러면 학교에 두고 온 차는?

"그러니까 꼭 날 찾으신다니까요. 집까지 태워달라고 전화하세요. 주말 이외에는 내가 대리운전 기사라고요. 대신 살짝 지저분한 오래된 선술집에서 맛있는 돈가스 덮밥, 생선구이, 오뎅 같은 거 사주시죠."

"교수님 성함이 어떻게 되는데?" 고헤가 물었다. 심각하게 생각하지 말아야지 하면 할수록 삼십 년 전 엽서 한 장이 성가시게 머릿속을 맴돌았다.

"쓰보우치 선생님. 쓰보우치 소지로. 좀 있으면 쉰 살 되실 걸요."

"쓰보우치 선생님을 차로 집까지 모셔다드리고, 너는 집에 어떻게 가?"

"걸어가죠. 선생님 댁에서 자취방까지 삼십 분. 학교까지는 이십 분."

겐사쿠는 스마트폰 지도를 보면서, 여기서 더 가서 왼쪽으로 돌고, 그다음엔 오른쪽으로 가는 것 같다고 일러주었다.

등대에서 멀어지는 줄 알았는데, 목적지가 전망대임을 알아차리고 고헤는 겐사쿠의 안내대로 천천히 주택가를 달렸다. 내비게이션보다는 아들이 일러주는 대로 달리는 쪽이 더 즐거웠다.

"《신의 역사》라는 책은 그야말로 어휘의 보고야." 고헤가 말했다.

"한 줄 한 줄 두세 번씩 되짚어 읽지 않으면 진도가 안 나가. 단 한 줄도 뜻을 잘 모른다니까. 서론에서 좌절했다고 했지만, 그래도 '태초에……'라는 제목이 달린 첫 장章은 한 다섯 페이지 읽었거든. 거기 재미있는 말이 나와."

"어떤 말요?"

"교미가 끝나면 모든 동물은 슬퍼진다. 저자 얘기로는 무슨 유명한 끝맺음 말이라는데, 그게 뭔지는 난 모르겠고. 그 앞에 《성스러움의 의미》라는 책을 쓴 루돌프 오토라는 종교학자를 언급했으니까 그 책의 마지막 구절인지도 모르지. 고대 이란인의 종교관도 언급했으니까 무슨 고문서인지도 모르고. 말하자면 유럽이나 미국의 종교학자라면 대개 아는 기초 지식이 없으면 《신의 역사》는 정말 읽기 힘든 책이야."

"아까 그 말, 다시 해보실래요?"

"교미가 끝나면 모든 동물은 슬퍼진다."

"흐음…….'

겐사쿠는 저 앞 네거리에서 우회전이요, 하면서 언덕 위를 가리켰다. 높고 멋진 전망대가 있고, 평일인데도 가족 나들이 나온 사람들이 많았다.

건물 안의 엘리베이터를 타고 고헤와 겐사쿠는 전망대로 향했다.

전망대 한복판에 계단식 관측대가 있었다.

해가 미우라 반도 너머로 떨어지기 시작했지만, 반대편에 있는 이누보사키 등대에 불이 들어왔는지는 알 수 없었다. 등댓불이 뒤쪽 집들을 비추지 않도록 차단판이 설치되어 있는 탓이다.

"이런 본격적인 일몰은 처음 보는 것 같다." 겐사쿠가 말하고 관측대 가까이 설치된 안내판을 스마트폰 카메라로 찍었다.

안내판에 새겨진 장소 하나하나를 눈으로 쫓자 도네가와나 미우라 반도 등이 보였다. 이미 해가 제법 넘어가서 일대는 거의 오렌지색으로 물들어, 저 근처가 나리타 공항이고 이타바시 구는 훨씬 저쪽이겠네 하고 겨우 짐작할 수 있었다.

관측대 계단에 젊은 남녀가 어깨를 꼭 붙이고 앉아 해가 넘어가버린 저편을 계속 바라본다.

바람이 어제 제방 끝에서 불던 것보다 세차게 느껴졌다.

고헤는 윈드브레이커를 입고 이누보사키 등대와 마주 보는 장소로 옮겨 갔다.

혼자 관측대에 앉아, 무릎 위에 책을 올려놓고 사색에 잠긴 듯한 젊은 여자가 있었다. 뭘 생각하기에는 여긴 좀 떠들썩할 텐데, 하면서도 고헤는 무슨 책인지 궁금해졌다.

이누보사키 등대도 일본이 자랑할 만한 등대라고 느끼면서 한참 바라보고, 고헤는 관측대 계단을 올라갔다.

혼자 등대를 보러 다니는 여자들을 '등대 여자'라고 한다지.

그렇다면 저 여자도 등대 여자일까.

여자의 무릎 위에 놓인 책은 시집인 듯했는데, 어두워서 시인의 이름은 보이지 않았다.

여자의 시선이 향하는 쪽에 겐사쿠가 나타나 스마트폰을 만지작거리는 것을 보고, 고헤는 옆으로 다가가 "뒤에 있는 아가씨, 너 때문에 아무것도 안 보이겠다"라고 작은 소리로 말했다.

"너는 뭘 먹고 이렇게 큰 거냐. 네 엄마의 할아버지가 컸다던데. 게놈의 마법이네."

전망대에는 이제 사람들이 없었다.

"그래서 힘쓰는 일은 전부 내 차지라니까요. 키랑 힘은 상관없다는 사실을 그나마 요즘 들어 다들 깨닫는 눈치지만." 겐사쿠가 쓴웃음을 흘리며 말했다.

지평선 위는 아직 짙은 오렌지색으로 물든 채였다. 고헤는 이바라키 현이며 지바 현이며 도쿄 전체가 지하수로 속의 정교한 디오라마 같다고 생각했다.

저토록 아름다운 저녁놀이지만 역시 저물어가는 것 특유의 쓸쓸함이 있다고 느끼면서, 고헤는 이누보사키 등대 쪽으로 몸을 틀었다.

등댓불은 조시 주변 바다를 부채꼴 모양으로 내리훑으며 주기적으로 움직였다.

힘든 하루 일을 마치고 집으로 돌아갈 때, 석양빛에 물든 하늘을 보면 어쩐지 감성에 젖어 이런저런 생각에 잠기기 마련이다. 겨우 그만한 마음의 변화만으로도 '교미가 끝나면 모든 동물은 슬퍼진다'라는 말의 깊이를 이해할 수 있다.

정확하지 않을지도 모르지만,《신의 역사》의 저자는 뒤이어 이렇게 덧붙였다.

― 요컨대 긴장과 열망의 순간이 지나면 우리는 종종 우리 이해를 명백히 초월한, 위대한 무언가를 잃어버렸다고 느낀다. ―

'교미'를 단순히 암수의 생식 행위로 파악하지 않았음을 이 문장으로 알 수 있다.

집에 가면 기억력도 점검할 겸《신의 역사》의 이 대목을 찾아봐야겠다고 생각했다.

"춥다. 너 티셔츠 한 장이잖아. 그만 가자." 고혜가 겐사쿠에게 말했다.

"등대까지는 한 2킬로미터쯤 될까요?"

겐사쿠가 말하고 엘리베이터를 탔다.

"등대는 이미 봤잖아."

"어? 근처까지 안 가요?"

"멀찍이서 보는 게 제일이라니까."

"그럼 지금부터 뭐 할 건데요? 나 아직 배 하나도 안 꺼졌는데."

"대짜 새우튀김 세 개에 고봉 공깃밥, 조개 된장국까지 말끔히 해치웠으니까. 그것도 2시경에. 아직 6시도 안 됐어. 해가 확실히 짧아졌다."

차로 돌아와 운전석에 자리 잡고, 고헤는 일단 비즈니스호텔이 있는 동네로 가자고 말했다.

내일 도쿄 역에 너 떨어뜨려주고 집에 갈 거니까, 되도록 기사라즈 근처가 좋겠다. 이누보사키에서 기사라즈까지는 두 시간쯤 걸리지 않을까. 그때쯤이면 너도 배가 꺼지겠지.

"그럼 지금 기사라즈에 비즈니스호텔을 예약하죠 뭐."

겐사쿠는 스마트폰 화면을 열심히 들여다보더니 "싱글 룸이 조식 뷔페 곁들여 구천팔백 엔에 나온 게 있어요. 기사라즈 역 근처. 방 두 개 남았는데요."

"그래, 거기로 해. 뭔가 TV 홈쇼핑 같은 가격이다?"

고헤가 말하고 내비게이션을 설정했다.

길이 막혀서 기사라즈 시내에 진입한 것은 8시가 지나서였다. 호텔까지 2킬로미터, 라는 지점에 오래된 주점이 있었다. 좁다란 입구에 '오뎅, 돼지고기 구이, 회'라고 하얀 글씨가 적힌 포렴이 걸려 있었다.

"이런 데가 맛있거든" 하면서 고헤는 차가 두 대뿐인 주차장에 차를 넣었다.

"어떻게 알아요?"

겐사쿠가 물으면서 주점의 미닫이문을 열었다. 작은 다다미방은 만석이지만 카운터석이라면 두 자리 있단다. 여든 언저리의 노부인과 육십대 주인장, 그리고 부인이라기에는 너무 젊은 여자 이렇게 세 명이 꾸리는 가게다.

고혜는 자동차 키를 겐사쿠에게 건네며 "호텔까지는 네가 운전해"라고 말하고, 우선 고구마 소주 오유와리를 주문한 다음, 파랑눈매퉁이 튀김, 전갱이와 참치 회도 추가했다.

작은 다다미방에는 좌탁이 세 개였는데, 일고여덟 살 여자아이가 얌전히 앉아 능숙한 젓가락질로 금눈돔 조림을 먹는 모습이 눈에 들어왔다. 할머니 할아버지와 함께였는데, 발라 먹기 힘든 부분은 할머니가 먹여준다.

"어떠냐, 잘 들어온 것 같지?"

"먹는장사 해온 사람은 감이 다르네요. 어, 장어덮밥 있다. 나이거 먹어도 돼요? 우와, 비싸다."

메뉴를 보니 장어 간을 넣은 맑은 장국이 따라 나오고 사천삼백 엔이었다.

긴자의 이름난 가게와 맞먹는 수준이다. 모처럼 아들과 먹는 저녁인데 가격이 대수랴만 이 주점에서 사천삼백 엔짜리 장어덮밥은 너무 비싸다.

겐사쿠도 가격을 보고 미안했는지 다른 걸 고르려고 벽에 붙은 메뉴로 시선을 옮겼다.

"오늘 오랜만에 좋은 장어가 들어왔어요. 주문받으면 그때부터 장어를 다듬고 쪄서 구우니까 사십 분쯤 걸리지만, 그래도 괜찮으시면 저희 집 장어 명인이 만들어드립니다." 파랑눈매퉁이를 튀기면서 주인장이 말하고, 주방 안쪽 둥근 의자에 앉아 있는 노부인을 가리켰다.

"장어 명인이시라고요?" 고혜가 웃으면서 부인을 향해 말하고, 장어덮밥을 주문했다.

"괜찮아요?" 겐사쿠가 작은 소리로 물었다.

"아들하고 첫 여행인데 호쾌하게 가자고." 고혜도 작은 소리로 대답했다.

"어머니, 장어덮밥 하나요."

주인장의 말이 떨어지자 노부인이 주방 안쪽에서 큼직한 대바구니에 통통한 장어 한 마리를 담아 와 묵직해 보이는 도마, 길이 잘 든 작은 칼과 함께 내려놓았다.

도마 위에서 몸부림치는 장어 머리에 송곳을 찌르고 작은 칼로 머리 절반을 잘라낼 때까지 손놀림은 가히 전광석화였다. 고혜와 겐사쿠는 놀라서 얼굴을 마주 보았다.

"조금 전까지 의자에 앉아 졸던 할머니 맞아?" 고혜가 말하고 소주 오유와리를 마셨다.

"저희는 5대 5로 일주일 재워 내놓습니다. 너무 진하면 좀 묽게 해드리고요."

주인장의 말에 고혜는 고개를 저었다. "아뇨, 그렇게 진한 줄 모르겠는데요. 입에 감기네요. 저희 동네 주점에선 '반으로 갈라 재운다'고 하더라고요."

그러고는 막 내어온 파랑눈매퉁이 튀김을 입으로 가져갔다. 하지만 술기운이 돌기 시작하자 이건 만만찮다 싶어서 조금 묽게 해달라고 했다.

술이 전혀 받지 않는 체질인 겐사쿠는 내장탕을 주문했다.

"올해 5월 회식 때 맥주 반 컵 받아 마셨다가 죽을 뻔했잖아요." 겐사쿠가 말했다.

"쓰보우치 선생님이 마키노는 술 한 방울만 마셔도 죽는다니까, 동석했던 교수님이 '그런 인간이 어디 있어. 좋아, 테스트해 보자'라고 걸고넘어지신 거예요. 반 컵만 마셔보라고. 그 교수님 술만 들어가면 이상한 시비 걸기로 유명하니까, 분위기 깨기 싫어서 그냥 마셨거든요. 그랬더니 심장이 쿵쿵거리고 호흡이 괴로워지면서 몸도 가눌 수 없는 거예요. 두 교수님 다 기겁했죠. 누가 구급차 부르자고 했는데 술자리 시비 전문 교수님이 막았어요."

"왜? 그럴 때 부르라는 구급찬데."

"왜는요, 나 아직 열아홉 살이었다고요. 그 닷새 뒤에 스무 살이 됐어요. 미성년 제자에게 억지로 맥주 먹여서 큰일 치를 뻔한 거 알려지면 두 분 다 징계면직일걸요. 그뿐인가, 자칫하면 경찰서 구경하게 될 사안이거든요. 덕분에 그날 이후 두 교수님이 번

111

갈아가며 학교 식당에서 점심 사주신다니까요. 뭐 이른바 입막음이랄까."

"맥주 반 컵에 그렇게 된다고? 그것도 좀 난처하다. 나라즈케 술지게미에 절인 울외장아찌 몇 쪽 집어먹었다가 뻗으면 일상생활을 어떻게 할 거야."

고헤는 진심으로 걱정하면서 파랑눈매퉁이 튀김으로 다시 손을 뻗었다. 살이 이렇게 푸짐한 파랑눈매퉁이는 여간해서는 구경하기 힘들다.

"뭐 연기도 약간 들어가 있었어요. 나중에 생색 좀 낼 심산으로."

"깜찍한 녀석이네. 아무튼 작전 성공이다, 야. 점심 얻어먹는다며."

손녀와 함께 온 노부부가 가게를 나가자, 기다렸다는 듯 카운터석 손님 둘이 담뱃불을 붙였다.

훌륭하게 다듬은 장어를 갖고 주방 안쪽으로 사라졌던 노부인이 다가와, 십 분만 더 기다리시면 나와요, 하고 웃었다.

장어덮밥과 국을 뚝딱 비우고, 겐사쿠는 마지막으로 오뎅 냄비 속을 들여다보며 롤 캐비지를 주문했다.

"내일까지 아무것도 안 먹어도 되겠다. 잘 먹었습니다."

"그럴 테지."

고헤는 빙그레 웃었지만, 문득 큰딸 아케미와도 둘째 유타와도 이런 자리를 가져본 적 없다는 생각이 들었다.

애들도 다 컸으니 외식이라도 하면서 제대로 대화를 해볼 필요가 있어. 일에 치여 사느라 그랬다지만 아이들과 너무 접촉이 없었잖아.

아케미는 매일 얼굴을 보니까 됐다 쳐도, 유타와는 단둘이 이야기할 시간을 만드는 게 좋다.

꼭 술자리가 아니어도 되지만 어째 얼굴을 맞대면 대화가 이어지지 않는 게 문제다. 궁금한 일도, 하고 싶은 말도 많을 터인데 대화의 실마리를 풀지 못한다.

부자간이란 원래 그럴까. 특히 유타는 아버지에게 등을 돌리는 시기가 길었다.

나고야로 발령받고 일 년 반, 일은 익숙해졌는지. 정초에 집에 와서도 자신의 사생활이나 일 이야기는 일절 하지 않는다.

고헤가 물어도 "응, 뭐 그럭저럭요" "죄다 답답한 상사들뿐이에요" 같은 무뚝뚝한 반응만 돌아왔다.

고헤는 소주 석 잔째와 돼지고기 꼬치구이를 주문하고, 손목시계를 보았다. 10시가 지났다.

"아버진 어쩌다 그런 독서광이 됐어요? 한번 여쭤봐야지 했는데."

겐사쿠의 물음에 고헤는 간짱에게 쓴소리를 들었던 밤 이야기를 들려주었다.

"그래도 그 기억력은 독서로 길러진 게 아니에요. 타고난 거지. 독서량과 기억력은 별개 아닌가?" 겐사쿠가 말하고 커다랗게 하품을 했다.

"그냥 평범한 기억력이야. 특별히 좋지도 않고 나쁘지도 않아." 고헤가 쑥스러운 것처럼 말했다.

"아뇨, 아까 《신의 역사》 몇 구절을 말할 때 전혀 막힘없었어요. '모든 동물은 슬퍼진다'까지 물 흐르듯 나왔다고요. 그거 읽은 지 벌써 몇 년이나 됐잖아요."

고헤가 계산을 치르면서 보니 노부인은 둥근 의자에 앉아 다시 졸고 있었다.

"어머님이세요?" 고헤가 주인에게 물었다.

"아, 네." 주인이 대답했다.

주차장으로 향하면서 고헤는 책을 읽다 좋은 구절이나 인상적인 대목을 발견하면 반드시 필사해온 덕에 자연스럽게 기억 속에 쌓인 것 같다고 말했다.

— '교미가 끝나면 모든 동물은 슬퍼진다'는 지금도 여전히 공통되는 경험을 표현하는 말이다. 요컨대 긴장과 열망의 순간이 지나면 우리는 종종 우리 이해를 명백히 초월한, 위대한 무언가를 잃어버렸다고 느낀다. — 고헤는 낭독하듯 암송하면서 조수석에 올라탔다.

"역시 대단하십니다……."

겐사쿠가 시동을 걸고, 키에 맞춰 좌석을 뒤로 물렸다.

"교미라는 말을 곧이곧대로 받아들이는 바람에 그다음 문장 읽고 한 대 얻어맞은 기분이었어. 그래서 이건 꼭 기억해야겠다 싶어 바로 노트에 옮겨 적었고. 나한테 독해력이나 순간적인 통찰력이 없다는 증거야."

호텔까지는 오 분쯤 걸렸다.

방 열쇠를 받고 5층에서 엘리베이터를 내려, 자동판매기에서 겐사쿠 몫의 미네랄워터를 사서 건네고, 다음 날 몇 시까지 교토에 돌아가야 하는지 물었다. 오후 3시까지란다.

겐사쿠를 방에 들여보내고, 고혜는 자신의 방으로 와 옹색한 욕조에 미지근한 물을 받아 오랫동안 몸을 담갔다.

3장

겐사쿠를 도쿄 역에 내려주고, 렌터카 회사 이타바시 영업소
에 차를 반납한 뒤 고혜는 서둘러 가게 2층으로 갔다. 그럴 리는
없다는 걸 알면서도 엽서가 끼워져 있던 페이지에 란코가 무슨
힌트가 될 메시지를 남겨놨을지도 모른다고 생각했다.

《신의 역사》에서는 그것임 직한 것은 아무것도 발견할 수 없
었다.

그런데도 조만간 날을 잡아 한밤중에 600페이지에 달하는
이 책을 한 페이지 한 페이지 넘겨보리라 마음먹었다. 어딘가에
한 줄, 하다못해 몇 글자라도 란코의 메시지가 숨어 있을지도 모
른다.

가게로 내려와 오랜만에 주방으로 들어갔다. 이 년을 쓰지 않

앉는데도 스테인리스 싱크대, 환기구와 덮개, 그리고 안쪽에 보관한 여남은 개 냄비와 식기류는 새것처럼 반짝였다.

고2 때 학교를 그만두면서 아버지와 약속했던 대로 매일 저녁 한 번도 거르지 않고 주방 구석구석을 씻고 닦아 먼지 한 톨 남기지 않았다.

카운터석에 잠시 멍하니 앉아 있다가, 가게를 다시 열려면 예행연습이 필요할 것 같아 단골 식재료 도매상에 연락을 돌렸다.

제면소, 닭고기 도매상, 돼지고기 도매상, 야채 도매상. 다들 반색하면서 내일 10시에는 납품할 수 있단다.

특히 우렁찬 목소리로 기뻐해준 이는 건어물 도매상 다쓰타 씨였다.

"마키노 씨네 중화소바를 다시 맛볼 수 있겠네요? 우리 사장님도 좋아하실 겁니다. 늘 쓰시던 다시마, 마른 멸치, 말린 고등어포, 오늘 당장 납품 가능해요. 8시 넘어갈지도 모르지만요."

고헤는 어디까지나 예행연습이라 소량이면 된다, 한 봉지씩이라 미안하다며 스마트폰을 귀에 갖다댄 채 두세 번 고개를 숙였다.

그때 누가 뒷문을 두드렸다. 문을 열자 도시오가 서 있었다.

"들어와, 차도 못 내놓지만."

고헤의 말에 작게 고개를 끄덕이고, 도시오는 부루퉁한 표정으로 "배신이야, 이건 배신"이라고 되풀이했다.

딱히 분개하거나 흥분한 것 같지는 않지만, 몹시 맥없는 얼굴로 도시오가 테이블석에 털썩 앉았다.

"너무 심하잖아. 와, 서글프다."

"왜 그래? 무슨 일인데?"

"엄마가 말이다."

"상태가 안 좋아지셨어?"

"그 반대야."

도무지 무슨 소리인지 답답했지만, 도시오가 차근차근 이야기를 시작하기를 기다렸다.

"우리 엄마 치매가 심해서 금, 토, 일 사흘은 요양시설에서 지내시는 거 알지?"

"알지."

"9월 초부터 나도 못 알아보실 때가 많아져서, 이제 일주일에 사흘로는 안 될 모양이라고 걱정했거든. 그런데 말이다……."

도시오는 한숨을 뱉고, 그랬던 어머니가 갑자기 씽씽해졌다고 말을 이었다.

— 생전 머리를 빗나 화장을 하나, 그저 숨만 쉬면서 지내시던 분이 어느 날 갑자기 머리 염색한다고 미용실에 가신다질 않나, 아침마다 얼굴에 보습 크림을 챙겨 바르시질 않나, 심지어 볼연지까지 찍어바르시는 거야.

시설 가는 날은 일찌감치 화장하고, 하얗게 센 눈썹을 새까맣

게 칠하고, 한참 전부터 처박아두기만 했던 나들이옷을 집사람
한테 찾아오라신다고.

시설 가기 싫다고 툭하면 떼쓰는 애들처럼 화장실에 틀어박
혀 안 나오시던 분이 이젠 아주 한달음에 날아갈 태세라니까.

나도 집사람도 대체 무슨 영문인지 알 수 있어야지. 치매가 더
악화됐나 싶어 시설 간호부장한테 물어봤잖아.

그랬더니 웃으면서 그러대, "좋아하는 사람이 생기셨어요"라고.

상대는 여든여섯 살, 8월 중순부터 다니기 시작했대. 우리 엄
마랑 동갑이야. 간호부장 말이, 치매 증세는 3등급이니까 어머
님과 비슷한 정도네요, 이런다?

하도 어이가 없어서, 엄마 입에서 들은 얘기냐고 물었어.

"보면 누구라도 알아요. K씨는 토, 일, 월 사흘 시설에 오시는
데요, 어머님은 금요일 밤부터 들뜨셔서 토요일에 K씨가 오시
면 뺨을 붉히시고 그쪽만 흘금흘금 바라보세요. 오락실에서 같
이 시간을 보내게 되면 휠체어 미는 간호사에게 조금 더 오른쪽,
조금 더 창가 쪽, 하고 주문하세요. 그쪽에 반드시 K씨가 있으니
까 간호사들도 전부 알아차렸죠. 놀라운 일은 어머님 머리가 까
매지기 시작한 거예요. 이건 다들 놀랐답니다. 피부도 윤기가 좋
아졌고요. 인간은 굉장한 힘을 품고 있구나 싶어 감동합니다."

자기 부모 아니라고 무책임한 말을 잘도 한다니까. 그런데 더
기가 막힌 건, 그 K씨라는 여든여섯 살 할아버지를 훔쳐보는 엄

마 눈빛이 진짜 해맑고 초롱초롱하다는 사실이야. 나, 이제 그 시설에 엄마 안 보내려고. ―

웃으면 안 된다고 생각하면서도 고혜는 웃었다.

"좋은 일이잖아. 그 덕에 어머니가 기운 찾으시면 치매도 호전될지 모르고."

"너, 남 일이라고 말 막 한다? 좋기는 뭐가 좋아? 아들 심경은 복잡하다고. 자기 엄마가 풋사랑에 들뜬 소녀처럼 남의 할아버지 흘금거리는 모습을 뒤에서 지켜보는 아들 심정이 되어봐라."

도시오의 심정도 어렴풋이 알 것 같았지만, 머리가 다시 까매지기 시작했다는 사실은 고혜의 마음을 엄숙하게 만들었다.

"그런데…… 뭐가 배신이란 거야?" 고혜는 물었다.

"아버지 돌아가신 지 겨우 삼 년이다. 육십 년 해로한 남편이 가고 기껏 삼 년인데, 요양시설에서 오다가다 만난 할아버지한테 한눈에 반해서 사랑을 해? 배신이야. 우리 아버지에 대한 배신이라고. 옛날 같았으면 조리돌림감이라고."

고혜가 웃음을 터뜨렸다.

"그 여든여섯 살 K씨는 어떤 사람인데?"

"평범한 대머리 할아버지."

사뭇 진지한 도시오의 말투와 표정에 고혜가 또 웃음을 터뜨렸다.

"다른 시설 알아봐야지 싶어서 너랑 의논하려고." 도시오가 말했다.

"아니, 안 그래도 될 것 같은데. 가기 싫다고 떼쓰시던 분이 좋아서 가신다며. 여든여섯 살 나이에 사는 보람이 생긴 거야. 열렬한 플라토닉러브는 하고 싶어도 못한다. 아들 심정이 복잡하리란 건 알겠는데, 흰머리가 검어지는 짝사랑이라니, 기적이잖아."

"플라토닉이 아닌 사랑으로 발전하면 어쩔 건데?" 도시오가 조금 퉁명스럽게 되받았다.

고헤는 그냥 웃어넘길 생각으로 잠자코 도시오를 건너다보았다. 도시오도 갑자기 풀 죽은 눈빛으로 고헤를 마주 바라보았다.

여든여섯 살 동갑내기 남녀의 플라토닉이 아닌 사랑…… 절대 있을 수 없다고 단정하기는 힘들다.

곧이곧대로 말하기도 그렇고, 그냥 웃어넘기기도 그래서 고헤는 "조금 더 지켜보자. K씨가 알은체도 해주지 않아서 그냥 불발로 끝날지도 모르니까"라고 말했다.

"그래서 우리 엄마가 홧김에 무슨 일 저지르시면, 너 어떻게 할 건데?"

"내 탓이냐? 생트집도 어지간히 잡아라."

"응, 그러게."

도시오가 쑥스럽게 웃고 주방을 둘러보더니, 중화소바를 만들려던 참이냐고 물었다.

"어떻게 알았어?"

"왜 몰라, 육수냄비가 주방 바닥 한복판에 나와 있는데. 저게 제자리를 벗어나는 건 네가 국물 만들 때잖아."

"이 년이나 손 뗐던 터라, 란코 없이 어떻게 작업해야 할지 연구 좀 해보려고. 저 육수냄비, 재료가 들어가면 혼자서는 못 들거든." 고헤가 말했다.

다시마, 마른 멸치, 말린 고등어포를 우리는 냄비. 생닭, 닭뼈, 닭발을 고아 육수를 내는 냄비. 돼지뼈와 향신 야채를 고는 냄비. 이 셋은 따로따로 만들어 국물을 체로 걸러가며 큰 냄비에 섞는다.

아버지 대부터 줄곧 유지해온 방식이지. 이렇게 손이 많이 가야 잡내가 사라지고 '마키노'의 맑은 국물을 얻거든, 하고 고헤는 속으로 말했다.

딱히 문외불출의 비밀은 아니지만 설령 도시오라 해도 남에게는 공개하고 싶지 않았다. 세 가지 기본 국물의 비율도 '마키노'만의 독자적인 것이었다.

"아버진 국물 맛에 각별히 공을 들이셨어. 손 가는 걸 귀찮아하면 '마키노'의 맛이 미묘하게 달라져."

고헤는 그렇게 말하고 주방으로 돌아가 그릇, 숟가락, 접시를 닦기 시작했다.

"그럼 란코 씨랑 같이 할 때는, 냄비 세 개를 둘이서 영차 하고 들어올려 국물을 대장 냄비에 옮겼다고?"

"응. 이 육수냄비 한번 들어봐. 비었어도 꽤 무거워." 고혜가 도시오를 손짓해 불렀다.

도시오가 주방으로 들어와 맑은 국물용 대장 냄비를 들어올렸다.

"그건 가스 불 위에서 다른 데로 안 움직여. 들어올리는 건 이쪽에 있는 세 개." 고혜가 말했다.

도시오가 콘크리트 바닥에 놓인 냄비를 들어올렸다.

"빈 냄비도 이렇게 무거워? 재료며 국물이 가득 든 냄비를 란코 씨와 둘이서 용케 들어올렸다?"

"아버지랑 둘이 하던 시절엔 더 무거운 냄비였어. 그땐 한 김 식을 때까지 내가 일일이 국자로 떠서 체에 걸러가며 대장 냄비에 옮겼지. 국물이 각각 삼분의 일쯤 남으면 냄비째 들이붓고."

"뭐? 이보다 무거운 걸?"

"그렇다니까. 세 종류 국물을 삼분의 일쯤 남긴 상태에서 본격적으로 대장 냄비의 국물 맛을 조절하니까. 오늘은 닭 육수를 줄이자, 돼지뼈 국물을 줄이자, 이런 식으로."

"냄비 세 개가 다 빌 때까지 그냥 국자로 옮기면 안 돼?" 도시오가 허리를 문지르면서 물었다.

식기류를 다 씻고 육수냄비 네 개를 닦기 전에 옷을 갈아입을 생각으로 2층에 올라가려다 말고, 국자를 쥔 채 진지한 얼굴로 가스레인지 주위를 왔다갔다 하는 도시오를 향해 고혜가 물었다. "왜, 뭐 묘수라도 있어?"

"응, 네 방식에는 힘 낭비가 좀 있는 것 같다. 누가 봐도 헛심을 쓴다고 할걸?"

"비합리적이다 그거네?"

"응, 솔직히 국물 세 종류를 제각각 다른 냄비에서 만들어 하나로 섞는 작업에는 개선의 여지가 있지 않겠냐? 나 지금 냄비 두세 번 들어봤을 뿐인데 허리 삐끗할 뻔했다고. 이런 일을 매일 몇 번씩 하다가는 너 진짜 허리 다 버리고 드러눕는다."

"그럼 가게 다시 여는 건 없던 일로 해야겠다. 역시 나 혼자서는 무리네."

"무슨 소리야, 또. 나잇살이나 먹어갖고 실쭉하기는. 어린애냐? 해결책을 생각하라고, 해결책을. 나도 부족한 힘이나마 보탤 테니까."

"여든여섯 살 어머니가 요양시설에서 사랑에 빠졌다고 '배신'이라면서 실쭉했던 사람은 어디 사는 누구신데?"

"그거랑 이거랑은 얘기가 다르잖아. 넌 걸핏하면 삐쳐서 될 대로 되라 식으로 나온다고. 고등학교 때랑 달라진 게 없잖아. 또 틀어박혀서, 저기 2층에서 화석이나 되든지."

시원하게 벗어져버린 도시오의 정수리를 찰싹 때려주고 싶은 마음을 열심히 자제하는 사이, 속에서 참을 수 없는 웃음이 솟구쳤다. 고헤는 터지는 웃음을 누르고 말했다. "그래, 네가 부족한 힘 좀 보태봐."

"대장 냄비는 가스레인지를 벗어날 일이 없다 그거지?" 도시
오가 물었다.

고헤가 고개를 끄덕였다.

"그럼 다른 육수냄비들도 굳이 들어올릴 일 없게 하면 되잖
아? 세 종류 기본 국물을 처음부터 끝까지 국자로 조절해가면서
대장 냄비로 옮기는 거야." 도시오가 말했다.

애초 세 종류의 국물을 냄비째 부어 맛을 정돈하자고 제안한
사람은 란코였다.

아주 오래전, 아버지와 고헤 둘이 일하던 시절에는 국물을 일
일이 국자로 떠 옮겼으니, 도시오의 생각과 크게 다르지 않은 방
식이었다.

하지만 아버지 대신 란코가 주방에서도 일손을 돕게 되자, 어
느 육수냄비나 여자한테는 너무 무거웠다. 란코는 자신의 힘에
는 버거운 그것들을 2층으로 치워버리고, 사이즈가 더 작은 새
육수냄비를 주문했다.

그때 퇴출된 냄비 세 개는 집 창고로 옮겨져, 지금도 고이 보
관되어 있다.

요컨대 아버지와 둘이 일하던 시절의 방식으로 회귀하면 된
다는 소리다.

"도시오, 네 말이 맞아."

고헤는 더 옛날로 거슬러 올라가면 도시오가 말한 방법을 썼다고 설명하고, 뒷문을 나가 집으로 향했다. 도시오도 따라왔다.

"너, 가게는?" 고헤가 물었다.

"오늘 수요일이잖아. 야마시타 반찬가게 정기휴일."

"아, 그런가? 후미 씨가 어머니 돌봐야 하는 날이네. 차라리 가게 여는 게 편하다는 소리 안 하냐?"

"꼭 그렇지도 않아, 집사람은 치매 걸린 시어머니 다루는 데 익숙해져서. 어머니도 며느리 말은 잘 듣고. 이 사람을 적으로 만들면 난처해진다고 아시는 거 아니겠어? 우린 아이도 없고, 어머니 안 계시는 날은 적적해." 도시오가 걸으면서 말했다.

집으로 들어가 뒤뜰을 마주 보는 복도 끝의 창고를 열고, 고헤는 신문지에 싸둔 오래된 육수냄비를 꺼냈다.

"흐음, 이렇게 큰 걸 썼던 거야? 이러니 란코 씨와 둘이 들기에는 턱도 없지."

도시오가 말하고, 육수냄비 세 개를 같이 가게로 옮겨주었다.

대장 냄비란 맛을 조절한 국물을 담는 냄비로, 언젠가부터 아버지가 그렇게 불렀다.

소녀처럼 사랑에 들뜬 여든여섯 살 노모를 향한 배신감을 토로하자 개운해졌는지, 도시오는 지금까지 사용했던 육수냄비를 걸리적거리지 않게 치워주었다. 가스레인지와 조리대를 쓰다듬어보고 "아주 반짝반짝하구나. 먼지 한 톨 없어. 지난 이 년 동안도 청소만큼은 게을리하지 않았네"라고 말했다.

"문 닫은 후로는 사흘에 한 번이었지만. 아버지 유언 같은 거였어. 첫째도 청결, 둘째도 청결…… 다섯째가 맛과 영양. 우리집은 옛날부터 똑같은 포렴 석 장을 돌려써. 한가운데 '마키노'라고 하얗게 새겨진 거. 이틀에 한 번, 더럽거나 말거나 무조건 새걸로 바꿔 걸지. 이틀 쓰면 집에 가져가 세탁기 돌려서 란코가 꼼꼼히 다림질했다…… 결혼하고는 줄곧 란코 담당이었거든. 포렴이 더러운 가게는 주방도 더럽다, 더러운 포렴을 내거는 건 주방이 더럽다고 광고하는 거나 마찬가지다. 그게 아버지 입버릇이었어."

수세미에 세제를 묻혀 육수냄비를 닦으면서 고헤는 아버지의 굽은 등과 긴 얼굴을 떠올렸다.

"어? 고헤, 머리 잘랐냐? 아주 대담하게 밀었다?"

도시오가 웃으면서 고헤의 머리를 바라보았다.

"뭐야, 지금 알았어?"

"엄마 때문에 속이 시끄러워서 눈에 안 들어왔어."

"그게 그렇게 기분이 상했어?"

"응, 지금도 기분이 갠 건 아니야. 뭔가 싫단 말이야. 잘 설명할 수 없지만."

"뭔지 조금 알 것도 같다. 어머니는 어머니이면서, 아버지의 아내이기도 하니까."

"그렇지? 복잡한 내 심경, 이해가 되지?"

응, 응 하고 고개를 끄덕이면서 고혜는 말했다. "그나저나 인간의 마음이란 참 대단하다. 마음이라기보다 생명이라고 해야 하나? 여든여섯 살 노부인의 백발이 잠깐 사이에 다시 검어지다니. 대체 한 사람의 생명에 무슨 일이 일어난 걸까."

고혜는 허리가 뻐근해서 등을 펴고 몸을 젖혔다.

밤 8시쯤에나 올 거라던 건어물 도매상은 훨씬 일찍, 이 년 전까지 납품했던 다시마와 마른 멸치가 담긴 상자를 가져왔다.

통화했던 다쓰타 씨가 아니라, 처음 보는 서른 전후의 청년이었다.

"예전하고 똑같은 물건이에요. 멘마도 한 봉지 넣어뒀습니다. 다쓰타가 앞으로도 잘 부탁드린다고 전해달랍니다."

청년은 고혜에게 명함을 건네고 상점가에 세워둔 경트럭을 타고 돌아갔다. 몹시 서두는 기색이었다.

아직 배달할 곳이 많이 남은 것이리라.

"히코시마 겐타로…… 그 집 사장님도 히코시마인데. 아드님인가? 사장님은 슬슬 여든을 바라볼 텐데. 저렇게 어린 아들이 있을라고?"

고혜가 명함을 들여다보면서 혼잣말을 중얼거렸다. 도시오가 주방을 나와 카운터석에 앉더니, "야, 이건 가슴속에 담아두려고 했는데, 알다시피 내 마음이 좀 좁아서 그게 안 되니까 그냥 애기해버릴게" 하고는 새 행주로 카운터를 닦기 시작했다.

"간짱에게는 다른 여자한테서 태어난 아들이 있어."

"뭐?"

"그 녀석, 후쿠오카 지사 근무 시절, 거래처 여직원이랑 깊은 관계가 됐거든. 당시 이미 결혼해서 큰아이도 태어났을 때야. 몇 년 단신부임 끝에 다시 도쿄 본사로 발령 날 즈음, 여자가 아이를 가졌다고 말했어. 하지만 중절했으니 걱정하지 말라면서, 그날을 마지막으로 깔끔하게 헤어졌지. 간짱 입장에서는 자신이 말 꺼내기 전에 중절해버린 데다, 아무 요구도 없이 여자 쪽이 먼저 떠나버린 셈이지. 그 후 곧바로 발령 나서, 아내와 아들이 기다리는 이타바시 집으로 돌아왔고."

도시오가 바지 주머니에서 두 번 접은 종이를 꺼내 내밀었다. 여자의 이름과 주소, 휴대전화번호가 적혀 있었다.

"그런데 말이다, 중절했다는 얘기는 거짓말이었어."

고혜는 손을 씻고, 고무장화를 신은 채 도시오 옆에 앉아 종이를 들여다보았다. 달필로 다키가와 시호라고 적혀 있다.

"그저께 이 여자가 나를 찾아왔어. 이십 년 전 하카타에서 만났던 여자란 걸 알았을 땐 소름이 쫙 돋더라. 아이 낳고 고생한 얘기 듣는 사이, 이게 보통 문제 아니다 싶어서, 내가 다 어디로 도망치고 싶더라고."

"너 이 여자를 이십 년 전부터 알고 있었어? 어째서?" 고혜가 물었다.

아서라, 성가신 일에 머리 들이밀지 마, 나하고는 관계없는 일이야, 얘기 더 들어볼 필요도 없어, 라고 말리는 소리가 머릿속에서 들려왔다.

하지만 또 도망가게? 습관성 '도피 성향'이 다시 나오네, 라는 소리도 어디선가 들려오는 것 같았다.

— 간짱이 후쿠오카로 단신부임하고 반년쯤 지났을 때, 우리 가게 조리실 개수대를 공사하게 됐어. 그 김에 조리실도 확장하기로 했지. 정확히 이십 년 전이야.

공사가 엿새 걸린다기에, 모처럼 집사람이랑 4박 5일로 여행 가기로 했어.

집사람이 잡지에 소개된 구마모토의 온천에 가고 싶다더라고.

한갓진 시골 온천에서 4박은 좀 길잖아. 내가 하카타에서도 묵자고 했지. 마침 간짱도 거기 있으니까.

그런데 집사람 사촌도 하카타에 산다더라고. 이 년 전부터 남편 전근으로.

집사람 말이, 어릴 때부터 친했으니까 오랜만에 여자끼리 밥 먹고 싶다는 거야.

나도 간짱이랑 남자끼리 한잔하고 싶어서, 하카타에선 호텔 방만 같이 쓰고 각자 행동하기로 했어.

간짱이 저녁 7시에 호텔로 데리러 왔어.

단골이라는 작은 요릿집에 갔는데, 아무튼 생선 요리가 맛있더군. ─

고혜가 도시오의 눈앞에서 손사래를 쳐 말을 막았다.

"요점만 말해. 옆길로 새지 말고. 그날 먹은 생선 요리가 좋았네 나빴네는 이 얘기하고는 아무 관계도 없으니까."

"그렇지, 응, 요점만 말할게."

몇 번이나 고개를 끄덕이고, 도시오는 천장을 바라보며 생각에 잠겼다.

요점만 말하기란 어려운 일이다. 고혜는 도시오가 이야기를 시작하기를 끈기 있게 기다렸다.

─ 그날은 둘 다 꽤 취하도록 마셨어. 요릿집을 나와서, 한 집 더 가자면서 나카스 근처 클럽으로 데려가더라고. 호스티스가 대여섯 명 되는 클럽인데, 간짱 말로는 후쿠오카에서는 유명하다더라.

그 클럽 오너 마마가 다키가와 시호라는 여자의 이모였어.

수완이 좋아서 클럽뿐 아니라 역 앞 노른자 땅에 7층짜리 상가 건물도 경영하고, 시내에 임대 맨션도 두 동 갖고 있댔어.

그 마마가 간짱에게 귓속말을 한 거야, 사무실에서 시호가 컴퓨터와 악전고투중이니 좀 도와주라고. 엑셀이라든가 뭐 그런 프로그램 조작 방법을 잘 모르는 모양이었어.

이십 년 전이면 어느 회사나 컴퓨터를 도입해 업무 효율화를 추진하기 시작한 무렵으로, 다키가와 시호도 사내 연수에서 배우기는 했어도 아직 제대로 사용하지는 못했지.

사무실은 클럽이 입주한 빌딩 7층에 있었어. 그 7층 건물도 이모 소유야. 말하자면 그냥 클럽 마마가 아니야, 우리하고는 급이 다른 부자라 그거지.

이모한테는 아이가 없어서, 나중에 조카에게 뒤를 잇게 할 요량으로 일주일에 한 번 사무실 일을 돕게 하고 있었지.

간짱은 컴퓨터를 잘 다뤘어. 7층 사무실로 올라가면서 왜 나까지 대동했는지 알 수 없지만. 내가 그런 데는 처음이라 혼자 남으면 뻘쭘할 거라 생각했는지도 모르고, 눈이 번쩍 뜨일 정도의 미인이 하카타에서 자기 애인이라고 은근히 자랑하고 싶었는지도 모르지.

컴퓨터 앞에 나란히 앉아 엑셀 사용법을 설명해주는 간짱을 보고 곧바로 알았어, 아, 얘네 사귀는구나.

그런 거 원래 아무도 모르겠지 하는 건 본인들뿐이고, 주위에선 귀신같이 눈치채거든.

폐점 시간이 되어 가게를 나왔을 때 내가 한마디 했어. "깊이 들어가지는 마라." 간짱은 "알아" 하면서 웃었지만, 둘이 한창 달아오를 때라 나한테 보여주고 싶었던 게 분명해.

사무실에서 처음 인사하면서 다키가와 시호가 근무처 명함을 주기에 나도 명함을 건넸어. 설마 이십 년 후에 찾아올 줄은 꿈에도 몰랐네. ―

그래서 요점이 뭐야. 간짱은 죽었는데 다키가와 시호가 왜 새삼 찾아왔냐니까, 하고 고헤는 조바심을 내면서 물었다.

"그녀가 간짱의 죽음을 안 것은 장례식 날이었어. 후쿠오카 시절 간짱과 친했던 거래처 사람을 우연히 만났다가 소식을 들었대. 당시 그녀는 임신 사실을 부모님께 털어놓고 낳을 작정이라고 말했지만, 특히 아버지가 그럴 거면 집에서 나가라고 아주 노발대발, 발칵 뒤집혔다나봐. 그때 이모가 마치 기다렸다는 듯 당분간 자기가 데리고 있겠다고 나섰고. 지금 와서 생각하면 전부 이모의 큰 그림이었는지도 모른다면서 다키가와 씨도 웃더라. 그 몇 년 전부터 계속 시호를 양녀로 달라고 했던 모양이야."

"간짱은 그 여자가 거짓말하고 아이를 낳은 걸 모르는 채 죽었어?" 고헤가 물었다.

"아이가 중학생 때 알았나 보더라. 그 무렵 간짱은 회사 그만두고, 과일가게 허물고 건물 새로 지었잖아. 후쿠오카 시절 동료와 몇 년 만에 술자리가 있었는데, 시호 씨 아이, 혹시 네가 아버지 아니냐고 농담처럼 한마디 하더란다. 애가 몇 살이냐고 물었더니, 둘이 사귀던 시기랑 겹쳤던가봐. 그때부터 간짱의 고민이 시작된 거지."

석양 무렵 옥상에서 말을 걸어왔던 간짱의 웃는 얼굴이 고헤의 머릿속에 떠올랐다.

"어떤 고민?" 고혜가 물었다.

어리석은 질문인 줄은 알았지만, 그 방면의 경험이 없는 고혜로서는 구체적인 내용이 얼른 떠오르지 않았다.

"고혜 너라면, 제일 먼저 무슨 생각부터 할 것 같아?"

도시오가 되묻고 "나라면 아이 아버지를 알아내고 싶을 것 같은데"라고 말했다.

"어떻게 알아내?" 고혜가 묻자 "여자를 직접 만나 캐묻는 수밖에 없잖아"란다.

"간짱은 그렇게 했어?"

"응, 그냥 놔두면 될 일인데, 기어코. 후쿠오카 시절 동료 문상 간다든가 뭐라든가 거짓말하고, 하카타에 갔다니까. 그 무렵 다키가와 시호는 이미 맨션과 건물 임대 사업에 전념했어. 클럽은 마마가 세상 뜨고 바로 접었다더라, 그쪽 일은 자신 없다고."

"그러니까, 이모 뜻대로 양녀가 됐어?"

"응, 본가는 네 자매고, 다키가와 씨가 막내였어. 고지식하고 엄한 아버지도 양녀가 되면 큰 재산을 물려받는다는 건 알았으니까 뭐 다소 손득 계산도 있었겠지. 다키가와 씨는 아이 낳기 석 달 전, 이모 호적에 들어갔어, 양녀로."

"너 어떻게 그렇게 자세히 알아?"

"그야 이타바시 역 근처 찻집에서, 그저께, 두 시간이나 얘기를 들었으니까."

"곤도 이사미에도 시대 말기의 무사 무덤에서 가까운 찻집?"

"응, 그 집 카페라테 맛있잖아."

"뭐 하러 여기까지 왔대? 간짱이 정말 죽었는지 확인하러?"

"아니, 나 만나러. 간짱의 죽음은 의심하지 않았어."

"너 만나서, 뭘 어쩌자는 건데?"

고혜의 물음에 도시오는 고개를 갸웃했다.

하기는 도시오인들 어찌 알겠나 싶었지만, 그게 아니었다.

"간짱 녀석, 하카타에서 헤어지면서 마지막으로 '꼭 연락해야 할 일이 생기면 야마시타 도시오에게 전화해. 그럼 내가 다시 걸 테니까'라고 했다더라. 개는 헤어지면서 그냥 해본 말이었을 테지만 나한텐 민폐란 말이지." 도시오가 투덜거리듯 말했다.

"꼭 연락해야 할 사태가 발생했다 해도 간짱은 이미 세상에 없잖아. 다키가와라는 여자도 알잖아? 그런데 어째서 야마시타 도시오를 만나러 왔냐고?"

이야기가 왜 이리 핵심에 닿지 못한 채 제자리만 맴돌까 생각하면서 고혜는 도시오를 바라보았다.

"혼외 자녀는 여자애보다 남자애가 불량 청소년이 되기 쉽다는 말을 들은 적 있는데, 정말이더군요. 다키가와 씨는 그렇게 말했어."

"불량 청소년? 그 아이 지금 열여덟 살쯤인가? 아버지가 누구냐, 어디 있느냐, 사는 데를 말해라, 뭐 이러면서 제 엄마를 들볶는 거야?"

"요컨대 그런 얘기지. 하지만 여기까지 쳐들어온들 그 애 아버지는 이미 죽고 없잖아. 다키가와 씨 걱정은 간짱의 남은 가족에게 폐가 가면 어쩌느냐는 거야. 그 걱정을 하다하다, 문득 야마시타 도시오라는 간짱의 친구를 생각해내고, 아무튼 상담이나 해볼 셈으로 먼 길을 온 거지. 부동산업계의 알아주는 큰손, 동종업계 어지간한 사내들 다 젖히고 규슈에서 이름 날리는 경영인도 아들 일 앞에선 그냥 평범한 엄마더라."

불량이라. 오랜만에 들어보는 말이다. 지금은 거의 사어인지도 모른다.

고혜는 그런 생각을 하면서 어느 정도 불량인지 물었다.

"뭐 조폭까지는 아니고. 그런 쪽하고는 선을 그었던 모양이야. 그래도 고2 때 중퇴하고, 지금 아이가 둘이란다."

"열여덟 살에 아이가 둘? 애 엄마는 몇인데?" 고혜가 물었다.

"동갑이라지? 열여섯 때 첫애 낳고, 최근 둘째를 봤대. 둘 다 사내아이. 아들은 백수, 며느리는 애 키워야 하니까 생활비는 다키가와 씨가 댄다더라."

"그래서, 아버지 이름을 밝혔대?"

"죽었으니까 괜찮겠지 했던 모양이야. 누구냐, 누구냐, 하고 아들이 잡아먹을 듯이 다그치니까 별수 없기도 했고. 보니까 완전히 아들한테 잡혀 사는 얼굴이던데. 자신이 혼외 자녀란 걸 알고는 막 나가기 시작해서, 나쁜 애들이랑 몰려다니면서 엄마 말은 귓등으로도 안 듣고 걸핏하면 눈을 부라린단다. 개가 공갈 갈취로 두 번이나 경찰에 선도됐대. 번화가에서 고등학생을 협박해 시계를 빼앗았는데, 두 개 다 강물에 던졌다더란다. 시계를 갖고 싶었던 게 아니었다면서."

고혜는 간짱의 숨겨진 아이가 안쓰러워졌지만, 이내 숨겨진 아이라는 말은 틀리다고 생각했다. 간짱이 아이의 존재를 오랫동안 몰랐던 것은 다키가와 시호의 거짓말 탓이다.

"그 아이가 간짱 가족에게 무슨 폐를 끼쳐? 간짱이 죽고 없으니 원망할 상대는 자기 엄마뿐이잖아? 엄마는 자신의 독단으로 애를 낳았어. 간짱에게는 중절했다고 속이고. 어째서 애먼 간짱 가족이 그 아이한테 피해를 입어야 해?"

"그러게 다키가와 씨 말로는 그런 논리가 통하는 애가 아니라잖아. 하지만 난들 어쩔 거야? 하카타까지 찾아가서 타일러? 그런다고 개가 말을 들어? 불에 기름 붓는 격이지. 나쁜 건 간짱이랑 그 여자잖아. 자업자득이야."

묘하게 차분한 눈빛으로 고혜를 바라보고, 도시오는 긴 한숨을 뱉었다.

"내일 국물 우릴 거지? 별 도움은 안 되겠지만 나도 와서 거들게." 도시오가 뒷문으로 나가면서 말했다.

고혜는 조금 전 배송된 마른 멸치와 말린 고등어포 상자를 열었다. 리시리 다시마 홋카이도 리시리 섬에서 나는 다시마. 주로 고급 요리의 맑은 국물을 내는 데 쓴다도 이 년 전과 같은 제품이었다.

다시마, 마른 멸치, 말린 고등어포를 육수냄비에 물과 함께 넣어 우린 다음 다시마만 냄비에서 건진다.

열을 가한 게 아니니까 아직 충분히 맛을 우릴 수 있는 다시마를 적당량 건져내, 란코는 별도의 알루미늄 냄비에서 간장과 술을 넣고 조려 밑반찬으로 만들었다.

주방 안쪽 서랍에는 무명 주머니가 차곡차곡 보관되어 있다. 마른 멸치와 말린 고등어포는 한꺼번에 주머니에 넣어 약한 불로 조리다가 물이 끓기 직전에 건져 알루미늄 냄비 속의 다시마와 섞어둔다.

히나이 닭 아키타 현 특산 닭고기. 지방이 적고 맛이 담백하다 뼈와 생닭, 거기에 '단풍잎'으로 통하는 닭발까지 합계 25킬로그램을 뭉근히 끓여 육수를 낸다. 동시에 세 번째 육수냄비에서는 돼지뼈와 향신 야채를 곤다.

세 냄비 다 뚜껑은 덮지 않는다. 뚜껑을 덮어 조리면 냄새가 나고 국물이 탁해진다.

조리대에는 세 개의 육수냄비와 완성된 국물을 넣는 대장 냄비용의 둥근 구멍이 뚫려 있어 냄비를 올리면 중간쯤까지 잠긴다. 그 아래 업소용 가스레인지가 설치되어 있다.

고헤는 냉장고에서 조미액이 든 밀폐용기를 꺼내 냄새를 맡아보았다. 이상한 냄새는 나지 않았지만 예행연습이 끝나면 전부 버릴 생각이었다.

일주일에 한 번씩 끓여놨으니 상할 일은 없지만, 어차피 차슈를 만들면 풍미 좋은 조미액도 나온다. 그거면 된다.

노포 장어집 중에는 대대로 재료를 더해가며 사용하는 '비법 양념장'을 가보처럼 여기는 가게도 있지만, '마키노' 중화소바에는 너무 오래된 것은 쓰고 싶지 않았다.

공기와 닿으면 대개는 산화한다. 산화하면 맛에서 신선함이 사라진다는 게 고헤의 생각이다.

시계를 보니 6시가 가까웠다.

"언제 시간이 이렇게 가버렸대? 맞다, 도시오랑 한참 얘기했구나." 고헤가 중얼거렸다.

이 년 만에 국물을 만들기 시작한 순간 도시오도, 그와 나눴던 대화도 머릿속에서 깨끗이 지워져버린 것이 고헤에게 어떤 활력을 일으켰다.

나는 중화소바를 만들기 시작하면 아무것도 눈에 안 들어와. 아버지도 그랬지. 부전자전. 심지어 몸매도 갈수록 닮아간다며 란코가 웃었는데.

2층으로 올라가 좁은 세면대 거울에 몸을 비춰봤지만 등이 구부정해진 것 같지는 않았다.

"좋아, 소주 타임이다"라고 중얼거리고 가게를 나왔다. 집으로 돌아와 소주 오유와리를 만들고, 도시오에게 들었던 이야기를 곱씹어보았다.

본인은 오죽 갈등하고 흔들리고 숙고한 끝에 결심했으랴만, 남자에게 임신 사실을 알리는 동시에 하지도 않은 중절을 했다고 속이고, 혼자 아이를 낳아 키워온 여자의 마음은 아무래도 이해 불능이다.

"고2 때 중퇴하고 나쁜 녀석들과 어울려 다니면서, 열여덟 살에 무려 두 아이 아빠? 하지만 간짱 아들이야. 다키가와 시호라는 여자도 이모한테 물려받은 회사를 다부지게 경영해온, 규슈 부동산업계에서는 알아주는 사람이라며. 그 둘 사이에 태어난 아이가 아무리 비뚤어진들 다 한때지. 지금이야 아버지가 원망스럽겠지만 언젠가 스르르 풀어질 날이 온다고. 애먼 사람들에게 폐를 끼칠 리 없어."

어쩌면 간짱이 본가를 헐고 건물을 지은 후로 언뜻 홀가분해 보이는 건물주로만 살았던 이유 밑바닥에는 꿈에도 몰랐던 아들의 존재가 있었던 게 아닐까.

"그래, 고민도 됐겠지. 청천벽력이잖아. 수명이 줄어들 만하다." 고헤가 중얼거렸다.

두 잔째 소주를 비우고, 집을 나와 야마시타 반찬가게로 향했다. 상점가가 제일 붐비는 시간이었다.

오가는 사람들을 피해 거리 한쪽을 걷다 말고 도시오 가게가 정기휴일임을 떠올렸다.

이타바시 나카주쿠 상점가의 많은 반찬가게 중에 고혜가 맛을 인정하는 건 도시오네 가게뿐이다. 맛도 맛이지만 의리 문제이기도 했다. 발길을 돌릴까 했지만 직접 저녁 반찬을 만들 기분은 아니었다. 그렇다고 식당에 들어가 혼자 먹는 것도 재미없다.

고혜는 걸으면서 아케미에게 라인 메시지를 보냈다.

— 오늘 퇴근은 몇 시쯤이실지? 도시오 가게는 정기휴일, 냉장고는 텅 빔. —

그럼 난 밖에서 먹고 들어갈게, 라는 답이 올 줄 알았는데, 집에 들어설 때 라인 착신음이 울렸다.

— 고기 먹으러 갈까? 나는 십 분이면 집에 도착 — 이라고 적혀 있다.

"흠, 웬일로 오늘은 칼퇴근이래?"

고혜는 '오케이'라고 답신한 다음, 야마테 대로변의 한국음식점에 예약 전화를 걸었다.

일 년에 기껏 한두 번 가지만 그때마다 이십 분은 기다려야 자리가 나는, 맛도 가격도 괜찮은 인기점이다.

정말로 십 분 후에 귀가한 아케미는 곧바로 2층으로 올라가 옷을 갈아입고 거실로 내려왔다.

"어제, 총무부에 불려가 과장님한테 혼났잖아."

"응? 왜?"

"제발 유급 휴가 좀 그때그때 소화하라고. 그야 나도 쉬고 싶지만 일이 잔뜩 있으니까 못 쉬는 거잖아? 근데 근로감독관이 뭐라고 한다나봐. 블랙 기업 비슷하게 찍히면 여러모로 괴로워진다고 총무과장님 신경이 곤두섰어. 우리 부장님한테도 각별히 당부하셨대, 일 좀 효율적으로 해서 직원들 쉬게 하라고."

아케미가 이렇게 말하고, 겐사쿠와 다녀온 1박 여행의 소감을 물었다.

"재밌었지. 걔가 대학원 가고 싶다더라."

"응, 그저께 밤에 나도 들었어. 시간이 너무 늦어서 자세한 얘기는 못 했지만."

아케미가 운동화를 신으면서 고헤 쪽을 흘금 쳐다봤다.

"우리 집은 이제 수입이 한 푼도 없으니까 너 대학원은 무리라고 했더니, 그렇겠지? 하면서 낙담하던데."

골목을 벗어나 야마테 대로를 향해 상점가를 걸으면서, 둘은 사이가 좋아서 수시로 라인을 주고받는 눈치니까 재개점 건은 아케미도 이미 들었으리라 짐작했다.

내 입으로 직접 듣고 싶어서 아케미는 모르는 척하는 게 아닐까. 얘는 그 정도 연극은 할 수 있어.

"교량공학을 본격적으로 공부하고 싶단다."

"교량? 무슨 소리야?"

어라? 겐사쿠가 아무 말 안 했나? 라인이나 메일로 보고할 시간은 충분히 있었는데. 겐사쿠는 겐사쿠대로, 누나에게는 아버지가 직접 말하게 하고 싶었는지도 모른다.

이것저것 생각하면서 스낵 바와 주점이 늘어선 옆길을 빠져나가 야마테 대로를 건넜다.

"내가 중화소바를 하루 사십 그릇 팔면 겐사쿠는 대학원에서 교량공학을 공부할 수 있어." 고헤가 말하고 아케미의 반응을 살폈다.

아케미는 가만히 고헤 얼굴을 건너다보더니 "아빠, 가게 다시 연다고?" 하고 물었다.

"그것밖에 없잖아. 네 엄마 보험금을 야금야금 까먹을 순 없으니까. 나한테도 노후 자금이 필요하다고."

아케미가 발을 멈추고 "정말이야?" 하면서 폴짝 뛰어올라 고헤의 어깨를 두드렸다.

"응. 오늘부터 예행연습 시작했다. 아무튼 혼자 꾸리니까, 제대로 국물 맛을 낼 수 있을지, 그게 불안해."

"겐사쿠, 좋아했겠네?"

"감격의 눈물을 흘리며 덥석 안길 정도는 아니더라."

"아빠 좀 다른 사람처럼 보여. 여행 가서 무슨 일 있었어?"

아케미는 탐색하듯 고헤의 얼굴을 뜯어봤지만 "일은 무슨. 아와코미나토 역에서 겐사쿠랑 합류해서, 온주쿠에서 점심 먹었지"라는 대답이 끝나기 전에 "어? 뭐야, 머리 잘랐네? 역시 뭔가 있었잖아"란다.

그러고는 더 못 참겠다는 양 입을 막고 웃음을 터뜨렸다.

"설령 무슨 일 있었다 해도 그렇게 웃을 일이냐? 보통은 걱정하면서 그다음 말을 기다리는 거 아니냐?" 고혜가 조금 기분이 나빠져서 말했다.

"아빠는 가끔 대담한 일을 저지르잖아. 그럴 땐 십중팔구 엉뚱한 이유나 동기가 있댔어, 할아버지가."

"할아버지가? 손녀한테 그런 말을 했어?"

아케미의 말은 좀 의외였으므로 고혜는 자신이 지금껏 어떤 대담한 일을 저질렀는지 떠올려보았다.

고등학교를 중퇴한 일과 어느 날 갑자기 독서에 몰두하기 시작한 일 말고는 딱히 없는 듯했다.

최근 개업한, '창작 일품요리'라고 간판에 덧붙여 적은 아담한 가게 모퉁이를 돌아 주택가를 가다 보면 한국음식점이 나온다.

그러고 보니 아케미와 단둘이 외식하는 것도 처음이었다.

2인용 테이블 하나만 비어 있는 것을 보고 아케미는 "예약하기를 잘했네" 하면서 자리에 앉아 곧바로 생맥주를 주문했다.

고혜는 겐사쿠가 교량공학을 전공하고 싶다며 대학원 진학 이야기를 꺼냈을 때 내심 얼마나 기뻤는지 아케미에게 들려주고, 소주 오유와리와 함께 상등심, 안창살, 간을 주문했다.

"저는 상갈비랑 상추요. 나중에 비빔밥도 주세요." 아케미가 종업원에게 말했다.

"갈비 찾는 걸 보니 아직 젊구나. 하지만 고기 구워 먹을 땐 흰밥이 제격이야. 비빔밥은 아니다." 고혜가 말했다.

그러고는 자신이 제일 기뻤던 일은 아케미가 1지망 대학에 합격했던 거라고 말을 이었다. "이렇게 말하면 웃겠지만, 그때 마키노 가의 역사가 바뀌었지."

생맥주가 나오자 아케미가 비빔밥을 취소하고 공깃밥을 주문했다.

"마키노 가의 역사?"

"응, 그때까지 우리 집안에 대학 간 사람은 한 명도 없었거든. 네 외가댁 쓰시마 가도 마찬가지고. 대학 간 사람은 없었어. 네가 1호야. 1호가 나오면 2호, 3호도 나오게 되어 있어. 대학 나온 부모는 자녀도 대학에 보내려고 노력하거든. 아이를 최대한 밀어주고자 하는 교육열 같은 게 생기고, 그게 대대로 이어져. 우리 큰딸이 그 첫 테이프를 끊어준 거야. 마키노 가의 선구자가 되어줬다고. 그때 처음, 내가 불효자였다는 걸 깨달았어. 네 할아버지는 성격이 그래놔서 하고 싶은 말의 절반밖에 안 하는 분이었지만, 내가 고등학교 그만뒀을 때 실은 울고 싶도록 안타까웠겠구나 싶더라."

소주 오유와리가 나올 때까지 생맥주에 입을 대지 않았던 아케미가 맥주잔을 쳐들면서 말했다. "아빠, 역시 뭔 일 있었네. 뭐야, 무슨 일이야? 설마 여행지에서 사랑에 빠졌다 뭐 그런 TV 드라마 같은 고백은 하지 마시고요."

고헤는 아케미와 건배하고 소주를 한 모금 마신 다음, 실은 세 잔째라고 고백했다.

"응, 그런 것 같더라. 그래도 오늘은 축하주니까, 한 잔쯤 더 마셔도 돼."

"좋았어."

주문한 고기가 나올 때까지 고헤는 여행에서 무슨 일이 있었는지 생각했다. 많은 일이 있었던 것 같기도 하고 아무 일 없었던 것 같기도 하다. 그저 등대를 봤을 뿐이다.

위엄 있는 등대도 있고, 그냥 연통처럼 보이는 등대도 있었다.

아마 그때그때 보는 사람의 마음가짐에 따라 달리 보이리라.

등대를 보겠다고 나선 덕에 바닷바람에 몸을 움츠리고, 갯냄새를 맡고, 상어 등지느러미 같은 무수한 흰 파도도 본다. 단단한 흙길의 감촉이며 오르기 힘든 돌계단의 불규칙한 높낮이차를 발의 모든 근육이 직접 실감한다. 그것들이 복합적으로 그 등대의 인상이 되어 남는다.

기껏 보소 반도의 등대 몇 군데를 구경했을 뿐인데 전국의 등대를 섭렵하고 뭐라도 깨달은 양 고헤는 말했다.

"평소에 많이 걷는 사람은 못 느끼겠지만, 난 최근엔 집과 가게 사이 30미터쯤 왕복할 뿐이고, 장 보러 가도 기껏 도시오 가게잖아? 당연히 발바닥 근육은 생각도 안 해봤고, 발목 주위 근육이 얼마나 중요한지 알 리 없지. 나이 먹은 사람들이 넘어지는 건 발바닥과 발목 근육이 쇠퇴한 탓이야. 특히 발바닥 근육의 존재는 평탄한 포장도로에서는 못 느끼지. 이번 여행에서 그걸 배웠다."

아케미가 어이없는 얼굴로 아버지를 바라보면서 웃었다. "보소 반도 일주하고 배운 게 그거라고?"

고혜는 재개점에 대비한 예행연습이 끝나면 주부 지방 등대를 돌아보는 김에 유타도 보고 올 생각이라고 말했다.

"유타 만나서 뭐 하시게?"

"지금껏 허심탄회하게 얘기 한 번 안 해봤잖아. 걔가 무슨 생각을 하는지, 어떤 친구들과 사귀는지, 일은 순조로운지, 장래 전망은 어떤지. 그런 얘기 나눠본 적이 없다고."

"어느 집 부자간은 다를라고. 갑자기 아버지가 찾아와서 그런 거 물어본다고 솔직하게 속을 털어놓을 아들이 어디 있어. 괜히 무슨 일 난 줄 알고 놀라기나 하지." 아케미가 말하고, 막 나온 상갈비를 굽기 시작했다.

"진지한 대화까지는 기대 못 해도, 같이 먹고 마시면서 떠들다 보면 소득이 있지 않겠어?"

고헤가 말하고 간을 구웠다.

"유타는 출장이 많아. 지난번에 회사 후배가 나고야에 놀러 간다기에 내 딴엔 둘을 이어줄 흑심도 있어서 된장 조림 기시멘 ^{아이치 현 명물인 얇고 넓적한 면발의 우동} 맛집 좀 소개해달라고 메일을 보냈 거든. 그랬더니 가게 이름 세 개랑 전화번호만 달랑 왔더라고. 후쿠이 현에 출장중이라면서."

출장이 그렇게 잦다면 나고야에 도착한 다음에 연락해서는 못 만날 공산이 크겠다고 고헤는 생각했다.

"올해부터 기후 현과 후쿠이 현 담당이래. 한 달의 절반쯤은 기후나 후쿠이에 있다던데? 거기다 입사하고 겨우 일 년 반이잖 아. 아직 선배들 심부름꾼이지. 중장비 종류는 많고, 전문지식은 기사 수준으로 필요하고, 거래처는 대부분 공사 현장이고, 걔도 고생 좀 할걸." 아케미가 말하고, 막걸리를 주문한 뒤 다 익은 고 기를 먹었다.

"중장비라면 난 불도저랑 굴삭기밖에 모르는데. 그래? 유타가 고생한다고……."

"안쓰러워 할 거 없네요. 이제 사회인이잖아. 힘든 게 당연하 지. 다들 많건 적건 고생길 시작이라고." 아케미가 아이 달래듯 말했다.

"그래도 안됐잖아. 공사 현장의 거친 사내들에게 호통 들어가 며 제품 좀 팔겠다고 머리 숙이는데. 가만, 겐사쿠가 하는 일도 비슷하네? 우리 집 아들들은 헬멧 쓸 팔자인가."

그러고는 고혜도 아케미도 이야기를 중단하고 고기 굽는 데 집중했다.

고혜는 역시 유타를 만나야겠다고 생각했다. 잠깐 얼굴만 본다 해도 좋다. 사택에서 혼자 지내면서, 출장에 절고 공사 현장에서 머리 숙이는 나날을 보내는 유타를 보고 싶다.

그러자면 주말이 좋을 테지.

나고야에 가니까 맛있는 거 사준다고 미리 전화하는 게 좋을까, 당일 나고야에서 연락해 유타의 스케줄이 허락하면 밥이나 먹자고 하는 게 좋을까. 어떻게 할까. 아니 그보다 어느 등대를 보러 갈지 정해야 하잖아. 유타부터 만나고 등대를 보러 갈까, 아니면 반대가 좋을까. 아니, 그런 것은 아무려면 어때.

그런 생각을 하는 사이, 고혜는 상당히 취기가 올라오는 것을 깨달았다.

막걸리를 추가 주문한 아케미가 양쪽 뺨이 불룩해질 만큼 갈비를 입에 넣고, 열심히 먹기 시작했다.

"잘 먹는다? 배가 많이 고팠나 보네?"

"내일 유급휴가 쓸 거니까 마늘 듬뿍 들어간 이 집 고기 실컷 먹어도 돼."

"막걸리는 적당히 해둬. 그거 아마자케술지게미에 설탕과 물을 넣고 데운 음료처럼 보여도, 잘못 마시면 일 난다. 만취해서 뻗은 딸 업고 집에 가는 것만은 사절이야."

아케미는 그 말에는 대답하지 않고 불쑥 말했다.

"엄마는 수수께끼 같아. 수수께끼의 장막이 덮인 사람. 그렇게 생각하지 않아? 라고, 유타가 말한 적이 있어. 한참 옛날에."

"뭐? 그게 언제 일인데?"

고헤는 집게를 접시 위에 내려놓고 물었다. 유타가 그런 말을 했다니, 금시초문이었다.

— 언제부턴가 정초에 오는 연하장을 정리하는 일은 유타 몫이었다. 가족 전원에게 온 것, 아버지 앞으로 온 것, 엄마 앞으로 온 것, 형제들 각자에게 온 것.

그것들을 여섯 뭉치로 나누어 테이블 위에 정리하는 대신 연하장에서 당첨된 상품은 유타가 챙긴다. 기껏해야 우표 따위였지만, 유타는 어릴 때부터 상품이나 부록이 따라오는 잡지와 과자를 좋아했다. 왠지 가슴이 설렌단다.

마키노 란코 앞으로 오는 연하장 중에는 해마다 어김없이 1월 1일에 도착하는, 특이한 붓글씨로 적힌 것이 하나 있었다.

시마네 현 이즈모 시 ○○초 ○○번지 하세 소노코.

보내는 사람 옆에 ○○고교 탁구부 36기 일동이라고 나란히 적혀 있었다.

어느 해는 새해 인사 밑에 '잘 지내는지? 작년 현 대회 단체전은 6위였지만, 개인전에서 2학년생 하나가 3위에 올랐어. 그 아이, 올해는 더 활약할지도 몰라. 언젠가 도쿄에 가게 되면 꼭 만나주기를'이라고 적혀 있었다.

또 어느 해는 '작년 동창회엔 열여섯 명이 참가했어. 재작년보다 여섯 명이나 줄었어. 다들 고향 이즈모를 떠나 생활하니까 별수 없지' 같은 말이 적혀 있었다.

당시 중학생이던 유타는 연하장을 정리하면서 하세 소노코라는 여성이 보낸 엽서에 흥미를 품게 되었다. 글자가 유별나게 오른쪽으로 올라간 탓도 있지만, 어딘가에 반드시 프로급 솜씨로 그린 일러스트가 있어서다. 더욱이 문면으로 보건대 엄마는 아무래도 시마네 현 이즈모 시에 산 적이 있는 듯한데, 그 시절 얘기는 한 번도 화제에 오른 적이 없지 않은가.

그래서 한번은 엄마에게 물었다. 엄마 이즈모 시에 살았어?

엄마는 빙그레 웃고 말했다.

하세 소노코는 고등학교 시절 친구. 나처럼 탁구부원이었어.

탁구부 고문 선생님들끼리 친해서 일 년에 한 번 친선경기를 갖기로 하고, 첫해는 이즈모 쪽에서 도쿄로 원정을 왔지. 다음 해는 우리가 이즈모로 갔고.

말이 시합이지 도쿄와 시마네 현 고등학생들의 만남이랄까 교류회 같은 수준이었지만.

이즈모 원정 때 내가 그 애 집에 묵었는데 마음이 잘 맞아서 친해졌고, 그 후로 한 달에 한 번꼴로 편지를 주고받았어.

졸업하고도 계속 편지가 오갔는데, 내가 결혼한 후로는 연하장만 주고받아. 편지라고 해야 별 내용도 없고, 공통 화제는 탁구뿐이었지만. 그런데도 지금껏 착실하게 연하장을 보내오네.

유타는 설명을 듣는 사이 아무래도 거짓말 같다는 인상을 받았다. 고교 시절 탁구부였다는 말은 처음 들어본다. 엄마 입에서 탁구 화제가 나온 적은 한 번도 없었다.

미심쩍은 마음에 이것저것 초들어 묻자 엄마는 "옛날 일이라 가물가물해" 하면서 연하장을 치워버렸다.

"이즈모 일은 아무한테도 말하면 안 돼. 탁구부 일도."

"왜?"

"창피하니까."

엄마는 어딘지 쌀쌀맞은 말투로 말했다. —

"유타 말이, 아무튼 잘 모르겠지만 엄마 얘기가 묘하게 걸려서, 그 이듬해도 하세 소노코 씨 연하장부터 제일 먼저 찾아내서 읽었대." 아케미가 말했다.

"뭐라고 적혀 있대?"

왠지 술이 확 깨는 것을 느끼면서 고헤가 물었다.

"란코가 이즈모 시절 친하게 지냈던 누구누구 씨 큰딸이 큰 교통사고를 당했는데, 의사 말로는 평생 휠체어 생활이 될 것 같다고 한다더라. 이즈모 시절…… 이러면 누구라도 엄마가 이즈모에 산 적이 있다고 생각하잖아? 탁구부 친선경기 때 잠깐 간

152

걸 갖고 그렇게 말할까? 유타가 그러더라고."

그런 이야기, 란코 입에서 한 번도 나온 적이 없다고 고혜는 생각했다.

쓰시마 란코는 도쿄 다치카와에서 태어났다. 삼남매의 둘째 다. 아버지는 측량기사였다. 고등학교 졸업 후 측량회사에 취직 해, 야간 전문학교를 다니면서 기사 자격을 땄다.

대형 토목회사나 건축회사에서 의뢰를 받아 전국을 돌아다니 는 바쁜 생활이었다.

기량과 인품을 인정받아 첫 근무처보다 자본금도 사원수도 많은 회사로 옮겼는데, 담당하는 공사 규모도 커져서 출장 며칠 로는 끝나지 않는 일이 늘어나, 다치카와 본사에서 시즈오카 지 사장으로 영전한 것이 란코가 초등학교 입학할 무렵이다.

그러니까 란코는 초등학교 4학년 때까지 시즈오카 시내에서 살았다.

시즈오카 근무가 끝나고 기후 지사장으로 옮겨 앉으면서 란 코 일가는 다카야마에서 오 년 살게 되었다.

란코가 고등학교 입학할 즈음 아버지가 도쿄로 발령받으면 서 하치오지에 집을 장만했고, 란코도 그 지역 공립학교에 다 녔다.

고등학교를 졸업하고 아버지 친구 소개로 중견 종합건설회사 경리부에 취직한 란코는 스물세 살에 이타바시에 신설된 자재부로 발령을 받고, 회사가 소유한 5층 맨션에서 자취를 시작했다. 하치오지에서 출퇴근하자면 불편했거니와 사택이라 월세도 필요 없었다.

맨션은 샤쿠지이 강변으로, 에도 시대 가가 번藩 별택 터에서 가까웠다.

회사는 임대 맨션 가운데 세 채를 여직원 숙소로 사용했다.

사원 숙소라지만 따로 식당이 있는 것도 아니어서 란코는 이타바시 상점가에서 장을 봐다 집밥을 지어 먹었다.

이타바시 숙소에서 지낸 지 석 달쯤 됐을 때, 야근을 마치고 밤 10시쯤 퇴근한 란코는 그간 몇 번 지나치면서도 한 번도 들어가본 적이 없던 '마키노'의 문을 밀었다.

당시도 폐점은 9시였지만, 어디서 몇 잔 걸치고 이타바시에 닿을 때쯤 배가 살짝 꺼진 손님들이 "금방 먹고 일어날게요" 같은 말을 하면서 카운터석에 앉아버린다.

아버지는 9시면 칼같이 집에 들어갔지만, 고헤는 그런 손님들이 고마워서 포렴만 걷고 혼자 가게를 조금 더 지켰다.

대부분 전작을 하고 온 손님들은 마음 편한 '마키노'에 자리 잡으면 입가심으로 한 잔 더 마시고 싶게 마련이다.

어차피 아이들 동반 손님이 있는 시간도 아니고 가게도 치워야 하니까, 고헤는 싹싹하게 이야기를 받아주며 눈치껏 맥주나 일본주를 권한다.

때로 포렴을 내린 후에 들어오는 손님이 열 명, 열다섯 명이 되는 밤도 있다.

주류, 차슈, 완탕, 중화소바가 영업이 끝나고도 제법 나가면 가게 입장에서는 쏠쏠했다.

고헤도 한창때라 피로를 몰랐다.

오늘 밤은 폐점 후 손님이 셋뿐이려나 하는데, 숙부드러운 인상의 아가씨가 조심스럽게 미닫이문을 열었다.

"아직 괜찮나요?"

아담하고 눈빛이 상냥한 아가씨였다.

처음 란코를 본 순간 왜 '숙부드럽다'는 말이 떠올랐는지는 지금도 잘 모른다.

살집이 있는 편도 아니고 화장도 짙지 않아 언뜻 수수해 보였지만, 독특한 존재감이 있었다.

그날 밤 란코는 완탕면을 먹으면서, 늘 오지신도 거리를 지나 샤쿠지이 강가의 숙소로 퇴근하니까 상점가에서도 이쪽으로는 올 일이 별로 없다고 말했다.

그러고는 몇 번 젓가락을 쉴 때마다 '으응' 하고 소리를 흘리면서 완탕면을 묵묵히 먹었다.

맛이 있다고 없다고도 하지 않았지만, 자못 진지하게 음미하는 표정이었다.

란코가 세 번째 왔을 때, 고헤는 우리 집 중화소바가 입에 맞

155

느냐고 물었다.

평소 고혜는 손님을 상대로 감상을 묻는 일이 싫었다.

"제가 라면 전문가도 아니고 여기저기서 많이 먹어보지도 않았지만, 이 집 라면이 세계 제일인 것 같아요." 란코가 말했다.

여느 때라면 "세계 제일은 좀 과장이네요"라고 되받았을 테지만 이날은 아무 말도 나오지 않았다. 이 사람은, 정말로 그렇게 생각한다고 느꼈기 때문이다.

고혜는 말 대신 명함을 내밀었다. '중화소바 마키노 마키노 고혜.'

그렇게만 적힌 명함이었다.

란코도 핸드백에서 명함 지갑을 꺼내 자신의 명함을 건넸다. "부서 발령받고 명함 드리는 건 마키노 씨가 다섯 분째예요"라면서 웃고, 란코는 자재부에서 주로 무슨 일을 하는지 들려주었다.

"술은 안 드세요?"

"저는 맥주 반 컵도 못 마셔요."

"우리 가게를 주점으로 생각하는 손님이 많아요. 차슈와 완탕은 그저 술안주라고만 생각하는 분들요."

"이렇게 맛있는 라면은 처음이에요. 국물이 아주 맑아요. 그러면서도 오묘하게 깊은 맛이 있어요. 면에서는 아주 살짝 밀 냄새가 나고요."

"쓰시마 씨 라면 전문가 맞는 것 같은데요? 별로 안 드셔봤다는 말, 정말인가요?"

고헤는 어쩌면 이 손님은 자기 가게를 열기 위해 각지의 평판 좋은 라면 맛의 비밀을 캐고 다니는지도 모른다고 넘겨짚었다.

"저는 아버지 손맛을 흉내만 내는 겁니다. 이 가게는 하나부터 열까지 아버지가 만드셨거든요. 그걸 어디까지 충실하게 지켜 나갈까, 저는 그것만 생각하고요. 라면이 아니라 굳이 중화소바라 부르는 것도 아버지 고집 같은 거죠."

"만두는 안 만드세요?"

"일손이 모자라요. 거기다 근처 중화요리점 메인 메뉴가 만두라서, 우리까지 만두를 내놓는 건 도리가 아니라고 아버지가 말씀하세요."

고헤는 란코가 처음 손님으로 왔을 때를 떠올리고 자신도 모르게 혼잣말하듯 입술을 움직였던 모양이다.

"뭐야, 찜찜하게. 무슨 생각해?" 아케미가 입구의 큰 유리창 너머를 슬쩍 가리켰다. 두 사람과 네 사람 그룹이 자리가 나기를 기다리고 있었다.

고헤와 아케미는 한국음식점을 나와 집으로 향했다.

아케미는 걸으면서, 조금 전 이즈모 이야기는 말끔히 잊어버린 듯 "아빠, 앞으로 혼자 일하려면 노동 방식 개혁을 고려해봐야 해"라고 말했다.

"노동 방식 개혁?"

"당연하지. 오전 11시에 문 열어서 오후 2시까지. 그다음엔 저녁 5시부터 밤 9시까지. 9시 딱 맞춰 끝나지 않으니까 가게 닫으면 그럭저럭 10시잖아? 그때부터 홀 청소, 주방 청소. 다 끝내면 11시 가까워지거든. 집에 와서 목욕하고 이불 속에 들어가는 건 거의 1시. 아침엔 국물 만들어야 하니까 6시엔 가게 나가고. 제대로 된 수면 시간 다섯 시간밖에 안 된다고요. 국물 완성되는 게 오전 10시에서 11시. 대체 언제 주무시게? 낮 2시에서 5시 사이에 가게 2층에서 잠깐 눈 붙인다 해도, 어디까지나 헛잠일 뿐이야."

회사 근처에 주인아저씨 혼자 꾸리는 라면집이 있는데, 저녁 장사는 하지 않는다고 아케미는 덧붙였다.

"오전 11시부터 한 3시까지만 하고 영업 종료라고. 아빠도 그렇게 해보면 어때?"

"그건 무리야. 너희 회사는 빌딩가에 있으니까 점심 손님이 많지만 이타바시 상점가는 한낮의 손님층이 전혀 달라. 점심 영업만으로는 수지가 안 맞아."

고헤의 대답을 내다보기라도 한 듯 아케미가 되받았다. "그럼, 저녁 5시부터 10시까지만 하면?"

"낮에도 많을 땐 삼사십 그릇은 나가. 평균하면 스물네다섯 그릇?"

"하지만 저녁 영업만 하면 재료 구입도 그만큼 줄어들고 광열비와 수도 요금도 싸게 먹혀. 겐사쿠 대학원 보낼 만큼만 벌면 되잖아? 그럼 점심 영업 수익은 포기하는 게 합리적이야. 과로에 수면 부족이 쌓여서 몸 상하면 본전도 못 찾거든. 어느 한쪽을 택해야 해. 엄마랑 둘이 할 때, 밤에 중화소바만 몇 그릇 나갔어요?"

"평균 서른 그릇쯤? 차슈나 완탕만 먹고 가는 손님도 넣으면 마흔두세 그릇."

"그거면 충분하잖아? 재개하면 시험 삼아 저녁 영업만 해보면 어때요? 중화소바도 오십 그릇만 만드는 거야. 국물 떨어지면 폐점. 전에는 한 백 그릇분 만들었지? 재료 구입도 절반이면 되고, 그날 필요한 국물은 점심때부터 만들면 되니까 아침잠도 실컷 자고."

양손에 과자를 들고 망설이는 아이에게 얼른 하나만 고르라고 상냥하게 재우치는 엄마처럼 말하고, 아케미는 가게는 들르지 않고 집으로 돌아갔다.

하기는 일리 있는 말이다. 점심 장사 이삼십 그릇에 눈이 멀어 녹초가 되도록 일하다가 란코가 돌연사했다. 내가 죽인 셈이나 다름없다.

고혜는 그런 생각을 하면서 밀폐용기에 담아 냉장고에 보존해온 조미액을 꺼냈다.

서랍 안쪽에서 계산기를 꺼내 재료 구입비와 이익을 점심과 저녁으로 나누어 계산해보았다.

가격을 각각 예전대로 설정하고 수도 요금과 광열비를 대충 더해 계산해보니, 1회 영업과 2회 영업은 순익 칠팔천 엔 정도 밖에 차이나지 않았다.

점심 손님은 대여섯 명뿐인 날도 있으니까 그것도 계산에 넣으면 저녁 영업만으로도 이익은 크게 달라지지 않는 셈이다.

"란코도 다 알았을 테지만, 점심때는 애들 데려오는 엄마들이 많으니까 그런 손님을 소중히 하고 싶었던 거야. 아이들은 아이들대로 유치원이나 초등학교 파하고 가끔 엄마를 따라와 중화소바나 완탕면을 먹는 게 신나고."

혼잣말을 중얼거리면서 조미액을 맛보았는데, 간장 맛이 너무 진했다.

고혜는 조미액을 전부 버렸다. 어차피 내일 차슈를 조릴 때 돼지고기 맛이 담뿍 밴 간장이 나오니까 그걸 쓰면 된다.

조리대를 청소하고 뒷문으로 나와 좁은 골목을 걸어 집으로 향하면서, 고혜는 저녁 영업만 하는 쪽으로 마음을 굳혔다.

"뭔가 아케미의 큰 그림대로 움직이는 느낌인데? 살짝 짜증난다."

집 앞에 이르렀을 때, 좁은 길 건너편의 가와카미네 할머니가 벽돌 담장 너머에서 무어라 말을 걸었다.

"아뇨, 솜씨가 둔해져서 재개점은 좀 더 있어야 돼요" 하고 웃으면서 집으로 들어오자, 거실 소파에 누워 있던 아케미가 TV를 켜며 핀잔을 주었다. "무슨 동문서답이야. 가와카미 씨는 우리 집 금목서에 드디어 꽃이 피었다고 한 건데."

"영업은 저녁 5시쯤부터 밤 10까지로 하려고. 점심 장사는 안 할 거야."

고헤가 말하고 테이블에 놓인《일본 등대 기행》을 펼쳐 몇 장 넘겼다. 이즈모 시에 이즈모 히노미사키 등대가 있었다.

란코가 시마네 현 이즈모 시에 살았던 시절이 있었는지도 모르지만, 그 사실을 계속 숨겼다면 이유가 뭘까.

아케미와 저녁 먹을 때도, 집에 돌아오는 길에도 머릿속에 걸려 있던 의문이라, 고헤는 거의 무의식적으로 이즈모에도 유명한 등대가 있을까 하고《일본 등대 기행》을 펼쳤던 것이다.

이즈모 히노미사키 등대 편에 '일본에서 제일 높은 등대'라는 제목이 달려 있고, '세계의 등대 100선'에도 선정됐다고 적혀 있었다.

외벽은 석조, 내벽은 벽돌. '축성, 돌다리 등 지극히 정교하고 치밀한 일본의 석공 기술이 없었다면 완성하지 못했을 대大등대'라고도 적혀 있다.

주소는 이즈모 시 다이샤마치 히노미사키. JR 산인 본선本線 이즈모 시 역에서 버스로 약 사십오 분.

"뭐야, 이즈모에 가볼 셈이야? 간다고 뭘 알게 되는 것도 아니잖아. 무엇보다 란코가 이즈모에서 고등학교를 다녔다는 건 유타나 아케미의 지나친 상상인지도 몰라. 이즈모에 살았던 시기가 있다 해도, 굳이 감출 필요는 없잖아." 고헤가 속으로 말했다.

결혼을 앞두고 각자의 경력서랄까 이력서랄까 신상명세서랄까 아무튼 그런 것을 서로 주고받았지만, 시마네 현이라는 지명은 등장하지 않았다.

란코의 최종학력은 분명 도쿄 도 하치오지 시 ○○○고등학교였다.

하지만 유타의 추론도 완전히 터무니없지는 않았다. 이즈모에서 고등학교 생활을 하지도 않은 사람에게 하세 소노코가 '이즈모 시절'이란 말을 쓰지는 않으리라.

란코 부모님은 이미 세상을 떠났다. 시즈오카에 삼촌과 고모가 산다지만 두 분 다 아흔이 가깝다. 사촌도 있지만 평소 왕래가 없었고, 어차피 란코의 고교 시절 일을 알 성싶지 않다.

남은 사람은 오빠 후미히코와 여동생 가오루다. 하치오지 집을 물려받은 후미히코 씨라면 아마 알 테지만, 아무래도 나하고는 좀 껄끄러운 사이다.

고등학교도 다니다 만 이타바시 라면집 녀석과 결혼해봤자 앞날이 빤하다며 결혼을 반대했던 사람이다.

란코 여동생에게는 남편 사업이 기울었을 때 돈을 빌려줬지만 회사가 결국 도산했다.

당장 급한 운전 자금이 있으면 한동안은 버티겠지 싶어 란코의 반대를 무릅쓰고 고혜가 이백만 엔을 빌려줬다. 돈은 이십 년이 지나도록 일 엔도 돌아오지 않았다. 여동생 부부는 어디로 이사를 갔는지, 지금은 사는 곳도 모른다.

이즈모 히노미사키 등대의 프레넬 렌즈_{등대나 투광기 등 조명에 쓰이는 렌즈} 부분만 크게 잡은 사진을 보면서 고혜는 생각에 잠겼다.

살다 보면 별별 일이 다 생긴다. 아무리 결혼할 사람이라 해도 밝히기 싫은 일은 있다. 아니, 결혼할 사람이기에 더욱 밝히기 싫은 일이 있다.

란코가 한때 이즈모에 살았다 치자. 그래서 나나 마키노 가에 무슨 폐라도 끼쳤던가.

우리는 사이좋은 부부였다. 란코는 시부모를 공경하고, 아이 셋을 훌륭하게 키웠다. 수명이 깎일 만큼 열과 성을 다해 가업에 힘써주었다.

그럼 됐잖아. 이즈모건 쓰가루건 케냐건 알래스카건, 란코가 그곳에 살았던 시절을 말하기 싫다면 그런가 보다 하면 된다. 고혜는 그렇게 생각하고 《일본 등대 기행》을 덮었다.

9시에 가게로 돌아가 다시마, 마른 멸치, 말린 고등어포를 우려둔 냄비에서 다시마만 건져 약한 불로 조리면서 시마자키 도손의 《동 트기 전》을 펼쳐 뒷부분을 읽었다. 고혜는 이 대목이 좋았다.

— 이를테면 그런 부자유 속에서도 살아가야만 하는 당시 여인들이 완전히 집에 갇혀, 모든 바깥세계와 단절되어 있었음을 상상해보라. 더욱이 바깥세계와 관계를 맺지 않는다는 것이, 그녀들이 평생의 숙명으로 알고 치아를 검게 물들이고 눈썹을 깎고 시중드는 배우자 외에는 누구와도 거의 아무런 관계를 맺을 수 없었음을 의미한다고 상상해보라. 이토록 깊이 틀어박혀 살아온 규방에서, 오랜 쇄국이라고도 비유할 만한 그 환경에서 당시 젊은 여인들이 지녔던 기풍은 대체 무엇인가. 말하자면 조숙함이다. —

막부 말기, 기소지 마고메주쿠 에도 시대 정비된 다섯 가도 중 하나인 나카센도의 43번째 역참 본진 에도 시대 신분이 높은 자가 머문 격식 있는 여관의 딸로 태어난 오쿠메는 결혼을 목전에 두고 자해를 시도하지만 목숨을 건진다. 이유는 아무도 모른다. 아버지 한조도 어머니 오타미도 전혀 알 길이 없다. 실은 오쿠메 자신도 분명히 알지 못하는지도 모른다. 그 오쿠메의 마음 밑바닥에 있던 것을 작가는 글로 옮겼다.

란코에게도 조숙한 구석이 있다고 오래전부터 느껴왔던 고헤는《동 트기 전》의 이 대목을 읽고 놀랐다.

소녀들이 이성이나 연애에 일찍이 눈뜬다는 의미의 조숙함이 아니다. 깊숙한 규방에 틀어박혀 살았던 여인들만 지녔던 기풍으로서의 조숙함이 란코에게는 분명히 있었다.

숙함일까.

고혜는 때때로 란코를 훔쳐보면서 신기한 것을 보는 기분이
든 적이 있었다.

육수냄비 속 국물이 사르르 끓기 직전에 가스 불을 껐다. 무명
주머니를 꺼내고 국물을 맛보았다. 응, 됐다. 국물이 식기를 기
다리며 다시 책을 읽었다.

란코에게 오쿠메와 같은 조숙함이 있었다면 아마도 이즈모
시절 길러졌으리라는 생각이 머릿속을 번개처럼 스쳤다.

이튿날 아침 7시, 가게에 나가 주방을 청소하며 재료들이 오
기를 기다려 각 도매상과 오랜만에 인사를 주고받자, 고혜는 무
명 수건을 머리에 두르고 국물을 만들기 시작했다.

동시에 돼지어깨 등심 덩어리를 굵은 실로 꼼꼼히 묶어, 막 배
달된 간장으로 차슈를 조렸다.

도시오의 제안대로 세 육수냄비 속 국물을 제일 큰 네 번째
대장 냄비에 국자로 옮겨 섞으면서 맛을 조정해나갔다.

"뭔가 깊은 맛이 부족해. 어패류 국물이 많아."

"음? 돼지 누린내가 난다."

혼자 중얼거리면서 국물을 만드는데, 언제 왔는지 아케미가
"중화소바 하나!" 하고 외쳤다.

아, 맞다, 유급휴가 소화를 위해 오늘은 휴가를 낸다고 했지.

고혜가 "중화소바 하나!"라고 되받고, 큰 가마에 면을 넣었다. 다 삶은 면은 우묵한 체가 아니라 평평한 체로 건져 물을 빼니까, 한 번에 삶아내는 면은 최대 5인분까지였다.

면이 익는 사이 그릇에 조미액을 담고, 몇 시나 됐냐니까 2시란다.

도시오 녀석, 거들어주겠다더니 가게가 바쁜 게지. 그래도 이 년 만의 '마키노' 중화소바다. 올 수 있는지 일단 물어나보자.

아직 굵은 실에 묶여 있는 차슈를 도마에 올렸다.

"완자는?" 아케미가 카운터에 앉아 주방을 들여다보며 물었다.

"앗, 완전히 잊어버렸다. 다진 고기만 주문하고 완자피를 깜박했어."

면기에 국물을 담고, 평평한 체에 물을 뺀 면을 긴 젓가락으로 빗살 모양으로 담았다. 데친 시금치와 멘마와 차슈 고명을 위에 얹었다.

아케미가 국물부터 한입 먹고 "응, 오랜만이다. 이거, 틀림없는 '마키노' 중화소바. 맛있어"라고 말했다.

흰색 조리복 주머니에서 스마트폰을 꺼냈다. 도시오에게 전화해, 좀 한가해지면 후미 씨와 함께 중화소바나 먹으러 오라고 했다.

"좋지, 셔터 내리고 갈게." 도시오가 말했다.

고혜도 먹고 싶었지만 도시오를 기다리기로 하고, 차슈를 썰어 밀폐용기에 담고는 주방에서 선 채로 아케미를 향해 말했다. "우리 집 중화소바는 그냥 이 정도야. 특별한 건 없고 흔한 중화소바. 그냥 이 정도 중화소바로, 아버진 우리 남매를 키우고 집도 지었어. 너무 심플해서, 한 번 먹고 두 번은 안 오는 손님도 많아."

"이 맛이 성에 안 차는 사람은 다른 집 라면 먹으면 되잖아? 나도 취직하고 여기저기서 라면 먹어봤지만, 아버지 중화소바가 제일 좋아. 아무튼 '마키노' 중화소바 따라갈 맛은 없다고. 손님들도 언젠가 알아줄걸. 이건 어른 맛이니까 젊은 애들은 모른다고요. 대신 선입견 없는 어린아이들은 맛있게 잘 먹잖아."

아케미는 국물을 전부 마시고, 집으로 가려다 말고 뒷문 앞에 멈췄다.

"네 칭찬 처음 받아본다." 고헤가 빙그레 웃었다.

"아빠, 이거 그냥 이 정도 중화소바 아니에요. 피카소가 그린 단 한 줄의 선이야. 크레용으로 스윽 그렸지만 아무도 흉내 못 내고, 한눈에 피카소 솜씨인 줄 다 알잖아? '마키노' 중화소바가 그래."

아케미는 말을 마치고 가게에서 나갔다.

"너무 과찬인데? 쟤가 저러니까 또 무슨 계략에 걸린 기분이잖아."

고헤가 중얼거릴 때 도시오가 뒷문으로 들어왔다.

167

"혼자 다 했냐? 거든다고 말만 하고, 오늘따라 유독 바빠서."

"아, 네 말대로 했더니 힘 쓸 일 없었어."

고헤는 큰 가마에 면을 삶으면서, 어머니를 요양시설에 모시고 가는 날 아니었냐고 물었다.

"아니, 내일. 난 가기 싫어서 집사람 보내려고."

"그럼 지금쯤 벌써 마음이 들뜨셨고?"

"아주 제대로 설레신다. 샌님 탈을 쓴 여든여섯 살 제비족 영감한테 넘어가다니, 그게 우리 엄마라고 생각하면 눈물이 앞을 가린다."

고헤가 크게 웃음을 터뜨렸다.

"제비족…… 그거 요즘 안 쓰는 말이거든. 젊은 사람들이 들으면 족제비는 아는데 제비족은 뭐냐고 할 거다."

도시오가 피식 웃었다.

"왜 워터 서버라고 있지? 그거 놓으면 어떠냐? 물은 손님이 셀프서비스로 해결하게. 너 혼자 테이블석 물시중까지 들기는 힘들어. 한창 바쁠 때 계산 재촉하는 손님이라도 있으면 면이 다 불어버리잖아. 식권 자동판매기도 설치하고."

그 생각도 해봤지만 식권 자동판매기에 물은 셀프서비스라니, 예전의 '마키노'와 좀 달라진다는 저항감이 있었다.

"싼 티 나는 가게가 됐다고 아버지가 우실 거야."

고헤의 말에 도시오도 더 권하지 않았다.

고혜는 한 그릇 더 만들어, 카운터석에 앉아 이 년 만에 자신이 만든 중화소바를 먹었다.

"맛있다. 나한텐 역시 '마키노' 중화소바가 최고야. 매일 이것만 먹고도 얼마든지 살겠는데." 도시오가 말했다.

"하기는 야채샐러드라도 곁들이면 영양 면에서는 완전식품일지도 모르지. 생닭 한 마리, 닭뼈, 닭발, 돼지뼈, 마른 멸치, 말린 고등어포, 다시마, 차슈, 시금치, 멘마, 중화면. 응, 거의 완전식품이네."

"사키에 씨도 부르자."

도시오가 말하고 전화를 걸었다.

"틀렸다. 안 받아. 계속 부재중 응답으로 넘어가. 사키에 씨, 신경 좀 써야지, 뭔가 위태위태해."

고혜가 중화소바를 다 먹고 나카주쿠 상점가로 나가, 간짱네 건물 4층으로 올라갔다. 가볍게 문을 두드리고 "사키에 씨, 계세요? 건너편 마키노예요. 중화소바 드시러 안 오실래요?" 하고 말했다. 같은 말을 세 번 되풀이했지만 응답이 없었다.

잠시 서서 문 너머에 신경을 집중했지만, 역시 아무도 없는 것 같아 그냥 가게로 돌아왔다. 언제 왔는지 후미 씨가 테이블을 닦고 있었다.

4장

10월 중순 무렵부터 도쿄는 비 오는 날이 많았다. 가을장마 전선의 영향이었지만, 20일이 되자 태풍까지 와서 고헤는 나고야행을 연기할 수밖에 없었다.

모처럼 멀리 움직이는 김에 유타를 만나기 전후에 이세시마 지방 등대를 찾아볼 생각이었다.

일기예보에 따르면 30일부터 도카이 지방도 날씨가 회복된다니, 29일 밤 나고야에서 유타와 식사하고 이튿날 30일에 렌터카로 미에 현 도바 항까지 이동해, 페리로 아쓰미 반도로 넘어가자. 반도 끝에 이라고미사키 등대가 있다.

다음 날 페리로 도바 항으로 돌아와, 해안선을 남하해 시마 아노리사키 등대와 다이오사키 등대를 보고, 아고 만 근처에 묵는다. 이튿날 나고야에 렌터카를 반납하고 신칸센으로 도쿄로 돌아온다.

일단 계획은 그렇게 세웠지만 유타의 사정에 달려 있었다. 유타가 바쁘거나 출장으로 나고야에 없으면 뭐 하러 가는지 모를 일이다. 등대 순례는 어디까지나 구실이었다.

그렇지만 서쪽에서 맹위를 떨치는 태풍의 영향으로 하루 종일 비가 내리는 이타바시의 하늘을 바라보는 사이, 유타를 못 보면 못 보는 대로 상관없다는 쪽으로 생각이 바뀌었다.

이 두 번째 등대 순례에서 돌아오면 '마키노'를 재개한다. 준비에는 의외로 시간이 걸릴지도 모른다. 공휴일인 11월 3일을 목표로 하자.

그새 게으름 피우는 습관이 몸에 배서, 미루적거리다가는 또 흐지부지될지도 모른다.

그리하여 가게 출입문에 안내문을 붙이기로 했다.

— 장기 휴업 끝에 11월 3일부터 영업을 재개합니다. 많이 찾아주시기 바랍니다. 영업시간은 오후 4시부터 10시까지입니다. 국물이 떨어지면 그날 영업을 종료합니다. —

아케미가 읽어보고 개점은 오후 5시여도 되지 않겠냐고 했지만, 야근하러 가는 손님을 잡으려면 오후 4시가 좋다고 밀어붙여, 고헤는 종이를 출입문에 붙였다.

10월 27일 밤, 유타에게 전화해 내일모레 일요일에 나고야에서 저녁이라도 먹지 않겠느냐고 물었다.

"나고야 오세요? 나고야에 무슨 볼일이라도 있어요?" 유타가 굵은 목소리로 무뚝뚝하게 물었지만 성가셔하는 눈치는 아니었다.

"일요일은 일 괜찮냐? 출장 같은 건 없고?"

나는 왜 내 아들 눈치를 살필까.

"다음 주말은 쉬어요. 지난주엔 오가키에 출장이었지만. 나고야에선 어디 묵으세요?"

"아직 안 정했어. 잠만 자면 되니까 어디 비즈니스호텔을 찾아봐야지. 3일부터 가게를 다시 여니까, 그 전에 이세시마 쪽 여행이나 할까 하고."

"그럼 우리 회사랑 계약한 호텔 예약해둘게요. 단골 거래처나 하청업자가 출장 올 때 이용하는 호텔이 있어요. 역에서 걸어서 십오 분 정도. 나고야 시내도 아시아 관광객이 늘어나서 호텔 잡기 어려워요."

약속 장소와 시간을 정하고 전화를 끊었지만, 불과 삼사 분 통화였는데 왠지 긴장해서 진이 다 빠졌다.

"다른 집 아들들도 이럴까." 고헤가 중얼거렸다.

아직 8시여서 우산을 들고 집을 나섰다. 상점가를 지나 JR 이타바시 역 쪽에 있는 스포츠 용품점에서 배낭을 샀다. 밝은색을 살 생각이었는데 결국 검은색을 사버렸다.

가게 앞에 돌아와 간짱네 건물을 올려다보니 방에 불이 켜 있었다. 아까는 불빛이 없었는데.

가볼까 말까 망설이다가, 아직 누굴 만날 기분이 아닐 수도 있다 싶어서 그냥 집으로 돌아와 도시오에게 전화했다.

"간짱네, 불 켜졌던데."

"응, 안 그래도 아까 사키에 씨가 전화했더라. 혼자 집에 있지 말라고 여동생이 하도 성화를 해대서 사이타마 친정에 가 있었대. 분향을 거르지 않으려고 유골함까지 지참하고. 휴대전화를 집에 놔두고 갔단다."

별일 없다면 됐다. 그래도 여동생네 다녀온다고 한마디 일러줬으면 이쪽도 안심할 텐데.

도시오도 고혜와 같은 생각을 했는지 "사키에 씨가 옛날부터 배려심이 살짝 아쉬운 데가 있어. 우리가 걱정할 거라는 생각은 안 하나"라고 말했다.

"저녁 먹었나? 지금 집이야?" 고혜가 물었다.

"가게 닫고 집으로 가는 중. 20미터만 더 가면 집이야. 팔고 남은 반찬 곁들여 맥주나 마실까 하고." 도시오가 말했다.

"밥, 대파, 양파, 이렇게만 가져오면 볶음밥 해줄 수 있는데. 아케미도 슬슬 퇴근할 시간인데 냉장고가 텅 비었다. 지난번에 만든 차슈가 1킬로나 남아서 절반은 가게에 냉동해놨어. 국물도 대량으로 남아서 페트병에 넣어 얼려놨고. 있는 걸로 대충 한 잔 안 할래?"

고혜의 제안에 도시오는 마침 감자샐러드 3인분, 대구 튀김 다섯 장, 다진 고기 가지 조림이 있다고 말했다. "집에 들러 밥 가져갈 테니까, 맥주랑 소주는 네가 맡아. 대파랑 양파도 가져갈게."

고혜는 전화를 끊은 뒤 한 되들이 소주병을 가게로 옮기고, 냉동실에서 차슈와 중화소바 국물을 꺼냈다.

아케미가 뒷문을 열고 "다녀왔습니다" 하고 말했다.

"아빠, 오늘은 뭐 좀 만들어주면 안 될까? 가게 메뉴에는 없는 볶음밥이면 좋을 텐데."

"타이밍 좋구나. 《한데 모인 영혼》이쿠타 슌게쓰의 장편소설이라고나 할까. 좀 있으면 도시오가 밥이랑 반찬 가져올 거야. 그때까지 맥주 한잔할래?"

아케미가 박수를 치면서 카운터에 앉았다.

아는 손님만 아는 이른바 '메뉴에 없는 메뉴'란 '마키노'에 없었다. 볶음밥은 어디까지나 가족을 위한 메뉴로, 남은 차슈를 냉동해뒀다가 가게 쉬는 날 저녁에 만들고는 했다.

"맥주, 있어?"

"없어. 사올래? 병맥주로. 너랑 도시오만 마시니까 다섯 병이면 돼."

"난 한 병이면 충분한데. 도시오 아저씨도 큰 병으로 네 병이 나 마시지는 않잖아?"

"그럼, 세 병."

맥주를 사러 간 아케미는 함흥차사였고, 정작 중요한 밥을 가진 도시오도 올 기미가 없었다.

달리 할 일도 없어서 고헤는 냉동 국물이 담긴 페트병을 중탕하면서 소주 오유와리를 두 잔 마셔버렸다.

아케미와 도시오가 웃으면서 나란히 뒷문으로 들어왔다. 상점가에서 마주쳐서, 가게를 닫는 중이던 주류점 사장님과 몇 마디 하는데 그 댁 어르신이 대화에 끼어들더란다.

"그 댁 할머니도 슬슬 치매 초기더라니까. 얘기가 어째 아귀가 안 맞는다 했더니, 아케미가 결혼해서 딸 낳았다고 아시지 뭐야. 이제 잡아주면 혼자 일어설 정도는 됐고? 하시잖아. 아케미가 뭐라고 대답한 줄 알아? 이 년이나 틀어박혀 있긴 했지만 저희 아버지, 아직 제대로 걸어다녀요, 라잖아." 도시오가 말하고 웃었다.

"초기가 아니네. 상당히 진행됐는데." 고헤가 말하고 중화 팬을 불에 올린 다음 대파와 양파를 다졌다.

도시오와 아케미가 건배하고 맥주를 마시기 시작했다.

고헤는 아직 다 녹지 않은 차슈를 신중하게 깍둑썰기 하다 말고 달걀이 없는 것을 깨달았다.

"이런, 달걀이 없다."

"집 냉장고에 세 개 있었는데, 아빠 오늘 드셨어?"

"아니."

아케미가 달걀을 가지러 집으로 가자, 도시오가 "아케미랑 맥주 처음 마셔본다, 야." 하면서 반찬을 늘어놓았다.

아케미가 달걀 세 개를 갖고 돌아오자, 고헤는 이 년 만에 볶음밥을 만들기 시작했다.

달걀과 밥을 볶다가 양파와 대파를 넣고 더 볶은 다음, 중화소바 국물을 조금 넣는다. 포슬포슬한 볶음밥을 썩 좋아하지 않는데다, 국물이 밥에 배어 풍미도 살고 식감도 달라진다.

소금 후추로 간을 맞추고 팬 가장자리에 간장을 살짝 둘러주면 완성이다.

"어? 벌써 다 됐어? 나 아직 안 먹을 건데. 맥주도 절반밖에 안 마셨어."

도시오가 말하고 자신이 가져온 감자샐러드를 그릇에 옮겨 담았다.

"그렇지? 이제 시작인데. 재료 다지다 보니 손이 멋대로 움직여서 홀린 것처럼 만들어버렸네."

고헤가 중화 팬에 뚜껑을 덮었다. 먹을 때 다시 데우면 된다. 아, 뚜껑을 오랫동안 덮어두면 볶음밥이 너무 숨 죽어버리는데.

고헤는 방금 덮었던 뚜껑을 걷었다.

"아케미, 사귀는 사람은 있어?"

도시오의 물음에 "한 이 년 전인가? 석 달쯤 사귄 사람이 있었는데, 도무지 믿음직스러운 데가 없어서 얘는 틀렸다 하고 헤어졌어요. 그 후로는 없어요."

아케미가 말하고, 고헤를 흘금 보며 소리 없이 웃었다.

헛, 남자가 있었다고.

고헤는 딸에게 좋아하는 사람이 있는지 내심 궁금하면서도 차마 대놓고 물어보지는 못했었다.

"남자는 서른 전에는 못 미더워. 서른 넘어서면 단숨에 바뀌지. 서른 넘기고도 못 미더운 놈은 마흔 넘어가도 똑같아. 서른두세 살쯤을 조준해야지. 있을 거 아냐, 주위에."

"그런 사람은 벌써 일찌감치 결혼했어요. 인연이란 단어는 좀 케케묵은 감이 있지만, 역시 결혼할 사람은 인연이 돼야 만나나 봐요. 주위를 보면 그런 생각이 들어요."

"일이 너무 재미있는 거 아닌가? 자신의 일에 보람을 느끼고 회사에서 인간관계도 좋은 여성은 결혼 따위 귀찮아진다고 TV에서 누가 그러던데."

두툼한 차슈를 입안 가득 우물거리며 도시오는 아케미에게 감자샐러드를 권했다.

아케미가 화제를 바꾸고 싶어하는 것을 눈치채고, 고헤는 29일부터 등대 순례를 떠나는데 첫날 유타와 나고야 시내에서 밥을 먹기로 했다고 말했다.

"유타, 다음 일요일 쉰대?"

"응, 호텔도 예약해둔다더라."

그런 다음 화제는 등대로 옮겨 갔는데, 전문적인 질문이 날아오면 고헤도 대답할 말이 없었다.

"왜 또 등대야?" 도시오가 물었다.

"너희 가게에서 등대 사진을 보고 왠지 불쑥 실물을 보고 싶어져서."

"어, 그 달력? 그래서 조리실 벽에서 떼 간 거냐? 대신 다른 거 걸어두랬더니, 잊어버렸지?"

"응, 마땅한 게 없더라고."

아케미가 감자샐러드와 차슈를 다 먹고 볶음밥을 데워달라고 했다.

"앗, 나도 먹을래." 도시오도 말했다.

고헤는 신속히 볶음밥을 데웠다. 한번 식은 거라 밥에 점성이 있었지만 그 덕에 오히려 볶음밥의 식감이 풍부해졌다.

"맛있다. 아빠, 그새 실력 더 좋아진 거 아냐? 포슬포슬 식감과는 전혀 다른 쫀득함이 있어서 가히 명인의 솜씨라 할 완성도야." 아케미가 말했다.

"진짜 맛있어. 밥, 달걀, 차슈, 대파에 양파. 딱 그것뿐인데 왜 이렇게 맛있냐?"

도시오가 접시에 담긴 볶음밥을 바라보고 팔짱을 지르며 말했다.

"심심풀이로 만드니까. 손님한테 내놓는 게 아니잖아. 그래서 맛있게 되는지도 몰라."

아케미는 듣기 좋은 말을 하지 않는다. 특히 내가 만드는 중화소바나 완탕에는 가장 신랄한 비평가인지도 모른다.

"두부랑 콩나물만 있으면 만들어보고 싶은 수프가 있는데, 이 시간이면 두부가게랑 야채가게는 이미 닫았겠지?" 고혜가 말했다.

"어떤 수프? 그것도 가족용 메뉴야?"

입안 가득 볶음밥을 우물거리면서 아케미가 물었다.

심플한 수프다. 중화소바 국물에 두부와 볶은 콩나물을 넣고 계란을 푼다. 그게 다다. 또 하나 만들어보고 싶은 것이 중화소바 국물로 짓는 솥밥이다. 재료는 잘게 썬 닭고기뿐. 조릿대처럼 얇게 깎은 우엉을 넣어도 괜찮으리라.

'마키노'는 맑은 국물을 쓰니까 밥을 지으면 맛있을 것이다.

고혜가 볶음밥을 맛보면서 설명했다.

"야야, 그거 둘 다 만들어봐라. 내가 우엉 가져올게."

도시오가 병에 남은 맥주를 컵에 따르면서 말했다.

"당장은 무리고, 조만간 마음 당기면. 만들어보고 맛있으면 전화할게. 등대 순례 다녀와서 재개점 준비해야지."

고헤는 볶음밥을 다 먹고 가게 2층에서 간단히 메모한 여행 일정표를 가져와 아케미에게 내밀었다.

— 10월 29일(일): 오후 4시경 나고야 도착. 유타와 합류. 같이 저녁식사. 호텔은 유타가 예약 완료.

30일(월): 오전 중에 역 렌터카 회사로. 출발은 서두를 필요 없음. 도메이한 자동차 도로 타고 남하. 도바 항에서 페리로 아쓰미 반도로 건너감. 도중에 등대 있음. ○○호텔 예약 완료.

31일(화): 이라고미사키 등대 구경. 점심때쯤 페리로 다시 도바 항으로. 해안선 따라 남하. 도중에 등대 몇 개 있음. 아노리사키 등대, 다이오사키 등대 꼭 가볼 것. 아고 만 ○○호텔 예약 완료.

11월 1일(수): 점심때쯤 나고야 역으로. 석양 녘에 귀가. —

옆에서 예정표를 넘겨다보던 도시오가 "고헤, 이세 신궁미에 현 이세 시에 있는 일본 3대 신궁의 하나도 다녀와라. 네가 신사나 절 찾아다니는 거 싫어하는 줄은 알지만" 하고는 컵에 남은 맥주를 전부 마셨다.

잠시 후 나고야 역에 도착한다는 안내 방송을 듣고 고헤가 배낭을 챙겨 승강구로 향할 때 유타가 전화를 걸어왔다.

유타는 객차 번호를 묻더니 플랫폼에서 기다리겠다며 전화를 끊었다.

역 지하 찻집에서 만나기로 했는데, 도쿄 역 정도는 아니라도 나고야 역도 초행자가 길을 잃기 십상인지 플랫폼까지 마중을 와준 모양이었다.

그 생각만으로도 고헤는 기분이 좋아졌다. 지금껏 서로 데면데면하게 지내서 그렇지, 알고 보면 유타도 놀랄 만큼 자상한 아이일지도 모른다.

"비는 오늘 밤 안에 그치고, 내일부턴 날씨가 좋다던데요."

아버지를 발견한 유타가 배낭을 받아들면서 말했다.

헤어크림을 바르지 않은 머리를 이마 한가운데까지 내려뜨리고, 청바지에 파카를 입고 우산을 들었다.

옷차림은 대학생 때와 달라진 게 없지만, 중장비 제조업체 영업 사원으로 일 년 반 사회생활에 부대낀 티가 제법 난다. 제 엄마를 닮은 얼굴에 사회초년생의 패기 같은 것이 감돈다.

그것도 고헤에게는 기분 좋은 일이었다.

"잘 지내냐? 밥은 제대로 챙겨 먹고 다녀? 응, 딱 봐도 알겠다, 아주 씽씽해 보여. 일부러 플랫폼까지 마중 나와주고, 고맙다."

에스컬레이터로 개찰구를 향해 내려가면서, 고헤는 처음 만나는 손윗사람 대하는 듯한 긴장감을 맛보았다.

내가 애 아버지거든. 뭘 어려워하는 거야.

고헤는 속으로 말하고 아들 뒤를 따라갔다. 유타의 걸음이 빠르거니와 사람이 너무 많아서 때로 잔달음 치지 않으면 놓칠 것 같았다.

"체크인부터 하죠."

유타가 말하고 역 북쪽으로 나가 고층 빌딩 옆 교차로를 건 넜다.

십 분쯤 북쪽으로 걷자 8층짜리 비즈니스호텔이 나왔다.

체크인을 마치고 방으로 들어가, 고혜는 배낭을 침대 위에 내려놓았다.

곧바로 로비로 내려가니 유타가 프런트 직원과 웃으면서 이야기하고 있었다.

"아직 4시 반인데. 가게는 여기서 걸어서 십 분이고, 6시 예약이니까 어디서 시간 좀 때우죠."

유타가 프런트 옆 커피숍을 손가락으로 가리켰다.

"그래, 커피나 마시자."

고혜는 그제야 차분함을 조금 되찾고 이번에는 앞장서 걷기 시작했다.

"호텔이 좋다? 방은 작은데 침대가 아주 크더라. 아아, 그래서 방이 작게 느껴지나."

"아뇨, 진짜로 작은 거 맞아요. 거기다 무려 킹사이즈 침대를 놔서, 방에서 옴짝달싹 못 하죠. 그러니까 그냥 자는 수밖에 없는데, 그게 좋은가봐요. 여기 묵어본 우리 거래처 사람들, 이구동성으로 그렇게 말해요. 나고야 올 일 있으면 나한테 전화해서 마키노 씨, 또 그 호텔 좀 잡아줄 수 있을까, 한다니까요."

유타가 커피를 주문했다.

종업원이 "슈트 안 입은 모습은 처음 보는 것 같네요"라고 알은체하자 유타는 여기, 저희 아버지예요, 라고 소개했다.

놀라서 고헤에게 가볍게 머리를 숙이는 종업원에게 고헤도 "아들이 신세가 많습니다" 하면서 고개를 숙였다.

"신세는 무슨. 여기서 회의 잡히는 건 기껏 한 달에 한두 번이에요." 유타가 빙그레 웃으며 말했다.

근황 보고는 커피숍에서 끝나고, 호텔에서 동쪽으로 십 분쯤 걸어간 빌딩 지하의 작은 요리집에 도착했을 때는 화제가 바닥나버렸다.

중년 부부가 꾸리는 가게로, 평소에는 주점처럼 영업하지만 일요일은 코스 요리뿐이란다. 아르바이트생도 따로 두지 않은 듯했다.

"마키노 씨, 지난번엔 감사했습니다." 기모노를 입은 여주인이 말했다.

"아뇨, 저야말로 갑자기 부탁드려서. 다들 아주 좋아하셨어요."

아케미 말로는 입사 일 년 반이면 아직 심부름꾼이라던데, 유타는 이미 어엿하게 제 몫을 하는 것 같아 고헤는 내심 기뻐하며 아들의 옆얼굴을 찬찬히 바라보았다.

아마 거래처 접대할 때 자주 찾는 가게이리라. 가게 입장에서는 고마운 단골일 테지만, 유타는 어디까지나 젊은 사원답게 예의를 갖추고, 절도 있고 자연스럽게 주인 부부를 대한다. 분수에 맞게 행동할 줄 안다.

유타가 다니는 중장비 제조업체는 공장 근무직까지 포함하면 팔백 명 정도 규모지만, 경쟁 업체 가운데는 직원 수 오천 명에서 만 명 수준의 대기업도 몇 개 있다. 나는 그런 세계는 전혀 모른다.

고등학교를 중퇴한 이래 '마키노'라는 중화소바집이 유일한 일터였다. 선배는 없다. 경영자인 아버지가 고용주이자 상사였다.

심술궂은 선배에게 시달릴 일은 없다. 다달이 채워야 하는 실적도 없다. 거래처 접대란 게 애초에 없으니 원하지 않는 술을 마시며 상대의 따분한 이야기에 일일이 리액션을 취할 필요도 없었다.

취직하고 불과 일 년 반이지만, 유타는 스스로를 단련해야 하는 환경 속에서 이만큼 성장했다. 아들의 근황을 탐색할 요량으로 나고야에 찾아온 자신이야말로 덜 자란 어린아이처럼 느껴졌다.

"아버지랑 둘이 술 마시는 날이 오다니." 유타가 말했다.

"난 안심이다."

고헤는 유바두유를 끓여 표면에 생긴 얇은 막을 걷어 말린 식품와 뼈를 발라 말린 청어라는 신선한 조합의 요리에 감탄하면서, 왜 갑자기 유타와 밥 먹을 생각을 했는지 솔직하게 털어놓았다.

"너한테 너무 무심한 아버지였던 것 같아서, 제대로 사과하고 싶었어. 아무리 가게 일이 바빴다지만, 부자간의 시간을 만들어 주지 못해서 미안했다."

유타는 아버지 얼굴을 잠깐 바라보고 "무슨 일이에요? 회사원도 아니고, 아들이랑 캐치볼 할 시간이 없는 건 당연하잖아요?" 하고 말했다.

가족 동반 손님이 두 그룹 새로 들어오면서 가게가 시끌벅적해졌다.

주인 부부와 나누는 이야기를 듣자니 한 그룹은 도요하시에서 차를 타고 온 모양이었다.

"중고등학교 남자애들치고 아버지랑 친한 애들 별로 없어요. 이유는 모르겠지만, 한마디로 '성가시다'는 거죠. 이쪽이 무슨 말을 해도 돌아오는 건 잔소리 같거든요. 실은 나도 우리 집이 중화소바집이란 게 창피했던 시절이 있어요. 나는 절대로 이런 쩨쩨한 일은 안 할 거라고 결심했죠. 하지만 취직해서 나고야로 와서, 연수 기간이 끝나자, 조직 생활로 잔뼈가 굵은 과장님이 '오늘부터 실전 투입이니까 봐주기는 없다'고 선언하더군요. 정말 가차 없는 실무가 시작되니 비로소 할아버지와 아버지와 엄마의 위대함을 좀 알겠더라고요. 그때까지는 세 분 다 달팽이로 보였거든요. 이거, 진짜예요." 유타는 기름기 없는 머리칼을 손가락으로 빗어 넘기면서 말했다.

"달팽이라. 하기는. 그런데 난 왜 그게 칭찬처럼 들리지? 그 자리에 가만히 있는 것처럼 보여도 잠시 후에 보면 20미터는 너끈히 기어갔잖아. 달팽이는 목표 지점이 20미터 앞이라면 너무 아득해서 포기하고 싶을 텐데."

작은 냄비에 담겨 나온 자라 전골을 두 사람은 말없이 먹었다. 뜨거워서, 먹든가 이야기하든가 둘 중 하나만 해야 했다.

"취직하고 일 년 반 새 터득한 게 있는데요, 잡무를 처리 못 하는 사람은 큰일도 못한다는 사실이에요."

유타가 물수건으로 이마의 땀을 닦으면서 말했다.

"다음번 A사 접대는 어떤 가게를 잡을까요, 하고 상사한테 상의하면 마키노, 자네가 알아서 해, 라는 거예요. 그러면 인원수가 몇인지, 무슨 요리를 좋아하는지, 2차도 준비해야 할지 생각해서 가게 예약, 마중과 배웅 방법, 자리 배치, 총예산 따위를 머릿속에서 세세하게 그린 다음 곧바로 움직여요. 내가 이런 일이나 하려고 회사 들어왔느냐고 입 삐죽거리는 사람일수록 자기 업무도 제대로 못 하더라고요."

고헤가 "백 번 동감이다" 하면서 물수건으로 땀을 닦았다.

"난요, 내 소관이 아닌 잡무를 신속 정확하게 해내기로 마음먹었어요. 접대뿐만 아니라 갑작스러운 자료 작성, 기계 고장 대처, 뭐든지 해내는 사람이 되기로."

유타는 말을 마친 뒤, 오늘 저녁은 아버지가 사는 거냐고 물었다.

"암. 먼저 만나자고 한 사람이 사야지."

"잘 먹었습니다. 마지막에 나오는 솥밥이 또 별미예요. 디저트는 오키나와산 망고로 시켜도 돼요?"

"그래라. 나도 망고가 당긴다."

고헤는 잠시 망설이다가 란코의 '이즈모 시절' 이야기를 꺼냈다.

"돌아가셨으니까 하는 말이지만, 엄마는 이즈모 시에서 산 시절이 있었어요." 유타가 말했다.

"엄마가 그러시든?"

유타가 고개를 저었다.

"이시카와 교코 씨한테 들었어요. 엄마는 그 얘기가 나오면 곧바로 화제를 바꿨고, 결국은 화를 냈으니까요."

"이시카와 교코?"

들어본 이름인데 얼굴이 떠오르지 않았다.

"엄마 친척요. 전야식이랑 장례식도 왔었는데. 기억 안 나세요?"

"아아, 엄마 이모다."

"전야식 밤, 도에이미타 선 역에서 전화하신 걸 내가 받았거든요. 하코다테에서 와서 길을 모르신대서 이타바시 구청 앞까지 마중 나갔어요. 장례식장까지 같이 걸어왔는데, 유타 엄마하고는 이즈모에서 일 년간 같은 집에 살았어, 하시는 거예요. 무심결에 튀어나온 말이었는지, 곧바로 이건 란코네 가족의 비밀 같은 거니까 못 들은 걸로 해주렴, 하시더라고요. 대단하진 않아도 어느 집에나 드러내고 싶지 않은 일이 있단다, 하시면서. 어, 설마, 엄마가 한때 이즈모에 살았다는 거, 정말 몰랐어요?"

대답을 망설이느라 고헤는 가만히 있었다.

알기는 해도 자세히는 듣지 못했다고 둘러댈까 하다가, 결국 '전혀 몰랐다'고 솔직하게 털어놓았다.

다 큰 아들에게 거짓말은 하지 않는 게 좋으리라.

"흐음…… 사실 나라도 결혼할 여자한테 과거를 시시콜콜 보고할 것 같지는 않은데요. 고등학교 때도 계속 이타바시에 살았어? 하고 어쩌다 혹 물으면 응, 다른 데 살아본 적은 없어, 라고 대답하겠지만요. 엄마는 하치오지에서 고등학교를 나왔죠? 그럼 고교 시절 이즈모 시에서 하치오지 쪽으로 전학한 거네. 전학할 땐 어느 집이나 이런저런 사정이 있잖아요. 입사 동기 중에 세키구치라고 있는데, 이 친구가 초등학교 때 두 번, 중학교 때 네 번, 고등학교 때 세 번 전학을 다녔더라고요. 아버지가 은행 다니다 그만두고 조그맣게 금융회사를 차렸는데, 사기당해서

빚더미에 올라앉는 바람에 야간도주를 반복했던 거죠. 첫 두 번은 은행원 시절 전근이었지만, 나머지 일곱 번은 새로운 데서 어떻게든 기사회생해보려는 몸부림이었대요. 취업 면접 때 전학이 왜 이렇게 많으냐는 질문을 받고, 이력서에 정직하게 적은 걸 후회했다면서 웃더라고요. 우리 아버지, 용케 줄기차게도 도망 다니셨어, 끈기 하나는 알아줘야 한다면서. 고생하며 커서 그런지 어지간한 일로는 주저앉지 않는 친구예요. 뭐랄까, 표면에는 잘 드러나지 않는 미묘한 공기를 읽을 줄 아는 녀석요. 상대방 입장에서 생각할 줄 안다 뭐 그런 거요. 그 친구한테 이것저것 배우는 게 많아요."

고혜는 그 이것저것을 더 구체적으로 알고 싶었지만, 아마 말로는 설명할 수 없는 것이리라 짐작했다.

"그런데도 비뚤어지지 않고 잘 컸구나."

"어느 정도 천성 아닐까요? 사람마다 갖고 태어나는 게 있지 싶어요. 그래도 중학교 때 전학 네 번은 진짜로 힘들었다더라고요."

유타가 카운터에 놓인 돌 냄비 뚜껑을 열었다.

맛이 삼삼한 송이버섯밥이었다.

"최근 국내산 송이는 향이 없어서, 이건 캐나다산입니다." 주인이 말했다.

"송이는 뭐니뭐니 해도 솥밥이지요."

고헤는 그렇게 말하고, 몇 가지 요리만으로도 이미 배가 차버렸음에도 솥밥을 말끔히 먹어치웠다.

"나고야 요리는 맛이 더 진한 줄 알았는데."

고헤가 귓속말을 하자 "주인장이 교토의 요정에서 일을 배웠으니까 요컨대 교토 요리인 셈이죠"라고 유타도 속닥였다. 그러고는 갑자기 등대 순례를 시작한 연유를 물었다.

고헤는 삼십 년 전 란코 앞으로 온 묘한 엽서 얘기를 들려주었다.

"호오, 그 일러스트 속 장소가 어디인지 찾아보시게요?"

"아니, 그럴 생각은 없어. 두툼한 책에서 그 엽서가 떨어진 날, 도시오 가게에서 우연히 등대 사진을 쓴 달력을 봤고, 그 뒤에 등대에 대한 책을 읽는 사이 나도 등대를 가까이서 보고 싶다는 생각이 들어서. 발길 닿는 대로 마음 가는 대로 하는 여행, 지금껏 한 번도 안 해봤고. 그런데 보소 반도에서 처음 등대를 본 순간 이건 멀리서 보는 거구나, 가까이서 올려다보는 게 아니구나 하고 알겠더라. 그 남서단의 스노사키 등대를 바라보면서 그런 생각을 하는데 겐사쿠한테서 전화가 왔고."

"아버지랑 도쿄 역에서 헤어지고 바로 겐사쿠가 라인 보냈더라고요. 대학원 가게 됐다고. 걔가 교량 전문 엔지니어가 되면 여러 토목 회사나 건설 회사와 일하게 되잖아요? 그럼 우리 회사 중장비 판로 확대로도 이어질지 모르죠. 날 위해서라도 걔는 열심히 해야 한다고요. 애가 붙임성 있고 요령이 좋잖아요? 공사 현장엔 딱이죠."

고혜가 소리 내어 웃었다. 아케미, 유타, 겐사쿠. 삼남매의 성격을 더하면 영락없이 란코다.

요릿집을 나왔을 때는 비가 그쳐 있었다.

스마트폰 알람을 8시로 맞춰놓고 잤는데 일어나니 9시가 가까웠다. 설정 방법이 틀렸던 모양이다.

서두르는 여행은 아니지만 오후 5시까지는 도바 항에 도착해야 한다. 이라고미사키행 페리는 5시 40분 출항이다.

더 빨리 도착해도 전혀 상관없지만, 고혜는 페리 갑판 위에서 등댓불을 보고 싶었다.

육지를 밝히는 등대는 없다. 등대란 애초 밤바다를 나아가는 선박을 위해 존재하니까, 바다 위에서 보는 것이 제일 좋다.

커튼을 젖히자 눈이 아플 만큼 환한 햇빛이 방으로 쏟아져 들어왔다.

서둘러 조식 뷔페가 제공되는 식당으로 갔지만, 도중부터 직원이 정리를 시작하는 바람에 테이블로 가져온 요리도 다 먹지 못했다.

"너무하잖아. 아직 식사중인 손님이 있는데. 식후에 커피 마실 분위기도 아닌걸. 고작 스크램블드에그에 크루아상, 방울토마토

세 개밖에 못 먹었는데."

마음속으로 혼잣말을 하고 일어섰다. 식당을 나오면서 입구에 세워진 안내판을 보니 아침식사는 6시 반에서 9시 반까지라고 적혀 있었다.

"그랬구나. 내가 들어온 게 9시 반인데. 그나마 이거라도 먹은 걸 감사해야겠네."

입구 근처 테이블을 닦던 직원이 용케 알아듣고 "이쪽 자리에선 여유 있게 계셔도 됩니다"라고 말했다.

"아닙니다, 늦잠 잔 사람 잘못이죠."

방으로 돌아와 이를 닦고 바로 체크아웃하고, 나고야 역으로 걸어갔다.

역 지하에 있는 렌터카 회사는 몹시 붐벼서, 차를 세워둔 장소로 안내받은 것은 12시가 가까워서였다.

보소 반도를 돌 때는 소형 왜건을 빌렸지만, 이번에는 차체가 조금 더 큰 왜건 차였다.

내비게이션 지시대로 신중하게 차를 달리자 곧바로 도메이한 자동차 도로로 들어섰다. 이대로 남하하면 이세 시에 닿는다. 고혜는 조수석에 놔둔 새 배낭에서 선글라스를 꺼냈다.

"바다 비슷한 것도 안 보이네. 10월 30일인데 에어컨이 필요한가?"

고혜가 중얼거리며 에어컨을 켜고, 전날 밤 유타의 말을 떠올렸다.

이사가 잦은 생활을 해왔다면 가령 부부 사이에도 몇 살 때는 여기 살고, 이 년 후엔 저기로 이사 가고, 또 이 년 후에는…… 하고 일일이 보고하지 않을 수도 있다는 뜻이었지만, 하기는 맞는 말이다.

나도 어쩌다 이렇게 책을 많이 읽게 됐느냐는 물음에 간짱이 권해서라는 말밖에 하지 않았다.

어떻게 권하더냐고 란코가 더 물었다면, "너랑 얘기하면 재미가 없어"라던 예의 신랄한 지적도 들려줬으리라.

그런 거겠지.

란코 아버지는 고등학교를 마치고 측량회사에 취직해 현장에서 기술을 배웠지만, 그것만으로는 측량기사 자격을 따기 힘들어서 전문학교에 다녔다.

낮에 일하면서 공부를 병행하느라 자격 따는 데 사 년 걸렸다고 했다.

"융통성은 없지만 아무튼 노력가였던 것 같아."

언젠가 란코가 그런 말을 했다.

이직한 대형 측량 회사는 주택용 토지 측량이 중심이었지만, 지방의 토목 회사에서도 의뢰가 점차 늘었다. 전국 각지의 도로와 댐 건설 현장도 맡게 되면서 란코 아버지는 시즈오카와 기후 등지로 전근을 다녔다.

더욱이 측량도 지역 연고를 우대한다는 행정 방침 때문에 란코 아버지는 측량기사 지도와 감독도 도맡았다. 도로나 댐 등 대규모 측량에는 경험과 기량이 요구되므로, 아무리 지역 우대라지만 실력이 안 되면 협력해서 유능한 인재를 파견해야 한다.

란코가 고등학교 때 댐 건설 측량을 맡은 토목 회사가 인재 파견을 의뢰해왔다.

그것을 계기로 아버지는 자신이 근무하는 회사에 인재가 부족한 지방 도시에 우수한 측량기사를 파견하는 자회사를 설립할 것을 제안했다. 이른바 측량기사 파견회사다. 물론 실력이 가장 뛰어난 측량기사는 란코 아버지였다.

거기까지는 란코에게 들었지만, 고혜는 그 이상은 묻지 않았다. 알 필요가 없었기 때문이다.

그런 생각을 하는 사이 스즈카 시를 지났다.

"나고야에서 도바 항까지 145킬로미터니까 한 시간쯤 걸린다 쳐도 벌써 반은 왔네. 이러면 너무 일찍 도착하는데? 배도 고프고. 아침은 작은 크루아상 하나에 스크램블드에그 고작 두 숟가락, 방울토마토 세 개. 뭐라도 먹지 않으면 저녁까지 못 버텨."

길이 여전히 도메이한 자동차 도로인지, 아니면 이세 자동차 도로로 들어섰는지 모르는 채 휴게소 주차장에 차를 세웠다. 멀리 바다가 보였다.

"어쨌거나 저건 이세 만이야. 저 건너편에 지타 반도, 그 동남

쪽에 아쓰미 반도가 있어. 오늘밤은 아쓰미 반도 끝에 묵는다 그 거지. 지타 반도에도 노마사키 등대가 있어. 이것도 보고 싶었지 만, 지타 반도로 건너가는 페리가 없으니까 단념할 수밖에. 그래 도 아쓰미 반도의 이라고미사키에서는 지타 반도로 가는 페리 가 있을 텐데."

고혜는 휑뎅그렁한 식당에 들어가 된장 조림 기시멘을 먹으 면서 미에 현 도로 지도를 펼쳤다. 뒷면에 적힌 설명을 보고 아 쓰미 반도와 지타 반도를 잇는 고속선은 있지만 페리는 없다는 사실을 알았다. 사람은 건너가도 자동차는 건너가지 못한다.

"맞다, 그래서 애초 지타 반도는 단념했었지."

갈수록 건망증이 심해진다고 생각하면서 어제 아침에 산 노 트를 테이블 위에 올려놓았다. 아직 백지다.

이번 여행에서 최소한 한 편이라도 시를 써볼 생각으로 산 노 트다.

하지만 그러지 못하리란 걸 고혜는 잘 알았다.

좋아하는 시인의 시를 읽고 자신도 뭔가 쓸 수 있을 것 같아 끼적거린 일이 전에도 꽤 있었지만, 매번 아무것도 쓰지 못했다.

"이 집, 맛이 괜찮네."

고혜가 중얼거리면서 스마트폰으로 오늘 밤 묵을 호텔 사이 트에 들어가 주소를 확인했다. 그 김에 호텔 주변에 괜찮은 주점 이 있는지도 검색했다.

한 군데도 없었다. 호텔 레스토랑뿐이었다.

이라고미사키에서 차로 사십 분쯤 가면 식당과 주점이 꽤 있지만, 대리운전을 부르지 않는 한 호텔로 돌아올 방법이 없다.

"술도 못 마실 거면서 굳이 먼 주점까지 간다고? 술 없는 여행은 여행이 아니지."

마셔 봤자 묽은 소주 오유와리 석 잔은 넘기지 않는데도, 요 이 년 새 저녁식사 전의 소주 타임이 중요한 의식처럼 정착했다.

고헤는 옆 동네 주점 한 곳을 찍어 전화해, 차로 가니까 돌아오는 길은 대리운전이 필요하다고 문의했다. 그러자 가게 측에서 예약해두겠다는 답이 돌아왔다.

"호, 이런 작은 동네까지 대리운전이 침투했어."

이로써 준비 완료다. 고헤는 도바 항을 향해 이세 자동차 도로를 천천히 달리기 시작했다.

길이 두 갈래로 갈라지는 곳에서 안내판을 따라 오른쪽 차선으로 나아갔다.

"왼쪽이 기세 자동차 도로구나. 내일은 저 길을 남쪽으로, 남쪽으로 내려가면 되겠다."

이세 신궁의 내궁과 외궁 사이 길을 나아가 도바 시로 들어가자, 기세 자동차 도로는 굳이 필요 없겠다고 깨달았다. 도바 시 동쪽은 후미가 이어지고, 구불구불한 길이 아고 만 쪽으로 뻗어 있다. 그 도중에 아노리사키 등대와 다이오사키 등대가 있다.

"내일은 후미를 따라 난 길로 가자."

들떠서 짐짓 혼잣말을 계속하는 사이, 고헤는 문득 처음 느끼는 쓸쓸함에 사로잡혔다.

나와 란코의 소소한 꿈은 가게를 접고 속 시원히 은퇴하는 날이 오면 튼튼한 차를 한 대 사서 전국을 여행하는 일이었다.

"나만 운전하는 건 불공평한데."

"평생 아내를 부려먹었으면 그 정도는 해줘야죠."

"어디 갈까?"

"난 단연코 바다. 바다가 보이고, 맛있는 해산물이 많고, 온천 있는 곳."

"난 산이야. 깊은 숲속을 걷고 싶어. 나무는 위대하거든. 숲이 얼마나 고마운 존재인지 알아? 산에 숲이 없으면 바다 생물도 자라지 못한다고."

"아무튼 일단 도호쿠 지방부터 시작하고 싶어요."

"은퇴는 언제 하지? 일흔? 일흔다섯? 여든 넘어서 운전하는 건 사절이야. 그때 되면 반사 신경도 둔해지고 눈은 또 얼마나 침침하겠어. 사고라도 일으키면 큰일이지."

"일흔이면, 앞으로 한 십 년? 목표액에 도달하지 못했을지도 몰라."

"목표액? 노후 자금 말이야? 십 년 후면 세상이 어떻게 변할지 모른다고. 연금이나 제대로 나올까 몰라. 늙은이는 얼른얼른

저세상으로 가달라는 소리나 들을지도 모르지."

"그러니까 저축할 수 있을 때 저축해둬야죠. 여보, 앞으로 십 년만 더 애써줘요. 나도 열심히 할 테니까. 전국 구석구석 훨훨 놀러 다닐 날이 올 때까지 부지런히 일할 거야."

그런 대화를 나눈 며칠 후 란코가 장갑차처럼 생긴 자동차 팸 플릿을 얻어왔다. 척 봐도 탄탄한 독일제 사륜구동 자동차는 어 지간한 충격에는 끄떡없을 것 같았다.

지금 나는 자동차를 몰아 바다로 가고 있지만, 옆에는 아무도 없다. 란코는 어디로 갔을까. 나 혼자 뭐가 즐겁다는 거지.

깜깜한 허공에 홀로 내팽개쳐져 어찌할 바를 모르는 자신의 모습이 보이는 것 같았다.

한동안 더 달리다가 나온 교차로에서, 고혜는 신호가 빨간불 로 바뀐 것을 뒤늦게 알아차리고 놀라서 급브레이크를 밟았다. 차는 정지선 바로 앞에서 멈췄지만, 횡단보도를 건너던 초등학 생들이 놀란 눈으로 고혜를 바라보았다.

맥동이 빨라지고 혈압이 급상승하는 것을 느끼며 고혜는 차 창으로 얼굴을 내밀고 아이들에게 몇 번이나 머리를 숙였다.

교차로를 지나 갓길에 차를 세웠다. 심호흡해 마음을 가라앉 히고, 미네랄워터를 한 모금 마셨다.

하필 버스 정류장이었는지 버스가 클랙슨을 울렸다. 침착하 라고 스스로를 타이르며 천천히 차를 출발시켜 다음 교차로에서 우회전했다. 그 바람에 도바 항 입구에서 멀어지고 말았다.

"어차피 아직 4시니까." 차를 돌릴 만한 장소를 찾으며 더 달리는 사이 긴테쓰후나쓰 역 앞으로 나와버렸다.

유턴할 곳을 찾다가 쇼핑몰을 발견했다. 주차장에 차를 넣고, 아직 벌렁거리는 가슴을 진정시킬 겸 쇼핑몰로 들어갔다.

밤에 잠이 오지 않을 경우에 대비해 네 홉들이720밀리미터 소주라도 한 병 사둘 요량으로 입구 근처 약국 앞을 지나 주류점을 찾다가, 이튿날 숙취가 있으면 여행을 망칠 것 같아 그만두었다. 두근거림은 이제 진정된 것 같았다.

한순간 정신을 놓는 일이 대형 사고로 이어질 수 있다는 사실에 고혜는 몸이 싸늘해지는 공포를 느꼈다.

신호 무시로 사고를 내서, 만에 하나 어린 목숨이라도 희생됐다가는 보상할 길이 없고, 내 인생도 물거품이 된다.

란코, 유령 취급해서 미안한데, 앞으로 운전할 때는 나오지 말아줘.

고혜는 진심으로 란코에게 당부하고 도바 항으로 돌아갔다.

페리 이용객을 위한 건물에서 표를 사고, 2층 찻집에서 커피를 마시면서 고혜는 페리도 난생처음이란 사실을 깨달았다.

슬슬 차로 돌아가야 하지 않을까. 페리 출항은 5시 40분. 도바 항에서 이라고미사키 곶까지는 오십오 분.

마침 좋은 시간대다. 등댓불이 들어와 바다 쪽을 밝히기 시작한다. 먼저 보이는 것이 스가시마 등대. 그다음에 보이는 것이 가미시마 등대.

이 일대 바다는 언뜻 고요해 보여도 의외로 해류가 복잡해서, 외해를 항행하는 선박에는 위험한 장소라고 한다.

커피를 마시면서 매점에 비치된 관광 지도를 들여다보느라, 고혜는 이라고미사키에서 온 페리가 접안한 사실을 전혀 알아차리지 못했다.

승용차와 대형 트레일러가 페리에서 나오는 소리에 그제야 시선을 돌려 항구 쪽 상황을 확인하고, 서둘러 주차장으로 향했다.

이 페리는 이라고미사키로 되돌아가니까, 직원 지시에 따라 렌터카를 페리 안의 지정된 장소에 주차해야 할 터다.

페리 승강장 주위를 괭이갈매기들이 날았다.

일제히 승선이 시작되자 고혜는 직원이 유도하는 장소에 왜건 차를 세우고, 선실로 가는 계단을 올랐다.

흠, 배 한 층이 통째로 자동차 전용이구나. 대체 한 번에 몇십 대나 실어 나를까. 자동차 한 대 한 대의 타이어를 괴어놓는 것도 직원들의 중요한 업무다.

바람이나 큰 파도로 배가 기울어지면 자동차끼리 부딪힐지도 모른다. 그것을 방지하기 위해 자동차를 괴어둔다.

이거, 수고 많으십니다. 어느 분야나 뒤에서 애쓰는 분들이 있네요. 여러분이 무대에 나올 일은 없을지 몰라도, 사람도 자동차도 여러분 없이는 안전하게 목적지에 도착할 수 없군요.

계단을 올라가 선실로 통하는 복도로 접어들면서 속으로 말하고, 고혜는 직원에게 가볍게 고개를 숙였다.

어쩐지 수학여행 온 초등학생이 된 기분이었다.

페리는 정시에 출항했다. 확실히 해가 짧아져서 도바 항 페리 승강장이 멀어졌을 무렵에는 해는 사라지고, 붉게 물든 바다 건너편에 연무에 감싸인 섬 몇 개가 어렴풋이 보였다.

고혜는 곧바로 갑판으로 나가 스마트폰 카메라로 작은 섬들을 찍고, 챙겨온 아노락을 걸쳤다. 바다는 잔잔했지만, 아직 태풍의 영향이 남은 탓인지 때로 커다란 파도가 갑판을 넘어와 통로를 적셨다.

머리에 파도를 뒤집어쓴 가족이 비명을 지르며 선실로 피했다. 그러게 바다는 만만히 볼 게 아니라니까, 하고 고혜가 소리 없이 웃었다.

이십 분쯤 지나자 오른쪽에 스가시마가 보이기 시작했다.

"응, 이게 바로 내가 보고 싶었던 등댓불이지"라고 속으로 말하고, 고혜는 낮은 산 중턱에 선 스가시마 등대의 회전등을 마주 보는 곳까지 걸어갔다.

스가시마 등대는 외해가 아니라 이세 만 안쪽의 페리 항로를 비추는 듯했다.

그렇다면 다음에 나타날 가미시마 등대는 외양을 비출 것이다. 요컨대 가미시마는 가까이 보여도 가미시마 등대는 페리에서는 보이지 않는다. 틀림없다.

보소 반도 남서단의 스노사키 등대도 좋지만, 이 스가시마 등대도 정취가 있다. 스가시마의 작은 마을도 보인다. 마을이 아니라 시내인지도 모르지만, 멀리서는 무인도처럼 보인다.

고혜는 사진을 다 찍고 스마트폰을 주머니에 넣었다. 그때 커다란 파도가 고혜의 몸을 때렸다.

어이쿠, 하면서 고혜는 갑판 지붕 아래로 피했다.

"그러게 바다는 만만히 볼 게 아니라니까."

조금 전의 대사를 이번에는 고스란히 자신에게 내뱉고, 선실로 돌아가 배낭에서 수건을 꺼내 머리와 얼굴을 닦았다. 왠지 웃음이 올라왔다.

그나마 아노락 덕분에 상반신은 무사했다.

신호 무시로 하마터면 길 건너는 아이들에게 돌진할 뻔한 일도 그렇고, 조금 전 파도를 제대로 뒤집어쓴 일도 그렇고, 아무튼 뭔가 벌어지는 날이다. 작은 일이 큰일 된다는 말도 있으니 조심하자. 사실 좀 들뜨는 것도 무리는 아니다. 무려 육십이 년 평생에 처음 배 타고 바다를 건너니까. 승선 전에는 좀 불안했지만, 막상 타보니 아무것도 아니었다. 의외로 흔들리기는 해도 뱃멀미도 안 난다. 바다 여행에 강한 체질인가.

선실을 휘둘러보니 얼굴을 찌푸리고 누워 있는 승객이 몇 명 있었다. 대부분 젊은이들이다. 얼굴이 샛노란 청년도 있었다.

"요까짓 흔들림에…… 젊은 사람들이 원." 속으로 중얼거리는데 이라고미사키 등댓불이 보여서 고혜는 다시 갑판으로 나갔다.

스가시마 등대는 아직 뒤쪽에 보였다.

낮에는 맑더니 해가 지면서 내해에 엷은 연무가 자욱이 끼기 시작했다. 이라고미사키 등대는 불빛이 유난히 커서 마치 화살표처럼 항로를 가리키는 듯 보였다.

고혜는 두 발에 힘을 주고 갑판에 버티고 선 채, 스가시마 등대와 이라고미사키 등대의 서로 다른 두 불빛을 바라보았다. 왜 두 등대 사이에 압도적으로 광도 차가 있을까 의아해하면서 산 중턱에서 빛나는 이라고미사키 등댓불을 카메라에 계속 담았다.

차츰 곶에 가까워지면서 해면과 같은 높이에 흰 등대가 서 있고 거기서도 빛이 명멸하는 것을 알아차렸다.

"이라고미사키에는 등대가 둘인가?"

고혜가 미심쩍은 듯 혼잣말을 하고, 스마트폰을 주머니에 넣었다.

"저건 등대가 아닌데?" 고혜는 다시 중얼거리고 산 중턱에서 항로를 가리키는 커다란 빛을 찬찬히 노려보았다. 아까부터 수없이 사진을 찍어댄 불빛은 아무래도 등대가 아니라 화살표처럼 생긴 거대한 네온판인지 전광판인지 모를 물건으로, 대형 선박이 항행할 방향을 일러주는 것 같았다.

"뭐야, 등대가 아니잖아? 광도가 등댓불의 수십 배는 되는 전광판이야. 저놈이 빛을 뿜으니까 정작 주인공인 이라고미사키 등대가 희미하게 보이네."

어째서 저런 것을 등대 가까이 설치했을까. 뱃고물 쪽으로 걸어가 스가시마 등대를 찾았지만, 이미 보이지 않았다.

"저런 무식하게 큰 화살표를 보러 온 게 아니잖아."

고혜는 선실로 돌아가 유리창 너머 이라고미사키를 바라보았다. 이미 밤이 내려앉아 페리 승강장임 직한 것이 앞쪽에서 오르락내리락하고 있었다.

등댓불 위치가 낮은 이라고미사키 등대는 악천후 때는 빛이 잘 안 보이니까 저 무식한 화살표 모양의 거대한 유도등이 보조해줘야 하는지도 모른다.

"저게 등대인 줄 알고 사진만 무려 삼십 장은 찍었어. 완전 사기잖아."

하선 준비를 시작하면서, 멀리서 본 것만으로 일방적으로 단정해버리는 일이 의외로 많다는 생각이 들었다.

이라고미사키에 도착해 아쓰미 반도에 상륙하자, 곧바로 차로 오륙 분 정도 되는 호텔에 체크인하고 샤워부터 했다.

갑판에서 파도를 뒤집어쓰는 바람에 얼굴에도 머리에도 소금

기가 느껴졌다.

샤워하고 커튼을 젖히자 대각선 아래쪽으로 이라고미사키의 선단이 있었지만, 거대한 화살표도 등대도 산에 가려져 보이지 않았다. 호텔은 훨씬 높은 산꼭대기 가까이 자리 잡은 듯했다.

젖은 아노락을 욕실에 널어놓고 침대에 드러누웠다. 갑자기 피로가 몰려와 차를 끌고 옆 동네 주점까지 가는 게 귀찮아졌다.

하지만 대리운전 예약까지 부탁해놓고 이제 와서 취소할 수는 없다. 주인이 싹싹했기에 더욱더 그렇다.

눈을 감으면 잠들어버릴 것 같아서 아케미에게 라인 메시지를 보냈다.

— 이라고미사키에 무사히 도착. 도중에 별로 무사하지 못한 일도 있었지만. 호텔이 굉장히 크고 곶에 가까운 산 위에 있다. 건물 전체가 아주 휘황찬란해. 굳이 이렇게까지 불을 밝히지 않아도 될 것 같은데. —

아직 7시니까 아케미는 퇴근 전이리라 생각하고, 고혜는 작은 발코니로 나갔다.

그 순간 뭔가 후드득 소리를 내면서 고혜의 얼굴을 때릴 뻔했다. 비둘기였다.

밤마다 이 발코니를 둥지 삼아 찾아오나 했는데, 난간에는 채 마르지 않은 똥이 떨어져 있을 뿐이었다.

코앞의 비둘기를 알아차리지 못하다니. 너무 가까워도 보이지 않는구나.

휘황한 빛의 전구판은 너무 멀어서 처음에는 화살표인 줄 알아보지 못했다.

우리 주위에는 그런 일이 숱하다.

아버지, 어머니, 아내, 딸, 아들, 몇 안 되는 친구. 그들 한 사람한 사람을 나는 멀리서만 봐왔는지도 모른다. 삼각형도 육각형도 멀리서 보면 전부 원으로 보인다. 아니, 너무 가까워서 진짜 모습이 보이지 않기도 한다.

란코는 그 엽서를 내게 다시 한 번 보여주려고 했다. 어째서?

먼눈으로 화살표를 등대라 착각한 일과 코앞의 비둘기를 보지 못한 일 사이에는 아무 연관도 없었다. 그런데도 뭔가를 암시하는 것 같았다. 고헤는 삼십 년 전 배달된 묘한 엽서를 떠올렸고, 그러자 란코의 기묘한 행동에 생각이 가 닿았다.

저이는 언젠가《신의 역사》를 읽을 거야. 그럼 이걸 발견할 테지.

그날이 언제일지 몰라도, 엽서를 끼워둘 사람이 나뿐이란 것쯤은 알고 내게 다시 묻겠지. 그때는 다 이야기해주자.

저이가 영원히《신의 역사》를 들쳐보지 않는다면, 그건 그것대로 좋고, 일부러 끄집어낼 일도 아니야.

란코라면 얼마든지 그런 생각으로, 장난치듯 엽서를 살짝 끼워둘 수 있으리라.

삼십 분이면 갈 줄 알았는데 옆 동네 주점까지는 차로 사십 분 걸렸다. 삼십대로 보이는 가게 주인이 오늘 밤은 대리운전 의뢰가 많아 9시가 넘어야 한다더라고 말했다.

전갱이 나메로生선살을 잘게 다져 된장. 파. 생강 등을 넣고 칼로 두드려 으깬 요리. 굴튀김. 달걀말이. 소주 오유와리 두 잔. 김말이 주먹밥 두 알. 가지와 오이 장아찌.

그것들을 천천히 즐기면서 나흘 뒤로 닥친 '마키노' 재개를 위해 각오를 다졌다. 아니 그보다 이 년 만의 영업이라는 긴장감을 잊기 위해 명상의 시간을 가졌다고 할까.

대리운전은 젊은 여자와 중년 남자, 두 사람이 함께 왔다. 여자 쪽은 자신들이 돌아갈 차를 운전하기 위해서인 듯했다.

호텔로 가는 길에 고헤와 남자가 나눈 이야기는 "여기저기 비닐하우스가 있는데, 밤에도 계속 불을 켜놓나요?" "네, 아침까지 밝혀둡니다." "뭘 재배하는데요?" "식용 국화입니다"라는 짤막한 대화뿐이었다.

호텔로 돌아와 이만 닦고 침대에 드러누웠다가, 고헤는 그대로 잠들어버렸다.

이튿날 아침, 조식 뷔페를 먹은 뒤 곧바로 호텔을 체크아웃하고 이라고미사키로 향했다.

오늘은 기이 반도의 아노리사키 등대와 다이오사키 등대를 볼 예정이었지만, 가는 도중에 있는 요로이자키 등대도 보고 싶어졌다. 그렇지만 이라고미사키 항이 가까워지자, 산책로를 걸어 곳 끄트머리에 있는 이라고미사키 등대를 가까이서 보고 싶은 생각이 들었다. 등대 근처의 기념품 가게 주변 주차장에 차를 세우고 고헤는 경사가 가파른 길을 걷기 시작했다.

알고 보니 그 길은 등대 견학을 위해 정비된 길이 아니었다. 주차장에서 이어지는 별도의 길 그러니까 '고이지가하마'라는 해변을 따라 조성된 길이 정규 산책로였다.

등대 뒤쪽으로 가려면 발을 들여놓은 것이 후회스러울 만큼 급경사진 길을 내려가야 했다.

이윽고 등대가 보이는 곳에 닿자 갑자기 바닷바람이 거세졌다. 생각보다 많은 사람들이 이라고미사키 등대 밑에서 사진을 찍고 있었다.

"유명한 등대치고는 어째 썩 위엄이 없네. 저 화살표가 등대를 초라하게 만드는구나. 틀림없어."

고헤는 정면에서 불어오는 바람에 맞서 평소보다 더 성큼성큼 걸음을 옮기기 시작했다. 멋이라고는 없는 예의 거대한 화살표를 향해 뭐라고 싫은 소리를 한마디 해주려고 관목이 밀집한 산 중턱을 올려다보았다. 그 순간 발이 미끄러지면서 고헤는 고꾸라지듯 산책로에 넘어졌다. 순간적으로 양손을 짚었지만, 손목이 부러졌겠다 싶었다.

일어나려고 해도 몸에 힘이 들어가지 않아 곧바로는 일어날 수 없었다. 양쪽 슬개골도 제대로 부딪친 것 같았다.

주위에서는 그저 안됐다는 듯 쳐다볼 뿐, 누구 하나 손을 내밀어주지 않았다.

"일 냈네 이거, 슬개골도 부러진 거 아닌가."

신중하게 몸을 일으키고 가까운 바위에 앉아, 오른쪽 손목을 천천히 움직여보았다. 부러진 것 같지는 않아서 일단 아노락 앞자락에 달라붙은 모래를 털었다. 바짓단을 걷어 올리고 왼손으로 슬개골을 문질러보았다. 뼈는 이상이 없는 듯했지만 격통이 느껴졌다.

양 무릎 밑이 다 까지고 피도 배어나온 것을 보고, 이건 또 왜일까 싶었다. 무릎은 까진 데가 없었기 때문이다.

산책로와 해변 사이에 낮은 방파제가 있었지만, 강한 바닷바람에 실려온 모래가 산책로 여기저기에 쌓여 있었다. 나는 배낭을 메고 구부정한 자세로 걷다가 그 모래 때문에 미끄러진 것이다. 그리고 모래에 섞인 알이 굵은 돌에 긁혀 피부가 까졌음이 분명하다.

그나마 양손이 자유로웠기 망정이지 주머니에 손을 넣고 걸었더라면 얼굴을 부딪쳐 이가 깨지고 턱뼈가 바스러졌으리라.

양손 관절을 몇 번 움직여보았다. 오른손 손목이 아팠다.

운전은 지장 없을까.

왼쪽 무릎은 아직 꽤 아팠지만 오른쪽은 웬만큼 움직일 수 있다. 오토매틱이니까 지장은 없을 것이다.

어쨌든 도바 항에 돌아가 어떻게 할지 생각해보자.

"그 거대한 화살표가 내 적의를 알아채고 선방을 날렸나 보네."

고헤가 중얼거리고, 고이지가하마 해안 옆 주차장으로 돌아왔다. 일단 차에 앉아 무릎과 발목을 몇 번 움직여보고, 괜찮을 것 같아 페리 승강장으로 향했다.

페리 안에서는 줄곧 선실에 앉아 있었다. 오른쪽 넷째손가락의 통증이 신경쓰였다. 타박상은 시간이 지나면 부어오른다. 도바에서 외과 진찰을 받아보는 게 좋으리라.

도바 항에 닿자, 전날 커피를 마셨던 찻집 종업원에게 물어 긴테쓰도바 역에서 가까운 외과로 갔다.

한 시간쯤 기다려 엑스레이를 찍고, 무릎은 양쪽 다 뼈에 이상이 없지만 오른쪽 넷째손가락 아래 작은 금이 갔다는 진단을 받았다.

"얼굴 안 다치신 게 신통하네요." 초로의 의사가 말했다.

"손을 호주머니에 넣지 않아서 다행이었어요."

"사실은 깁스로 고정하는 편이 좋지만 그러면 운전을 못하니까요. 도쿄 돌아가면 병원 가서 다시 진찰받으세요. 여기선 응급처치로 임시 깁스만 해드릴 테니까."

다음 환자는 유치원생쯤 되는 여자아이였다. 엄마와 함께 왔는데, 눈가에 눈물 자국이 있었다. 고개를 숙인 채 의사나 간호사 얼굴을 쳐다보려 들지 않는다.

아이가 묘하게 신경쓰였지만, 간호사가 이름을 불러 고혜는 커튼 칸막이 너머 처치실로 갔다.

"뭐! 콩을 콧구멍에 집어넣어? 아니 왜 그랬대?" 의사의 말이 들려왔다.

고혜의 오른손 손등에 파스를 붙이면서 젊은 간호사가 킥 하고 웃었다.

콩을 가지고 놀다가 벌어진 사달이리라 짐작하고 "콧구멍에 콩을 밀어넣어 어쩔 셈이었을까요" 하고 고혜가 작은 소리로 말했다.

"그러니까요, 저 또래 아이들은 예측 불능이에요." 간호사가 웃고, 이건 어디까지나 임시 깁스이고, 붕대도 일부러 헐렁하게 감아둔다고 설명했다.

얇은 플라스틱판을 넷째손가락과 손등에 요령 좋게 갖다대고 붕대를 감은 다음 새끼손가락, 넷째손가락과 가운뎃손가락도 별도의 붕대로 고정했다.

"일부러 헐겁게 감는다고요?"

"오늘 밤에서 내일 아침 사이에 이 부위가 퉁퉁 부어오를 거예요. 지금 단단히 감아두면 울혈해서 손가락에 피가 안 통하거든요." 간호사가 말하고 내일, 도쿄에 도착하면 반드시 외과에 가보라고 다짐을 두었다.

"옳지, 나왔다, 어휴, 꽤 크네." 의사의 목소리가 들렸다.

아이 엄마는 안도하는 기색이었지만, 아이는 고개를 더 떨어뜨린 채 반응이 없다. 울음을 애써 참으며 말없이 항의하는 듯한 모습이 커튼 사이로 보였다.

"다 됐는데. 왜 그러지?"

의사가 의아한 듯 묻고, 진료용 펜 라이트로 콧구멍 속을 다시 검사했다.

"어이쿠, 하나 더 있구나. 두 개나 넣었어?"

진료실에 있던 사람들이 모두 웃었다. 아이는 결국 울음을 터뜨리고 말았다.

고헤도 웃었다. 말다툼하다 논쟁에서 밀리면 란코도 저랬지. 고개를 푹 숙이고 꼭 저 아이 같은 얼굴을 했다.

두 번째 콩도 무사히 빼내고, 아이는 쑥스럽게 웃으면서 엄마 손을 잡고 대기실로 돌아갔다.

"마키노 씨, 일단 좀 봐두세요. 어떻게 넘어지면 여기가 골절되는 걸까……."

의사가 불러서 고헤는 자신의 팔꿈치부터 아래까지를 찍은 엑스선 사진 앞에 앉았다.

"여깁니다."

의사가 볼펜 끝으로 가리킨 것은 넷째손가락 제3관절이었다.

그냥 봐서는 잘 안 보이지만, 분명히 손가락 끝에 3밀리미터쯤 되는 희미한 선이 있었다.

"금 갔다고 하면 대개는 아, 골절이 아니라 다행이라고 생각하시는데, 어엿한 골절입니다. 무슨 일을 하세요?"

"중화소바집을 합니다. 저 혼자 해요. 따로 사람은 안 씁니다."

대답한 순간, 사흘 후면 재개점이란 사실이 떠올랐다. 넘어지고 지금껏 왜 그 사실을 생각하지 못했을까.

넘어진 직후엔 경황이 없었고, 그다음엔 손목이 부러진 것도 아니고 슬개골도 괜찮다는 진단에 잠깐 안도하는 바람에 가게 건은 미처 생각이 미치지 않았다.

"중화소바집…… 그럼 오른손을 많이 쓰시겠네요?"

"네, 오른손으로 장사하는 거나 다름없어요."

의사는 잠시 생각에 잠겼다가 말했다. "이 넷째손가락이란 게요, 딱 그거 하나만 움직이지는 못하거든요. 마찬가지로, 그거 하나만 안 움직이기도 불가능해요. 혼자 경영하신다면 솔직히 한 열흘은 휴업이네요. 붓기 빠지고 제대로 깁스 고정하신 다음에 시험 삼아 한번 만들어보면 아실 겁니다. 우선, 젓가락을 잡지 못해요."

"하아, 네……."

고혜는 병원을 나와, 등대 순례를 중지하고 나고야로 돌아갈까 고민하면서 주차장으로 향했다. 붕대가 감기지 않은 것은 엄지와 검지뿐이었다.

사설 주차장에 세워둔 렌터카로 돌아와 병원에서 받아온 약봉지를 조수석에 내려놓았다. "많이도 줬다. 파스, 진통제, 붕대에 씌우는 그물, 이건 또 뭐야? 아아, 샤워 커버. 이걸 팔꿈치부터 씌우고 씻으라는 거구나. 오늘은 등대를 돌아보고 아고 만 쪽 호텔에 묵는다는 말을 듣고 간호사가 챙겨준 모양이네."

고혜는 운전석에 앉아 봉지 속을 들여다보면서, 오른쪽 엄지와 검지는 다소 지장은 있어도 움직일 수 있으니까 여행을 계속하기로 하고, 내비게이션을 아노리사키 등대로 설정했다.

도바 시에서 뻗어나가는 펄 로드미에 현 도로 128호선는 복잡하게 얽힌 후미를 따라 구불대며 이어졌다.

속도를 내지 않고 신중하게 핸들을 움직여 굴 요릿집이 늘어선 일대를 달리는 사이, 오른손 엄지와 검지만으로도 운전할 수 있다는 자신이 생겼다. 왼손은 멀쩡했으니 어지간히 급히 핸들을 꺾지 않는 한 지장 없을 것 같았다.

"좋아, 가자. 이대로 속행이다. 이런 날이 언제 또 오겠어. 봐, 창창한 바다, 쾌청한 하늘."

손목시계를 들여다보고 1시 40분이란 걸 알자 시장기가 느껴졌다. 길 양쪽에 100미터 간격으로 나타나는 굴 요릿집 중 아무데나 들어갈까 하다가, 현재의 정신 상태로는 굴은 좀 무겁지 싶었다.

214

좀더 담백한 생선 구이나 조림이 좋겠는데.

그러는 사이 아노리사키 등대로 가는 길은 펄 로드를 벗어나 외해를 따라가며 이어졌다.

다리 조금 못미처 '생선 구이, 조림, 회'라고 적힌 깃발을 발견하고 차를 세웠다. 식당으로 들어가 가자미조림 정식을 먹었다.

"어이쿠, 뭐 이리 크냐. 이걸 어떻게 혼자 다 먹어."

핸들 돌리기보다 젓가락으로 가자미 살을 바르는 것이 몇 배 힘들었다.

"재개점은 열흘쯤 연기하는 수밖에."

왼쪽에 이세 앞바다, 오른쪽에 울창한 수림을 끼고 뻗은 도로를 남하하면서, 뒤에서 차가 오면 붕대가 감긴 오른손을 차창 밖으로 내밀어 먼저 보내고 차를 왼쪽으로 붙였다.

그때마다 넷째손가락 아래쪽이 조금 욱신거렸다.

"체면이 말이 아니네. 실컷 놀다가 겨우 문 연다고 안내문까지 붙여놓고, 이제 와서 또 열흘 연기라면 웃음거리잖아."

"별수 있어요? 그 손으로는 면도 못 건질 텐데?"

"그 가파른 비탈길을 내려올 때 어째 나쁜 예감이 들더라니."

"그런데 아까 의사 선생님도 말했지만, 대체 어떻게 넘어지면 거길 다칠까?"

"왼손은 손바닥이 지면을 향했지만 오른손은 손등이 아래를 향한 채 넘어졌으니까. 손등으로 몸을 보호하는 모양새가 됐겠지. 손을 돌려 짚을 시간이 미처 없었다고."

"그만하기 다행이죠. 손목이라도 부러졌으면 수술하고 볼트로 고정했을걸. 언젠가 도쿄에 폭설 내렸을 때, 옆집 이자와 씨 부인이 눈 치우다가 넘어졌잖아요?"

"응, 큰 소동이었지. 당신이 구급차 불렀잖아."

"뭘 구급차까지 부르냐고 이자와 씨는 뭐라 했지만, 앞 팔 한가운데부터 낫 모양으로 꺾인 것쯤 내가 봐도 알겠던데 뭐. 지금도 눈에 선해요. 이자와 씨가 다친 팔로 예전처럼 무거운 걸 들게 되는 데 이 년 걸렸어."

"요로이자키 등대는 이 부근인데. 깜박하고 내비 설정을 안 했네."

고헤가 입속말을 중얼거리고 대화를 중단했다. 운전할 때는 나타나지 말라고 어제 란코에게 당부한 것이 떠올랐다.

좁은 길을 조금 가다가 근처 밭에서 일하는 중년 부인을 발견하고 차에서 내려, 등대로 가는 길을 물었다.

"상당히 지나치셨네요." 부인이 대답했다.

왔던 길을 1킬로미터쯤 되돌아가면 어항으로 가는 길이 있다. 거기서부터 신사 앞 돌계단을 올라간다.

거기까지 말하고 부인은 괭이를 다른 손에 옮겨 잡고 자루로 몸을 지탱하듯 서서 고헤의 오른손을 보면서 덧붙였다. "신사 앞 돌계단은 미끄러우니까 조심하시고요."

"돌계단을 올라가야 되나요?"

"돌계단 다 올라가면, 등대로 가는 비탈길도 또 올라가야 돼요. 낙엽 때문에 발밑이 아주 미끄러워요."

고혜는 차로 돌아와, 미끄러운 돌계단이라니 지금의 내게는 위험천만이라 생각하고 "요로이자키 등대는 패스"라고 소리 내어 말했다.

아노리사키 등대는 바로 근처까지 차로 갈 수 있었다. 과거에는 등대지기 숙사였을 건물 앞에 예쁘게 다듬은 잔디밭이 있고, 젊은 아버지와 초등학생쯤 된 아들이 캐치볼을 하고 있었다.

잔디밭 바닷가 쪽에 화단이 있고 그 너머에 아노리사키 등대가 보였다. 등대를 보러 온 사람은 고혜뿐이었다. 란코가 또 나올 것 같은 분위기를 느끼면서 화단 쪽에서 등대를 향해 좁은 길을 걸었다.

한 손으로는 스마트폰으로 사진을 찍기 힘들어 등대 안으로 들어가 난간을 잘 잡고 나선계단을 올라갔다.

회전등 아래 등대 모양을 따라 만든 전망대가 있었다. 난간은 낮았다.

"어머나, 예뻐라." 란코가 말했다.

"오늘은 날이 맑잖아. 바람도 거의 없고."

"당신, 숨찬 모양인데?"

"응, 평소 운동부족이란 게 티 나네."

"여기 나선계단도 위험해요. 조심해서 내려가야겠다. 구르기라도 하면 '마키노'는 영원히 폐점이니까."

"불길한 소리 말아. 당신, 이즈모에 살았던 거는 다른 사람한테는 비밀인가?"

잠시 기다렸지만 대답은 없었다.

고헤는 등대 서쪽으로 발을 옮겼다. 수목 사이로 바다인지 호수인지 모를 청록색 수면이 보였다. 호수일 리는 없고, 후미 어딘가에서 들어오는 바닷물이 만든 커다란 석호가 아닐까.

등대는 하나하나가 저마다 다른 풍모를 지녔다.

멀리서 바라봐야 운치 있는 등대. 가까이서 올려다봐야 위용을 실감하는 등대. 안개 너머에서 보일 때 비로소 존재감이 커지는 등대.

그것들은 바라보는 사람의 그때그때 심경과도 이어져 있으리라.

때로는 초연한 어른 같고, 때로는 밤마다 묵묵히 할 일을 하는 우직한 직인 같다. 고헤는 그런 생각을 하며 회전등 아래 설치된 좁은 회랑을 돌면서 파노라마 모드로 풍경을 담았다.

거의 바로 아래, 잔디에서 캐치볼을 하는 부자의 모습이 보였다. 그것도 카메라에 담고, 등대 벽을 왼손으로 어루만졌다. "그럼 전 이만 다음 목적지로 갑니다. 부디 건강하시길."

발밑을 조심하면서 나선계단을 내려가, 캐치볼에 방해가 되지 않도록 건물 쪽으로 붙어 차로 돌아왔다. 내비게이션을 다이오사키 등대로 설정했다.

이대로라면 5시가 좀 넘어 아고 만 해안 리조트 호텔에 무난히 도착할 터다. 오늘은 술은 삼가는 편이 좋으리라. 금 간 것은 넷째손가락 아래쪽인데 아까부터 가운데손가락과 새끼손가락도 쑤시기 시작했고, 손등도 부으면서 뜨끈뜨끈해지는 느낌이었다.

술을 못 마신다면 굳이 주점을 검색해볼 필요도 대리운전을 부를 필요도 없지만, 호텔 레스토랑에서 혼자 식사하는 것도 재미없다.

하지만 그저께 저녁은 유타와 성대하게 먹었고, 오늘은 늦은 점심으로 푸짐하고 신선한 가자미조림을 먹었다.

저녁은 편의점 삼각 김밥이면 충분하겠어. 인스턴트 컵 된장국도 곁들이자.

고헤는 그렇게 생각하며 다이오사키 등대로 향했다.

편의점이 눈에 띄면 곧바로 주차장에 차를 댈 생각으로 내비의 지시에 따라 차를 달렸다. 때때로 뒤에서 오는 차가 추월하도록 길 왼쪽으로 붙었다.

매인지 솔개인지 모를 맹금이 날아가는 모습을 바라보거나, 괭이갈매기의 울음에 귀기울이는 사이 다이오사키 등대로 가는 길로 진입했다.

관광객을 위한 주차장이 있고, 가게들이 즐비하다.

언덕길을 걷는데 특산품 가게 부인이 말을 걸어왔다.

"파래 어떠세요? 맛있어요. 된장국에 넣으면 바다 냄새가 나요."

그러고 보니 예전에 나카주쿠 상점가 이웃에게 파래를 받은 적이 있었다. 스루가 만 어딘가의 온천에 다녀왔다면서 이웃들에게 선물로 돌렸다.

된장국에 넣었더니 향긋한 감칠맛이 돌았던 기억을 떠올리고, 값을 물었다.

"다섯 팩에 천 엔요."

"한쪽 손밖에 못 쓰는데, 들고 갈 수 있을까요?"

"그럼요, 가벼워요. 봉투에 넣어드릴게요."

"그럼 이따 가는 길에 사겠습니다."

언덕길을 다 오르자, 육지 쪽으로 복잡하게 들어온 해안 주위에 울짱이 둘러쳐졌고, 다이오사키 등대의 몸통이 중간부터 보였다.

고헤는 울짱에 기대어 해면에서 등댓불까지 46미터라는 등대를 바라보았다. 주위에는 아무도 없었다.

눈 아래 깎아지른 듯한 암초가 보이고, 멀지 않은 바다를 유조선 한 척이 서에서 동으로 나아간다.

안내 지도를 보니 첫 점등이 1927년이란다.

이세시마 남동쪽 끝에 있으니까 외해를 항행하는 선박에게는 중요한 등대일 것이다.

점등까지는 시간이 꽤 남은 것 같았지만, 해는 착실히 기울어 간다.

"이 일대 등대들의 대장격이구나. 어쩐지 뻐기는 느낌이네."

스마트폰 카메라로 사진을 찍는데, 아까 아노리사키 등대에서도 많이 찍은 탓인지 셔터를 누를 때 오른손 전체가 아팠다.

"확실히 왼손만으로는 찍기 힘들다."

고헤는 조금 떨어진 벤치에 앉아《일본 등대 기행》을 펼쳤다.

다이오초 나키리의 끄트머리는 지도에서 볼 때보다 훨씬 험하게 튀어나온 듯했다. 나키리라는 이 장소가 '엔슈나다시즈오카 현 엔슈 오마에 곶에서 아이치 현 이라고 곶까지 약 110킬로미터에 걸친 해역와 구마노나다기이 반도 남단 와카야마 현 시오노 곶에서 미에 현 다이오 곶에 걸친 해역를 가르는 것처럼 튀어나온, 해난 사고 다발 지역'이라는 설명이 있었다.

등대 남쪽에 펼쳐진 바다를 바라보면서 고헤는 중얼거렸다. "대충 나누면 정면이 구마노나다 해역, 왼쪽이 엔슈나다 해역이군. 그걸 툭 튀어나온 이 나키리 곶이 둘로 가르는 바람에 조류가 복잡해졌고. 나키리 곶이 없었으면 두 해역으로 나뉠 일도 없고, 바다도 평화로워서 뱃길도 안전했을 텐데."

조금 전 언덕길에서 다른 길로 나아가면 다이오사키 등대 밑에 닿을 테지만, 이 울짱에서 바라봐야 등대의 개성을 제일 잘 느낄 듯했다.

평온해 보이는데 실은 위험이 소용돌이치는 장소도 있다. 무서워 보이는데 막상 들어가보면 즐거운 일이 많은 장소도 있다.

불행으로 점철된 인생이었다고 한숨짓는 사람도 많은 행복과 만나왔을 터다. 다만 행복이라 느끼지 않았을 뿐이다.

고혜는 등대에 작별을 고하고 언덕길로 돌아갔다.

그러고 보니 비슷한 말을 어디선가 읽은 것 같다.《소공자》다. 미국 작가 버네트의 소설이다.

버네트에게는《비밀의 화원》이라는 명작도 있다.

결혼할 때 란코가 가져온 몇 권 안 되는 책 중에 섞여 있었다. 초등학생 때 읽었다고 란코는 말했다. 그 두 권을 부모님이 사주신 날, 너무 좋아서 이불 속에서도 꼭 품고 잤다면서 란코는 얼굴을 붉혔다.

자신이 읽은 소설이 두 권뿐이라는 사실이 들통 나서 부끄러웠다고, 란코는 한참 후에 털어놓았다.

고혜는 읽지 않은 책이어서 란코에게 빌려 가게 2층에서 읽었다.

특산품 가게 앞에 아까 본 아주머니가 서 있었다. 파래를 다섯 팩 샀다.

아주머니가 봉투에 담아주며 말했다. "물에 불리지 말고 이대로 된장국에 넣으세요. 그게 씹는 맛이 좋아서 더 맛있어요."

고혜는 주차장으로 돌아와, 내비게이션을 예약한 호텔로 설정했다.

호텔까지는 그리 멀지 않았다. 해안에서 조금 내륙부로 들어간 길은 거의 일직선이었고, 다이오사키 등대에서 봤던 석호가 실은 삐쭉삐쭉한 선을 그리며 육지로 들어온 바다의 일부임을 알 수 있었다.

정확한지 어떤지 자신은 없었지만, 버네트의 글을 떠올렸다.

— 실제로 누구의 인생에나 놀랄 만큼의 행복이 도처에 있으니까요. —

주유소 옆 편의점에서 컵 된장국과 주먹밥을 두 개 샀다.

그 밖에 반찬이 될 만한 게 있나 둘러보다가 오늘 밤은 이거면 충분할 듯해 미네랄워터만 두 병 사서 편의점을 나왔다.

놀랄 만큼의 행복 따위 한 번도 찾아오지 않았다는 사람도 세상에는 얼마든지 있다.

《소공자》를 처음 읽었던 스물일곱 살 때, 고혜는 그렇게 반박하고 싶었지만, 마흔을 넘길 즈음 과연 세상에는 놀랄 만큼의 행복이 널려 있는 걸 알게 됐다.

이를테면? 하고 물으면 설명하기 곤란할 정도로 숱한 행복이.

추운 밤 뜨거운 물을 받은 욕조에 몸을 담그고 커다랗게 하품할 때. 하루 일을 마치고 미지근한 소주 한두 잔에 기분 좋게 취해 아내와 시시한 수다를 떨 때. 길 잃은 고양이 한 마리를 마주

해 그냥 입양해버릴까 하고 아내와 진지하게 토론하는데, 때마침 나타난 주인을 따라 이쪽에는 눈길 한 번 안 주고 가버릴 때…….

그런 사사로운 일이 행복이라고? 놀랄 만큼의 행복이라면 최소한 죽을병에 걸렸다가 기적적으로 완치됐다든가, 무일푼에서 대부호가 됐다든가, 뭔가 명예로운 상이나 훈장을 받았다든가, 요컨대 더 드라마틱해야 하는 게 아니고?

많은 사람들이 그렇게 비웃으리라. 짐작건대 그런 사람들은, 놀랄 만큼의 행복은 평생 만나지 못한다.

말라죽은 줄 알았던 작은 화분의 꽃씨가 연둣빛 새싹을 틔웠다. 이게 행복이 아니면 뭘까.

삐딱하게만 굴다 집을 나갔던 아들이 어느 날 대문 앞에 서 있다가 "죄송해요"라며 울먹인다. 이게 행복이 아니면 뭘까.

그렇게 생각하면 누구의 인생에나 넉넉한 행복이 마련되어 있다.

고혜는 호텔에 체크인하고 전망 좋은 방에서 쉬면서, 시마의 깊숙한 후미에서 석양빛에 물든 바다를 바라보며 도처에 있는 사사로운 행복들을 손꼽아보았다.

"이 파스는 효과가 몇 시간쯤 되나?" 고혜가 중얼거리며 바지를 벗었다. 무릎 통증은 병원을 나온 후로 달라진 게 없었지만, 오른손 손등과 넷째손가락은 눈에 띄게 부어올랐고 열도 더 나는 것 같았다.

무릎의 파스는 새로 붙인다 해도 손등은 어쩐다. 아무튼 붕대를 풀고, 파스를 새로 붙이고 다시 붕대를 감는 수밖에 없다. 왼손만으로 할 수 있을까.

그나저나 화려한 리조트 호텔이다. 더욱이 트윈베드룸. 잘 가꾼 정원과 수영장도 있다. 대지는 대체 몇 평쯤 될까.

이런 호화로운 방에 묵어보기는 처음이다. 더 저렴한 호텔도 있었지만 마지막 여행이라 생각하고 분에 넘치는 곳을 예약했다. 설마 넘어져서 골절될 줄이야…….

침대에 드러누워 스마트폰으로 금 간 뼈가 낫는 데 얼마나 걸리는지 검색했다. 금 간 것이 부러진 것보다 낫기 힘든 경우가 많다는 댓글도 몇 개 보였다.

"이 주는 걸리겠는데? 그럼 열흘 미뤄도 가게는 못 열잖아. 그 의사 선생님, 내가 여행지에서 너무 낙담할까봐 열흘이라고 했구나."

넓은 호텔 안을 둘러본 뒤 정원이라도 산책하려고 바지를 입었다.

방을 나가려다 역시 한두 잔 해야겠다 싶어서 자동차 열쇠를 챙겼다. 호텔로 오는 길에 봤던 주류점에서 소주나 사올 요량으로 방을 나섰다.

5 장

　도쿄 역을 나와 오테마치 역까지 걸어가, 도에이미타 선을 타
고 이타바시혼초 역에서 내려, 고헤는 소음이 귀를 때리는 간조
7호선 길가에 있는 외과부터 찾았다.

　어젯밤 소주를 마셨던 것을 후회했다. 밤 10시쯤 샤워 커버로
오른손을 감싸고 샤워했다. 머리를 감고 얼굴과 몸을 씻었지만,
왼손만으로는 닿지 않는 데가 많아서 씻는 둥 마는 둥 했다.

　욕실에서 나와, 파스를 새로 붙이려고 왼손으로 어찌어찌 붕
대를 풀고 보니, 오른손 손등은 넘어진 직후보다 갑절쯤 부은 듯
했다.

　더욱이 그때부터 통증이 갑자기 심해져서 양 무릎의 파스를
새로 붙이느라 애먹었다.

술 탓이다. 뼈에 금 가고 열 시간도 되지 않아 술을 마시는 바보가 어디 있담. 붕대를 감고도 갈수록 붓는 느낌이라 2시가 다 되도록 잠들지 못했다.

이타바시 외과에서도 엑스레이를 찍고 어제와 똑같은 처치를 하더니, 의사가 사흘 후에 깁스로 고정하자고 했다.

사흘로는 붓기가 완전히 가라앉지 않을 테지만 깁스가 가능할 정도는 될 것이란다.

얼추 연배가 비슷한 의사는 고헤가 '마키노' 점주임을 아는 눈치로, 아마 넷째손가락은 넘어지면서 세게 부딪쳐 삐었을 테고, 금 간 데는 나아도 삔 손가락 통증은 오래 간다고 설명하더니 "재개점은 당분간 연기네요"라고 덧붙였다.

"당분간이면, 어느 정도인데요?"

"음…… 한 삼 주는 젓가락도 물 빼는 체도 아마 못 쓰실 걸요."

고헤는 상점가로 돌아와 야마시타 반찬가게로 향했다. 저녁 5시니까 가게가 제일 바쁜 시간이었다. 평소 같으면 정기휴일인데, 오늘은 가게를 연 모양이었다.

도시오는 조리실에서 전갱이를 튀기는 중이고, 후미 씨도 다섯 명의 손님을 상대하느라 고헤의 손에 감긴 붕대를 곧바로 알아차리지 못했다.

"나중에 다시 올게." 고헤가 말하고 돌아섰다.

붕대도 부목도 어제 간호사보다 단단히 감았는지 손목부터 손끝에 걸쳐 맥이 펄떡거리는 느낌이었다.

막 걸음을 떼는데 "어떻게 된 거예요, 그 손?" 하고 후미 씨가 큰 소리로 물었다.

"앞으로 고꾸라져서 여기 금 갔어요. '마키노' 재개점은 연기해야겠어요."

도시오가 몸짓으로 조리실로 오라고 불렀다.

"넘어져? 어디서?"

"이라고미사키 등대 코앞에서."

"어디 금이 갔다고?"

고헤가 넷째손가락 아래를 가리켰다.

아직 튀기지 않은 전갱이가 서른 마리쯤 남아 있었다.

고헤는 조리실 벽 쪽에 놓인 의자에 앉아 각 도매상에 전화해 사정을 설명하고, 재개점은 이삼 주일 연기하게 됐다고 전했다. 도시오가 전갱이를 튀기는 사이 가게로 가, 문에 붙어 있던 안내문을 뗐다.

— 11월 3일 재개점 예정이었으나 점주가 다쳐서 연기하게 되었습니다. 치료 경과를 보고(이삼 주 소요 예상) 다시 알려드리겠습니다. 죄송합니다. —

새로 붙일 안내문을 머릿속에서 써보고, 다쳤다 운운은 빼는 편이 나을까 생각했다.

아니, '사정상 연기합니다'로는 가게가 탈이 잡힌다. 손님은 그 '사정'이 뭔지 억측할 터다. 이 년 놀더니 주머니 사정이 나빠져서 운영 자금이 모자란 게지, 조리법을 바꿨는데 맛이 없나 보다 등등.

역시 초안대로 가자. 안내문은 빨리 붙이는 게 좋다.

고혜는 집으로 가는 발걸음을 재촉했다.

젊은 남녀가 골목을 가로막듯 서 있는 것을 보고 고혜는 놀라서 발을 멈추었다. 아는 사람만 아는 좁디좁은 골목에 외부인이 들어오는 일은 어지간해서는 없었다.

아직 십대로 보이는 남녀는 둘 다 아기 띠를 어깨에 걸어 아기를 안고 있었다. 큰아이가 두 살쯤, 작은아이는 겨우 생후 오륙 개월쯤 되었을까.

앳된 부부가 다 있다 하고 생각한 순간 간짱 아들 얘기가 떠올랐다.

세 명은 지나갈 수 없다는 걸 알아차리고, 두 사람이 방향을 바꾸어 고혜 집 쪽으로 걸어가 길을 터주었다.

"미안합니다. 원래 통행로가 아니라서요." 고혜가 말하면서 고개를 가볍게 숙였다.

그냥 집으로 들어갈 작정이었는데, 고혜의 입이 저도 모르게 움직였다.

"두 분 아이들인가요? 참 귀엽게 생겼네요. 몇 살이에요?"

입에 발린 말은 아니었다. 고혜는 진심으로 그렇게 생각했다.

"큰애가 막 두 살 됐고, 작은애는 오 개월이에요." 젊은 엄마가 대답했다. 아버지 쪽은 알지도 못하는 사람한테 왜 쓸데없는 말은 하냐는 표정으로 품속에서 잠든 두 살배기 아이 얼굴을 들여다볼 뿐 고혜와 눈을 마주치려 들지 않았다.

머리를 갈색으로 염색했고 얼굴이 확실히 매서웠지만, 고혜의 눈에는 어쩐지 작위적으로 보였다.

요컨대 센 캐릭터를 연기할 뿐, 실은 좋은 환경에서 응석둥이로 자란 청년들에게 흔한 붙임성이 훤히 들여다보였다.

청년이 붕대가 감긴 고혜의 오른손을 흘긋 쳐다봤다. 순간적인 그 눈의 움직임이 간짱과 너무 비슷해서, 고혜는 새삼 청년의 얼굴을 바라보았다. 청년도 고혜의 시선을 피하지 않았다.

엄마 품속에서 잠들었던 생후 오 개월 아기가 깨서 울기 시작했다. 아기를 데리고 어렵사리 외출한 엄마들이 제일 난처한 것이 기저귀를 갈거나 수유할 장소가 마땅치 않은 일이리라 짐작하면서, 고혜가 청년을 향해 말했다. "그쪽 다키가와 씨죠?"

젊은 두 사람은 놀란 얼굴로 마주 보더니, 남편 쪽이 미간을 찌푸리며 무슨 말인가 하려 했다. 여차하면 바로 달려들 태세다.

왜 이런 말을 해버렸을까 내심 당황했지만, 여기 우리 집이니까 들어와서 기저귀라도 갈아주면 어떠냐고 물었다.

나답지 않게 왜 이래? 아무 상관도 없는 일에 쓸데없이 머리를 들이밀려 하네.

고헤는 그런 생각을 하면서도 열쇠를 돌려 현관문을 열었다.

"사양 말고 들어와요."

돌아보니 두 사람은 이미 없었다.

고헤는 골목을 걸어 나카주쿠 상점가 쪽으로 나왔다. 부부는 상점가를 지나 지하철 역 쪽으로 방향을 꺾는 참이었다. 젊은 엄마가 멘 큼직하고 보들보들한 빨간색 가죽 가방으로 미루어보건대 경제적 어려움은 전혀 없으리라.

"그야 그렇지. 저 청년 어머니는 규슈에서 알아주는 큰손이야. 귀여운 두 손자 배를 곯릴 리 없잖아."

고헤가 중얼거리고, 조금 전 부부가 서 있던 장소에서 윗몸을 약간 앞으로 내밀어 간짱네 건물을 바라보았다. 4층까지 잘 보인다.

여기 숨어서 무엇을 보려 했을까. 아버지는 이미 세상에 없으니 아무리 기다린들 나올 리 없다.

사키에 씨가 나온다 해도 대체 무슨 이야기를 한단 말인가. 그쪽은 다키가와라는 청년을 알지도 못할 터다.

그 사실은 청년도 아마 알 것이다. 다키가와 시호가 무어라 설명했는지 몰라도, 남은 가족에게는 아무 죄도 없다.

그렇다면 이 골목에 숨어 대체 뭘 보고 싶었을까.

두 살배기와 생후 오 개월 아기를 데리고 후쿠오카에서 도쿄

를 왕복하기란 보통 일이 아니다. 아직 젊으니까 할 수 있는 일
이다.

고헤는 그제야 네 홉들이 소주병까지 쑤셔 넣은 배낭의 무게
를 느끼고 집으로 돌아갔다.

거실 테이블에 배낭을 내려놓고 파래 다섯 팩이 든 봉지를 꺼
냈다. 거의 줄어들지 않은 소주병은 침실에 보관했다.

소주는 호텔 방에 있던 컵에 삼분의 일쯤 따라 마셨을 뿐이다.

약봉지에 헝겊 밴드가 들어 있었다. 아, 맞다, 이걸로 오른팔
을 눕혀 고정시키면 통증이 경감된다면서 이타바시 외과 간호
사가 길이를 조절해줬지.

고헤는 소파 위에 벌렁 드러누웠다. 생각하면 할수록 조금 전
그들을 어쩌자고 집에 들이려 했는지 알 수 없었다. 너무 자신답
지 않다.

그렇다, 청년의 눈이 일순 움직이는 모습이 간짱과 몹시 닮았
다고 느낀 순간, 내 안에서 어떤 판단력이 움직였다.

어떤 판단인지는 이미 기억나지 않지만.

청년에게 무슨 말인가 하고 싶었던 것 같은데 그게 뭐였는지
도 벌써 잊어버렸다. 그 정도로 순간적인 판단 혹은 충동이었다.

고헤는 7시 전까지 소파에 드러누워 수잠을 잤다.

도시오에게 전화가 오지 않았으면 그대로 숙면에 빠졌을지도
모른다.

"오늘따라 어찌나 바쁜지 이제야 한숨 돌렸다. 지금부터 갈게. 가게가 좋아, 집이 좋아?"

"가게에서 맥주라도 마시지? 난 술은 금지지만. 중화소바 국물로 죽 좀 끓이려고. 감자샐러드 남았으면 좀 갖다주면 좋고."

여행에서 사 온 파래를 두 팩 챙겨 가게로 향했다.

도시오를 기다리면서, 냉동해둔 국물을 중탕으로 녹여 냄비에 옮기고 조미액을 넣은 다음, 쌀 두 컵을 씻지 않고 국물에 부었다.

도시오는 감자샐러드 말고도 팔고 남은 반찬을 세 종류 가져왔다.

카운터에 앉아 맥주를 마시면서 도시오가 말했다. "넘어지는 건 다리가 아니라 등 근육이 약해진 탓이라더라."

"응, 이 년이나 놀았으니까. 본인은 못 느끼지만 서서 일하는 게 등 근육을 쓰더라고. 그러니까 피곤하지. 뭐, 나이 탓도 있지만."

고헤는 조금 전 집 앞에서 있었던 일을 말할까 말까 고민했다. 도시오는 취하면 입이 가벼워진다.

"죽 말고 솥밥을 해보지? 지난번에 그랬잖아, 중화소바 국물로 솥밥 한 번 해본다고." 도시오가 쌀이 든 냄비를 가리키며 말했다.

"내가 지금 젓가락을 못 쓰잖아. 죽이면 숟가락으로 먹기 편할 것 같아서."

"아, 그렇구나. 난 솥밥을 기대했는데. 중화소바 국물로 지은 솥밥이라니, 알 것 같기도 한데 모르겠단 말이지. 이건 딱 실패네 하는 게 나올지, 진즉 할 걸 그랬다 싶게 맛있는 게 나올지. 우선 맛 자체도 상상이 안 가고."

"그럼 만들까? 밥도 숟가락으로 먹을 수 있으니까."

고혜가 냄비 속 국물 양을 줄이고 쌀을 한 컵 더 넣었다. 거의 왼손만 쓰느라 시간이 걸렸다.

대충 짐작으로 간을 맞추고, 냄비를 가스레인지에 올렸다.

"시험 삼아 만드는 거니까 굳이 돌 냄비 아니어도 되겠지? 집까지 가지러 가기도 귀찮고."

고혜가 도시오 옆에 나란히 앉아 감자샐러드 팩을 열었다.

"모처럼 만드는 거, 돌 냄비로 하자"는 도시오의 말에 고혜는 두말 않고 뒷문을 나가 집으로 향했다. 집 앞에 아까 그 두 사람이 서 있었다.

고혜는 자신도 모르게 움찔했지만 애써 웃음을 띤 채 현관문을 열고 손짓으로 권했다. "갑자기 사라져서 걱정했네. 아기 기저귀, 갈아줬어요? 아직이면 우리 집에서 해요."

"큰길 옆 찻집에서 갈아주고 왔어요." 아직 고등학생처럼 보이는 아기 엄마가 말했다.

"아저씨, 제 이름 어떻게 알아요?" 청년이 불신에 찬 눈초리로 물었다.

"그런 데 서서 그러지 말고, 사양 말고 올라와요." 고혜가 말했지만 둘은 여전히 현관 앞에서 움직이지 않았다.

두 살배기에게 아기 띠는 이미 갑갑했는지, 몸을 젖히고 칭얼거리기 시작했다.

이럴 때 요령껏 말을 잘 해야 한다는 생각이 스쳤지만, 괜한 거짓말은 필요 없다고 마음을 고쳐먹었다. 고혜가 부엌 장에서 한 손으로 조심스럽게 돌 냄비를 꺼내면서 말했다. "간짱을 빼닮은 데다, 두 사람 나이나 생김새도 그쪽 어머니한테 들은 대로니까요."

"우리 엄마한테 들었다고요? 언제요? 어디서요?"

"직접 듣진 않았어요. 나도 다른 친구한테 들은 얘기지."

"무슨 소린지 모르겠네. 우리 엄마가 여기 왔다 그거예요? 뭐 하러요?"

표준어를 쓰려고 애는 썼지만 군데군데 후쿠오카 억양이 묻어나왔고, 그것이 청년의 센 척하는 말투며 표정에 천진한 분위기를 드리웠다.

"그만 가자." 아내가 달래듯 말하면서 남편의 옷소매를 끌어당겼다.

고혜는 큰애를 내려주라고 권하고 TV를 켰다.

"너, 이름이 뭐니?"

고헤가 묻자 두 살배기 사내아이가 "쇼마"라고 대답했다.

"동생은?"

"아카리."

아직 잘 돌아가지 않는 혀로 대답하고, 쇼마는 리모컨을 능숙하게 사용해 유아 교육 방송에 채널을 맞췄지만, 프로그램은 이미 끝난 듯했다. 늘 보는 방송이구나 싶어 고헤는 웃으면서 젊은 부부를 바라보고 이름을 물었다. 두 사람은 거실로 올라와 테이블 앞에 앉아, 신노스케와 유이라고 대답했다.

"저는 신노스케고요. 이쪽, 유이는 자유由에 옷衣, 쇼마는 날아가는 말翔馬. 아카리는 등댓불灯요." 다키가와 신노스케는 허공에 손가락으로 한자까지 적으면서 일러주었다.

등댓불? 등잔 정灯을 써서 아카리라고 읽나. 좋은 이름이다.

고헤는 그런 생각을 하면서 밴드로 고정시킨 팔을 약간 들어 올리고 다친 이유를 설명했다.

"그 여행에서 오늘 돌아와, 근처 외과에 들러 집에 오다가 두 사람을 만난 거야."

그런 건 아무래도 좋다. 우리 엄마는 뭘 하러 이타바시까지 왔다더냐. 대체 나에 대해 무슨 이야기를 했다더냐.

다키가와 신노스케는 그렇게 캐묻고 싶은 표정이었지만, 쇼마가 "저녁밥" 하면서 매달리자 "오늘은 아직 아냐. 이따가 맛있는 거 사줄게"라고 귓속말로 달래고 아이를 무릎 위에 앉혔다.

이 시간에 항상 저녁을 먹이는구나.

이 어린 부부가 아이를 얼마나 예뻐하며 반듯하게 기르는지 '저녁밥'이라는 말 한마디로 짐작할 수 있었다 쇼마가 저녁을 뜻하는 일본어 '夕飯[유항]'에 공손과 품위를 표하는 접두사 お[오]를 붙여 말했기 때문이다.

"잠깐 냄비 가지러 온 참인데. 우리 가게 중화소바 국물로 솥밥을 지어보면 어떨까 싶어서. 가게로 안 가겠나? 감자샐러드도 있고, 춘권이랑 달걀말이도 있는데."

말하고 나서야 가게에서 도시오가 맥주를 마시고 있다는 사실이 떠올랐다.

쇼마가 감자샐러드를 먹고 싶다고 칭얼거렸다.

도시오는 대면시키지 않는 게 좋을 성싶었지만 이미 늦었다.

어차피 도시오도 다키가와 시호가 왜 이타바시까지 찾아왔는지, 아들에게 최대한 얘기해주는 편이 좋으리라.

고혜는 그렇게 판단하고 젊은 부부를 떠밀다시피 해 가게로 데려갔다. 아카리는 곤히 잠들어 있었다.

"뭐 하다 이제 와? 배 속이 맥주로 아주 꿀렁꿀렁하다."

도시오가 말하고, 낯선 손님들을 미심쩍은 눈길로 쳐다봤다.

"다키가와 신노스케 씨와 유이 씨. 이쪽은 쇼마 군, 아기는 아카리. 간짱 아들 부부와 손자."

도시오가 엇, 하면서 맥주 컵을 쥔 채 일어나 젊은 부부에게 고개를 숙였다.

"간짱이 들어오는 줄 알았네. DNA 감정도 필요 없겠어. 구라키 간지 씨 아들이 틀림없네요. 눈과 눈썹 사이 좁은 거며, 콧날 곧은 거며. 수수하고 남자다운 호남. 코도 판박이야."

쟤가 또 쓸데없는 소리를 하네, 하고 고혜는 내심 당황했지만, 유이가 피식하는 것을 보고 그냥 주방으로 들어갔다. 춘권과 감자샐러드를 접시에 덜어 테이블에 놓았다. 카운터는 어린 아이에게는 너무 높아서 먹기 힘들 터였다.

유이가 아기 띠를 풀고, 잠든 아카리를 의자에 눕혔다. 고혜가 2층에서 담요를 두 장 가져왔다.

신노스케의 눈빛에 이제 매서움은 없었다. 먹어도 되느냐는 듯 아버지 눈치를 보는 쇼마에게 신노스케가 무어라 귓속말을 했다.

"솥밥 되려면 시간이 좀 걸리니까 먼저 먹이는 게 어때? 배고픈 모양인데."

고혜가 말하고 돌 냄비를 씻어 다시 쌀과 국물과 조미액 양을 조절하고 불을 켰다.

"나도 정말 모른다고. 자네 어머니가 업무차 도쿄에 온 김에 자네 아버지가 태어나 자란 이타바시 상점가가 어떤 곳인지 좀 봐두고 싶어졌고, 마침 이십 년 전 후쿠오카에서 만났던 야마시타 도시오라는 반찬가게 주인을 생각해냈다, 라는 얘기는 아마 정말일 거야. 아무튼 갑작스러운 죽음이었으니까. 아들의 아버지잖아. 더욱이 시시한 사람도 아니거든. 그대로 회사 다녔으면 지금쯤 중역이 됐을 엘리트였다고. 집 앞에서 가만히 작별 인사하고, 나를 찾아왔던 거 아닐까."

도시오의 이야기를 들으면서 감자샐러드를 쇼마에게 먹이는 신노스케를 보는 사이, 고헤는 간짱과 다키가와 시호를 향해 치미는 노여움을 느꼈다.

"저에 대해서는 뭐라고 하던가요?" 신노스케가 물었다.

"고등학교 그만둔 게 아쉽다고. 공부를 잘했다던데."

"그야 초등학교 때부터 과외 선생님이 셋이나 붙어 있었으니까요."

신노스케의 반응에 도시오는 두 아이를 가리켰다. "자네가 태어나지 않았더라면 이 아이들도 세상에 없을 뻔했군."

고헤는 가스레인지 옆에 서서 돌 냄비 뚜껑의 김 빠지는 구멍을 바라보고 있었지만, 눈시울이 시큰해져서 카운터 쪽을 돌아볼 수 없었다.

"과외 선생님이 세 명이나 달려 있었던 건, 언제까지?" 도시오가 물었다.

"고등학교 관둘 때까지요."

"그때까지 계속 하던 공부를 팽개쳐버렸어? 하, 아깝네. 한 일년 마음잡고 공부하면 가고 싶은 대학에 붙을 텐데. 고졸 인정시험 치르고 대학 입시 도전해보면 보면 어떨까? 미국이나 유럽에서는 사정이 있어서 일단 사회생활 시작했다가, 서른이나 마흔 쯤 대학에 입학해 박사 학위까지 따는 사람도 많다던데. 자네는 이제 열여덟 살이야. 과외 선생님이 셋이나 있었다니 공부법은 알 거 아냐. 해봐. 부자 어머니 지갑을 얇게 만들면 된다고."

"차가운 사람이에요. 근본이 차갑다고요. 아니면, 이런 식으로 애를 낳을까요? 아버지한테는 임신중절했다고 하고. 그렇게 속이고 애를 낳았다고요. 저를 어쩔 작정이었냐고요. 돈만 있으면 얼마든지 키운다고 생각했겠죠."

"낳아서 키운다고 했으면 주위에서 난리가 났을걸. 다들 반대하는 사람뿐이었고, 그러니 간짱에게도 알리지 않고 혼자 낳았겠지. 난 그렇게 생각하는데."

고혜는 도시오라는 인간을 과소평가해왔던 자신이 부끄러워졌다.

전부 옳은 말이다. 도시오의 이야기에는 어른의 지혜가 알알이 박혀 있다. 가게로 들어온 청년이 다키가와 시호의 아들임을 안 순간부터 그 지혜가 발현되기 시작했다.

돌 냄비 구멍에서 김이 빠져나오자, 고혜는 센불로 높여 다섯까지 헤아리고 불을 껐다.

오 분쯤 뜸을 들이고, 카운터에 냄비 받침을 깔고 돌 냄비를 올렸다.

"갑자기 귀한 손님이 나타나는 바람에 닭고기랑 우엉채를 깜박했네." 겸연쩍게 웃으면서 냄비 뚜껑을 열려는 순간 아카리가 잠에서 깨 울기 시작했다.

유이가 아카리를 안아 올리고, 화장실에서 수유하느라 충분히 물리지 못해 아직 배가 덜 찼을 거라고 말했다.

"2층에 방이 있어요. 침대도 있고 시트도 마침 새것이니까 거기서 먹여요."

고헤가 말하고 앞장서서 계단을 올라갔다. 유이가 아카리를 안고 따라왔다.

"잠들면 침대에서 재워요. 유이 씨도 시장하지 않나? 밑에서 같이 먹죠?"

고헤가 가게로 내려가려는데 유이가 말했다.

"아무래도 아버지 흔적만이라도 보고 싶대서요. 이타바시에 가봤자 신노스케 아버진 이미 돌아가셨고, 남은 건 4층 건물뿐이라고 저는 말렸지만, 우리 아버지가 살던 건물만이라도 보고 싶다면서……."

아버지의 흔적. 이타바시 나카주쿠 상점가에는 건물이 한 채 있을 뿐, 구라키 간지의 흔적 따위 어디에도 없다. 있다면 구라키 부부가 살았던 4층 살림집에 남은 물건들뿐이리라.

신노스케는 다 알면서도 그저 건물만이라도 보고 싶었구나.

말없이 고개를 끄덕이고 계단을 내려가려다가 고헤는 문득 옥상에 남아 있을 간짱이 애지중지 길렀던 장미 화분 이십여 개가 떠올랐다.

가게로 내려가니 쇼마까지 고헤를 기다리고 있었다.

사키에 씨는 집에 있을까? 간짱이 죽기 전 내게 자랑하고 싶어 했던 것은 전부터 찾고 있던 희귀 품종 장미였다.

그것을 신노스케가 물려받게 할 방법은 없을까.

'4층에서 바깥 계단으로 살짝 올라가서 훔쳐와?' 진심으로 그런 생각이 들었지만 그거야말로 엄연한 범죄행위라고 마음을 고쳐먹고, 주방으로 들어가 돌 냄비 뚜껑을 열었다.

도시오와 신노스케와 쇼마가 일제히 냄비 속을 들여다봤다.

보기에는 짙은 색의 갓 지은 밥일 뿐이다.

"누룽지도 생겼을 텐데, 아무튼 시식해보자고."

고헤가 말하고 주걱으로 밥을 갈라, 쇼마 몫부터 작은 밥공기에 덜었다. 아직 뜨거워서 곧바로 먹지는 못할 것 같았다.

유이를 제외한 사람들의 밥공기에 밥을 푸고, 고헤는 카운터 석으로 옮겨와 제일 먼저 한 입 맛보았다.

"어때?" 도시오가 물었다.

"으음, 중화소바 국물로 지은 밥? 그냥 그게 다야. 맛이 없지는 않은데, 굳이 '마키노' 중화소바 국물로 지은 의미는 없는데? 요컨대 실패. 보통 솥밥이 훨씬 맛있어."

도시오도 한술 먹었다.

"맛이 없지는 않아. 하지만 뭔가 하나 부족한데. 하나 많은지도 모르고. 그래도 많을 리는 없잖아? 재료가 아무것도 안 들어갔는데."

신노스케가 밥을 식히는 걸 기다리지 못하고 보채던 쇼마는 어지간히 맛있었는지, 더 먹고 싶어했다.

"얘가 밥을 이렇게 잘 먹는 건 처음 봐요." 신노스케가 말하고 자신의 몫을 먹었다.

"맛있는데요? 아저씨, 차슈도 넣으면 좋았을걸. 더 맛있을 거예요."

"응, 그럼 맛이 너무 진해질까 싶어서."

쇼마가 젓가락질해서 저 혼자 먹으려 들자 신노스케는 2층으로 올라갔다. 아내와 둘째를 살펴보러 갔으리라 짐작하고, 고혜는 조금 전 자신이 한 생각을 도시오에게 속닥였다.

"아버지 흔적? 그래…… 그랬구나."

도시오는 잠자코 일어나 뒷문으로 나갔다. 젊은 부부는 아기를 2층에 재우고 곧바로 내려왔지만 도시오는 돌아오지 않았다.

유이가 밥이 아직 뜨거울 때 차슈를 깍둑썰기해서 넣으면 어떻겠냐고 말했다.

"응, 그래볼까."

고혜는 유이의 제안대로 하고 냄비 뚜껑을 닫아 잠시 뜸을 들인 다음, 각각의 공기에 밥을 펐다.

"통조림 죽순도 넣으면 좋겠어요. 우엉채보다 죽순이 어울릴 것 같아요."

유이가 또 새로운 제안을 했을 때 도시오가 돌아왔다. 장미 묘목 화분을 들고 있었다.

흙에 은행잎 모양 나무판이 꽂혀 있고, '몽슈'라고 펜으로 적은 것이 보인다. 간짱의 필체였다. 그 밑에 뭐라고 더 적혀 있었지만 얇은 판이 흙색으로 물들어 알아볼 수 없었다.

"사키에 씨가 빨래 널 데도 없다고 투덜거렸거든. 그럼 내가 좀 가져가서 키워보고 싶댔더니 서너 개쯤 골라가라잖아."

고혜는 차슈가 들어간 솥밥을 다른 공기에 덜면서 "간짱이 아끼던 장미 묘목이야. 글씨도 간짱 글씨. 짐이 되겠지만 후쿠오카로 가져가면 어떨까?"라고 신노스케에게 말했다.

"어린애 둘 안고, 화분까지 갖고 비행기 탈 수 있나? 하네다까지 가는 것도 큰일인데." 도시오가 말했다.

신노스케는 말없이 작은 묘목에서 나온 새눈을 보면서 "이 정도는 가져갈 수 있어요"라고 들릴락 말락 한 소리로 말했다.

차슈를 넣자 솥밥은 확연히 맛이 달라졌다.

"누룽지에 차슈가 아주 찰떡이다."

도시오가 추임새를 넣고는, 뭔가 몹시 기분 좋은 표정으로 젊은 부부에게 고혜의 다친 이야기를 떠벌렸다.

"저 친구가 갑자기 등대에 꽂혀서, 어제도 이세시마에서 막 돌아온 참이야. 재개점이 연기돼서 모처럼 시간이 생겼는데 손이 저 지경이라 운전도 못 하지."

"운전이 가능하면 보고 싶은 등대가 아직 있거든." 고혜가 말하고 마지막 누룽지를 먹었다.

어차피 재개점이 늦어지면 그사이 아오모리의 오마사키 등대를 보고 싶었고, 시모기타 반도까지 가면 혼슈 최북동단의 시리야사키 등대, 쓰가루 해협을 사이에 두고 서쪽에 있는 쓰가루 반도의 닷피사키 등대도 가보고 싶다라고 돌아오는 신칸센에서 생각했다고 고혜는 들려주었다.

하지만 정작 중요한 운전을 할 수 없다면 의사 허락이 떨어질 때까지 가게 2층 도서실에 틀어박혀 책이나 읽는 수밖에. 달리할 일이라고는 없다.

"쓰가루 반도와 시모기타 반도라…… 눈은 언제부터 내릴까."

도시오가 말하면서, 신노스케가 쇼마의 입가에 묻은 감자샐러드를 꼼꼼히 닦아주는 손길을 바라보았다.

"첫눈은 11월 중순경이라는데요."

유이가 스마트폰으로 검색하고 일러주었다.

"4월 중순까지는 눈이 오고, 길도 얼어붙은 곳이 있나 봐요." 유이는 이렇게 말하고 2층으로 올라가 아직 곤히 잠든 아카리를 안고 내려왔다.

"이제 맘이 풀렸어?" 유이가 신노스케에게 조그맣게 묻는 소리가 고혜의 귀에 희미하게 들어왔다.

"몰라." 신노스케가 대답하고 아기 띠를 능숙하게 둘러 쇼마를 품에 안은 뒤 장미 화분을 챙겼다.

"뒷정리도 못 하고 이만 실례하겠습니다. 쇼마가 늘 8시면 자서 벌써 한계가 온 모양이에요." 유이가 말했다.

"뒷정리는 무슨. 나랑 도시오가 사사삭 해버릴 텐데."

고혜가 말하고 벽에 걸린 시계를 쳐다봤다. 9시가 넘었다.

"오늘 밤은 도쿄에 묵나?"

신노스케는 도시마 구에 있는 호텔을 예약해뒀다면서 고혜의 전화번호를 물었다.

고혜는 자신의 라인 계정도 가르쳐주고, 두 사람을 오지신도까지 배웅했다.

"조만간 다시 올게요, 그래도 돼요?" 신노스케가 물었다.

뭐 하러 또 이타바시까지 찾아오겠다는 건지 몰라도 고혜는 웃으며 고개를 끄덕였다.

가게로 돌아오니 "유이 씨가 요리를 좋아하네? 어떤 닳아빠진 여자애일까 했는데, 전혀 아니야. 예의 바르고 품위 있어서 깜짝 놀랐다, 야. 미인인 데다"라고 말하며 도시오가 빙긋이 웃었다.

"아버지를 원망한 게 아니었어. 아버지가 그리워서, 흔적이나마 눈에 담아두고 싶어서 멀리 이타바시까지 찾아온 거야."

고혜가 말하고 뒷정리를 시작했다.

도시오가 일을 거들면서 고개를 좌우로 꺾었다. 어깨가 몹시 결린단다.

"긴장해서 목이랑 어깨가 아주 뻣뻣하다. 입가심으로 한 잔 더 하면 딱 좋겠는데 배가 너무 부르네."

"소주라면 들어갈지도 모르지. 마실래?"

고헤가 선반장을 가리켰지만 도시오는 됐다면서, "쟤 엄마가 솔직하게 털어놨으니까, 엄연히 가정이 있으면서 전근 가서 불륜을 저지르고, 애가 태어나도 나 몰라라 한 인간이라는 분노는 없었겠지. 아버지는 저런 아들이 있는 줄 몰랐으니 미워할 건더기가 없잖아?"라고 말했다.

"저 애한테 그만한 도량이 있기 때문이야. 괜히 센 척할 뿐이지 아버지 없어도 잘 자랐어."

고헤는 설거지를 거든다며 주방으로 들어서는 도시오를 만류했다.

"내가 할 테니까 넌 입가심이나 해."

고헤가 선반장에서 한 되들이 소주병을 꺼냈지만, 도시오는 말없이 손사래치고 돌아갔다.

11월 4일 해 질 무렵, 붓기가 확연히 빠진 오른손을 깁스로 제대로 고정하고 병원에서 돌아오니 가게 옆 골목에 슈트에 넥타이 차림인 다키가와 신노스케가 서 있었다.

"어라? 규슈로 갔었잖아?"

고혜가 묻자, 일단 갔다가 오늘 아침 첫 비행기로 다시 왔다고 했다.

"혼자? 유이 씨는 집 보고?"

"이번엔 회사 일이고, 집도 구해야 해서요."

오전 중에 도쿄에 도착해, 어머니 회사 개발부장과 함께 기타 구 동쪽 변두리의 4000제곱미터 정도의 토지를 보러 갔다. 아라카와를 따라 조성된 단지가 있는 곳 근처다.

개발부장은 그길로 하네다로 가 후쿠오카에 돌아갔다. 유이와 아이들과 살 집을 구하느라 나는 부동산 몇 군데의 안내를 받아 맨션을 둘러봤는데, 다키가와 코퍼레이션 도쿄 지사를 겸한 주거에 적합한 집은 발견하지 못했다.

신노스케가 거기까지 이야기했을 때, 나머지는 들어가서 듣자면서 고혜가 가게 뒷문을 열었다.

"염색머리를 싹둑 자르고 목덜미 쪽을 정돈했을 뿐인데 슈트가 잘 어울리네."

고혜가 계단을 올라가 2층 도서실 창문을 열었다. 자신은 침대에 걸터앉고, 신노스케에게는 독서용 의자를 권했다.

"사흘 전 처음 왔을 때도 느꼈는데 책이 엄청나네요. 이거 전부 읽으셨어요?" 신노스케가 물었다.

"응, 딱 한 권 빼고. 스물네 살 때 간짱이 쓴소리를 해주지 않았더라면 여기 꽂힌 책 중에 한 권도 안 읽어보고 예순두 살이 됐을걸. 간짱한테 혼나고 인생이 바뀌었어. 그런 의미에서 그 친구는 내 은인이야. 뭐 이 얘기는 나중에 자세히 하기로 하고, 어째서 집을 찾는 거야?"

고혜는 책상 위에 있던 《신의 역사》를 자신의 무릎에 내려놓고 물었다.

"후쿠오카를 떠나는 게 신상에 좋으니까요. 같이 어울리던 애들 중에 조폭 예비군 같은 녀석이 있어요. 거들먹거릴 뿐이지 어정쩡한 시골 불량배지만, 만만히 볼 수만도 없고 해서. 제가 한 오 년 후쿠오카에서 사라지면 다들 잊어줄 거예요. 도시오 아저씨 말대로 해보려고요. 고2 때, 가고 싶은 대학에 갈 만한 점수는 땄거든요. 아슬아슬하게 턱걸이할 정도긴 했지만. 고졸 인정 시험 통과하기는 그렇게 어렵지 않을 거예요. 일 년 열심히 입시 공부하면 대학도 갈 수 있어요. 다 해서 오 년. 엄마는 도쿄 땅에까지 손을 뻗칠 생각은 없었지만, 제가 대학 갈 생각인 걸 알고는 기타 구 땅을 점찍었어요."

"얘기가 빠르네. 후쿠오카에 돌아간 건 그저께잖아? 겨우 이틀 만에 벌써 개발부장이랑 토지를 보러 왔다고?" 고혜가 놀란 표정으로 물었다.

"냉동식품회사 하청업체가 창고를 늘리고 싶은데 새로 토지를 구입하는 것까지는 좀 망설인다나 봐요. 엄마가 회사를 물려받을 때부터 계속 신세졌던 분이 그 안건을 가져오셨어요. 원래

라면 그분이 토지를 구입할 텐데, 이미 고령이라 일을 더 벌이고 싶지 않으시다고. 다키가와 코퍼레이션은 토지를 소유하고 냉동식품회사에 빌려주기만 하는 거예요. 창고는 그쪽에서 지어요. 나중에 창고가 필요 없어지거나 다른 장소로 옮기게 되면 땅은 공터로 만들어 돌려받고요. 창고 허무는 비용도 전부 차용인 부담. 우린 임대료로 토지 구입 자금을 회수하죠. 계약 갱신은 오 년에 한 번이지만, 첫 십 년 동안 임대료 인상은 없는 걸로."

고헤는 신노스케를 제지하고 "왜 도쿄 지사를 만들어야 하는데? 임대료라면 은행 송금으로 끝날 일이잖아?" 하고 물었다.

"그러게 제 급료가 나오려면 대의명분이 필요하잖아요? 전 오늘부터 다키가와 코퍼레이션 도쿄 지사장 대리니까요."

"하아, 그렇구나. 신노스케에게 급여를 주려면 도쿄에 지사가 필요하다? 유령 지사가 아니라 진짜 지사가."

그런 걸 단 하루에 결정해버리는 다키가와 시호는 역시 보통 담력이 아니다. 간짱에게 거짓말하고 비밀리에 아이를 낳는 일쯤 아무렇지도 않게 해낼 사람이다.

"그래서, 고헤 아저씨 만나러 온 용건은, 내일부터 쓰가루 반도와 시모기타 반도 등대 보러 가는 여행, 제가 운전해드린다고요."

"응? 내일?"

"전 11월 7일엔 후쿠오카로 가서 가족을 데려올 거예요. 얼른 뜰 거라서 집에는 안 들러요. 공항에서 유이, 아이들과 합류해 도쿄까지 한달음에 날아온다고요. 시시한 녀석들하고는 작별이죠."

다키가와 신노스케라는 청년은 나처럼 소심한 인간이 감당하기 벅찰지도 모른다고 고혜는 생각했다.

가게로 내려가 주전자에 물을 끓여 차를 타면서, 지금 2층에 있는 신노스케가 과연 사흘 전의 그 신노스케일까 신기한 생각이 들었다.

달라도 너무 다르다. 아무리 헤어스타일을 바꾸고 슈트에 넥타이를 맸다지만, 도저히 동일 인물로 생각할 수 없을 정도다.

후쿠오카에 돌아간 후에 어머니와 무슨 일이 있었던 걸까. 신노스케를 딴사람처럼 만들어버리는 일대 변혁을 가져오는 뭔가가 내면에서 일어났다면, 그 씨앗은 혹시 나나 도시오가 뿌렸다고 볼 수 있을까?

아니, 내가 한 일은 별로 없었다. 도시오다. 도시오가 넌지시 던진 말 가운데 뭔가가, 혹은 전부가 다키가와 신노스케를 일순에 변화시켰는지도 모른다.

사람은 결의 하나로 한순간에 변한다지 않던가. 그 훌륭한 예가 지금 내 눈앞에 있는지도 모른다.

"몹쓸 사람들 같으니." 고혜가 중얼거렸다.

다키가와 시호와 구라키 간지에게 하는 말이었다.

상상하는 이상으로 신노스케는 자신의 출생 문제로 괴로워했는지도 모른다. 사춘기를 맞으면서 그것은 비뚤어진 자기 비하나 부모를 향한 증오로 바뀌어 신노스케를 더욱 괴롭혔는지도 모른다.

다키가와 시호는 어느 날 구라키 간지의 죽음을 알고, 진실을 들려주었다.

네 아버지는 네가 세상에 있는지도 몰랐어. 내가 임신중절했다고 거짓말하고 낳았으니까.

어쩌면 그 말은 가정 있는 남자가 전근 간 데서 바람을 피워 생긴 아이를 버리고 도쿄로 가버린 이래 소식을 모른다는 말보다 더 충격적이지는 않았을까.

신노스케의 마음속에서는 수습 불가능한 혼란이 일어났으리라.

확실히 신노스케는 총명한 젊은이다. 눈에 보이지 않는 미세한 감정의 움직임을 느낄 줄 안다. 그 마음에 도시오의 말이 스르르 스며든 게 아닐까.

그러자 설령 감당하기 벅찰지언정 신노스케와 둘이 떠나는 여행이 수수께끼 같은 인간의 마음과 접하는 기회가 될지 모른다는 생각이 들었다.

뜨거운 차를 쟁반에 담아 2층으로 올라가니 신노스케가 책꽂이에 꽂힌 책 한 권 한 권의 제목을 뚫어지게 들여다보고 있었다.

"개발부장님은요, 처음 만난 게 저 초등학교 3학년 땐데 당시 규슈대 학생이었어요. 엄마가 오래 공을 들여 다키가와 코퍼레이션으로 끌어왔고요. 재수하고, 일 년 유급했으니까 올해 아마 서른둘? 제 과외 선생님이었어요. 저 붙들고 공부시키느라 본인은 유급했다더라고요."

의자로 돌아와 신노스케가 말했다.

"그래서, 도쿄 지사 사무실은 어떻게 하기로 했어?" 고헤가 물었다.

"후보가 세 군덴데, 굳이 창고와 가깝지 않아도 되니까 뭐 임시 사무소가 되겠죠."

"사무소 겸 살림집이네?"

"유이가 맘에 안 든다면 새로 알아봐야 하지만요."

"어느 부동산 갔어?"

"JR 이타바시 역 근처요. 거기 사장님, 제가 학생인 줄 알고 원룸만 계속 보여주는 거예요. 아내랑 아이 둘 있다니까 엄청 경계하더라고요. 근데 2DK방 2개, 다이닝, 키친 구성의 집 맨션도 후쿠오카 시내보다 월세가 조금 센 정도니까, 오히려 제가 걱정된다고요. 이타바시는 생각보다 월세가 싸네요?"

고헤가 식기 전에 마시라고 차를 권하자, 신노스케는 재킷을 벗고 넥타이도 풀었다.

"정말 운전해줄 거야? 맞다, 면허는 있겠지?"

"무면허 운전은 일찌감치 졸업했어요. 담배도요. 체질적으로 술이 안 받는다는 건 열일곱 살 때 판명됐고요."

고혜가 웃고 천천히 차를 맛본 다음 "좋아, 가자. 비행기와 호텔을 예약해야겠네. 아, 렌터카도"라고 말했다.

신노스케가 스마트폰을 가볍게 흔들어 보였다. 벌써 다 끝냈단다.

"닷피미사키는 호텔이 한 군데뿐이에요. 도착한 다음 날 페리로 무쓰 만을 건너 시모기타 반도로 가서 오마사키 등대를 보고, 거기서 곧장 동쪽으로 달려 시리야사키 등대도 보면 아오모리 시내로 들어가는 게 너무 밤늦은 시각이에요. 둘 중 하나는 패스해야 하죠."

신노스케가 재킷 주머니에서 지도를 꺼냈다. 컴퓨터에서 프린트해온 모양으로, 두 번 접혀 있다.

애가 준비성이 아주 좋네. 일이 빨라. 두 사람분 여비는 나한텐 적지 않은 출혈이지만.

고혜는 나고야의 작은 요릿집에서 유타가 했던 말을 떠올리고, 잡무를 피부리지 않고 신속 정확히 처리할 줄 아는 젊은이가 바로 눈앞에 있다고 실감했다.

"여기가 아오모리 공항. 쓰가루 반도가 여기. 쓰가루 해협을 따라 난 길을 북상해서 닷피미사키로 가서, 이튿날은 같은 길을 내려가 가니타 항에서 페리를 타요. 시모기타 반도는 도끼처럼 생겼잖아요? 이 도끼날 아래쪽 와키노사와라는 항구에서 내려, 도끼날을 따라 북상하면 오마. 만약에 오마사키 등대를 패스할 거면 와키노사와에서 동쪽으로 나아가서 무쓰 시에서 시리야사키 등대로 가는 길로 들어가요. 시리야사키 등대에서 아오모리 시내 호텔까지는 130킬로미터. 약 세 시간. 오마에서 호텔까지는 150킬로미터. 오마에서 시리야사키 등대까지는 65킬로미터는 돼요. 그 말은, 어느 한쪽을 패스하지 않으면 아오모리 시내에 밤 9시나 되어야 들어간다는 거죠. 고헤 아저씨, 오마사키 등대는 오마 먼바다의 섬에 있어요. 일반인은 간단히 못 가는 섬이래요. 등대 관계자들만 갈 수 있다니까 단념하는 편이 좋겠어요."

뭐야, 이 녀석 처음부터 자신이 작성한 일정표대로 따르게 할 꿍꿍이였네.

그렇게 생각하자 어쩐지 심술이 났다.

아냐, 시리야사키 등대를 패스하고 오마사키 등대를 볼래, 라고 말하려는 순간 "시리야사키 등대는 벽돌 등대로는 일본에서 가장 높아요. 그 일대에서 구운 벽돌로 만들었대요. 인터넷 보면 아주 위풍당당하다고 나와 있어요" 하면서 신노스케가 지도와 함께 접어두었던 사진을 내밀었다. 시리야사키 등대를 멀리서 찍은 사진이었다.

위풍당당. 나는 이 말에 약하다.

고혜는 왠지 유쾌해져서 작게 소리 내어 웃었다. "그럼, 오마사키 등대는 접을게."

보기 좋게 당한 감은 있지만, 신노스케가 등대에서 호텔까지의 거리며 소요 시간을 지도도 거의 보지 않고 말한 것이 내심 놀라웠다.

"그렇게 입고 가게? 아오모리는 도쿄보다 훨씬 추울 텐데."

"안 그래도 두툼한 옷이랑 청바지도 챙겨왔어요. 스니커즈도. 이타바시 역 근처 부동산 사무실에 배낭을 맡겨뒀어요."

신노스케가 재킷을 집어 들고 계단을 내려갔다.

"내일 아침 9시, 공항 항공사 카운터에서 기다릴게요."

고혜는 신노스케의 목소리를 들으면서 거의 허탈 상태로 깁스를 한 오른손을 내려다보았다. 임시 깁스 때는 새끼손가락도 움직이지 못했지만 지금은 자유로웠다. 엄지와 둘째손가락과 새끼손가락은 깁스로 고정하지 않았다.

나 비행기 처음 타보는데…… 그 말을 예순두 살 먹은 어른이 신노스케 앞에서 창피해서 어떻게 꺼내냐고.

멍하니 생각하는 사이, 닷푸미사키에서는 하코다테가 보일까 싶어 신노스케가 두고 간 지도를 들여다보았다.

지도상으로 쓰루가 해협은 손가락 하나 정도 거리지만 실제로는 광대한 바다가 가로막혀 있을 터다.

이시카와 교코…… 란코의 이모. 란코와 일 년 동안 이즈모에서 같은 집에 살았다고 유타에게 말했던 장본인이다. 지금은 하코다테에 산다.

어차피 아오모리까지 간다. 거기서 하코다테까지 움직이는 것쯤 일도 아니다. 이미 사십 년도 지난 옛일이다. 지금이라면 아는 대로 얘기해줄지도 모른다.

평소 왕래도 없었는데 전야식과 장례식까지 먼 걸음을 해준 걸 보면 란코를 좋아했다는 소리다. 아니면 굳이 올까.

직접 만나 이즈모 시절의 란코에 대해 듣고 싶다.

고헤는 집으로 돌아와, 란코의 전야식과 장례식 방명록을 찾았다. 란코가 쓰던 서랍장 맨 윗칸에 보관된 방명록에서 이시카와 교코의 주소와 휴대전화 번호를 확인했다.

만나러 갈지 말지는 아오모리에서 정하기로 하고, 후다닥 결정돼버린 눈앞의 2박 3일 여행 준비를 시작했다. 3박이 될지도 몰라서 갈아입을 옷은 넉넉히 배낭에 챙겼다.

아오모리행 비행기는 오전 10시에 하네다 공항을 이륙했다. 신노스케가 창가 자리, 고헤가 통로 쪽 자리였지만, 이륙 전에 신노스케에게 부탁해 자리를 바꿨다. 이륙하고 얼마 지나 "경치 보시게요? 오늘은 흐려서 어차피 구름밖에 안 보일 텐데요"라는 말에 솔직히 이유를 털어놨다.

"네? 비행기가 처음이라고요?"

어이없다는 듯 되묻는 신노스케의 표정에는 소년에서 청년으로 넘어가는 짧은 시기에만 볼 수 있는 혼탁함과 청결함이 있었다. 이 젊은이가 두 아이의 아버지라고 누가 상상이나 할까.

고혜는 눈 아래 펼쳐진 구름바다를 바라본 채 말했다. "응, 이게 내 첫 비행이야."

"응, 이게 역사적 데뷔전인 셈이지."

"데뷔전요? 아니, 무슨 권투 시합도 아니고, 거창하네요?"

이 녀석, 한마디도 그냥 넘어가는 법이 없네.

고혜는 이내 아름다운 구름바다에 마음을 빼앗기고, 목이 뻐근해질 때까지 창밖을 바라보았다.

신노스케는 오래된 데님 점퍼에 주머니가 큼직한 치노 팬츠를 입고 핑크색 새 스니커즈를 신고 있었다.

점퍼 속 검은 티셔츠에 빨간 해골 그림과 함께 '취급 주의'라고 적혀 있었다.

어제 묵었던 하마마쓰초의 비즈니스호텔 근처에서 산 티셔츠란다.

착륙 전에 기체가 상하좌우로 심하게 요동쳤다.

"괜찮아요, 괜찮아요" 하면서 신노스케가 고혜의 등을 쓸어주었다.

"이 정도는 흔들리는 축에도 못 들어요."

"그래? 당장이라도 추락할 것 같은데?"

고헤는 진심으로 그렇게 생각했다.

비행기는 예정된 시각에 아오모리 공항에 도착했다.

"봐요, 안 무서웠죠?" 신노스케가 물었다.

"무서웠어."

고헤가 손바닥의 땀을 바지에 닦았다.

공항 바로 옆에 있는 렌터카 회사에서는 직원들이 자동차 타이어를 스터드리스 타이어로 교환하느라 분주했다. 첫눈이 내릴 가능성이 있단다. 작년은 11월 6일이었으니, 내일쯤 첫눈이 올지도 몰라 미리 타이어를 교환하는 것이다.

기다리는 사이, 고헤는 얇은 다운재킷을 배낭에서 꺼냈다.

신노스케가 사륜구동 왜건 차를 운전해 공항 앞을 출발한 것은 12시였다.

"지금 점심 먹어두지 않으면 도중에 식당이 없을지도 몰라요." 신노스케가 말했다.

삼거리 신호에서 멈추고 앞을 보니 큼지막한 소바가게 간판이 있고, 화살표가 왼쪽을 가리키고 있었다. 닷피미사키로 설정한 내비의 지시와는 반대 방향이었지만, 어차피 해 떨어질 때까지만 닿으면 될 터다.

"나도 배고프다. 소바라도 먹자." 고헤가 말했다.

"길이 널찍하네. 뭔가 홋카이도 느낌이 나요."

신노스케가 말하고 간판이 가리키는 방향으로 차를 달렸다.

소바가게는 한 집만 있는 게 아니었다. 길 오른편에 몇 집 모여 있어서 제법 식당가 같았고, 가족 동반 손님들로 붐볐다.

늦잠 자는 바람에 빈속으로 나왔다면서 신노스케는 튀김 토핑 소바와 주먹밥을 주문했다. 고혜는 청어 소바를 주문했다.

테이블석에 앉아 차를 마시면서 "유이 씨는 요리를 좋아하는 것 같던데. 어디서 만났어?"라고 고혜가 물었다.

"제가 일했던 닭 요리 전문점에서 아르바이트했어요. 밤 6시부터 폐점 때까지. 걔네 집이 좀 복잡해요."

"뭐가 어떻게 복잡한데?"

"유이가 중학교 올라갈 때 부모님이 이혼하고, 걔랑 엄마가 집을 나왔어요. 여동생은 아버지가 데려갔는데, 곧바로 도망쳐 나와서 같이 살게 됐고요…… 아버지가 주사가 심했거든요. 술 안 마실 땐 세상 좋은 아버진데, 술 한 방울만 들어가면 부인 때리지, 딸 때리지…… 지킬 박사와 하이드가 따로 없어요. 유이 어머니, 그냥 있다가는 죽겠구나 싶더래요."

아오모리 공항에 도착했을 때는 가랑비가 뿌렸지만 렌터카를 타고 달리기 시작하자 구름이 갈라지면서 맑은 하늘이 드러났다. 하지만 소바를 먹으면서 신노스케의 이야기를 듣는 사이 안개 같은 비가 바람에 실려 북쪽으로 움직이기 시작한 모양이었다.

신노스케는 홋카이도와 비슷하다고 했지만 내 눈엔 가루이자와 별장지와 비슷해 보이는데. 물론 가루이자와도 가본 적 없지만. TV에서 여름 가루이자와를 산책하는 방송을 봤을 뿐이다.

스와 호湖에서 다테시나를 지나 가루이자와로 들어가는 루트였는데, 수목이 울창했던 그 길과 꽤 비슷하다고 고혜는 소바가게 창밖을 내다보며 생각했다.

— 유이 어머니는 지금 마흔인데, 이상할 정도로 미인으로, 서른서넛으로밖에 안 보인다.

남편과 헤어지자 생활이 곧바로 어려워져서 후쿠오카의 유명 클럽에서 호스티스로 일하게 되었다. 그 방면 사람들이 가만두지 않을 미모였거니와 두 딸을 기르자면 가장 간단하고 빠른 방법이었으니까.

그 클럽에서 유이 어머니는 현재의 남편과 알게 되었다. 육 년 전쯤 부인과 사별했다는데, 사업 요령이 좋아 하카타에서 프랜차이즈 주점을 다섯 군데 경영했다.

이십대 아들이 둘 있지만 각각 가게를 하나씩 맡아 따로 살았으므로, 유이 자매도 새아버지 집으로 들어갔다.

서로 간섭하지 않는 가족이었지만, 두 아들도 한 달에 한두 번은 놀러 왔다. 둘 다 건들거리는 시시한 녀석들로, 뭔가 나쁜 일이 일어날 것 같은 예감에 유이는 계속 거리를 두었다.

결국 유이가 우려했던 일이 터졌다. 무슨 일이 있었는지 나는 캐묻지 않았다. 유이는 여동생을 데리고 구마모토에 사는 이모 집으로 피신했다. 하지만 열흘쯤 지나자 이모 가족도 냉랭해졌고, 후쿠오카로 그만 돌아가줬으면 하고 에둘러 눈치를 주기 시작했다. 이모네도 썩 여유 있는 편은 아니었다.

유이는 별수 없이 후쿠오카로 돌아와 친구 집에서 지내면서 다키가와 빌딩 2층의 닭 요리 전문점에서 아르바이트를 시작했다. 돈을 모아 기술을 배워 직업을 가질 생각인 듯했다.

우리는 그때 알게 되었다. 알고 나서 곧바로 유이가 임신했다.

유이 친아버지는 작년 봄, 전신이 노래져서 병원에 입원했다. 아마 오래 버티지는 못할 것이다. 알콜성 간염, 간경변 그리고 간암이라는 코스에 접어들면 다시 돌아오지 못한다. 회복하는 일은 없다고 한다.

유이는 한시 빨리 동생을 데려오고 싶어하는데 어머니가 봐주려 하지 않는다. 그야 그럴 만하다. 명색이 사위라는 인물이 고등학교 중퇴에다 수상쩍은 녀석들과 어울려 다니니까.

유이 어머니는 지금의 생활을 잃게 될까봐 남편의 멍청이 아들이 유이 자매에게 저지른 몹쓸 짓을 털어놓지 못한다.

유이 여동생은 올해 중2가 되었다. 우리가 도쿄에 집을 구하면 어머니 몰래 데려올 계획이다. 그러자면 2DK로는 아무래도 비좁다.

유이는 전문학교에서 정식으로 요리를 배워 일식 요리인이 되는 게 꿈이다. 물론 곧바로 실현하기 힘들다는 걸 유이도 잘 안다. 두 살배기와 오 개월 아이 둘을 키우기란 만만치 않다는 걸 매일 배우는 중이니까. 유이는 마흔 살까지는 꿈을 실현하기로 마음먹고, 그때까지의 계획을 큼직한 종이에 적었다. 내가 대학 갈 결심이 단단하고, 다키가와 코퍼레이션을 물려받을 각오도 굳혔다는 걸 유이도 안다. ─

고헤는 신노스케가 거의 완벽한 표준어로 들려주는 이야기를 들으면서 처음 만난 날을 떠올렸다.

그때는 어머니를 '오칸'간사이 사투리. 주로 아들이 엄마를 부를 때 쓴다이라 불렀는데, 평소에는 뭐라고 부를까.

고헤는 그런 소소한 일이 궁금해져서 신노스케에게 물었다.

"'가짱'엄마를 허물 없이 부르는 말. 주로 유아가 쓴다이죠, 뭐. 한창 비뚤어졌을 때는 계속 다키가와 씨라고 불렀지만요. 어제 아침, 집을 나오다가 약간 옥신각신했거든요. 앞으로 도쿄 생활을 놓고 의견이 달라서요. 그랬더니 엄마가 저를 뭐라고 부른 줄 아세요? '구라키 씨'래요. 나 참, 돌아앉아 신발 신다가 웃어버렸잖아요."

고헤가 웃었다. 신노스케 어머니는 안심한 게 아닐까. 앞날을 심히 우려했던 아들 일이 한순간에 해결됐다. 신노스케가 마음을 바꿔먹음으로써 거짓말처럼 응어리가 풀렸다.

아찔하게 높이 내걸린 출렁다리 앞에서 암담했는데, 막상 마음먹고 발을 내딛자 간단히 건너편에 닿았다.

신노스케 어머니는 그런 마법에 걸린 듯한 심정이었으리라.

신노스케도 같은 심정인지도 모른다.

하려고 마음먹으면 인간은 뭐든지 할 수 있다. 그것이 인간과 다른 동물의 차이다.

아니, 어린 새에게도 둥지에서 날아오르는 순간이 온다. 새끼 고양이도 높은 사다리에서 내려가는 때가 온다. 곤충에게도 분명 그런 순간이 있을 것이다.

— 우주에서의 일순은 지구 시간으로는 백 년. —

호킹 박사의 설이 올바르다면 지구에서의 일순은 우주 시간으로는 수십억분의 일순이라는 말이 된다. 시간의 단위로는 도저히 표현할 수 없을 정도로 짧다.

그토록 짧은 시간에 만사는 변화하건만 인간은 흥뚱항뚱 머뭇거리고, 이리저리 재고 곱씹고 망설이고, 하는 일 없이 살다가 일생을 마친다. 나 같은 사람이 대표적인 예다.

그런 생각을 하자 예의 엽서를 신노스케에게 보여주고 싶어졌다. 왜 그런 충동을 느꼈는지는 모르지만, 혹시라도 하코다테에 가서 이시카와 교코를 만나면 보여줄 요량으로 고헤는 액자에 넣은 엽서를 챙겨 왔던 것이다.

끝없이 북쪽으로 뻗은 널찍한 길에는 바람을 가로막는 것이 없었다. 길과 광대한 밭을 가르는 것처럼 군데군데 방풍벽이 설치되어 있었는데, 조만간 닥칠 본격적인 겨울을 위해 수리 점검이 한창인 듯했다.

"쓰가루 반도라 해도 인간이 살아온 곳은 극히 일부겠지. 여기서부터 북쪽은 거의 원생림 아니었을까." 고헤가 말했다.

신노스케가 내비게이션을 가리키며, 이 포장도로는 새로운 도로 같다고 말했다.

조금 전까지 오른쪽에 약간 보이던 잿빛 바다가 사라졌다. 길이 조금씩 내륙부를 향해 뻗어 있다.

고헤가 차를 좀 세워보라며 뒷좌석에 놔둔 배낭에서 엽서를 넣은 액자를 꺼냈다.

그것을 신노스케에게 보여주고, 자신이 등대에 흥미를 품게 된 계기를 들려주었다. 란코가 시마네 현 이즈모 시에 살았던 사실을 감추고 있었다는 이야기는 하지 않았다. 신노스케에게 그것까지 밝힐 필요는 없었기 때문이다.

"여기가 어딘지 찾겠다는 건 아니야. 그냥 뭐랄까, 이게 어느 날 갑자기 나를 부르기 시작한 거지. 《신의 역사》에서 떨어진 순간부터."

신노스케는 말없이 액자 속 엽서를 이쪽저쪽으로 돌려가며 여러 각도에서 들여다보았다.

"용케 이렇게 가느다란 글자를 적었네요. 여기, 구부러진 둘째 손가락 같은 선이 있어요. 방아쇠 당기는 모양으로. 그 대각선 밑에 있는 검은 점은 등대 맞죠?" 신노스케가 말했다.

"아마도. 이런 해안선은 전국 어디서나 흔해."

그러고 보니 지도 맨 위의 선이 방아쇠를 당기는 오른손 검지와 비슷하다는 생각은 해보지 않았다. 리아스식해안 특유의 곡선으로만 보였던 것이다.

"음, 그렇다고 생각하면 그런 것도 같다."

"고헤 아저씨, 예순둘이죠? 돋보기 안 쓰세요?" 신노스케가 물었다.

원래 눈이 좋아서 안경 신세는 진 적이 없지만, 작년에 마침내 노안경을 맞췄다고 고헤는 대답했다.

"잘 보세요. 다른 해안선은 적당히 삐죽빼죽한데, 여기만 확실히 구부린 집게손가락처럼 그렸단 생각 안 드세요?"

듣고 보니 그 부분의 선만 특히 주도 깊게 그린 것 같다.

이번에도 습관적으로 배낭에 안경집을 쑤셔 넣었던 것이 떠올라, 고헤는 배낭 속을 뒤졌다.

"앗, 있다, 제대로 챙겨왔네."

고헤가 안경집에서 노안경을 꺼내 썼다.

어차피 눈은 갈수록 나빠질 테니까 조금 도수를 세게 맞춰두는 구두쇠 짓을 한 것이 실책이었다.

기껏 맞췄는데, 맞춘 직후엔 외려 글자 보기가 더 힘들었다. 아버지가 쓰던 헌것이 차라리 잘 맞아서 이따금 그걸 쓰는 사이 자신의 노안경은 아예 처박아두게 됐다. 그나마 아버지 것은 도수가 너무 약해서 최근에는 전혀 쓰지 않게 되었지만.

고혜는 이런저런 생각을 하면서 엽서를 들여다보았다.

"잘 보인다. 응, 이 선만 다른 삐죽빼죽이랑 확실히 다르네."

"북쪽에 바다가 있으니까, 돗토리 쪽일까요? 태평양은 아니에요." 신노스케가 말하고는 껌을 입속에 넣고 하늘을 가리켰다. 검은 구름이 빠르게 동쪽으로 흘러가고 있었다.

"비는 둘째 치고 눈이라도 오면 닷피사키 등대를 천천히 볼수 없어요. 우산도 비옷도 없잖아요."

신노스케가 말하고 차를 출발시켰다. 차를 세워둔 내내 반대편 차선에서 온 차도, 추월해 간 차도 없었다.

"설마 눈은 안 오겠지. 오늘은 그렇게 춥지도 않잖아."

고혜는 지금까지 봤던 등대와 곶은 태평양 쪽에 있더라도 해안선 형태에 따라서는 북쪽으로 튀어나온 경우도 있었다고 설명했다.

"지도는 거의 나 북쪽이 위로 가게 만들어요. 굳이 서쪽이나 남쪽을 위로 오게 하는 인간은 어지간히 방향감각이 없거나 마음보가 비뚤어진 놈이라고요. 제가 오늘밤, 여기가 어딘지 찾아내드릴게요. 그런 거 일도 아니에요."

신노스케가 말하고 고혜의 깁스 위에 껌을 올려놓았다.

고혜가 껌을 입에 넣고 절대 간단치 않으리라 내심 생각할때, 길이 왼쪽으로 구부러지면서 깊은 수목 사이에 낀 어스레한 부락 옆으로 접어들었다.

"어? 길을 틀렸나?"라고 중얼거리면서도 신노스케는 내비가 시키는 대로 계속 달렸다.

불과 얼마 전까지만 해도 이 일대는 인적미답의 땅이 아니었을까. 고혜는 쓰가루 반도의 어디서부터 어디까지가 사람이 사는 지역인지 궁금해져서 스마트폰의 구글 맵 어플을 터치했다.

'쓰가루 반도'로 검색해보니, 렌터카의 내비는 아오모리 공항에서 가장 빠른 루트를 선택한 듯했다.

"그렇구나, 서북쪽은 나카도마리中泊나 고도마리小泊 같은 어항에서 마을이 끝나고, 동북쪽 무쓰 만 연안은 소토가하마부터 민마야에 걸친 곳이 최북단 마을이야. 우리는 현 도로 281호선을 계속 북상했어. '아지사이紫陽花 로드'라고 적혀 있었어. 소토가하마에서 그대로 해안도로를 갔더라면 이런 원생림 속을 달리는 일은 없었겠지. 하지만 이 길로 오길 잘했어. 원생림 사이로 뻗은 포장도로라니, 아무 데서나 달릴 수 있는 게 아니니까."

고혜의 말에는 대꾸하지 않고, 신노스케는 바깥 기온을 표시하는 계기판의 디지털 수치를 손가락으로 가리켰다. 8.5도였다.

"이거, 추운 거야?" 고혜가 말했다.

그러자 신노스케가 작은 다리 근처에 차를 세웠다.

"밖에 한 번 나가 보시죠?" 신노스케가 말했다.

"스웨터 벗고 싶을 정도인데."

"제가 난방 켰거든요. 한 시간쯤 전에."

고혜가 차에서 내려 다리를 건넜다. 강폭은 좁았지만 수량은 풍부했다. 서쪽에서 세찬 바람이 불어왔는데, 한순간 바람이 자도 나무들은 제자리로 돌아오지 않았다. 쉼 없이 불어닥치는 서풍이 나무들을 기우듬하게 굳혀버린 것이다.

"춥다! 체감 온도는 5도밖에 안 되겠어."

고혜가 잔달음으로 차로 돌아와 말했다.

"앞으로 십오 분이라고 내비에 떴어요."

신노스케가 말하고 닷피사키 등대를 향해 차를 달렸다.

"오, 도착했다. '보아요, 저기가 닷피미사키 북녘의 땅끝, 낯선 이가 손끝으로 일러주네요'(쓰가루 해협 겨울 경치)라는 명곡 가요 가사, 딱 그거지."

인적은 없다. 차가 한 대도 없는 주차장 건너편의 긴 계단 끝에 닷피사키 등대의 선단이 보였다.

"그 노래 부를 것 같더라니."

신노스케가 신물 나는 표정으로 말하고, 기념품가게 앞에 차를 세웠다.

온통 잿빛이라 어디가 하늘이고 무엇이 구름인지 구분이 가지 않았다.

고혜는 차에서 내려 등대 쪽으로 천천히 발걸음을 옮기면서 신노스케를 기다렸다.

"체감 온도 5도는 무슨, 1, 2도밖에 안 되겠는데."

신노스케가 툴툴대며 고혜를 쫓아왔지만, 등대 한복판부터 꼭대기까지 보이는 곳부터 갑자기 달리기 시작해 그대로 계단을 뛰어올라갔다.

주위에서 흩날리는 흰 것이 싸락눈임을 고혜는 곧바로는 알아차리지 못했다.

등대 보러 갔다 넘어지는 게 네 팔자구나, 라며 도시오가 웃는 꼴만은 진심으로 보기 싫었으므로 계단을 조심스럽게 올라갔다.

등대 건너편의 반도 끄트머리에 서서, 신노스케가 쓰가루 해협을 바라보고 있었다.

뭔가 땅딸막한 등대였다.

"다리 짧은 뚱보 아저씨 같은 느낌이잖아. 슬슬 외벽 정도는 새로 칠해주면 좋을 텐데." 고혜가 소리 높여 말했지만, 불과 10미터도 안 되게 떨어져 있는데도 신노스케에게는 잘 들리지 않는 듯했다.

쓰가루 해협의 파도를 몰고 오는 강풍이 쉴 새 없이 고혜의 몸을 때렸다. 살짝 무서워져서 신노스케 쪽으로 다가가 울짱을 붙들었다. 건너편에 건물이 한 채 있고, 레이더와 통신용 안테나임 직한 첨탑 몇 개가 보였다.

안내판에 '환영합니다, 소토가하마'라고 적혀 있다.

"흐음, 여기도 소토가하마마치로구나."

신노스케가 눈 아래 바다를 가리키면서 "해면에서 등댓불까지 119미터래요. 등대 자체는 40미터"라고 말했다.

"다리 짧은 뚱보 아저씨가 아니면 여기선 못 버틴다고요. 11월 초에 이 정도니 한겨울은 어떻겠어요. 등대 아저씨, 파이팅입니다. 지금부터 단련하셔야겠네요."

신노스케의 말에 고헤는 빙긋이 웃으면서 또 다른 석비 앞으로 걸음을 옮겼다. 해협 건너편 하코다테에서 더 북쪽으로 연이어 자리 잡은 낮은 산봉우리 이름이 적혀 있었다.

"이대로 곧장 가면 하코다테예요?" 신노스케가 물었다.

"응, 그렇지. 하코다테 일대는 두 갈래로 갈라져 있잖아? 그 두 갈래의 양끝은 쓰가루 반도 끝에서 시모기타 반도 끝까지와 거의 비슷한 거리야." 고헤가 말했다.

갑자기 바람의 방향이 바뀌면서 동쪽 경치가 드러났다. 오렌지색 지붕이 눈 아래 잠깐 보였다.

"저게 오늘밤 묵을 호텔 아닌가?"

고헤가 말하고 닷피사키 등대를 스마트폰 카메라에 담았다.

꽤 오랫동안 등대 근처에 머문 줄 알았는데, 차로 돌아와보니 삼십 분도 지나지 않았다. 때로 사람도 날려버릴 기세의 강풍에 위협을 느끼고, 고헤는 아직 떠나기 싫은 눈치인 신노스케를 재촉해 주차장으로 가는 계단을 내려갔다.

도중에 큼직한 빨간 버튼이 달린 석비가 있었다. 신노스케가 대뜸 으름장을 놓았다. "고헤 아저씨, 그 버튼 누르기만 해봐요,

혼자 놔두고 가버릴 거니까."

빨간 버튼을 누르자, 이시카와 사유리의 〈쓰가루 해협 겨울 경치〉가 큰 음량으로 흘러나왔다.

"말리면 더 하고 싶거든." 차에 타고 나서 고헤가 말했다.

"됐어요. 누가 뭐래요. 전 아오모리 공항으로 돌아갈 거예요. 되돌아올 일 없으니까 그리 아세요."

"그렇게 싫어?"

"싫어요. 파친코 하러 온 거 아니거든요. 등대가 있는 곳은 신성하다고요."

"베토벤이면 괜찮고? 브람스면?"

"안 돼요. 등대가 있는 곳은 음악 듣는 장소가 아니에요. 생사를 맡아두는 장소잖아요? 등대 입장에선 전장이라고요. 싸움터에서는 농담을 하지 않는 법인데."

굉장한 말을 갖다 쓴다. 그런 말을 어디서 배웠을까. 만만히 볼 수 없는 젊은이다.

고헤는 어쩐지 기분이 좋아져서 선언했다. "좋아, 따뜻한 호텔로 출발!"

횡뎅그렁한 주차장에는 두 사람이 타고 온 왜건 차뿐이었고, 거기서부터 등대는 보이지 않았다. 등대와 호텔은 상당히 높이 차가 있는 듯했다.

프런트에서 숙박 수속을 하면서 고헤는 겨울 동안은 호텔도 휴업인지 물었다.

"한겨울에도 영업합니다. 다만 4월 말에 호텔 전체를 점검하고 수리하는 동안은 휴업입니다. 봄을 맞기 위한 준비죠." 직원이 말했다.

저녁은 1층 안쪽 식당에서 제공된다고 했다.

3층의 자기 방으로 들어가, 고헤는 작은 소파에 앉아 안개가 짙어진 창 너머를 바라보았다.

"저게 안개냐 구름이냐"라고 중얼거리고, 신노스케가 묵는 옆방으로 갔다. 문을 노크하려는데 안에서 신노스케의 목소리가 들려왔다. 후쿠오카의 유이와 통화중인 듯해 그냥 돌아섰다. 방으로 돌아와 침대에 드러누워 깁스로 고정된 오른손을 움직여보았다.

임시 깁스와는 달리 손목도 자유롭지 못해 집에서 포크를 가져왔는데, 아오모리 공항 근처 소바가게에서 이미 한 번 유용하게 썼다.

"겨우 그만한 금 좀 갔다고 이렇게까지 고정해야 하나." 고헤는 입속말을 중얼거리며 좁은 욕실에서 포크를 씻었다.

싸라기눈은 어느새 그쳐 있었다. 닷피사키 주위는 일시에 어두워져서 주차장 건너편의 낮은 언덕도 보이지 않았다.

신노스케가 객실 전화로 잠깐 방에 가도 되느냐고 물어와, 고헤는 문을 열고 기다렸다.

"이타바시 부동산에서 연락이 왔는데, 입주자 전원이 미성년 자냐고 물어보잖아요. 동거인 중에 성인이 없으면 중개업자 측도 곤란하다나요. 더욱이 보증인도 없으면 유감이지만 집을 빌려줄 수 없대요." 신노스케가 침대 끝에 걸터앉으며 말하고, 남자는 열여덟 살이 되어야 결혼할 수 있으니까 지금껏 혼인 신고서를 제출하지 않았는데, 도쿄 오기 전전날 제출하고 정식 부부가 되었다고 설명했다.

"두 사람이 너무 어리니까 집주인 입장에선 걱정이겠지." 고혜가 말하고 부동산 사무소 이름을 물었다. 신노스케가 지갑에서 명함을 꺼냈다. 중학교 때 같은 반이었던 동창생 이름이 인쇄되어 있었다.

고혜는 작전 짤 시간이 필요하다며 신노스케를 제 방에 돌려보내고, 명함을 봐가면서 스마트폰으로 부동산 사무소에 전화를 걸었다. 그리고 사장인 다케우치 이쿠오에게 사정을 설명했다.

"내가 신원보증인 될게. 그래도 안 될까?"

"걔랑 아는 사이야?"

"우리 아버지 대부터 신세진 분 아드님. 후쿠오카의 부잣집 자제라고. 친절하게 해두면 손해는 안 봐. 부모님 회사의 도쿄 지사 일을 보면서 대학에 다니려고 집을 구하는 중이야. 이쿠오, 부탁 좀 하자."

"심지어 그 애 와이프가 짐을 계속 보낸다. 회사가 택배 박스로 발 디딜 틈 없다고. 오늘도 다섯 개나 왔더라."

"이쿠오네 회사 2층이 창고잖아? 상자 다섯 개쯤 아무것도 아니면서."

"무슨 소리. 지금은 2층에 딸 부부가 사는데."

끈질기게 부탁하자 다케우치는 마지못해 승낙하고 물었다. "이상한 애송이들 드나드는 날엔 네가 책임질 거야?"

"응, 책임질게. 그런 애들 드나들 일 없어. 제대로 된 집 자제야."

"부부가 나란히 열여덟 살에, 아이가 둘인데 제대로 된 거야?"

"에도 시대엔 흔한 일이었다고."

다케우치 이쿠오는 일순 입을 다물었다가 "너 진짜 마키노 고헤 맞아? 뭔가 다른 사람 같은데. 이거 '나야 나 사기'주로 고령자층을 대상으로 마치 아들이나 손자인 양 전화해 대뜸 '나야……' 하고 급박한 상황을 가장해 돈을 요구하는 보이스피싱 아냐?" 하고 다그쳤다.

"돈 보내라는 말, 한마디도 안 했는데."

"내가 그저께 '마키노'에 중화소바 먹으러 갔거든. 가게 다시 연다는 소문 듣고. 그런데 점주가 다쳐서 당분간 연기한다고 적혀 있더라. 다친 이유를 말해봐."

얘가 정말 사기인 줄 아네? 고헤는 어이가 없었지만, 궁금하면 반찬가게 도시오에게 물어보라고 되받았다.

도시오의 이름이 나오자 다케우치도 마침내 신용하는 듯했지만, 그렇다면, 하고 깍듯한 어조로 말했다. "다키가와 씨하고는 조금 전 통화했는데, 후쿠오카 사는 어머니가 따라와서 임대 계약서에 도장 찍어주면 깨끗이 끝날 일이야. 그런데 어머니가 바빠서 못 온다니까 나도 수상하게 생각할밖에. 멀어서 발걸음하기 힘든 건 알겠는데, 그런 경우엔 입주자 전원 주민등록 첨부해서 서명 날인한 계약서를 보내주면 돼. 지방에서 도쿄 대학에 진학하는 학생들 원룸 빌릴 때는 대개 그렇게 해. 그런데 다키가와 씨가 빌리겠다는 건 무려 3LDK방 3개. 거실. 다이닝. 키친 구성라고."

흠, 그랬구나. 고혜는 다키가와 신노스케에게 그런 사정을 제대로 설명하겠다고 말하고 일단 전화를 끊었다.

옆방 문을 노크하고, 부동산 사무소 사장과 나눈 얘기를 신노스케에게 전했다.

"응, 어제 아침, 집에서 나올 때 엄마랑 싸운 게 그것 때문이에요. 결혼만 했지 너희는 아직 어리니까 '이 집 빌릴게요' '네, 그러시죠' 하고 끝나지 않아. 계약할 때 나도 같이 가는 게 일이 빨라, 라잖아요." 신노스케가 침대에 드러누운 채 말했다. 스마트폰을 손에 쥐고 있다.

"맞는 말씀인데, 왜 그걸로 싸움이 돼?" 고혜가 물었다.

"새 출발은 우리 둘이 할 생각이었다고요. 하지만 결국은 엄마 신세를 져야 하잖아요. 그게 화났다고요. 맨션 보증금도 월세도, 엄마한테 손 안 벌리면 한 푼도 못 내면서 우리가 과연 두 아이 부모 맞나 생각하니까 한심하고 화나서."

고혜는 빙그레 웃고, 7일에는 어머니도 도쿄에 모시고 오라고 말했다.

"7일, 시간 괜찮을까 몰라. 지금 물어볼게요. 딱히 7일 아니어도 되는 거죠?"

신노스케가 침대에서 몸을 일으키고 고혜의 스마트폰을 달란다. 왜 멀쩡히 제 것을 두고 남의 전화를 쓰겠다는 건지 의아해하면서 고혜가 스마트폰을 건넸다.

신노스케는 화면을 터치해 잠깐 만지작거리더니 "자요, 찾았어요" 하면서 스마트폰을 돌려주고, 침대 옆에 놓여 있던 액자도 고혜에게 건넸다.

"뭐? 찾았어?"

"네, 99퍼센트 틀림없어요. 이 일러스트는 시마네 현 이즈모 시 히노미사키예요. 그 검은 점이 히노미사키 등대일걸요. 100퍼센트라고 단언하지 못하는 건 전국의 해안선을 다 더듬어본 게 아니니까."

신노스케가 말을 마치기도 전에 고혜의 팔과 목덜미에는 소름이 돋기 시작했다.

스마트폰과 엽서를 들고 심장이 거칠게 뛰는 소리를 들으며 방으로 돌아와, 왼손으로 배낭 속을 뒤져 노안경을 찾아내 떨리는 손으로 걸쳤다.

최대 사이즈로 확대된 구글 맵이 방아쇠를 당기는 오른손 집게손가락을 나타냈다. 지도를 조금 축소해 엽서의 일러스트와 대조했다. 그제야 고사카 마사오가 삐죽빼죽한 리아스식의 해안선을 얼마나 정교히 재현했는지 알 수 있었다.

지도를 더 축소해 엽서 일러스트와 비슷한 크기로 맞추자, 집게손가락 근처의 복잡한 해안선 모양이 거의 일치했다.

신노스케가 '시마네 현 이즈모 시 히노미사키'라고 말한 순간부터 고혜의 팔에 돋았던 소름은 이즈모 시내 쪽으로 지도를 이동해나갈수록 범위가 더욱 넓어졌다.

이즈모다이샤마에이즈모 대사 앞 역에서 그리 멀지 않다. 이즈모 시 역에서 가도 버스로 한 시간쯤 아닐까.

— 대학 마지막 여름방학에 등대 순례를 했습니다. 보고 싶었던 등대를 전부 봐서 만족입니다. 여행 내내 아침 일찍 일어난 탓에, 지금은 그저 자고 싶은 생각뿐입니다. 1987년 9월 4일. —

고혜는 엽서의 글귀를 몇 번이고 되풀이해 읽고, 란코에게 말했다.

란코 당신, 나를 멋지게 속였네. 아주 감쪽같이 속였어. 대체, 이즈모에서 무슨 일이 있었던 거야?

6장

이튿날 아침 호텔을 체크아웃하고 신노스케와 함께 다시 한 번 닷피사키 등대를 보러 갔지만, 전날보다 날씨가 나빠서 절벽 근처 울짱에 접근하는 것조차 위험해 보였다.

"바람 엄청나다. 페리 운항은 중단되지 않겠죠?" 신노스케가 긴 스톨을 목에 감으면서 말했다.

"여긴 곶이 되어놔서 바람이 특별히 강해. 무쓰 만을 오가는 페리는 이 시기 항행에는 익숙하니까 운항을 중단하거나 하진 않을걸." 고헤가 말하고 주차장으로 돌아갔다.

신노스케 어머니는 아들 가족의 주민등록을 떼어 8일에 상경하기로 했다. 고헤가 부동산 사무소에 그렇게 전하자, 추천할 만한 3LDK 맨션이 있다는 답이 돌아왔다. 다키가와 코퍼레이션 도쿄 지사 사무소도 충분히 겸할 수 있으리란 말이었다.

내일모레 오후, 일단 집부터 보기로 하고 전화를 끊었다. 고헤 집에서 동쪽으로 자리 잡은, 봄이면 꽃놀이객으로 붐비는 샤쿠지이 강변의 지은 지 삼 년 된 맨션인데, 마침 3LDK 한 채가 비었단다. 원래 분양 맨션이지만 임대도 가능하다고 했다. 주변 환경이 좋고, 일반 임대 맨션보다 천장이 높은 만큼 월세도 비싸다.

신노스케는 늦게까지 가족들과 통화하는 눈치여서 고헤는 일찌감치 파자마로 갈아입고 침대에 드러누웠다. 스마트폰 화면으로 벌써 몇 번째 시마네 현 이즈모 시 지도를 들여다보는 중이었지만 하코다테의 이시카와 교코에게 전화할 용기는 나지 않았다.

어느 날 불쑥 조카 란코의 남편이 전화해 사십몇 년 전 일을 캐물으면 놀라기도 하거니와 미심쩍게 여길 것이다.

고헤는 란코의 이즈모 시절을 알고 싶은 이유를 상대가 납득할 수 있게 설명해야 한다. 하지만 뭐라고 설명할까.

예의 엽서 건을 꺼내면 고릿적 일을 쑤시고 다니는 강샘 강한 남편이라고 경멸할 수도 있다. 그딴 옛일은 기억에 없다며 두말없이 전화를 끊어버릴지도 모른다.

그런저런 생각을 하니 도저히 용기를 낼 수 없어 스마트폰을 침대에 던져버렸을 때, 옆방의 신노스케가 찾아왔다.

"북녘의 땅끝'에선 칼바람이 여정旅情도 가차 없이 날려버리는데요."

　신노스케는 어머니, 부동산 사무소와 각각 오고 간 이야기를 자세히 보고하고, 욕조에 더운물을 받았다. 고헤를 씻겨주고 머리도 감겨주겠단다.

　"손이 그래가지고는 머리 못 감을 거 아니에요? 등은 더욱 무리고."

　고헤는 내심 놀라며, 실은 다친 이래 등을 제대로 씻지 못했다고 털어놓았다.

　신노스케의 손에 몸을 맡긴 채, 고헤는 예의 엽서에 품은 의문을 솔직하게 말하기 시작했다.

　창문 아래 다다미가 깔린 조붓한 공간이 있고, 창문을 10센티미터쯤 열 수 있었다.

　욕실에서 나오니, 신노스케가 창문을 열고 바깥 공기를 마시고 있었다.

　"날 때부터 아버지가 없는 아이가 자기 아버지를 얼마나 상상하는지 아세요?"

　고헤의 대답을 기다리지 않고 신노스케는 말을 이었다.

　"아이한텐 아빠 엄마가 전부에요. 세상의 전부요. 저는 그걸 우리 애들을 보면서 깨달았어요."

　그 순간 고헤는 자신에게는 어느새 란코가 전부가 되었음을 깨달았다. 언제부터였을까. 란코가 갑자기 세상을 떠난 때부터

인지도 모른다.

란코는 죽음으로써 내 안에서 진실로 살기 시작했다고도 할 수 있다.

란코가 이즈모 시절 힘든 일을 경험했으리라는 확신은 그녀의 마지막 모습과 무관하지 않으리라. 콘크리트 바닥에 혼자 웅크린 채 쓰러져 있던 모습은 몹시 쓸쓸해 보였다. 자기만의 세계에 완강하게 틀어박힌 작은 동물처럼 보였다. 그 광경이 머릿속을 떠나지 않는다.

"알고 싶으시죠? 이즈모 시절 란코 씨에게 무슨 일이 있었는지. 저라면 우선 고사카 마사오를 만나 물어보겠어요." 신노스케가 말했다.

고헤는 전날 밤 신노스케와의 시간을 떠올리고, 이 열여덟 살 젊은이의 성격이 그렇게 시켰겠지만, 아무튼 아버지의 죽음을 전해 듣고 그가 어떤 사람이었는지 알고 싶은 마음을 주체하지 못해 아내와 두 아이를 데리고 비행기를 탔으리라 상상했다.

그렇게 무작정, 계획도 뭣도 없이, 가령 티끌만 한 흔적이라도 보고 싶다는 충동에 떠밀려 한달음에 찾아왔으리라.

전날 밤의 대화를 곱씹으며 고헤가 자동차 조수석에 앉았을 때 신노스케가 "이거, 싸라기인가? 어, 눈이다. 눈이다, 눈이야. 렌터카 회사 사람이 딱 맞췄어요. 닷피미사키에 첫눈이 온다고요" 하면서 옆으로 휘날리는 눈 속을 뛰어다녔다.

"첫눈이 빠르네. 아직 11월 6일인데."

신노스케도 차에 올라타고, 내비를 가니타 항으로 설정했다.

무쓰 만을 따라 난 길에는 방파제와 작은 어촌이 이어져 어제의 원생림 속 길과는 완전히 딴판이었다.

"유이 씨 어머니가 이상할 정도로 미인이랬지? 이상할 정도로 미인이란 어떤 미인이야?" 고헤가 송이가 작은 눈을 보면서 물었다.

신노스케는 짧은 신음을 흘리며 생각에 잠기더니, 텔런트와 배우 다섯 명의 이름을 열거했다. 고헤가 아는 배우도 있지만 전혀 모르는 텔런트도 있었다.

그 다섯 명의 눈가와 콧날과 입술과 턱선의 가장 아름다운 부분을 모으면 유이 어머니 얼굴이 된단다.

"그거 좀 기분 나쁜 얼굴이 되는 거 아니고?" 고헤가 말했다.

"기분 나쁜 얼굴이랑 숨 막히게 아름다운 얼굴 사이에서 딱 종이 한 장 차이로 멈춘 얼굴이에요. 그 종이 한 장이 하루에 몇 번이나 바뀐다고요. 그래서 이상한 미인이라고, 유이는 말했지 싶어요."

"뭐야, 유이 씨가 한 말이야?"

딸들은 클 만큼 크면 엄마에게 신랄해진다는 말이 맞는 모양이다.

"네, 근데 제가 이상한 미인이라고 말하면 유이 어머니께 실례인 것 같아서, 이상할 정도로 미인이라고 살짝 바꿨어요. 근데 역시 '정도로'라는 세 글자는 필요 없었을까요?"

"단 세 글자지만 의미가 조금 바뀌니까. 그 조금이 실은 큰 차이일 테지. 그나저나 신노스케는 표현력이 풍부해서, 얘기하다 보면 깜짝깜짝 놀랄 때가 있어."

작은 어촌 길을 손수레에 의지해 걸어가는 노부인은 블라우스 위에 소매 달린 앞치마를 덧입었을 뿐이었다.

첫눈이 오거나 말거나, 이깟 추위에 방한복을 입으랴 하는 표정이었다.

가니타 항 페리 승강장에 도착하자 눈발이 거세져서 무쓰 만의 흰 물보라가 한층 새하얗게 보였지만, 페리는 예정대로 출항한단다.

페리는 이미 항구에 정박중이었는데 자동차는 두 사람이 타고 온 것뿐이고 승객도 없었다.

항구에서 조금 떨어진 건물에서 표를 팔았다.

고헤는 표를 사는 김에 뜨거운 커피도 사서 신노스케에게 건넸다. 페리 출항까지 사십 분쯤 남아 있었다.

고헤는 건물에서 나와 제방을 따라 걸으면서 에라, 적당히 둘러대지 뭐, 하고 결심하고 이시카와 교코에게 전화를 걸었다.

이시카와 교코의 목소리가 들려오자, 불쑥 연락해서 미안하다고 사과부터 하고 단숨에 말했다. "지금 쓰가루 반도 가니타 항이란 곳에 와 있습니다. 이시카와 씨 사정에 맞추겠습니다만, 내일 그쪽으로 찾아뵈어도 괜찮을까요? 란코의 이즈모 시절 일로 여쭤보고 싶은 게 있습니다. 시간을 많이 빼앗지는 않겠습니다. 얼른 일어날 겁니다."

"마키노 고헤 씨? 어머나, 오랜만이에요. 장례식 이후 처음이네요."

"그때는 일부러 먼 걸음 해주셔서 감사했습니다. 제가 정신이 없었어서 차분히 말씀 나눌 시간도 없었네요."

"어쩌죠, 모처럼 찾아와주셨는데, 내가 지금 이즈모에 있거든요. 앞으로 사나흘은 더 머물 예정이에요." 이시카와 교코가 말했다.

갑작스러운 전화에 불신감을 품는 기색은 없었다.

"어제 이쪽으로 왔어요. 길이 엇갈렸네요."

아마 고헤가 자신을 만나러 온 줄 아는 눈치였지만, 쓰가루 반도라는 말이 잘 들리지 않았는지도 모른다. 바람은 제방이 막아주었지만 대형 트레일러가 세 대 도착해서 엔진 소리가 시끄러웠다.

"시부모님께 상속받은 집 건으로 이즈모에 와 있어요. 아무도 살지 않고 빈집으로 놔둬도 고정자산세는 꼬박꼬박 납세해야 하는 데다, 집이란 게 사람이 안 살면 금세 망가져서 말이죠. 고정자산세도 대단한 금액은 아니지만 나한테는 괜히 나가는 돈이니까요."

"이즈모에 부군의 본가가 있나요?" 고헤가 물으면서 뒤돌아보았다. 신노스케가 손짓해 고헤를 불렀다. 언제 도착했는지 관광버스가 두 대 보이고, 단체 관광을 온 노인들이 승선을 기다린다. 승선 시간이 된 모양이다.

"남편과는 이즈모에서 알게 됐답니다."

이시카와 교코가 웃으면서 말하고, 남편이 죽은 후 줄곧 부담스러운 유산이었던 이즈모의 집을 빌리겠다는 사람이 나타나서, 기회를 놓칠 새라 이야기를 매듭지으려고 얼른 달려왔다고 덧붙였다.

고헤는 스마트폰을 귀에 갖다댄 채 차로 향하면서 말했다. "란코가 그렇게 갑작스럽게 세상을 떠나서, 마음에 걸리는 일이 있습니다. 이시카와 씨라면 뭔가 아시지 않을까 싶어서요."

"그러네요. 란코가 이즈모에 살았던 건 사십몇 년 전 아닐까."

"네, 그렇습니다. 란코가 고등학교 1학년 때쯤이죠. 혹시 고사카 마사오라는 사람을 아시나요?"

신노스케가 빨리빨리, 하고 재촉하지 않았으면 결코 전화로는 묻지 않았을 질문을 입에 올리고, 고헤는 자동차 조수석에 올라탔다.

문득 수화기 너머가 잠잠해서 전파가 약해 전화가 끊어진 줄 알았는데, 이윽고 들려온 이시카와 교코의 대답은 확실히 결이 달랐다.

"너무 오래전 일이라 잘 기억하지 못해요. 사십 년도 넘은 한참 옛일을, 고혜 씨는 어째서 알고 싶은 걸까요?" 이시카와 교코가 물었다.

"란코의 넋을 제대로 달래주고 싶습니다. 내일, 제가 이즈모로 가겠습니다. 도착해서 전화드리겠습니다. 그때 자세히 말씀드릴게요. 절대 이시카와 씨에게 폐를 끼치는 일은 없을 겁니다."

"내일? 지금 하코다테 아니에요?"

페리 승무원의 안내를 받아 차가 선내로 들어갔다. 전화가 끊어져버렸다.

"몇 년이나 왕래가 없던 란코 씨 친구한테 갑자기 전화한 거예요? 막무가내시네."

선실로 가는 계단을 올라가면서 신노스케가 어이없는 얼굴로 말했다.

"그쪽도 남 말 할 처지 아니거든."

고혜가 못마땅하다는 투로 말하고 선실 창가 쪽에 앉았다.

란코의 넋을 달래준다는 생각은 하지도 않았는데, 이시카와 교코에게 불쑥 내뱉고 보니 왠지 진심처럼 느껴졌다.

"지금 통화한 사람, 누군지 물어봐도 되나요?" 신노스케가 말했다.

"하코다테 사는 이시카와 교코 씨. 란코 이모."

"하코다테 가실 거면 아오모리에서 신칸센 타시는 게 좋아요. 쓰가루 해협 해저터널을 달리면 금방이니까."

"아니, 그분 지금 이즈모래. 그래서 내일 나도 이즈모 가려고."

페리가 출항하는 것과 동시에 신노스케가 "눈이 그쳤네"라고 말했다.

하늘도 바다도 눈도 잿빛이라, 고헤는 눈이 익숙해질 때까지 눈이 그친 사실을 깨닫지 못했다.

티켓 판매소에 비치됐던 팸플릿에는 돌고래 떼가 페리 주위에서 나란히 헤엄치는 광경을 볼 수 있다고 적혀 있었다.

첫눈 오는 계절에도 돌고래를 볼 수 있을까요, 하고 신노스케가 물었지만 다음 날 일을 생각하느라 고헤는 대답을 하지 못했다.

고사카 마사오를 아느냐는 물음에 이시카와 교코는 대답하지 않았어. 그건 안다는 말이지.

갑판에 나간 신노스케는 돌아오지 않았다.

무쓰 만을 동서로 가로지르는 페리 창 너머로 시모기타 반도가 희미하게 보이기 시작할 때, 입과 코를 스톨로 칭칭 감은 신노스케가 선실에 앉아 있던 고헤의 어깨를 뒤에서 툭 쳤다. "저쪽에서 군함이 공격해와요."

"군함?"

"러시아 군함요."

"여기 아오모리 현이거든."

고헤가 말하고 신노스케와 함께 갑판으로 나갔다. 눈이 시릴 정도의 냉기에 다운재킷의 목깃을 세우고, 고헤는 신노스케가 가리키는 쪽을 바라보았다.

아직 집게손가락 정도 크기였지만 확실히 어선도 유조선도 아니다. 대형 레이더와 조타실 주위를 둘러싼 긴 안테나 몇 개가 보인다.

"자위대 호위함이에요." 신노스케가 말했다.

뭐야, 알고 있었나. 하기는 멀리서는 군함처럼 보인다. 아, 호위함도 군함이지.

고헤는 쓴웃음을 지으며 건너편에서 다가오는 호위함이 페리와 스쳐 지나갈 때까지 추운 갑판에 계속 서 있었다.

"시모기타 반도가 시작되는 쪽에 자위대 기지가 있어요. 기지 활주로는 미공군과 공동 사용이래요. 일본 민항기도 이착륙하고요. 자위대 해군 기지도 무쓰 만을 끼고 있으니까 훈련 항행을 하는 호위함과 곧잘 스쳐 지나간대요."

"그것도 검색한 거야?"

"관광버스 승무원한테 들었어요."

"러시아가 가까우니까."

콧물이 나와서 고헤는 선실로 돌아왔다.

란코의 넋을 제대로 달래주고 싶다는 말은 올바르지 않은 것 같았다. 위로해주고 싶다는 말이 더 정확하리라.

이즈모 시절 고등학생이던 란코에게는 뭔가 말 못할 힘든 일이 있었던 게 틀림없다. 란코는 그 얘기를 내게 하고 싶었던 게 아닐까. 그렇지만 말하지 않았다. 그러기는커녕 고사카 마사오라는 사람은 모른다고 거짓말을 하고, 심지어 편지까지 썼다. 이러저러한 엽서를 받았는데 저는 당신을 전혀 모릅니다, 라고. 왜 그랬을까.

나라면 그런 찜찜한 엽서는 무시할 것이다.

— 혹시 잘못 보내셨다면 엽서를 돌려드려야 합니다. —

이런 친절한 편지를 쓰거나 하지는 않는다.

하지만 란코는 내 앞에서 편지를 쓰고, 굳이 나를 시켜 우체통에 넣게 하고, 그 뒤에 《신의 역사》라는 학술서에 예의 엽서를 살짝 끼워두었다.

그런 생각에 잠겨 있는 사이 시모기타 반도의 와키노사와 항이 가까워져서 하선 준비를 시작했다.

신노스케는 먼저 차에 타고 있었다.

"배고픈데." 신노스케가 말하고 스마트폰 구글 맵을 보여주었다. 무쓰 시의 돈가스 가게다.

"돈가스 먹고 싶어요. 고헤 아저씨는?"

"응, 돈가스, 좋지. 어제부터 탄수화물과 생선과 야채 절임만 먹었으니까. 난 등심 돈가스."

"저도요."

신노스케가 말하고, 페리가 착안하기 전에 내비게이션을 무쓰 시내의 돈가스가게로 설정했다.

오마사키 등대를 패스했으니 시리야사키 등대까지는 시모기타 반도 남서쪽에서 북동쪽으로 비스듬히 가로지르는 길을 나아가면 된다.

페리에서 길로 나와 손목시계를 보니 10시 반이었다. 돈가스가게에 도착할 즈음에는 얼추 점심시간이 되겠구나 생각하는데, 항구 근처 신호에 걸렸을 때 신노스케가 말했다. "저기, 란코 씨는 고헤 아저씨가 뭔가 알아줬으면 했던 게 아닐까요?"

"그러니까. 나도 그런 느낌이 들어. 하지만 그런 게 있으면 그냥 나한테 말하면 되잖아? 굳이 이렇게 에두르는 방법을 택하지 않아도."

"저기, 란코 씨와 고사카 마사오는 여덟아홉 살 차이가 난다고요. 고1이면 열대여섯. 그 나이 여고생과 일고여덟 살 남자아이 사이에 연애 감정 같은 건 절대 힘들어요. 열여덟 살 먹은 제가 예순두 살 고헤 아저씨한테 일부러 일러드릴 일도 아니지만."

"그래도 세상 쓴맛 단맛은 신노스케가 나보다 잘 아는 것 같은데?"

고헤는 진심으로 말했다.

신노스케가 이윽고 움직이기 시작한 자동차 줄 건너편을 보면서 히죽 웃었다.

"제가 보고 듣고 겪은 일은 어차피 애들 세계라고요. 그래도 제가 사귄 불량한 녀석들에게 공통점이 있다면 다들 딱한 환경에서 컸다는 거예요."

신호를 지나 한동안 나아가자 도로 공사중이라 한쪽 통행만 허용됐다.

"딱한 환경?" 고혜가 물었다.

"애인의 아이라든가, 학대받고 자랐다든가, 집은 가난하고 부모님은 날마다 싸웠다든가, 부모 중 한쪽이 술에 절어 살았다든가…… 저도, 요컨대 애인한테서 태어난 아이잖아요?"

고혜는 대답할 말을 찾지 못해 잠자코 있었다.

"물론 그런 가정에서 자랐어도 제대로 된 애들은 제대로지만요. 단, 마음속에 뭔가 고민이나 울분은 품었을 거예요. 그게 밖으로 나오느냐 아니냐가 다를 뿐이죠. 가정이란, 엄청 중요하거든요. 한 인간의 일생을 결정한다고요. 요 이 년 사이, 그걸 싫도록 느껴요. 그런 딱한 환경에서 자란 애들, 생각보다 많아요. 자식에게 독이 되는 부모도 있잖아요? 학대하는 부모도 있고요. 그런 부모 밑에서 자란 애들이 나중에 비슷한 일을 저지르는 경우도 나올지 모르죠."

신노스케는 입을 다물고, 내비의 지시대로 계속 달렸다.

고혜는 문득《시부에 추사이》의 한 구절을 떠올렸다.

— 그러나 추사이의 조부 세이조도 짐작건대 인물이 수려했고, 그것이 부친 다다시게를 거쳐 추사이에게 전해졌을 것이다. 이 신체적 유전과 더불어 심적 유전도 고려해야 한다. 나는 특히 세이조가 주군에게 간언을 올리고 떠난 인물이란 사실을 주목한다. —

인간의 신체적 심적 특징이 전부 유전으로 빚어진다는 시각은 고혜가 보기에는 좀 지나치지만, 메이지와 다이쇼 시대에 서양의학을 배운 오가이는 그 간명한 사상을 바탕으로 추사이의 인간적 특징을 그렸다.

그렇지만 부모에게 물려받은 것도 환경에 의해 방향을 바꾼다고 고혜는 마음속으로 말했다.

무쓰 시 중심부로 들어가자 12시였다. 돈가스가게는 변두리에 있었다. 주차장에서 가게로 걸어가면서 고혜는《시부에 추사이》의 그 구절을 신노스케에게 들려주었다.

신노스케가 나중에 좀 적어달라며 주머니에서 수첩을 꺼냈다.

"고혜 아저씨, 기억력 대박인데요."

"열몇 번이나 읽었으니 싫어도 머릿속에 박혔을 뿐이야. 기억력 좋은 사람이면 두세 번 읽고 다 외웠게? 내 기억력은 그냥 보통."

고혜는 지금은 글씨 쓰기도 여의찮다고 생각하면서 웃음을 떠올렸다.

가게에는 손님이 이미 여섯 명 있었다.

등심 돈가스 정식을 주문하고, 고혜가 예의 구절을 수첩에 적었다. 수첩 가죽 표지에 '다키가와 그룹'이라고 금박으로 찍혀 있었다.

"아오모리에서 후쿠오카 가는 비행기는 없어요. 그러니까 내일 저는 하네다에서 후쿠오카행으로 갈아타야 해요. 후쿠오카행이 없으니까, 아마 이즈모행도 없을걸요." 신노스케가 돈가스를 먹으면서 말했다.

스마트폰을 검색해보니 역시 이즈모행은 없었다.

"나도 하네다에서 갈아타야겠네."

스마트폰을 갖고 꼼지락대는 고혜를 보다 못한 신노스케가 대신 비행기표를 예약해주었다.

하네다까지는 신노스케와 같이 간다. 공항에서 헤어져, 10시 좀 지나 이즈모 엔무스비 공항행을 탄다. 도착은 11시 반 넘어서.

스마트폰 화면을 확인하는데 신노스케가 불쑥 물었다. "뭐에요? 그 엔무스비 공항이란 거."

"이즈모 대사大社가 인연 맺어주는 데 영검 있는 신들이 모이는 곳이거든."

"그렇다고 꼭 그런 이름을 붙여야 하나? 이즈모 공항 쪽이 훨씬 이즈모 공항스럽다고요."

"응, 그야 그렇지. 이즈모 공항이니까."

신노스케가 돈가스 정식을 깨끗이 먹어치우고 고헤를 보며 웃었다.

"지금 우리 대화, 뭔가 멍청하지 않아요?"

신노스케는 고헤가 애써 적은 《시부에 추사이》의 한 구절을 들여다보더니 얼굴을 찌푸리며 수첩을 테이블에 내려놓았다.

"해독 불능이네. 글자는 춤을 추고, 크기는 제각각이고."

"손이 이 모양이니 별수 있어? 손가락 세 개로 뭐 볼펜이나 제대로 쥐어져야지?"

신노스케는 납득한 듯 고개를 끄덕이고, 고헤에게 물어가면서 스스로 다시 옮겨 적었다.

돈가스가게에서 나왔을 때는 눈이 내리고 있었지만, 오마, 시리야사키 방면으로 갈라지는 분기점에 왔을 무렵에는 그쳤다.

마을 몇 개를 지나쳐 점차 수림이 많아지고, 원생림이었으리라 짐작되는 일대로 들어서자 자위대와 미군용인 듯한 높은 안테나가 눈에 띄었다.

"눈이 꽤 온 것 같은데 전혀 쌓이지 않았어요." 신노스케가 말했다.

"바람에 실려 가버리는 거겠지. 여기도 신슈 고원 쪽 길이랑 비슷하네. TV에서만 봤지만. 상록침엽수가 많아. 혼슈 북단이란 느낌이 안 드는데." 고헤가 말했다.

"이 일대부터 시리야사키 등대까지 원생림이 계속된다면 작은 지도만 봐서는 상상도 못 하게 광대한 원생림이라는 소리잖아요."

"또 오고 싶다. 멋진 드라이브 길이야. 달리면서 삼림욕하는 셈이지."

시리야사키 등대까지 20킬로미터쯤 남았을 즈음, 맨션을 계약했다고 그날부터 바로 살 수 있는 게 아니라는 사실을 고혜는 깨달았다.

"입주할 때까지, 가족들과 어디서 지낼 건데?"

신노스케는 이럴 때 편리한 장기 체재 호텔이 있다고 대답했다. 이른바 단기 거주용 맨션이다.

해외 부임에서 귀국하거나 갑작스러운 전근으로 도쿄로 이사 오는 가족들이 주로 이용하는데, 부엌이 있어 요리도 할 수 있단다.

"그것도 엄마한테 듣기 전엔 몰랐다고요. 꼬맹이들 데리고 열흘이나 번듯한 호텔에서 지내자니 너무 사치고, 좁은 비즈니스 호텔 방에서 아기가 울면 복도까지 울리니까."

신노스케의 말을 들으면서 고혜는 스마트폰으로 현재 위치를 알아보았다. 시모기타 반도 북쪽, 태평양과 무쓰 만 사이다.

길은 느긋이 오른쪽 왼쪽으로 꺾이면서 시리야사키 등대 서쪽으로 향한다. 측백나무와 비슷하게 생긴 나무들이 늘어선 일대는 사람 손으로 가꾼 숲일 테지만, 그 밖에는 오래된 자연림이리라.

"있죠, 이시카와 교코 씨는 란코 씨 이모라고 하셨잖아요?" 신노스케가 말했다. "근데 나이 차이가 별로 안 나요?"

"응, 란코 외할머니가 결혼을 일찍 하셨어. 하나에 씨라는 분. 스물세 살에 란코 어머니를 낳으셨다지 아마. 란코 어머니도 결혼이 빨랐어. 란코를 낳은 게 스물두 살 때. 거기다 교코 씨와 란코 어머니는 터울이 많이 지고. 하나에 씨는 설마 또 아이가 들어서랴 했는데 마흔한 살에 교코 씨를 얻었어. 음, 그러니까 교코 씨는 란코에겐 불과 네 살 많은 이모지."

고헤는 그 숫자들이 다 맞는지 내심 불안해졌다.

흐음, 하고 한마디 하고 신노스케는 입을 다물어버렸다. 앞쪽에 바다가 보이기 시작했다.

수림이 넓은 초목지로 바뀌었다. 길이 쓰가루 해협을 향해 똑바로 뻗어 있었다.

"엇, 말이다!" 신노스케가 외치고 차를 세웠다.

"말? 그런 게 어디 있어?"

"지금 저기 있었대도요. 틀림없이 말이었어요. 소는 절대 아니라니까요."

신노스케는 다시 차를 달렸다. 쓰가루 해협 절벽 바로 앞에서 길이 오른쪽으로 꺾어졌다. 시멘트 공장 같은 건물이 나오고, 더 나아가자 멀리 등대가 보이는 동시에 다리가 굵은 연갈색 말이 눈에 들어왔다.

"앗, 정말이네, 말이다!"

고헤가 외친 순간 "시리야사키 등대다! 엄청 높아요!"라고 신노스케도 큰 소리로 외쳤다.

순전히 등대를 위해 설치한 듯한 전신주 몇 개가 해안을 따라 서 있었다. 바위뿐인 해안이 바로 가까이 보였다.

매점은 있었지만 사람은 없는 것 같았다.

"벽돌 등대로는 일본에서 제일 높다더니, 확실히 자태가 우아하군."

차에서 내려 매점 앞을 지나 등대 근처 벤치에 앉자, 고헤는 그렇게 말하고 새하얀 등대를 바라보았다. 안에 들어갈 수 있는지 모르겠지만 이 벤치에서 바라보는 걸로 충분할 듯했다.

'간다치메寒立馬'라 적힌 작은 간판에 등대 주변도 간다치메 방목지이며 진드기가 생식하니까 주의하라는 경고문이 보였다.

시리야사키 등댓불은 바다보다 상당히 높은 곳에 있다. 1876년에 첫 불을 밝힌 시리야사키 등대가 쓰가루 해협을 항행하는 선박에게 얼마나 고마운 존재였을지는 쉽사리 상상할 수 있다.

"안에 들어가 보지? 위로 올라갈 수 있을지도 몰라. 나선계단이라 힘들겠지만."

옆에 앉은 신노스케에게 말하자 "아뇨, 저도 여기서 보는 게 더 좋아요. 등대도 다 보이고, 바다도 보이니까"란다.

신노스케는 고헤가 가져온 《일본 등대 기행》을 펼쳐, 시리야 사키 등대가 실린 페이지를 읽었다.

"지상에서 꼭대기까지 33미터, 수면에서 등댓불까지 47미터. 탑형 백색 벽돌 등대래요. 안개 때문에 희미하지만, 등대가 예쁜데요. 둘째 이름을 아카리灯라고 짓길 잘했다. 등대 생각하고 지은 건 아니지만, 언젠가 여기 데려와 '저게 너야'라고 말해줘야지."

간다치메 방목지 서쪽에 석비가 있었다. 신노스케가 그쪽으로 걸어갔다. 석비 근처에서 신노스케의 모습이 고헤의 시계에서 사라졌다. 안개가 짙었다.

고헤는 스마트폰으로 간다치메를 검색했다. 전파가 미약해 화면의 안테나 마크가 사라졌다 나타났다 했다.

간다치메는 아오모리의 천연기념물로, 남부마南部馬 남부 지방에서 나는 말. 몸체가 크고 강건하다 계통이며 한때 아홉 마리만 남았다가 지금은 사십여 마리로 늘었단다.

경주마보다 몸은 작아도 다리가 훨씬 굵어 노동에 적합했으리라.

신노스케가 걱정되어서 석비 쪽으로 걸어가자, 안개 속에서 데님 점퍼가 나타났다.

석비에 쓰가루 해협에서 조난당한 희생자 이름이 새겨져 있더라고 신노스케가 말했다.

"저것도 추모비 같은데. 더 저쪽에도 있어." 고헤가 좁은 해안 쪽을 가리키면서 말했지만, 신노스케는 벤치로 돌아가 다시 시리야사키 등대를 바라봤다.

"저도 대학 마지막 여름방학에 등대 순례 떠날 거예요. 배낭 메고 혼자, 기차랑 버스 갈아타면서." 신노스케가 말했다.

"유이 씨랑 아이들은 안 데려가고?"

"사오 년 후잖아요? 쇼마가 예닐곱 살. 아카리는 네다섯 살. 데려가봤자 기억도 못 해요. 저도 일곱 살 때 엄마 따라 하와이 가봤지만, 어딘가 모래밭에서 놀았다는 기억밖에 없다고요."

그렇게 말하고 신노스케는 등대를 배경으로 고헤를 스마트폰 카메라에 담았다.

"아까 석비 앞에서 검색했더니, 일본에서 제일 높은 등대는 이즈모 히노미사키 등대던데요? 고헤 아저씨 내일 전국 최고로 높은 등대를 보는 거예요."

《일본 등대 기행》의 이즈모 히노미사키 등대 페이지를 펼치고, 신노스케가 말했다. "메이지 36년1903년 첫 점등. 지상에서 꼭대기까지 44미터, 해면에서 등댓불까지 63미터. 지극히 정교하고 치밀한 일본의 석공 기술이 없었다면 완성하지 못했을 대大 등대래요."

"등대 보러 가는 거 아니야. 란코 이모님 만나러 가는 거지. 어디까지 얘기를 들을 수 있을지 모르지만, 내일 마지막 비행기로 하네다로 돌아올 생각이야."

"고사카 마사오는 엽서에 일부러 '수수께끼' 내듯 히노미사키 등대를 그렸어요. 분명히 뭔가 있다고요." 신노스케가 말하고, 슬슬 출발하지 않으면 아오모리 시내에 너무 늦게 닿는다고 재촉했다.

고헤는 어쩐지 아쉬워 선뜻 떠날 수 없었다. 조금 더 그곳에서 백아의 시리야사키 등대를 바라보고 싶었다. 안개 속에 서 있는 자못 우아한 자태가 한 인간의 기나긴 과거에서 온 이야기를 뿜어내는 것처럼 느껴졌다.

한자리에서 침묵한 채, 바다를 나아가는 사람들의 생사를 지켜봐온 등대가 고헤에게는 어떤 일에도 동요하지 않는 한 인간으로 보였다.

하늘색과 바다색과 안개 속에서 등대는 스스로의 빛깔을 지우고 숨죽인 듯 보이지만, 해가 지면 어김없이 불을 밝혀 항로를 비춘다. 숱한 고생을 견디며 살아가는 이름 없는 인간의 모습이 저렇지 않을까.

저것은 조부다. 저것은 조모다. 저것은 아버지다. 저것은 어머니다. 저것은 란코다. 저것은 나다.

저것은, 앞으로 살아갈 내 아이들이며 그 아이들의 아이들이다.

저마다 다채로운 감정이 있고, 용기가 있고, 묵묵히 견디는 나

날이 있고, 쌓여가는 소소한 행복이 있고, 자애가 있고, 투혼이 있다. 등대는, 모든 인간의 상징이다.

보라. 이것이 인간이고 인생이라고 등대는 들려주건만 아무도 알아차리지 못한다.

란코, 당신이 품고 있던 걸 내가 찾아내 올바로 검증해보려고. 나는 내일 이즈모로 가. 당신은 분명 이즈모에 뭔가를 남긴 채 그 후의 인생을 살아왔을 거야.

고헤는 이건 감상이 아니라고 속으로 되뇌고, 조수석에 올라탔다.

"간다치메는 아무리 세찬 눈보라 속에서도 꿋꿋하게 버틴대요." 신노스케가 스마트폰 화면을 보면서 말하고 차를 출발시켰다.

등대에 도착해서부터 떠날 때까지, 고헤와 신노스케 말고는 아무도 없었다. 그런데도 고헤는 멀어져가는 등대를 돌아보면서 무수한 인생과 조우한 듯 감개에 잠겼다.

"위풍당당하게 살고 싶다. 안달하고 겁내고 도망친다고 괴로움이 해결되지는 않아. 꾸준히, 하나하나, 서둘지도 겁내지도 말고 어려움을 해결해나가자. 나는 그런 인간이 되기 위해 지금부터 노력할 거야."

고헤가 말하고 원생림 속으로 곧게 뻗은 길을 바라보았다.

이튿날은 일찌감치 일어나 여유 있게 조식 뷔페를 먹고, 아오모리 공항에서 하네다행 비행기를 탔다.

신노스케와 하네다 공항에서 헤어져, 고혜는 이즈모 엔무스비 공항으로 가는 비행기 탑승구로 갔다.

혼자 비행기 타기는 난생처음이네, 라고 입속말을 중얼거리고 이시카와 교코에게 전화하려 했지만 마침 탑승 개시 방송이 들렸다.

11시 반이 조금 넘어 이즈모에 도착했다.

공항 로비로 나가 JR 이즈모 시 역으로 가는 버스 승차장으로 향하면서, 아오모리와는 딴판인 날씨에 몸이 따라가지 못하는 것을 느꼈다. 하늘은 새파랗고 멀리 보이는 산은 단풍이 들었다.

버스를 타기 전에 이시카와 교코에게 전화했다.

"어머나, 정말로 오셨네? 설마 싶어서, 그 뒤에 다시 전화할까 했는데요." 이시카와 교코가 말했다.

"갑자기 죄송합니다. 제가 어디로 가면 뵐 수 있을까요?"

"알기 쉬운 장소가 어딜까⋯⋯ JR 다이샤大社 역이라면 쉽게 찾으시겠다. 지금은 사용하지 않는 역이지만 건물과 플랫폼은 기념으로 남아 있거든요. 지금 공항인가요?"

"네. JR 이즈모 시 역으로 가는 버스 승차장입니다."

"그럼 이즈모 시 역 버스 정류장에서 기다릴게요. 흰색 경차예요."

"아뇨, 제가 택시로 다이샤 역까지 가겠습니다."

고혜는 서둘러 버스를 탔다.

삼십 분쯤 걸려 이즈모 시 역에 도착해, 택시로 구旧 다이샤 역으로 이동했다.

언제까지 사용됐는지는 몰라도, 기와를 인 커다란 목조 단층 건물은 격조 있고 깨끗했다. 귀중한 문화재 대접을 받는다고 짐작할 수 있었다.

"뭐더라, 도고 온천의 그 오래된 료칸이랑 비슷하네."

널찍한 역 앞 주차장으로 눈길을 던졌지만 이시카와 교코의 모습은 보이지 않았다.

역사로 들어가 한때는 이즈모 대사를 참배하는 사람들로 북적거렸을 플랫폼으로 나가자 선로가 아직 깔려 있었다.

역사로 돌아와 옛 다이샤 역 앞에 길게 늘어선 관광버스들과 버스가이드 사진을 보고 있자니 역 앞에 흰색 경차가 멈췄다.

자동차에서 내리는 부인이 이시카와 교코임을 확인하고 고혜는 '위풍당당'이라고 속으로 되뇌며 역사를 나왔다. 갑자기 심장이 빠르게 뛰기 시작했다.

"어머나, 멀리서 오시느라 피곤하셨죠."

이시카와 교코가 머리를 깊이 숙였다. 고혜도 웃으면서 인사하고, 갑작스레 찾아온 것을 사과했다.

사실 얼굴도 잘 기억하지 못했는데, 의외로 금세 알아봤다. 늘

나이보다 젊게 보이는 옷차림이고, 화장이나 헤어스타일, 몸에 지닌 액세서리도 세련된 인상이다.

누가 먼저랄 것 없이 역사 안으로 들어가 플랫폼으로 나왔지만, 딱히 의아해하는 분위기는 이시카와 교코에게는 없었다.

"폐선되고 선로 주위에 잡초가 무성해졌지만, 역은 깨끗하죠?"

"네, 꼭 지금도 사용하는 역 같네요."

"저쪽에 큰 도리이신사 입구에 세우는 기둥 문 보이죠? 저기서 500미터쯤 가면 이즈모 대사 혼本도리이가 나와요. 이 역에서 곧잘 란코와 만날 약속을 하고는 했죠. 플랫폼 말고 역 입구에서요."

이시카와 교코가 말하고 자동차 쪽으로 돌아가, 고혜에게 타라고 재촉했다.

"계속 비워둬서 누추하지만, 방 두 개쯤은 쓸 수 있게 해두었어요. 집에 가서 얘기하시죠. 이즈모 소바를 시켜놨어요. 이곳 명물이니까 맛보고 가세요."

이시카와 교코가 오랫동안 남편과 살았다는 집은 구 다이샤 역에서 JR 이즈모 시 역 쪽으로 조금 되돌아간 곳에 있었다. 버스 다니는 길에서 주택가로 들어가면 임대 맨션도 있었지만 기와지붕이 훌륭한 목조 주택이 많았다.

소바 제면소 옆에 대문 폭이 좁고 안쪽으로 길게 앉은 집이 있었다. 이시카와 교코가 그 옆 공터에 차를 세웠다.

이시카와 교코는 곧장 부엌으로 가 차를 끓여 내왔다. 4인용 테이블에 차를 올려놓더니, 고헤의 깁스를 보고 연유를 물었다.

"평탄한 길을 가다가 그냥 좀 넘어졌습니다." 고헤가 쓴웃음을 지으며 대답하고, 고사카 마사오가 보내온 엽서를 배낭에서 꺼냈다. 어젯밤 미리 액자에서 꺼내 노트에 끼워두었다.

이시카와 교코는 맞은편 의자에 앉아, 엽서를 앞뒤로 뒤집어 가며 꼼꼼히 들여다본 다음 테이블 위에 내려놓았다.

눈앞의 이 사람이 나보다 두 살 많다니. 오십대 중반이래도 믿 겠다고 생각하면서 고헤는 란코가 쓴 답장 내용도 일러주었다.

이시카와 교코는 조용히 차를 마시고, 잠시 생각에 잠겼다가 이야기를 시작했다.

─ 지은 지 이십 년 된 집이라, 살면서 여기저기 손을 봤답니 다. 1층에선 안 보이지만, 화단 건너편 오른쪽의 2층집에 란코 네 일가가 살았죠.

무척 고풍스런 목조 가옥으로, 1층을 란코 부모님이 썼어요.

란코 삼남매가 2층 방 두 개를, 내가 또 하나를 썼고요.

가족이 이곳 이즈모 시로 이사 온 건 란코가 중학교 3학년이 던 여름이에요.

나는 그해 대학에 입학해 가와사키 시의 본가에서 다카다노 바바까지 통학했는데, 초여름쯤 몸이 너무 안 좋아서 검사받았 더니 폐문 림프절이 부었다는 거예요.

어릴 때부터 허약해서 감기도 잘 걸리고, 걸핏하면 열이 나서 학교를 결석했죠.

아직 폐결핵으로 진행되지는 않았지만 근본적으로 체질을 개선하지 않으면 오래 살기 힘들다고 의사 선생님이 하도 겁을 주니까, 부모님은 대학을 그만뒀으면 하셨어요. 하지만 나는 교사가 되고 싶었거든요.

담당 교수님께 상담했더니 일 년 휴학을 허락해주셨어요. 천천히 쉬면서 치료에 전념하라시면서요. 공기 좋은 시골에서 좀 지내보라는 말을 꺼낸 사람은 란코 아버지 그러니까 겐조 형부였어요.

한 삼사 년 예정으로 이즈모 시로 이사 간다면서, 나도 같이 가자더군요. 휴학하는 일 년 동안 이즈모에서 느긋하게 지내면 건강도 회복할 거라면서.

당시엔 나도 세상에 좀 지쳤지 싶어요. 그래서 란코네 일가를 따라 이즈모로 왔어요.

지금도 이 일대는 한갓지지만, 그땐 이즈모 대사 참배객이 없으면 좁은 길 사이로 오래된 가옥만 늘어선 조용한 동네였지요.

할 일이라고는 없었으니까 혼자 곧잘 버스를 타고 히노미사키 등대로 가서, 해 질 때까지 바닷바람을 쐬었어요.

겐조 형부가 건강에 좋다고 권하기도 했고요. ─

이시카와 교코는 잠시 이야기를 중단하고, 차를 한 모금 마신

다음 다시 엽서를 집어 들었다.

"아무튼 사십 년도 지났으니 세세한 기억은 없어요. 그래도 고사카 마사오는 기억합니다. 네, 저 울타리 건너편 단층집에 엄마랑 할머니랑 셋이 살았죠. 란코에게 엽서를 보낸 건 당시 초등학생이었던 마사오일 테죠. 이 그림은 이즈모 히노미사키가 틀림없고, 검은 점이 히노미사키 등대니까요."

그때 이시카와 교코가 주문해둔 소바가 왔다. 고헤는 아오모리 공항에서 산 선물을 아직 건네지 않았음을 떠올리고 테이블 위에 꺼내놓으면서 문득 민망해졌다. 건어물 세트라니 얼마나 눈치 없는 선택인가.

이곳은 시마네 현이고, 이시카와 교코는 이삼 일 후면 하코다테로 돌아간다. 시마네 연해나 하코다테나 건어물이 부족할 일은 없다. 귀하지도 않은 걸 받는 바람에 짐만 늘어날 뿐이다.

고헤는 건어물 세트를 배낭 속으로 다시 집어넣어버리고 싶어졌다.

"오늘은 날씨가 정말 좋네요. 뉴스 보니까 낮 최고 기온이 21도라던데."

이시카와 교코가 말하고 소바와 튀김 세트를 고헤에게 권했다.

소바를 먹으면서 이시카와 교코는 큰 유리창 너머를 가리키며 "저쪽에 무화과나무가, 이쪽에 배나무가 있었어요"라고 설명했다.

"잘 먹었습니다."

고헤가 소바를 다 먹고 선물을 내밀었다.

"아오모리 공항에서 시간이 없어서, 폐가 될지도 모를 걸 사버렸습니다. 제가 하는 짓이 여러모로 요령이 없어서……."

이시카와 교코가 고맙다며 선물을 받고, 이야기를 계속했다.

― 사십몇 년 전 일을 더듬더듬 떠올리며 하는 얘기라, 듣는 고헤 씨는 답답하시죠? 그런데 정말 토막 난 기억뿐이랍니다.

마사오 어머니는 사카이미나토 사람이었어요. 남편이 술버릇이 고약해, 두 아이 중 둘째인 마사오만 데리고 집을 나와버린 직후였지 싶어요.

이즈모 대사 주변엔 소바가게가 몰려 있었죠. 거기 어디선가 일했던 걸로 기억해요. 남편과 갈라선 직후라 생활고가 심했을 거예요. 마사오는 어머니한테 곧잘 꾸중을 들었고, 그때마다 매를 맞았어요.

란코는 전학 간 중학교에서 탁구부에 들어갔는데 곧바로 주전이 됐어요. 초등학생 때부터 아버지와 탁구를 쳤던 모양이에요. 겐조 형부는 중고교 시절 탁구부원이어서 실력이 거의 선수 수준이었죠.

그래서인지 란코도 고등학교 들어가서도 탁구부 가입 권유를 받았답니다.

나는 이즈모 생활이 마음에 들어서, 건강을 회복하고도 돌아가기 싫었어요. 교수님께 일 년 더 요양이 필요하다 둘러댄 뒤 느긋하게 놀면서 지냈죠.

이즈모 시로 이사하고 일 년쯤 됐을 때일까요, 깜짝 놀랄 사건이 일어났습니다.

란코네와 마사오네 사이에 스미다 씨라는 당시 일흔 살쯤 된 부인이 살았어요. 그분이 집주인이었지요.

아무튼 매미 소리가 무척 요란했던 것만은 기억합니다.

원래 이 지역 연안은 뙨 현상이 자주 일어나지만, 그날은 정말 찜통더위였어요.

바람 한 점 없는 한낮, 동네는 조용했어요. 그날은 나도 버스 타고 등대를 보러 갈 기력은 없어서 서늘한 1층 툇마루에서 편지를 썼어요.

부엌에선 언니 사토미가 일찌감치 저녁 준비를 시작했어요. 갓 만든 다진 고기 가지 조림을 냄비에 담아, 나더러 스미다 씨 댁에 갖다드리라더군요.

너무 많이 만들어버렸다고, 혹 실례가 되지 않으면 맛보시라고 해.

언니가 그렇게 말했던 것 같아요.

나는 편지지와 만년필을 갖고 2층 내 방으로 올라갔어요.

방에선 낮은 벽돌 담장 너머 스미다 씨 댁 현관과 그 옆의 좁다란 뜰이 잘 보였죠.

아래층으로 내려가려는데 계단 밑에서 언니가 그러더군요. "됐어, 란코 왔으니까 얘한테 들려 보낼게."

여름방학이었지만 란코는 탁구부 연습이 있어서 일요일 빼고는 매일 학교에 갔거든요.

알았다고 하고, 창가 책상에 앉아서 쓰다 만 편지를 썼어요. 교수님께 보낼 감사 편지였어요. 폐문 림프절의 붓기는 반년 동안 약을 세 종류 복용하자 완치된 터였죠. 거짓말한 것도 좀 걸려서, 휴학을 연장해주셔서 감사하단 편지라도 보내야지 했거든요.

창 너머로 알루미늄 냄비를 든 란코가 지름길인 울타리 빈틈을 통해 스미다 씨 댁 현관 쪽으로 걸어가는 것이 보였어요.

몇 분도 되지 않아 "마사오!" 하고 란코가 외치는 소리가 들려서 내다봤습니다. 마사오가 맨발로 스미다 씨 댁 현관에서 달려나오다 말고 집 안으로 다시 들어갔어요.

무슨 일인가 싶어 보고 있자니, 마사오가 이번엔 운동화를 손에 쥔 채 자기 집 쪽으로 달려가는 거예요.

그때 스미다 씨가 돌아왔어요.

아, 집에 안 계셨구나 하면서도 어쩐지 신경쓰여서, 언니 모르게 계단을 내려와 나도 울타리 틈으로 해서 스미다 씨 댁 정원으로 들어갔어요. 부엌 창은 열려 있었어요.

"너, 그거 뭐니?" 하는 스미다 씨 목소리가 들렸습니다.

"불단 앞에 놔뒀던 돈인데. 그게 왜 네 손에 들려 있지?"

뭔가 싸한 느낌이 들었어요. 스미다 씨 댁 부엌 창문 아래 웅크린 채 란코의 말을 기다렸죠.

란코의 목소리는 들려오지 않았어요.

"봉투에 만 엔짜리 한 장을 넣어 불단 앞에 놔뒀다. 봉투는 저기 있고, 지폐는 네 손에 있구나. 누가 봐도 너를 의심하지 않겠어?" 스미다 씨가 조금 격앙된 목소리로 말했어요.

나는 마사오가 먼저 스미다 씨 집 안에 있었다는 걸 알고 있었죠. 내 방 창문에선 냄비를 들고 스미다 씨 댁으로 향하는 란코는 봤어도, 마사오는 그 집에서 나오는 장면밖에 보지 못했어요.

그 말은 마사오가 란코보다 먼저 스미다 씨네에 들어가 있었다는 소리잖아요.

"너 아무 말 안 하면 훔치려 했다고 인정하는 거나 똑같아. 그게 무슨 뜻인지 아니? 내가 널 경찰서에 데려가면 어떻게 될 것 같아? 그렇게 되고 싶어?"

한참이나 침묵이 흘렀던 것 같아요. 매미 울음이 그쳤기 때문인지도 몰라요. 란코의 말은 들려오지 않았어요.

란코, 그렇게 가만있으면 도둑이 돼버려. 어서 '제가 아니에요'라고 말해. 그 댁에서 무슨 일이 있었는지 모르지만, 란코가 아니라고 얼른 말해야 해.

나는 속으로 그렇게 말했던 것 같아요.

"뻔뻔하구나. 정말 나 화나게 할 셈이야? 알았다. 그 지폐 손에서 내려놓지 마."

이윽고 스미다 씨가 란코의 손목을 붙잡고 현관에서 나왔어요.

나는 당황해서 얼른 집으로 돌아가, 2층 내 방에서 계단 밑 동정에 귀를 기울였어요. 언니는 그때 뒤뜰에서 빨래를 걷고 있었을 거예요.

설마 란코가 당장 경찰서로 끌려가거나 하진 않겠지만, 스미다 씨는 기가 센 분이니까 분명 란코 어머니에게 다 말할 작정이리라 짐작했죠.

란코네 현관 미닫이문이 열리고 "부인, 안에 있어요?"라는 스미다 씨 목소리가 들려서 나는 안도하고 벽에 기대어 앉았어요. 아, 경찰서 사달은 면하겠다 싶었죠.

계단 밑에서 언니와 스미다 씨 사이에 오간 대화는 거의 기억나지 않아요. 그런데도 한 시간 가까이, 거듭 사과하는 언니의 잠긴 목소리가 후텁지근한 집 안에 낮게 울렸던 것은 기억해요.

도중에 란코 오빠와 여동생이 돌아왔지만 언니가 한 시간쯤 밖에서 놀다 오라고 곧바로 내보냈어요.

스미다 씨가 돌아간 것은 아마 3시 반쯤이었지 싶어요.

"왜 가만히 있어? 뭐라고 말 좀 해봐. 란코, 너 정말로 훔치려고 했니?"

언니의 비명에 가까운 목소리가 들렸어요.

란코는 끝내 입을 열지 않았어요. 엄마 앞에서도 아무 변명 없다니, 혹시 정말로 불단에 놓여 있던 봉투에 손을 댔나 하는 생각도 잠시 스쳤어요.

하지만 그럴 리가요. 절대 남의 돈을 훔칠 아이가 아니에요. 나는 믿었어요.

그날 밤 퇴근한 겐조 형부는 란코를 데리고 스미다 씨 댁으로 갔습니다.

형부는 온화한 사람이에요. 스미다 씨와 싸우러 갔을 리는 없어요. 일을 온건히 처리해주십사 고개를 숙이러 갔던 게죠.

나는 스미다 씨 댁에서 맨발로 뛰어나오던 마사오의 모습을 몇 번이나 뇌리에 그렸어요. 아니 굳이 그러지 않아도 흑백 슬로모션 영상처럼 저절로 내 안에서 자꾸 되살아나는 겁니다.

시간을 따져봐도 마사오가 란코보다 나중에 그 댁에 들어갔을 리는 없어요. 마사오가 먼저 있었다고요.

돈에 손댄 건 마사오였을 거예요. 난 지금도 그렇게 생각해요.

하지만 란코가, 스스로 도둑 누명을 쓰면서까지 그 애를 감쌀까요? 기껏 고1 여자아이가 그만큼 강단 있게 침묵을 관철할 수 있을까요?

마사오네 사정은 우리도 다 알았어요. 월세가 밀린 탓에 스미다 씨가 집을 비우라고 재촉한다는 사실도 알고 있었죠.

란코가 마사오를 감싼다는 추리가 확신으로 바뀐 건 형부만 이즈모에 남고 다른 식구들은 오봉_{8월 15일을 전후로 조상의 명복을 비는 명절}까지 하치오지로 돌아가기로 결정된 날이었어요.

8월 5일. 날짜까지 기억하는 건 마침 내 생일이었기 때문이랍니다.

아침에 형부에게 그 얘길 듣고, 나도 마침내 가와사키 본가로 돌아갈 날이 왔구나 싶었어요. 휴학 허락은 유효했지만, 여름방학이 끝나면 복학해야겠다 생각했죠.

그 무렵 가와사키 시는 대기오염 문제가 몹시 심각해서 솔직히 아직 이즈모를 떠나기는 싫었지만, 형부만 남아 작은 아파트로 이사한다는데 나도 따라나설 수는 없거든요. 언니도 그건 원하지 않을 테고요.

갑작스러운 이사는 장남의 대학 입시 때문이라고 형부는 설명했어요.

짐이라 봤자 별거 없지만, 그날부터 나도 이사 준비를 시작했어요. 몹시 귀찮고 께느른한 시간들이었지요.

내 방 창문에서 다 봤다는 사실도, 스미다 씨네 부엌 창문 밑에서 들었던 얘기도 함구하기로 마음먹었지만, 나는 란코처럼 심지가 굳지 못해서 뭔가를 비밀에 부쳐두는 일 자체가 버거웠나 봐요.

또 하나, 나는 그때 귀성한 대학생과 사귀고 있었어요. 여름방학을 맞이해 가업을 도우러 오사카에서 왔죠.

그 사람이, 오 년 전 세상을 떠난 남편입니다. 본가가 이즈모였어요. 아버님이 수산 가공품 도매상이셨는데, 이즈모 대사에서 남서쪽으로 십오 분쯤 걸어간 곳에 사무소 겸 창고가 있었죠.

그 사람과 헤어질 생각에 좀 힘들었어요. 아직 어렸던 거죠.

8월 5일 이른 오후, 그 사람을 만나려고 이즈모 대사와 이 집 사이 길을 걸어가고 있었어요. 가와사키로 돌아가게 됐다는 얘기를 직접 전하고 싶었거든요.

그때 뒤에서 란코가 나를 불렀어요. 란코도 그날, 탁구부에 전학 얘기를 하러 학교에 갔었죠.

"어디 가요?" 란코가 버스가 다니는 큰길에 서서 물었어요. 구김살이라고는 없는 표정이더군요.

산책 간다고 대답했어요.

그러고는 란코가 히노미사키 등대에 한 번도 간 적이 없다는 사실을 떠올렸어요.

그때부터 란코가 버스 탈 때까지, 무슨 이야기를 했는지 지금도 기억해요.

아무튼 날짜가 얼마 남지 않았으니 등대를 보러 가라고 내가 말했죠.

버스 정류장에서 같이 버스를 기다리면서, 란코에게 왕복 버스비와 따로 오백 엔쯤 건넸어요.

버스가 오는 걸 보고 결국 못 참고 말해버렸죠. "마사오 감싸는 거지? 나, 그 애가 스미다 씨 댁에서 맨발로 뛰어나오는 거 봤어."

란코는 놀라서 나를 바라봤지만, 가타부타 말이 없었어요.

"또 묵비권을 행사하는구나. 그래도 난 네가 남의 돈을 훔칠 사람이 아니란 거 알아."

버스가 멈추고, 란코가 올라타려 할 때 내가 말했어요.

"나도 마사오 얘기는 아무한테도 하지 않을게."

문이 닫히고 버스가 움직이기 시작한 순간, 란코가 나를 향해 손키스를 날렸어요.

나도 똑같이 했습니다. ─

이시카와 교코는 이야기를 마치고 깊은 한숨을 쉬었다. 잔잔한 웃음을 떠올린 채 고사카 마사오의 엽서를 집어 들고 중얼거렸다. "이런 엽서가 왔는데도 '나는 그쪽을 모른다'는 답을 보내다니, 하여튼 란코도……."

고혜는 등을 꼿꼿이 펴고 "감사했습니다"라고 말했다.

알 수 없는 감정이 북받쳐 목소리가 떨렸다.

"사십몇 년 전 일이라 세세한 기억은 없대놓고, 차근차근 더듬어 이야기하다 보니 완전히 잊었던 정경마저 떠오르네요."

이시카와 교코가 말하고 차를 새로 타기 위해 부엌으로 갔다.

시계를 보니 4시가 가까웠다.

이즈모 공항에서 하네다로 가는 마지막 비행편은 7시 반경이다. 지금부터 JR 이즈모 시 역으로 가 버스를 타면 6시쯤에는 공항에 닿으리라.

고헤는 속으로 계산하고, 차만 마시고 바로 일어나야겠다고 생각했다.

"란코네가 살았던 집 보실래요? 여기가 란코네, 여기가 스미다 씨 댁, 여기가 마사오네, 하고 안내할게요. 경찰이 현장 검증하듯." 이시카와 교코가 차를 가져오며 말하다 말고 얼굴에서 미소를 지웠다.

"조심성 없는 농담이었네요. 교사 티를 못 벗고 이따금 이런 식으로 말이 나갈 때가 있어요."

이시카와 교코가 다시 엽서를 들여다보았다.

"교직에는 몇 년이나 계셨어요?" 고헤가 물었다.

"정년까지 근무했으니, 삼십오 년 이상 초등학생들과 보낸 셈이죠."

소리를 죽여둔 스마트폰이 점멸했다. 유타가 보낸 라인 메시지다.

— 요새 수상쩍은 새 친구와 어울려 다니신다던데, 부디 나쁜 길로 빠지지 않기를. —

고헤는 쓴웃음을 지었다. 아케미가 쓸데없는 소리를 한 것이리라.

스마트폰을 그대로 호주머니에 넣고 향이 좋은 호지차 찻잎을 볶아 만든 일본 차를 마신 다음, 안내하겠다는 이시카와 교코를 만류하고 몇 번이나 고맙다는 말을 하고서 집을 나왔다. 일단 버스가 다니는 큰길로 나와 란코 가족이 살았던 집을 향해 걸었다.

이시카와 교코의 이야기를 듣는 동안 고혜의 마음에 떠올랐던 정경은 건물의 크기나 만듦새에 걸맞지 않은 훌륭한 기와지붕을 이고 늘어선 집집에, 해바라기며 나팔꽃이며 배나무가 햇빛을 머금은 흙길이었다.

그 길을 란코가 걸어간다. 마사오가 달려서 도망간다. 요란하던 매미 울음이 뚝 그친다.

하지만 실제로 큰길에서 좁은 길로 들어가니 아스팔트길이 이어졌을 뿐, 무화과도 배나무도 없었다.

일 분도 걷지 않아 오른쪽에 이시카와 교코의 집 뒤쪽의 2층 부분이 보였다. 그 대각선 건너편이 란코네 가족이 빌려 살던 집이리라.

고혜는 한참을 멈춰 선 채 란코가 살았던 집 2층을 올려다보았다.

벽돌 담장을 사이에 두고 앞쪽 집에 '후루타'라는 문패가 걸려 있다. 이시카와 교코가 말했던 부엌 창문이 보이고, 스미다 씨댁 뒤쪽 벽돌 담장까지 이어지는 좁다란 뜰에 오래된 경차가서 있다.

저 창문 아래서, 이시카와 교코는 숨죽인 채 스미다 씨 말을 듣고 있었겠지.

화단을 사이에 둔 옆집에도 후루타라는 문패가 걸려 있다. 초등학생인 고사카 마사오가 어머니, 할머니와 셋이 살았던 집이리라.

바람이 잘 통하는 길에 서서 세 채의 집을 찬찬히 바라보면서, 고헤는 속으로 말했다. "란코, 당신은 고집쟁이도 아니고 심성이 비뚤어진 사람도 아니야. 내가 잘 알아. 아내로서도 엄마로서도 그릇이 컸어. 너글너글하고 부지런한, 훌륭한 아내고 엄마였어. 생전 불평이라고는 몰랐던 사람. 될성부른 나무는 떡잎부터 알아본다더니. 이타바시 나카주쿠 상점가의 작은 중화소바집 안주인으로 살게 해서 미안했어."

고헤는 아스팔트길을 왔다갔다 하면서 한때 란코 가족이 살았던 집 2층을 바라보았다. 열아홉 살의 이시카와 교코가 창가에서 내려다보는 것만 같았다.

발걸음이 쉽게 떨어지지 않았지만, 공항에는 여유 있게 도착해야 한다는 신노스케의 말을 떠올리고 큰길을 향해 걷기 시작했다. 그때 앗, 하면서 고헤는 걸음을 멈추었다.

'저는 그쪽을 전혀 모릅니다.' 그 한 줄이야말로 고사카 마사오에게 보내는 명료한 대답이었다.

고사카 마사오도 란코의 편지를 받고 그것을 깨달았다.

"나까지 속이면서 열다섯 살에 한 약속을 지키려 하다니. 당신은 대체 얼마나 굉장한 사람인 거야." 고혜는 쓴웃음을 지으며 중얼거리고, 벽돌 담장 위에서 잠든 고양이에게 말했다. "란코, 당신은 훌륭한 여자야. 확실히 그 엽서는 《신의 역사》야."

이시카와 교코가 큰길에 차를 대고 기다리고 있었다. JR 이즈모 시 역까지 데려다주겠다며 물러서지 않아서, 고혜는 조수석에 올라탔다.

7장

11월 20일에 병원에 가자, 의사가 달력을 보면서 깁스는 30일
에 풀자고 했다.

하지만 깁스를 푼다고 다음 날 당장 가게를 열 수 있는 것은
아니란다.

"이유는 깁스를 푼 순간 아실 거예요. 오른손 근육이 굳어서
움직이지 않고, 악력은 거의 제로에 가까워졌을 테니까. 재활치
료 기간은 대개 한 달이니까, '마키노' 재개점은 내년이네요."

"한 달요? 그렇게나 걸린다고요?"

고헤가 놀라서 물었다.

"오른쪽 접시에 담은 콩을 젓가락으로 집어 왼쪽 접시로 옮기
는 연습을 하기 전에 재활 치료 전문가에게 굳은 손을 부드럽게

풀어주는 마사지를 받는데, 이게 아프단 말이죠. 뭐, 초조해하지 말고 마음 느긋하게 먹고 하셔야죠."

고헤는 고작 3밀리미터쯤 금이 갔을 뿐이라고 가볍게 생각했던 터라 내년까지 가게를 열지 못한다는 사실을 알고는 이라고 미사키 등대에서 넘어졌던 순간을 새삼 떠올렸다.

해변 산책로에 쌓여 있던 모래만 잘 피했어도 이 지경은 아닐 거라 생각하니 화가 치밀었다. 하지만 집으로 가는 길에 십 년 전쯤 란코가 건강검진을 받았을 때 일이 떠올랐다. 란코는 폐암일 가능성이 높다는 말을 들었다.

"담배도 안 피우고 술도 안 마시는 내가, 왜?"라고 하면서도 란코는 극히 담담했다.

"당신, 어떻게 그렇게 멀쩡해? 나 같으면 아주 혼이 달아나서 얼른 정밀검사 해달라고 보채거나, 다른 병원에 또 가보거나, 아무튼 일도 손에 안 잡힐 텐데." 고헤가 말했다.

란코는 "그야 나도 오래 살면 좋죠. 하지만 언제 갈지는 내가 정하는 게 아니잖아요. 왜 이런 병에 걸렸나 고민해봤자 뭐 해? 어차피 답도 모르는데. 치료에 전념하고, 그래도 안 되면 그만 가야죠. 대신 내가 죽는 순간 암세포도 죽어요. 무승부지" 하고는 저녁 영업 준비를 시작했다.

정밀검사 결과 폐에 비친다던 그림자는 보이지 않았고, 암이 아니라는 진단이 내려졌다.

당시 란코의 말에는 깊은 뜻이 있었다고 고헤는 생각했다.

나카주쿠 상점가 바로 앞에서 왼쪽 길로 꺾어져, 샤쿠지이 강을 따라 걷기 시작했다.

신노스케 가족의 이삿짐이 오늘 오후에 들어온다기에 맨션을 좀 들여다볼 생각이었다.

하지만 지금 가도 방해만 될 것 같아 도중에 좁은 길로 접어들어 집으로 향했다.

뒤에서 누가 부르는 소리에 돌아보니, 도시오가 쇼마 손을 잡고 서 있었다.

"오랜만이다? 여행에서 돌아오고도 어쩜 전화 한 통이 없냐. 좀 쌀쌀맞지 않아?" 길을 건너온 도시오가 말하자, 쇼마가 "고오헤" 하면서 손가락으로 가리켰다.

"저런, '고헤 아저씨'라고 해야지." 도시오가 쇼마에게 말했다.

뭔가 할아버지와 손자 콤비 같다고 생각하면서 고헤는 이즈모에서 돌아온 후로 줄곧 갈팡질팡중인 일을 상담할까 망설였다.

하지만 신노스케도 도시오에게 아무 소리 하지 않은 눈치라, 아오모리에서 이즈모에 갔던 일을 아직 말하지 않은 고헤는 도시오에게 선뜻 연락하지 않았던 터다.

쇼마를 가운데 두고 나란히 좁은 길을 걸으면서 도시오가 입을 열었다. "말이 그렇지 오늘 중에 이삿짐 정리가 어떻게 끝나겠냐고. 얘가 왔다갔다 하면 진도가 안 나가니까 내가 봐준다고 자원은 했다만, 아주 그냥 녹초다."

"예순두 살 아저씨랑 두 살배기 에너지가 같겠어? 한시도 눈을 뗄 수 없을 때고." 고헤가 웃으면서 말했다.

실은 이즈모에서 돌아와 곧바로 이시카와 교코에게 감사 편지를 쓰고 싶었지만, 현재의 오른손으로는 무리였다. 아케미에게 대필을 부탁할까도 생각했지만 그러려면 란코가 도둑 누명을 쓰면서까지 끝내 함구했던 일을 딸에게 밝혀야 한다.

결국 그 편지는 단념했지만, 꼭 보내야 할 또 한 통은 아무리 들쑥날쑥 괴발개발일지언정 제 손으로 쓰고 싶었다. 고사카 마사오에게 보내는 편지다.

란코가 스미다 씨 집에 들어가고 불과 일이 분 동안, 만 엔 지폐를 훔치려 했던 초등학교 2학년생 고사카 마사오와 어떤 일이 있었는지 알고 싶었다.

단순한 동정심만으로 란코가 남의 죄를 뒤집어쓸 결심을 하고, 더욱이 그토록 완강히 실행할 리는 없다.

아무리 큰 은의를 입었던들 고사카 마사오가 히노미사키 등대를 암시하는 그림까지 그려가며 내년에 대학을 졸업한다는 소식을 전해올 리도 없다.

고사카 마사오로서는 먼 과거의 불쾌한 기억은 잊고 싶을 테고, 쓸데없이 엽서를 보내 란코의 기억을 소환하는 짓은 하지 않을 터다.

그 짧은 순간에, 뭔가가 있었다. 그걸 알고 싶었다.

안다고 뭐가 달라지지는 않는다. 하지만 란코는 스스로 도둑 누명을 쓰고 열다섯 살부터 예순 목전까지 살았다.

고사카 마사오에게 란코가 이 년 전에 죽었다는 사실을 전하고 싶다. 엽서를 《신의 역사》라는 두툼한 책 속에 끼워두고 갔다는 사실도.

고헤는 이즈모에서 돌아온 이래 계속 그런 생각을 했다.

이층집이 늘어선 좁은 길을 걸어가는 사이, 도시오가 막상 무슨 일이 닥치면 제법 믿을 만한 남자란 사실이 떠올랐다.

아케미에게 편지를 대필시키자면 이유를 상세히 설명해야 한다. 란코가 죽을 때까지 지키려 했던 비밀을 딸이 알게 된다. 차라리 남이 낫지 않을까.

고헤는 집 못미처 나카주쿠 상점가로 가는 골목으로 돌아, '마키노' 뒷문을 열었다. 가게 안에서 기다리던 도시오에게 말했다.
"너한테 부탁하고 싶은 게 있는데, 2층에서 얘기 좀 할래?"

도시오가 고개를 끄덕였다.

"애를 3시까지 맡아주기로 했어. 보통 장난꾸러기가 아니다. 얌전히 있지 않을 텐데."

도시오는 쇼마의 손을 잡고 2층으로 올라갔다.

"그림책이라도 있으면 좋은데, 그런 것도 없고."

고헤가 말하고 주방 냉장고에서 토마토를 꺼내 씻었다. 아케

미가 그저께 단골 고객에게 받아온 그린 토마토였다. 넓은 마당
에 텃밭과 온실이 있단다.

상온에 며칠 놔두면 자연히 빨개진다고 했다는데, 아케미는
그린 토마토를 좋아하니까 일부러 냉장고에 넣었다.

무려 사십몇 년 전 일을, 어디서부터 운을 뗄지 고민하느라 토
마토를 썰지도 않고 쇼마에게 건넸다. 쇼마는 신기하다는 듯 바
라보더니 덥석 베어 물었다.

"그렇지, 얘가 토마토 좀 먹을 줄 아네." 도시오가 말했다.

시큼하다고 뱉어버릴 줄 알았는데, 쇼마는 코 밑에 토마토 즙
을 묻혀가며 계속 먹었다.

도시오가 자신의 손수건으로 쇼마의 입가를 닦아주며 물었
다. "그래서, 무슨 얘긴데?"

"너 아주 느긋하다? 가게는?"

"집사람이 다운이야. 평소 쌓인 피로가 한꺼번에 쏟아지나봐.
석 달에 한 번꼴로 이런 날이 있는데 그럴 땐 무조건 임시 휴업.
마사지점에서 사람 불러 집에서 한 시간 마사지 받고, 미지근한
물 받아 욕실에서 영화 한 편 보고, 두세 시간 푹 자. 그리고 나
면 멀쩡해져."

"욕실에서 영화를 봐?"

"DVD 말이야. 욕실에서도 쓸 수 있는 재생기가 있어."

쇼마가 메고 있던 작은 유아용 숄더백에서 색종이를 꺼내 뭔

가 접기 시작했다.

"아냐, 아냐. 투구는 이쪽을 먼저 접어야 해." 도시오가 시범을 보이면서 어서 얘기해보래도, 하는 낯빛으로 고헤를 바라보았다.

"으음…… 어디서부터 시작할까."

아무래도 예의 엽서로 거슬러 올라가야 할 것 같아, 고헤는 책꽂이에서《신의 역사》를 꺼냈다.

이즈모에서 돌아온 날 엽서를 원래 장소에 돌려놨었다.

이야기를 다 마쳤을 때는 2시 반이 지나 있었다. 이시카와 교코에게 들은 말도 거의 가감 없이 전했고, 9월부터 오늘까지 마음속에서 일어났던 크고 작은 생각의 변화까지도 낱낱이 털어놓았다.

도시오는 한마디도 끼어들지 않고 쇼마가 해달라는 대로 색종이만 접다가, 쇼마가 졸린 눈을 하자 침대에 눕혔다.

쇼마는 도시오가 접은 개구리를 쥔 채 잠들었다.

도시오가 쇼마의 숄더백에서 색연필을 꺼냈다. 2B 연필도 들어 있었다.

"편지지 있냐?" 도시오가 물었다. "넌 구술하고 난 받아 적고. 나중에 깨끗이 새로 적어다 줄게. 천천히 불러라."

"응, 일단 '배계편지 첫머리에 의례적으로 쓰는 말'."

고헤는 정좌하고 생각에 잠겼지만 다음 말이 떠오르지 않았다.

"배계 다음, 뭐 대뜸 '배상편지 끝에 쓰는 말'이냐? 텅 빈 편지를 란코 씨 남편한테 받으면 그 사람도 섬뜩하겠다, 야." 도시오가 웃었다.

"갑자기 읊으려니까 말이 안 나와."

"너, 저렇게 어려운 책을 잔뜩 읽어놓고 편지 하나 못 쓴다고? 쇼마가 깨기 전에 초안을 끝내버리자고. 일단 떠오르는 대로 말해. 나중에 지우거나 보태면 되잖아."

"응, 그러게."

이윽고 고헤는 생각나는 대로 말하기 시작했다.

— 불쑥 이런 편지를 드리는 무례를 용서하십시오. 저는 마키노 란코의 남편 마키노 고헤라고 합니다.

란코는 재작년 2015년 9월, 지주막하출혈로 갑자기 세상을 떠났습니다.

그 이 년 후인 올해 9월, 고사카 마사오 씨가 삼십 년 전에 보낸 엽서가 제 책 속에 끼워진 것을 발견했습니다. 《신의 역사》라는 학술서입니다.

고사카 씨가 보냈던 엽서는 저도 기억합니다. 란코가 그것을 받고 대체 누구지, 이런 사람 전혀 모르는데, 라고 의아해했기 때문이지요.

그리고 그런 사정을 적은 답장을 고사카 씨에게 보냈기 때문입니다. 편지는 제 손으로 집 근처 우체통에 넣었습니다. 수취인 불명으로 반송되지 않았으니 고사카 씨가 받아보시지 않았나 짐작합니다. —

거기까지는 특별히 막히지 않았지만, 자신이 왜 돌연 등대에 흥미가 생겨 여행까지 다니게 되었는지 말하다 보니 좀더 단도직입으로 란코의 이즈모 시절 일을 묻는 게 맞지 않나 싶어졌다. 자신의 등대 순례 따위는 아무래도 좋지 않을까.

"지금 거기, 전부 지워봐."

"응? 왜? 괜찮은데. 상대를 겁주지 않으려면 이 정도는 써줘야 하잖아? 네 편지 펼치면서 그 사람도 긴장했을 거라고. 그쪽을 몰아세우거나 위협하는 게 아니다, 이즈모에서 그 공백의 몇 분 동안 대체 무슨 일이 있었는지 알고 싶을 뿐 다른 의도는 없다고 안심시킬 필요가 있잖아."

일리 있는 말이다 싶어 고혜는 그대로 계속하기로 했다.

이시카와 교코의 이름을 밝힐까 말까 망설였지만, 밝히기로 했다. 그로 인해 고사카 마사오가 꽁꽁 숨어버린다 해도 어쩔 수 없다.

— 무려 사십몇 년 전 일이 왜 새삼 궁금할까 생각하시겠지만, 옛 역마을 이타바시 구의 중화소바집 안주인으로 살았던 란코가 남편에게도 끝내 숨겼던 진실을, 저 혼자서라도 검증해보고 싶습니다.

고사카 씨가 그런 일은 다시 떠올리기도, 이제 와서 거론하기도 싫으시다면 할 수 없지요. 저도 그 엽서를《신의 역사》에 끼워둔 채 전부 가슴속에 묻어둘 작정입니다.

하지만 혹시 스미다 씨 댁에서 불과 일이 분 사이에 일어났던 일을 들려줄 용의가 있으시다면, 엽서도 좋고 편지도 좋으니 제게 알려주십시오. 제 휴대전화 번호도 적어둡니다. 배상. ―

도시오가 자신의 지저분한 글씨를 들여다보면서 나른한 표정으로 손목을 돌렸다.

"옮겨 적는 건 만년필이 좋을까? 이렇게 긴 글을 만년필로 써본 적은 없는데. 볼펜은 안 돼?"

"이런 편지는 역시 만년필이 좋을걸."

"나 만년필 없어. 네 것 좀 빌리자." 도시오가 말했다.

고헤가 책상 서랍에서 케이스에 든 독일제 만년필과 잉크를 꺼내 건넸다. "나도 사놓고 세 번밖에 안 썼어. 십 년 동안 딱 세 번."

"고헤 너 글 좀 쓴다? 독서가라 그런지 과연 달라. 표현이나 문장의 강약 같은 게 책 읽는 사이 자연스럽게 몸에 뱄나 보다. 받아 적으면서 내가 다 눈시울이 시큰하더라. 수십 마리 매미 울음마저 들렸다고. 그래, 아버지와 싸우고 눈이 퉁퉁 붓도록 울고 집을 나가버리는 엄마를 쫓아갔을 때도 매미가 일제히 울기 시작했었지, 같은 기억이 떠오르면서. 그때 난 유치원생이었는데, 뭐 이런 거. 열다섯 살의 란코 씨가 이시카와 교코 씨에게 버스 안에서 손키스 날리는 광경, 나도 본 것 같은 기분이 들었어."

도시오가 초고를 적은 종이를 두 번 접어 셔츠 가슴 주머니에 넣었다.

이시카와 교코 얘기는 언급하지 않을 생각이었는데, 아무래도 이즈모에서 들은 이야기를 빼고서는 이 편지는 성립하지 않았다.

"글 잘 쓴다는 말은 난생처음 듣는다. 정말 그렇게 생각해? 시 좀 써볼까 하고 노트를 사지만 한 글자도 못 쓰거든."

"하이쿠 5·7·5의 3구 17음절로 된 일본 고유의 단시처럼 '제목'이 주어지면 쓸 수 있지 않을까?"

"제목?"

"응, 내가 '제목'을 주마."

도시오가 만년필에 잉크를 적시고 잠시 생각하더니 색종이 뒷면에 적었다. '미녀.'

"뭐야, 속되게."

"아름다운 시는 속됨 속에서 태어난다, 라고 누가 그랬거든. 누구더라."

"시심이 자극되지 않아."

그때 쇼마가 잠에서 깨 두리번거리더니, 도시오를 보고 울음을 터뜨렸다.

"이러면 엄마가 아니면 안 된다고" 하면서 도시오가 쇼마의 숄더백에 만년필과 잉크를 넣고, 쇼마를 안아 올렸다.

"자, 집에 가자."

도시오는 편지를 깨끗이 완성하는 데 사흘 달라면서 계단을 내려가다 말고 멈췄다.

"간짱이다! 간짱이 그랬어. 아름다운 시는 속됨 속에서 태어난다고. '아자미'에서 마시면서. 한 오 년 전인가."

'아자미'는 이타바시 다리에서 샤쿠지이 강을 따라 조금 가면 있는 오래된 주점이었다.

"알았어, 다음에 같이 가자. 내가 쏠게."

도시오가 소리 없이 웃고, 쇼마를 안고 뒷문으로 나갔다.

쇼마가 제대로 접지 못한 색종이가 흩어진 침대를 정리하고, 고혜는 벌렁 드러누워 "슬슬 소주 타임이네"라고 중얼거렸다.

편지는 고사카 마사오에게 잘 도착할까. 무려 삼십 년 전 엽서다. 당시는 무사시노 시 기치조지에 살았지만 지금도 같은 데 산다는 보장은 없다.

그때는 대학생이었다. 졸업하고 취직해, 다른 지역으로 이사했을 공산이 크다.

현재는 쉰한두 살. 전근이 잦은 직종에 있을지도 모르고, 옮겨 간 곳에서 그대로 눌러 사는지도 모른다.

삼십 년 전과 같은 장소에 살 확률이 더 낮다. 뭐 됐다. 편지가 되돌아오면 그건 그것대로 별수 없다. 그걸로 끝내자.

고혜는 벽장에서 이불을 꺼내 덮었다. 갑자기 몸이 으슬으슬

했다.

잠깐 누워 있을 생각이었는데, 아케미 목소리에 눈을 뜨니 7시가 지나 있었다.

"빨리 왔네. 저녁 아직이지?"

잠이 설깬 상태로 고헤는 침대 위에서 몸을 일으켰다. 아케미의 모습은 보이지 않았다. 계단 밑에서 부른 모양이다.

"상여금 나왔어. 오늘 저녁은 내가 살게."

고헤는 침대 주변에 흩어진 색종이를 휴지통에 버리고 계단을 내려갔다.

"상여금이 벌써 나왔어? 빠르네."

사내 노조가 복리후생 강화, 여성 사원 지위 향상 같은 요구를 내걸었는데, 회사는 준비 기간을 달라고 요구했다. 몇 년 전부터 해온 요구라며 조합도 더는 기다릴 수 없다고 버텼다. 그러자 회사 측이 상여금 인상과 지급일을 앞당기는 협상안을 제안해왔단다.

"그래 봤자 눈곱만큼 올랐지만. 빨리 받으면 좋지." 아케미가 덧붙였다.

뒷문에서 골목으로 나가, 상점가의 인파 속을 걸으며 아케미가 뭘로 할 건지 물었다.

"슬슬 오뎅이 당기는 계절이네. '아자미' 어떠냐? 그 집 오뎅 맛있잖아. 회도 싱싱하고."

"그래, 그럼. 난 거기 초밥이 좋더라."

"식초 안 넣고 그냥 흰밥으로 만들어주는 거? 웅, 그거 별미지."

이타바시板橋 다리는 말 그대로 튼튼한 '널판지 다리'로, 에도시대 이래 몇 번이나 새로 놓였다. 몇 개의 가도에서 에도로 찾아드는 나그네가 건너갔던 그 널판지 다리가 이타바시 역마을의 이름이 되었다.

샤쿠지이 강에 걸쳐진 이타바시 다리 밑 안내판에는 그런 설명이 적혀 있다.

"어제 일요일이라, 이노우에 씨네 고지로 산책시켜주다가 신노스케 가족이랑 마주쳤어." 아케미가 말했다.

"이노우에 씨라면 올해 여든……."

"다섯. 반려견 산책은 무리지. 고지로도 사람으로 치면 이노우에 씨와 거의 동갑인 셈이야. 한 100미터만 걸으면 딱 주저앉아서 꿈쩍도 안 해. 유이 씨가 고지로를 안고 배변시키러 가고, 내가 대신 아카리를 안고 있었지. 고지로 쪽이 훨씬 무겁더라고."

"신노스케, 고등학교 중퇴하고 후쿠오카에서 못된 짓 좀 하던 녀석으로는 안 보이지?" 고헤가 웃으면서 말했다.

"뭘, 듣자 하니 위험한 그룹 예비군의 견습생 같은 거던데."

샤쿠지이 강변의 벚꽃 가로수가 시작되는 곳에 '창업 쇼와 13년1938년'이라고 적힌 포렴이 내걸린 주점이 있다. 노부부와 아들 부부가 꾸리는 가게다.

구이 요리는 젊은 부부가, 정종 데우기는 어머니가, 생선회 뜨기를 아버지가 각각 담당하는 듯한데, 주방에서 네 사람의 움직임에는 군더더기가 없고 늘 일정한 리듬이 느껴진다.

지로리술을 데우는 놋쇠나 구리로 된 원통형 용기에 술을 옮길 때 쓰는 한 홉들이 되는 이십 년 세월에 모서리가 닳고 닳았다. 한 홉들이라지만 선대의 선대가 특별히 주문 제작한 것으로, 실제로는 한 홉 두 작한 홉의 10분의 1로 18밀리리터에 해당 들어간다.

재료가 좋은 만큼 다른 데보다 가격은 세지만, 란코는 한 달에 한 번 여기서 전갱이 다짐회와 오뎅을 먹는 게 낙이었다. 입가심은 늘 붉은 된장으로 끓인 된장국과 주먹밥이었다.

"여기 오면 엄마 생각나니까, 실은 오고 싶지 않았어." 아케미가 작은 목소리로 말했다.

식전 안주로 나온 전어와 비지 무침을 맛보면서, 고헤는 소주 오유와리를, 아케미는 맥주를 주문했다.

"아이들한테 얘기해도 돼요. 나, 나쁜 짓 한 거 없으니까." 란코가 말했다.

"응. 그래도 얘기 안 하는 편이 좋을 것 같은데."

"왜요?"

"뭔가 소중한 것이 비눗방울처럼 터져 사라질 것 같아서."

"소중한 것이 뭔데?"

고혜는 대답을 고민했다. 말로 할 수 없는 것이 우리 인생에는 왜 이리 많을까.

"음…… 고등학생이던 당신한테 받은 손키스?" 고혜가 말했다.

"당신한테 날린 거 아닌데?"

"아니, 히노미사키 등대로 가는 버스 정류장에 서 있었던 건 나야. 아, 아니구나. '나였으면 좋았을걸'이 맞는 말이네. 예쁜 여고생이 버스 안에서, 무더운 여름날 오후 버스 정류장에 서 있는 나한테 손키스를 날리는 거지."

그렇게 말한 순간, '미녀'라는 시가 거의 완성된 것 같았다.

세 종류 모듬회를 주문하자 점주 아들이 "그 손으로는 젓가락 쓰기 힘드시죠" 하면서 포크를 카운터에 놓아주었다.

"마키노 씨, 깁스 언제 푸세요?" 점주 아들이 물었다.

"열흘 후라는데. 곧바로 재활치료가 있다나 봐요."

"재활치료, 그게 보통 일 아니에요. 저도 자전거 타고 가다 넘어진 적 있거든요. 보도랑 차도 사이 턱에 여길 부딪쳤어요. 머리나 얼굴 아니길 천만다행이었죠. 자칫했으면 큰일 치렀을지도 몰라요."

'아자미'의 4대째 점주가 될 젊은이가 자신의 왼손 손등을 가볍게 때렸다.

"책상에 십 엔짜리 동전을 놓고 다친 쪽 손가락으로 뒤집기부터 시작했는데, 이게 안 되더라니까요. 한심한 노릇이죠. 그다음

엔 젓가락으로 콩 집기예요."

"앗, 나도 그거 해야 한다던데."

"이게 또 어려워요. 몇 번이나 울화가 터져서 젓가락을 내동댕이치고 싶던지요. 마키노 씨도 누긋하게 하셔야 할 거예요." 점주 아들이 웃으면서 말했다.

"그렇구나, 재활치료도 있구나. 그럼 가게 재개는 내년이네." 아케미가 말하고 따끈한 정종을 주문했다.

고혜의 마음속에는 아직 버스 정류장에 서 있는 자신의 모습이 있었다. 란코는 사라져버렸다.

병원에서 돌아오는 길에 쇼마와 같이 있는 도시오를 만났다는 얘기를 하는 사이 손님이 다섯 명 들어와, 두 사람은 옆으로 옮겨 앉았다. 카운터석은 열 명 앉을 수 있는데, 문에서 가까운 자리에 손님이 세 명 있었다.

고혜와 아케미는 제일 안쪽으로 들어가는 바람에 가지, 오이, 토란 따위를 담은 바구니에 가려 주방에서 얼굴이 보이지 않게 되었다.

밀담에는 안성맞춤이겠다고 생각한 순간, 고혜는 역시 아이들에게도 말해두자는 충동에 휩싸였다.

자신들의 어머니가 어떤 사람이었는지 알려두고 싶어졌다.

이야기를 다 마쳤을 때, 고혜는 소주를 넉 잔이나 마신 후였다.

아케미는 카운터 너머 네모난 오뎅 냄비를 멍하니 바라본 채 한동안 말이 없더니 "아빠, 그 이상은 안 돼" 하면서 잔을 압수하고, 자신은 넉 잔째 정종을 주문했다.

"너야말로 그만 됐다. 너무 마셨어. 오뎅이나 주먹밥으로 해."

아케미가 순순히 따뜻한 정종을 취소하고, 오뎅 냄비 속의 튀긴 두부, 소 힘줄, 토란을 주문했다.

"그래서 아오모리에서 갑자기 이즈모에 갔구나? 교코 이모할머니, 용케 얘기를 해주셨네."

"란코가 살아있었으면 그분도 계속 함구하셨을 테지."

"고사카 마사오 씨에게 보내는 편지, 굳이 도시오 아저씨한테 부탁하지 않아도 내가 대필해줬을 텐데."

고헤는 사십몇 년 전 이즈모에서의 일을 아이들에게는 덮어두려 했던 이유를 제대로 설명할 수 없었다.

"하코다테의 교코 씨에게 보내는 감사 편지는 네가 대신 써줘."

아케미는 어딘지 힘없이 고개를 끄덕였다.

"엄마가 어떤 사람이었는지, 나는 전혀 몰랐구나. 손님들 테이블과 주방을 총총대며 오가는 중화소바집 아줌마로만 알았는데. 중학생 때는 좀더 멋진 엄마였으면 좋을걸, 하고 생각한 적도 있고."

도시오가 깨끗이 적은 편지를 가져온 것은 고헤의 재활치료가 사흘째로 접어든 날이었다.

사흘이면 될 줄 알았는데 쓰고는 찢고, 쓰고는 찢는 사이에 이주가 훌쩍 가버리더란다.

"하루 종일 일하고 집에 가서, 쉬지도 못하고 썼을 것 아냐. 애썼다."

"아니, 집사람이 수상하게 생각할까봐 오후 바쁜 시간 넘기고 그 사람 들어가면 가게 조리실에서 썼다, 야."

도시오는 봉투에 고사카 마사오와 고헤의 주소, 이름도 적어 왔다.

고헤는 무려 여덟 장의 편지를 읽어보고 봉투에 넣어, 도시오와 함께 상점가에 있는 우체통에 넣었다.

고사카 마사오의 답장을 열흘 기다리고, 또 열흘 기다렸다. 그 사이 재활치료는 순조로이 진척되었다.

깁스를 풀었을 때 측정한 결과 의사의 예상보다 악력은 떨어지지 않았고, 근육 강직도 심하지 않았다. 그런데도 아케미와 팔씨름을 하면 아기 손 비틀듯 허망하게 졌다. 악력이 골절 전의 삼분의 일 정도니 별수 없다.

'아자미' 점주 아들 말마따나 젓가락으로 콩 집기가 가장 어려웠다.

1킬로그램짜리 아령으로 악력과 손목 근육을 회복하는 운동을 시작했는데, 크리스마스이브가 되자 무게를 3킬로그램으로 늘리고 통원 재활치료는 종료하게 되었다.

앞으로는 집에서 혼자 계속하셔야 돼요. 아무튼 오른손을 의식해서 쓰시다 보면 차츰 원상태로 회복될 겁니다, 라는 의사의 말을 듣고, 고혜는 돌아오는 길에도 오른손을 쥐었다 폈다 되풀이하며 가게로 직행했다. 그러고는 곧바로 평평한 체에 중화면 대신 젖은 수건을 올리고 물 빼기 연습에 돌입했다.

다치기 전의 움직임을 10이라고 한다면 아직 8쯤일까. 면기에 물을 담아 쟁반에 올려 카운터로 가져가보았다. 영 위태위태했다. 손님에게 화상 입히기 십상이다 싶어 재개점은 이듬해 1월 5일로 잡았다.

6일은 토요일로, '마키노'는 주말에 가족 동반 손님이 많다. 5일에 영업을 개시해 실전을 통해 감을 회복하고 첫 주말에 대비하자. '마키노'에는 소중한 가족 동반 손님은 평균하면 네 명이 많다. 세 그룹쯤 동시에 들어오면 지금 같은 상태로는 감당하기 힘들다.

정초 사흘까지 포함해 오늘부터 열흘이면 충분히 회복하리라고 고혜는 내다봤다.

재활치료를 겸해 물 빼기, 칼질, 쟁반 나르기 연습을 되풀이하면서도 고혜의 신경은 바깥 상점가로 쏠려 있었다. 우편배달부 오토바이 소리 같은 것이 들리면 얼른 뒷문으로 나가 집으로 잔달음을 쳤다.

우편함에 고사카 마사오의 답장은 들어 있지 않았다.

"꼭 올 거야." 란코가 말했다.

고헤는 오른손을 쥐었다 폈다 하며 골목길을 되짚어 가게로 돌아가면서 물었다. "확신해?"

"그 애는 은근히 알심이 있거든. 삼십 년 전 엽서로 알 수 있어."

"엽서 한 장으로 어떻게 그렇게 잘 알아?"

란코는 대답을 하지 않은 채 사라졌다.

가게로 돌아와 주방용품 도매상에 전화해, 셀프서비스용 정수기 세트를 주문했다. 도시오의 의견을 따를 생각이었다.

그런 다음 제면소와 각 도매상에 연락해 중화면, 완자피, 생닭, 닭뼈, 돼지뼈, 닭고기 등 식재료를 주문하고, 재개점은 내년 1월 5일이라고 전했다.

야채 도매상에도 해 질 녘까지 배달을 부탁하고, 일단 집으로 돌아가 잠깐 쉬었다.

슬슬 식재료가 도착할 때쯤 흰 트레이너에 흰 조리복을 입고, 머리에 두를 흰색 무명 수건을 어깨에 걸치고 가게로 돌아왔다.

리허설이지만 평소 영업 때와 똑같이 입고 싶었다.

육수냄비 세 개를 각각 제자리에 세팅하고 차슈 만들 준비를 마친 다음, 신노스케에게 전화했다. 전부 완성하면 밤 10시나 되겠지만 시식하러 올지 물어볼 생각이었다.

신노스케는 곧바로 전화를 받아 "지금 가요" 하면서 뒷문으로 들어섰다.

"뭐야, 어째 거기서 나와?"

"간다에 있는 학원 가서 내년 입학 수속 알아보고 오는 길이에요. 지하철에서 내려 요 앞까지 왔는데, 가게 문 앞에서 고사카 마사오 씨가 안을 들여다보는 거예요. 제가 있으면 방해될 것 같아 그냥 지나쳤죠. 근데 슬쩍 돌아봤더니 고사카 씨, 지하철역 쪽으로 가버리더라고요." 신노스케가 말했다.

고헤는 여우에 홀린 기분으로 신노스케를 바라보았다.

"고사카 마사오인 줄 어떻게 알아?"

"나이는 오십 좀 넘었고, 흰머리 약간 섞이고, 키는 한 170센티미터? 빵빵한 브리프케이스를 들고 베이지색 코트를 걸쳤어요, 단추는 안 잠그고요. 짙은 남색 슈트에 청색 스트라이프 넥타이. 가죽구두 밑창은 고무였지만 꽤 고급이고 걷기 편해 보였어요. 중소기업 경영자는 아니고 개인 사업주 같은 느낌? 유리문 너머에서 가게 안을 들여다보는 게 뭐 팔러 온 사람은 아니고, 중화소바 먹으러 온 손님은 더욱 아니고, '마키노'의 동향을 보러 온 느낌. 고사카 마사오 말고 누가 있나요?"

베테랑 형사라도 사람을 잠깐 보고 이만큼 파악하지는 못하리라.

"뭐야, 그냥 추측이야? 난 또 본인이 이름이라도 댔다고? 탐정

놀이는 됐어. 내가 지금 그 사람 답장 기다리느라 마음이 아주 뒤숭숭하거든. 올해 안에 안 오면 깨끗하게 단념하련다."

고혜의 말을 들으면서 가게 문 너머를 바라보던 신노스케가 잠자코 나카주쿠 상점가를 가리켰다. 해 질 녘이 되면서 사람들이 많아진 상점가에 오십 줄의 남자가 서 있었다.

"전 집에 가 있을게요."

신노스케가 뒷문으로 해서 나갔다. 남자에게 무어라 한마디 하자, 남자가 가볍게 고개를 숙이고 골목길로 들어왔다.

고혜는 허둥대며 카운터에 행주질을 했다. 빈 육수냄비에 무릎을 부딪쳐 땡, 하고 요란한 소리가 울려 퍼졌다. 바야흐로 1라운드 시작을 알리는 걸까.

뒷문을 두드리는 소리가 들렸다. 방문 판매 영업사원이면 신노스케 녀석 엉덩이를 걷어차주리라 다짐하며 문을 열자 닭고기 도매상이 서 있었다. 무슨 영문인지 건어물 도매상과 야채 도매상도 줄줄이 따라 들어왔다.

"주방에 넣어주실래요?" 고혜가 말하고 테이블석 의자에 털썩 앉았다. 긴장이 풀리면서 다리마저 풀려버린 것 같았다.

조금 전 기세 좋게 울렸던 공은 뭐였냐고 허탈해 할 때, 한 남자가 문에서 상반신만 밀어 넣고 고혜를 바라보았다. 얼굴이 어딘지 모르게 해맑다.

"마키노 고혜 씨 되시나요?" 남자가 물었다.

울린 거 맞잖아, 시합 개시 공. 고헤가 속으로 말하고 "그런데 요"라고 대답했다.

"편지를 받은 고사카 마사오입니다. 바쁘실 때 와버린 모양이 네요."

"아뇨, 하나도 안 바쁩니다. 들어오세요."

고헤가 테이블석을 가리키고, 주방으로 들어가 전기포트 스위치를 켰다.

"아뇨, 신경쓰지 마십시오. 곧바로 실례할 거니까요."

가게로 한 발짝만 들어와, 고사카 마사오가 말했다.

곧바로 실례? 금방 끝날 이야기는 아닐 텐데?

어쨌거나 고헤는 웃음을 머금고 말했다. "편지 받고 많이 놀라셨죠? 저도 써야 하나 말아야 하나 무척 고민했습니다."

뭐라고 더 말하려는데 고사카 마사오가 먼저 입을 열었다.

"이즈모에 갈 시간을 내주실 수 있을까요?"

"이즈모요?"

"네, 편지에 히노미사키 등대는 보지 않고 도쿄로 돌아왔다고 하셔서…… 저랑 가보시겠어요?"

"언제요?"

"내일모레, 아니면 글피는 어떠세요? 그러면 연말 귀성 러시와 겹치지도 않고요. 저는 오늘 중에 일 때문에 오사카로 가야 합니다. 오사카에서 곧장 이즈모로 가겠습니다. 모레, 이즈모에서 뵈면 어떨까요?"

"내일모레면…… 12월 26일이네요. 이즈모 어디서요?"

"예전에 란코 씨 가족이 살던 집 앞은 어떨지요? 제가 도착하는 시간은 전화로 알려드리겠습니다. 오사카에서 가는 첫 이즈모행을 탈 생각입니다만."

고헤는 고개를 끄덕이고 자신의 휴대전화 번호를 다시 일러주었다. 고사카 마사오는 번호를 수첩에 적고, 뒷문에서 한 발 들어온 자리에서 전혀 움직이지 않은 채 그대로 돌아갔다.

대뜸 히노미사키 등대를 같이 가자니, 무슨 꿍꿍이일까. 고헤는 잠시 멍하니 테이블석에 앉아 있었다.

고사카 마사오에게는 미안해하는 구석이라고는 없었다. 아마 란코 남편이란 사람이 보낸 편지에서 악의 같은 것이 전혀 느껴지지 않았기 때문인지도 모른다.

더욱이 세월이 사십몇 년 흐른 데다 현장에 있던 란코는 이미 죽었다. 거리낄 것이라고는 없다. 그러니 저렇게 당당히, 등대를 보러 가자는 여유로운 제안을 할 테지.

왜 나는 냉큼 승낙했을까.

저쪽의 제안에 간단히 응해버린 자신에게 화가 치밀었다.

하지만 십 분쯤 앉아 있는 사이, 지난번에 일껏 이즈모까지 가서 히노미사키 등대도 보지 않고 돌아온 아쉬움이 마음속에 남아 있었음을 깨달았다.

고혜는 주방으로 들어가, 도매상들이 약속이라도 한 듯 일제히 나타나 내려놓고 간 식재료를 하나하나 꺼냈다. 어깨에 걸쳤던 무명 수건을 머리에 두르고, 중화소바 국물을 만들기 시작했다.

"난 뭘 착각하고 있어." 고혜가 중얼거렸다.

"고사카 마사오를 순 악당 취급하잖아. 그 사람은 란코에게 죄를 뒤집어씌운 천하의 몹쓸 놈이 아니라고. 란코는 스스로 도둑 누명을 쓰면서 여덟 살배기 이웃집 아이를 지켜준 거야."

고혜가 작업하던 손을 멈췄다. 여덟 살배기 고사카 마사오가 돈을 훔치려 했다는 것은 이시카와 교코의 이야기를 듣고 추측했을 뿐, 실제로 돈에 손댄 사람은 란코일지도 모른다. 그것을 목격한 고사카 마사오야말로 보고도 못 본 척 줄곧 입을 다물고 있었다는 추측도 가능하지 않나.

고혜는 머리를 세차게 흔들어 그 생각을 지웠다.

"란코가 어디 남의 돈을 훔칠 사람이냐고."

고혜는 란코의 대답을 기다리며 허공에 귀기울였다. 란코의 목소리는 들리지 않았다.

껍질을 까지 않은 마늘 세 뿌리, 양파 다섯 개, 큼직큼직 썬 양배추 두 통, 대파 세 단, 당근 다섯 개, 생강 두 개, 돼지뼈를 넣은 육수냄비에 물을 채우고 가스 불을 켰다. 다른 육수냄비에는 생닭, 닭뼈, 닭발을 넣었다.

또 하나의 육수냄비에는 물을 받아 마른 멸치와 말린 고등어 포, 리시리 다시마를 담가두었다. 세 시간쯤 그대로 두었다가 다시마만 먼저 건져내고 약한 불로 국물을 우리면 된다.

고헤는 란코가 엄마 심부름으로 스미다 씨 댁에 다진 고기 가지 조림을 가져갔다는 점이 포인트라고 생각했다.

갓 조린 반찬이 든 큼직한 알루미늄 냄비는 뜨거워서 한 손으로는 들지 못한다. 요컨대 란코는 양손이 자유롭지 못했다.

스미다 씨네 집에 들어가 불단에 있던 봉투를 발견하고 열어보려면 일단 냄비부터 내려놓아야 한다. 그런 다음 봉투를 집어 속을 들여다보고, 만 엔짜리 지폐를 꺼냈을 때 고사카 마사오가 들어왔다.

고헤는 자신이라면 어떻게 움직일까 가늠하면서 몇 번이나 일련의 동작을 되풀이했다.

란코가 스미다 씨네 집에 들어가서부터 만 엔짜리 지폐를 손에 쥘 때까지, 삼 분에서 오 분쯤 걸렸다.

"역시 란코가 아니야."

그렇지만 이시카와 교코의 기억도 꼭 정확하지는 않다.

나라도 사십몇 년 전 2층 창 너머로 본 사람이 옆집에 들어가서 몇 분 후에 나왔는지 기억할 리 없잖아.

이시카와 교코의 말로는 불과 일이 분이었다지만 실제로는 오륙 분이었는지도 모를 일이다.

"뭐지? 나 지금 정말로 란코를 의심하는 거야? 고사카 마사오의 뭔가 해맑던 표정 때문이야. 훔친 놈이 뻔뻔하다더니, 딱 그 짝이네."

혹시라도 고사카 마사오가, 스미다 씨 댁 돈을 훔치려 한 사람은 실은 란코 씨였어요 따위 말을 꺼내면 강펀치를 한 방 날리고, 얼굴에 침을 뱉어줄 테다.

"그래도 주먹다짐 같은 걸 언제 해봤어야 말이지. 게다가 지금 내 오른손은 펀치력이라고는 없잖아. 아케미와 팔씨름해도 간단히 진다고."

고헤가 혼잣말을 중얼거려가며 국물을 완성한 것은 밤 10시였다.

도시오도 신노스케도 저녁을 먹어버렸을 시간이지만, 일단 도시오에게 전화했다.

전화기 너머에서 자동차 소음이 들렸다.

"어디야?" 고헤가 물었다.

"정처 없이 어슬렁거리는 중." 부루퉁한 대답이 돌아왔다.

또 어머니 일로 속이 편치 않은 게지 하면서 중화소바를 먹으러 오겠느냐고 물었다.

"리허설 개시냐? 나 배고파 죽을 지경이라 시식에는 부적격일 텐데? 지금이라면 뭘 먹어도 맛있을 거야."

"기분이 별로인가 보다? 오늘은 완탕도 만들었어. 일본주랑 소주도 있고."

"지금은 널 안 보는 편이 좋겠는데."

고혜는 이유는 묻지 않고 오늘, 고사카 마사오가 찾아왔다고 말했다.

"바로 갈게. 십오 분이면 도착해."

도시오가 말하고 전화를 끊었다.

고혜는 신노스케에게도 전화했다. 신노스케는 전화를 받자마자 대뜸 "고사카 마사오 씨 맞아요?"라고 물었다.

"응, 관찰력이 굉장한데? 딱 맞췄어."

그러고는 혹시 중화소바가 들어갈 배가 있는지 물었다.

"저 수험생이니까 저녁밥은 밤 10시로 정해놨거든요. 그러니까 완전 배고파요."

"그럼 가게로 와. 좀 있으면 도시오도 올 거야."

아케미에게도 전화했더니 집에 와 있었다.

"중화소바 먹으러 안 올래? 도시오랑 신노스케도 온댔어."

"난 좀 어렵겠는데. 회사 후배 고민 상담해주면서 파스타랑 아이스크림 얻어먹었어."

"고사카 마사오가, 오늘 가게에 왔어."

아케미는 잠시 침묵하더니 "씻고 막 나왔어. 좀 늦겠지만, 갈게"라고 말했다.

제일 먼저 도착한 사람은 자전거를 타고 온 신노스케였다. 유이 씨는 두 아이를 재우면서 같이 잠들어버렸단다.

"내년에 입시네?"

고헤는 커다란 냄비에 면 삶을 물을 붓고 가스 불을 켰다.

"내년은 고졸 인정시험이에요. 일단 그것부터 붙어야 돼요."

"아, 우리 때는 대입 검정이라고 했는데."

"고졸 인정시험은 일 년에 두 번 있어요. 8월이랑 11월. 그러니까 대학 입시는 일 년 기다려야 해요. 학원에도 고졸 인정 대비반이 있어서, 지금 그거 들으러 다녀요."

"그래서, 붙을 것 같아?"

"당연하죠."

세 개의 육수냄비에 나누어 낸 국물은 맛을 조정해가면서 이미 대장 냄비에 합쳐, 사르르 끓기 직전으로 온도를 맞춰두었다.

내일 유이의 여동생이 드디어 도쿄에 온다고 신노스케는 말했다.

후쿠오카의 어머니가 계속 반대하다가, 지난주 마지못해 설득에 응했다.

전학 수속을 알아보러 통학 가능 지역 내 중학교에 갔는데, 필요한 서류도 많거니와 무엇보다 도쿄의 동거인이 전원 미성년자라는 점이 난항이었다.

다행히 도시오 아저씨 부부가 신원보증인이 되어주었다. 그 중학교에는 야마시타 반찬가게 부부를 아는 사람이 많았다.

제일 어려운 문제가 해결되어 안도한 것도 잠시, 냉동창고 건설 예정이던 회사에 사정이 생겨 계획이 일시 보류되었다.

다키가와 코퍼레이션은 이미 토지를 구입했으니 이삼 년씩 묵혀둘 수는 없는 노릇이다.

내일모레, 그 문제로 회의가 잡혀서 후쿠오카에서 상무가 올 예정이다. 비즈니스란 한 치 앞을 예측하지 못한다는 교훈을 얻었다. 내가 슈트 빼입고 회의에 간들 상대해주지 않는다. 분하지만 별수 없다. 상대도 새파란 열여덟 살짜리 녀석과 중요한 사업 이야기를 하고 싶지는 않으리라. 다만 정식 임대 계약서도 이미 교환한 터니까 그날은 나도 회의에 동석해 배울 건 배울 작정이다.

고헤는 신노스케의 이야기를 들으면서 완자를 스물다섯 개 만들었다. 도시오가 오자, 고사카 마사오가 뜬금없는 제안을 해왔는데 덜컥 승낙해버렸다고 보고했다.

내친김에 고사카 마사오가 돌아간 후 자신의 마음속에서 머리를 쳐든 의심도 털어놓았다. 아케미가 오기 전에 얘기해버릴 생각이었다. 란코를 살짝 의심하기 시작한 일을 딸에게만큼은 말할 수 없었다.

"너, 그 나쁜 버릇 또 나왔다." 도시오가 말했다. "너무 앞선다고 할까, 쓸데없는 잡생각이라고 할까, 아무튼 하나마나 한 걱정을 사서 한다니까. 너 중학생 때부터 그런 게 많았어. 뭐 천성일 테지만, 그게 네 인생을 작게 만드는 건 분명해."

도시오는 주방에 들어와 술이 종류별로 보관된 선반에서 일본주를 꺼내 마개를 따 컵에 따르고 말을 이었다.

오늘 저녁 영업이 끝나고, 남은 반찬을 싹 챙겨 오카와 수도공사점에 갔다. 사장 얏짱이 종업원 다섯 명과 회식한다면서 남은 걸 다 가져오라는 통 큰 주문을 한 까닭이다.

실은 어제 오후, 직원들 상여금을 무사히 지급하고 얏짱이 한숨 돌렸다는 정보를 입수하고 반찬을 넉넉히 만들어둔 터였다.

그랬더니 그곳에 에쓰코가 와 있지 뭔가. 결혼 전 이름 에가와 에쓰코, 현재는 사지 에쓰코. 고교 시절, 마키노 고헤는 냄새가 난다는 말을 퍼뜨린 장본인이다.

무슨 볼일로 그 자리에 와 있었는지 몰라도 여전히 실쭉샐쭉하면서 말참견을 해왔다. 다들 떨떠름해하는 눈치였다. 얏짱도 그만 가줬으면 하는 표정으로 에쓰코의 피곤한 수다를 들어주고 있었다.

도시오, 넌 아직도 반찬가게 못 벗어났니? 하고 돌직구를 던져오는 바람에 나도 폭발했다.

"에쓰코, 고헤가 왜 고등학교를 중퇴했는지 알기나 해? 네가, 마키노 고헤는 냄새난다, 몸에서 이상한 냄새가 난다, 하고 떠들고 다녀서야. 고헤는 이른 아침부터 아버지 가게 돕느라 그랬다 쳐. 그런데 냄새로 말하면 지금 네가 백 배쯤 더 고약하거든, 하

353

고 말해줬어. 그랬더니 걔가 뭐래는지 알아? 그깟 일로 등교 거부하다가 아예 그만두는 애니까 여태껏 유행 지난 중화소바나 팔지, 라지 뭐야?"

그러고도 적반하장으로 부루퉁해 있는 걸 얏짱이 달래서 돌려보냈다.

도시오는 말을 마치고, 술을 입에 털어 넣은 뒤 주머니에서 스마트폰을 꺼냈다.

후드 달린 트레이너를 입은 아케미가 가게로 들어와 "춥네" 하면서 신노스케의 등을 토닥이고 카운터석에 앉았다.

"고헤, 하네다에서 출발하는 이즈모 엔무스비 공항행 첫 편은 7시 25분이다. 도착은 8시 50분. 오사카 이타미 공항에서 출발하는 건 7시 25분. 도착이 8시 20분. 티켓 예약해둬."

도시오가 스마트폰 화면을 들여다보면서 말하고, 완탕면을 주문했다.

고헤는 차슈를 5밀리미터 두께로 썰어 접시에 다섯 장 담고 "원수 대신 갚아주느라 애썼다. 역시 너밖에 없어" 하고는 도시오의 어깨를 보듬어주었다. "난 에쓰코한테 뭐라고 한마디 해주고 싶어도 겁나서 못 하겠던데. 걔는 다카시마다이라 살아서, 가끔 여기 상점가에서 마주쳐."

"뭐가 겁난다는 거야?" 도시오가 아케미 옆에 앉아서 물었다.

"내가 한마디 해봐, 백 마디는 돌아오거든. 살벌하게 융단 폭격해버리니까 나는 그 자리에서 새까맣게 타버린다고."

고헤가 웃고, 중화면 4인분을 풀어헤쳐 물이 끓는 커다란 냄비에 넣었다.

"아빠, 난 면은 절반이면 돼." 아케미가 말했다.

"그럼 남는 거는 저 주세요."

신노스케가 말하고 고헤의 스마트폰으로 항공권을 예약했다.

"어? 내 스마트폰 패스워드, 어떻게 아나?"

고헤가 묻자 신노스케가 "오래 사귀었잖아요"란다.

"지문 인증으로 해요, 지문 인증." 아케미가 웃으면서 말했다.

"나, 처음 설정할 때 손가락 다섯 개를 전부 그 동그라미에 갖다대려 했다고. 어쩐지 몇 번을 해도 에러가 나더라니."

고헤는 면기에 조미액을 먼저 넣고 국물을 부은 다음, 면의 물기를 털었다. 아직 오른손 힘이 약해서 좀 어설펐지만, 차슈와 익힌 완자를 올리고 멘마와 시금치를 얹자 제법 그럴싸해졌다.

고헤가 도시오 옆에 앉아, 자못 엄숙한 분위기로 말했다.

"그럼 시식회를 시작하겠습니다. 여러분, 기탄없는 의견을 들려주세요. 밥은 없으니까, 배고프다는 한창나이 신노스케에게는 나중에 별도로 완탕 수프도 제공하겠습니다. 도시오에게는 일본주를 한 잔 더 서비스하겠습니다. 모쪼록 잘 부탁드립니다. 그럼, 시작!"

고헤만 빼고 다들 고개를 숙인 채 웃음을 참느라, 제일 먼저 맛을 본 사람은 고혜였다.

응, 돌아가신 아버지가 심혈을 기울여 만든 맛. 아버지 중화소바와 한 치도 다르지 않아. 나와 란코가 개량한 부분도 있지만, 어디까지나 미미한 거고. 아버지의 국물이 있어서 가능했던 일이지.

흔할 것 같은데 결코 흔하지 않은, 깊은 맛이 있는 맑은 국물. 계란이 들어간 중간 굵기 면이 잘 어우러진다. 맛있다. 긴 말 필요 없이 맛있다.

차슈는 야들야들하고 맞춤하게 간간하다. 불 조절이 아버지에게 배운 대로라는 증거다.

완자는 다진 고기와 파의 비율이 적당하고, 소를 감싼 껍질의 '날개'라 불리는 부분 또한 너무 길지도 짧지도 않다.

멘마도 식감이 좋다. 데쳐서 5센티미터 길이로 썰어 얹은 시금치도 향이 살아있다.

고스란히 아버지의 손맛이다. 주방에 아버지가 계신지도 모른다.

고혜는 그런 생각을 하면서 일심불란하게 '마키노'의 중화소바를 먹었다. 다 먹고 나자 내년 1월 5일이 몹시 기다려졌다.

1.5인분의 중화소바와 완자 다섯 개, 차슈 다섯 장을 공략중인 신노스케를 위해 완자 다섯 개가 들어간 완탕을 만들려고 주방에 들어갔을 때, 아버지가 참을 수 없이 보고 싶어졌다.

이것도 저것도 아버지가 만들어 남겨주고 갔다는 고마움을 이토록 절절히 느끼기는 처음이었다.

이 한 그릇의 중화소바에 내가 만든 것은 아무것도 없다. 그런데 나는 아버지에게 반발만 했었다.

말린 멘마를 물에 불릴 때 꾀가 나서 조금 빨리 맛을 내려고 하면, 육수냄비 속을 들여다보는 줄 알았던 아버지에게서 "아직 빨라!" 하고 꾸중이 날아왔다.

뭐야, 국물 만드는 척하면서 실은 아들의 작업 태도만 감시하셨나. 심술궂은 양반 같으니. 기분이 틀어져서 "그럼 직접 하시든지요"라고 내뱉고 집으로 가버렸다.

아버지는 데리러 오지도, 부루퉁해서 가게로 돌아온 나를 꾸짖지도 않았다.

그게 오히려 거슬렸다. 혼날 짓을 했는데 왜 혼을 안 내? 내가 가망 없는 놈이라? 그럼 그만두지 뭐.

일부러 그릇을 떨어뜨려 깨트리기도 했다. 아버지는 화내지 않았다.

대신 어떻게 했던가?

철저한 무시. 눈을 마주치지 않는다. 무슨 질문을 해도 꼭 필요한 대답밖에 하지 않는다. 그나마 안 들리는 척하면서 대답도 하지 않을 때가 있다.

사나흘이라면 이것도 질책이려니 하고 받아들이지만, 반년이나 계속되면 견디기 힘들다.

란코나 아이들에게는 말한 적 없지만, 열아홉 살 때부터 삼 년, 나는 줄기차게 아버지에게 무시당했다.

삼 년 동안, 차디찬 눈으로 최소한의 말만 할 뿐 아들을 인간 취급해주지 않았다.

직접, 말이나 태도로 꾸짖어주는 편이 차라리 견딜 만하다. 그 저 무시당하는 일이 얼마나 괴로운지는 겪어보지 않으면 모르 리라.

하지만 어느 순간, 아들을 계속해서 무시하는 아버지의 입장 을 생각해보았다. 어쩌면 무시하는 쪽이 무시당하는 쪽보다 몇 갑절 강한 정신력과 포용력과 자애가 필요한 게 아닐까.

학교에서 벌어지는 집단 괴롭힘에도 '무시'라는 음습한 방법 이 있다는데, 거기에는 상대를 배려하거나 동정하는 마음은 없 다. 그저 괴롭힐 뿐이다.

아버지의 무시는 다르다. 아들을 근본적으로 단련시키기 위 해서다. 아들의 가장 약한 곳, 가장 몹쓸 곳, 장차 아들을 비뚤어 지게 할 요인을 몰아내기 위해서다.

나는 불현듯 그 사실을 깨달았다. 아니면 이렇게 오랫동안 무 시라는 질책을 계속할 수 없으리라.

그날부터 아버지를 '선생님'이라 부르기로 했다. 가령 친아버 지라 해도 '마키노' 중화소바의 조리법을 전수해주는 유일한 사람이다. 그러니까 선생님이라고 불러야 한다.

처음 약속했던 대로 하루도 거르지 않던 주방 청소도 한층 꼼꼼히, 정성껏 하게 되었다.

열흘쯤 지나자, 말린 멘마를 물에 불리는 내게 아버지가 말했다. "고헤, 내일부터 면 삶고 물 빼는 건 네가 해라." 그리고 덧붙였다.

"지금까지, 미안했다."

고헤는 그때 아버지의 눈에 번뜩이던 빛을 떠올리면서, 냄비 속 완자의 날개 부분을 젓가락으로 집어 탄력을 확인하고, 면기에 담았다.

돌아보니 다들 그릇을 비우고도 말없이 고헤만 보고 있었다.

"뭐야. 무슨 일이야?" 고헤가 갓 만든 완탕 수프를 신노스케 앞에 내려놓았다.

"아니, 아빠가 우니까." 아케미가 말했다.

"내가? 안 우는데."

"응, 그럼 우리가 단체로 잘못 봤네"라고 도시오가 말하고, 고헤의 중화소바를 칭찬했다.

"오랜만에 고향집 돌아온 느낌이다. 이게 중화소바지. '마키노' 중화소바 어디가 그렇게 맛있냐고 누가 물어도 설명은 못해. 그냥 맛있다는 말밖에 할 말이 없어. 고헤, 이 년 전보다 맛있다. 이유는 모르겠는데, 더 맛있어. 이게 내 소감이야."

"명인이란 게 정말 있네요? 고헤 아저씨는 중화소바계의 국보급 명인이에요. 전 입에 발린 소리는 안 해요." 신노스케도 말하고 완탕 수프를 먹기 시작했다.

"나야 지금까지도 아빠가 만드는 중화소바 팬이었으니까 새삼 덧붙일 말은 없어. 심플한데 깊은 맛이니 두말 하면 잔소리지. 평론가 울린다는 게 이런 건가봐." 아케미는 말을 마치고 먼저 집으로 돌아갔다.

"돌아오는 항공 편도 예약하는 게 좋을 걸요. 몇 시 편 타실 거예요? 마지막 비행기로 할까요?" 신노스케가 물었다.

고헤는 모처럼 이즈모까지 가는데, 볼일을 마치면 마쓰에도 가볼까 싶어졌다.

아침 일찍부터 움직이니까, 고사카 마사오와 얘기가 끝나면 분명 긴장이 풀려 녹초가 되리라. 26일 밤은 마쓰에에서 묵으며 느긋하게 시간을 보내고 싶다.

하지만 27일부터는 일찌감치 신년 휴가에 들어가는 사람들도 많아 호텔도 료칸도 이미 만실일지도 모른다.

그런 생각을 말하자, 신노스케가 호텔과 료칸, 어느 쪽이 나은지 물었다.

"료칸이면 노천 온천도 있어서 좋지만 코스 요리는 나한텐 너무 많아. 괜찮은 주점에서 혼자 마시고 싶으니까, 역시 호텔이 낫겠네."

신노스케는 우선 27일 이즈모에서 출발하는 하네다행 비행기를 예약하고, 마쓰에 시내 몇 군데 호텔을 뽑아 고헤에게 사진을 보여주었다.

"여기도 신지 호시마네 현 북동부의 호수를 낀 곳이라 경치가 좋아요. 가격도 착한 편이고, 26일이면 트윈베드 방이 두 개 남았어요. 마쓰에 중심부까지 택시로 십 분."

"응, 거기로 하지 뭐." 고헤가 말했다.

아무튼 고사카 마사오와 결투하러 가는 것은 아니다. 그런데 왜 이리 긴장할까. 스미다 씨 돈에 손댄 사람은 란코가 아닐까 갑자기 불안해졌기 때문이다.

도시오 말마따나 쓸데없는 잡생각과 하나마나 한 걱정이 내 인생을 작게 만든다. 생각해보면 지금껏 그런 일이 많았다.

란코는 남의 돈을 훔칠 사람이 아니다. 일말의 불안이라도 있다면 이즈모에 가지 않으면 된다. 고사카 마사오를 만나지 않으면 그만이다.

고헤는 그런 생각을 하면서 마지막 국물 한 방울까지 다 마셨다.

"전부 예약 완료. 내일모레 아침 5시에 회사 차로 픽업 올게요. 하네다 공항까지 데려다드릴게요. 탑승 수속이나 제대로 할지 걱정이네."

신노스케가 말하고 카운터석에서 일어나 고헤에게 스마트폰을 돌려주었다.

"앗, 그새 또 갖다 썼어? 패스워드 바꿔야겠다."

고헤가 어이없는 얼굴로 말했다.

"패스워드 바꾸면 이것저것 귀찮거든요. 지문 인증으로 하세요. 제가 해드릴게요."

신노스케가 익숙하게 손을 움직여 설정을 바꾸고, 지문 인증으로 변경해준 다음 일어섰다.

고헤가 신노스케를 불러 세운 뒤, 남은 완자와 차슈는 밀폐용기에, 국물은 페트병에 담아 건넸다.

"유이 씨와 쇼마 몫. 아카리한테는 아직 빨라. 집에 가자마자 냉동실에 보관해."

신노스케가 돌아가자 고헤가 투덜거렸다. "쟤는 또 어느새 내 패스워드를 외웠어? 빈틈없는 녀석. 도무지 방심할 수 없네."

"저 정도면 해커도 하겠는데?"

도시오가 웃고, 간짱과 좋은 부자간이 되었을 텐데 하고 덧붙였다.

"간짱은 어째서 어느 날부턴가 꼭 세상 버린 사람처럼 살게 됐을까? 다키가와 시호가 혼자서 몰래 아이를 낳은 걸 알고, 마음속에서 뭔가 화학 변화가 일어났던 걸까." 고헤가 말했다.

"죄책감이었는지도 모르지. 걔가 뭐든지 비즈니스 마인드로 대처하는 것처럼 보여도 실은 정에 엄청 무른 녀석이었다고."

도시오는 컵에 남은 일본주를 마저 입에 털어 넣고 돌아갔다.

고혜는 육수냄비에 아직 많이 남은 국물을 페트병 몇 통에 나눠 담고, 고무장화와 양말을 벗고 맨발로 주방 청소를 시작했다.

설거지를 하고, 스테인리스 선반과 서랍을 전용 세제로 닦은 다음, 콘센트를 뽑아 환풍기 날개까지 떼어내 꼼꼼히 닦았다. 이 년 전까지는 매일 이렇게 연말 대청소처럼 정성들여 주방을 쓸고 닦았다.

가스레인지 주변의 흰 타일을 세제를 묻혀 닦고, 긴 자루가 달린 브러시로 콘크리트 바닥까지 닦고 나니 1시 반이었다.

12월 26일 이른 아침, 신노스케가 운전하는 차로 하네다 공항에 도착했다. 시간이 넉넉했으므로, 고혜는 조수석에 앉은 채 "4시 반에 일어나 데리러 온다기에 설마 했는데"라고 말했다.

"고혜 아저씨한텐 마지막 등대 여행이니까요. 히노미사키 등대까지 같이 가주고 싶지만, 저도 오늘은 우리 상무님이 냉동 회사와 어떤 담판을 하는지, 현장을 보고 싶어서요."

"혼자서도 너끈해. 어린애 아니거든. 예순두 살 아저씨라고."

"그래도 뭔가 미덥지 못하단 말이에요. 고사카 마사오한테 혼자 보내려니까 걱정이라고요."

고혜가 웃음을 지으며 차에서 내려, 신노스케에게 가볍게 손을 흔들고 공항 청사로 들어갔다.

일찌감치 수하물 검사장을 통과하고 이즈모 엔무스비 공항행 탑승구로 이동해, 아직 아무도 없는 대기장에 앉았다.

고사카 마사오는 어젯밤 8시쯤 전화를 걸어와 몇 시 비행기인지 물었다. 자신은 지금부터 마쓰에로 가 지인의 차를 빌려, 이즈모 공항까지 마중을 나오겠다고 했다.

어제까지 느꼈던 긴장감은 다 뭐였나 싶게 고혜의 마음은 평온했다.

가고 싶었지만 가지 못했던 이즈모 히노미사키 등대를 실컷 볼 수 있다는 것이 기뻤다. 고사카 마사오와 만나는 일은 이미 아무래도 좋았다. 사십몇 년 전, 이즈모 대사 근처의 스미다 씨 집에서 그와 란코 사이에 무슨 말이 오갔는지도 아무래도 좋았다.

그런 집착도 다 란코를 향한 그리움에서 비롯한 일이다. 내 안의 란코를 조금 더 가까이 느끼고 싶어서였다.

고혜는 하룻밤 새 그렇게 생각하게 되었다.

"고혜 아저씨한텐 마지막 등대 여행이니까요."

신노스케가 헤어질 때 했던 말을 떠올리자 어쩐지 애석했다.

"정말 마지막일까? 봄이 오면 또 어딘가 등대를 목표로 렌터카를 달릴지도 모르지." 고혜는 속으로 말했다.

하네다 공항에서 이즈모 엔무스비 공항까지는 너무 조용할 정도로 매끄러운 비행이었다.

도착 로비로 나오자, 그저께와 똑같은 슈트를 입은 고사카 마사오가 기다리고 있었다. 검은색 무지 폴로셔츠를 속에 받쳐 입고, 베이지색 롱코트는 손에 들고 있었다.

"정말로 여기까지 와주실까 반신반의했습니다." 고사카 마사오가 말했다.

표정이 진지하다. 어딘지 사람을 살짝 무시하는 느낌을 주는 해맑음도 지워져 있었다.

"여기 잠깐만 계십시오."

공항 건물을 빠져나오자 고사카 마사오는 그렇게 말하고 잔달음으로 주차장으로 향했다. 눈은 내리지 않았다.

차 문에 '주식회사 다카라 내비소프트'라고 적힌 라이트밴을 몰고 그가 돌아왔다. 고헤의 배낭과 다운재킷을 뒷좌석에 싣더니 "역시 스미다 씨 댁 먼저 가시죠. 저는 삼십육 년 만입니다. 중학교 졸업하던 해에 외삼촌 그러니까 어머니 오빠 호적에 올라가 무사시노 시 기치조지로 이사했으니까요"라고 말하고, 차를 출발시켰다.

"외삼촌요? 그런데 성은 고사카를 그대로 쓰시나요?" 고헤가 물었다.

"아뇨, 성도 중학교 졸업 후에 쓰루키로 바뀌었습니다. 호적상으로는요."

"하지만 집사람이 고사카 마사오 씨 앞으로 보낸 편지는 반송되지 않았는데요?"

"외삼촌 댁 대문에 고사카 문패도 나란히 걸어주셨으니까요. 쓰루키 가의 양자가 되는 걸 제가 내키지 않아 했거든요. 그래도 고등학교 졸업할 무렵엔 자연스럽게 쓰루키 성을 쓰게 됐습니다만."

뭔가 복잡한 사정이 있는 듯해서 고헤는 더 건드리지 않았다.

"어디나 쓸쓸한 겨울 풍경이네요." 밭과 논, 멀리 있는 산자락을 보며 고헤가 말했다.

고사카 마사오는 JR 이즈모 시 역을 지나가지 않는 길을 달려왔던 모양으로, 선로를 건너자 오른쪽에 구 다이샤 역이 있었다.

두 사람을 태운 차는 구 다이샤 역 쪽으로는 가지 않고 그대로 주택이 늘어선 좁은 길을 똑바로 나아가, 다음 네거리에서 좌회전했다.

"역시 여기로 나왔네. 옛날 그대로네요. 화단이 벽돌 담장으로 바뀐 정도예요. 외벽을 새로 칠한 집도 있지만요. 여기가 저희 세 식구가 살았던 집이고, 옆이 스미다 씨 집입니다."

고사카 마사오가 양쪽 다 '후루타'라는 문패가 걸린 집을 가리켰다.

"두 집 다 스미다 씨 소유였어요. 옆의 이층집도요. 그 이층집에 란코 씨 가족이 살았습니다."

이시카와 교코에게 이미 들었던 얘기였다.

고헤는 호칭을 잠시 고민하다가 '고사카 씨'라 부르기로 했다.

"스미다 씨가 살았던 이 집에서, 란코와 고사카 씨 사이에 무슨 얘기가 오갔나요? 이시카와 교코 씨 기억으로는 불과 일이 분이었다고 들었는데요."

곧바로 핵심으로 들어가야 상대편도 이야기하기 쉬울 터다.

"실은 다 해서 한두 마디밖에는 기억에 없습니다. 마키노 씨 편지를 읽고 그 밖에 무슨 얘기를 했는지 기억의 밑바닥까지 샅샅이 뒤적여봤지만, 떠올리지는 못했습니다. 저는 '대학에 못 가니까 경찰서에는 끌고 가지 말'고 사정했습니다. 란코 씨는 저를 가만히 바라보고는 '아무한테도 말하지 않고 덮어둘 테니 돈을 돌려놓으라'면서 바닥에 떨어진 봉투를 주워 제게 건넸습니다. 저는 손이 떨려서 지폐를 봉투에 넣지 못했고, 란코 씨가 넣으려고 제 손에서 지폐를 가져갔습니다. 저는 신발도 안 신고 그 자리에서 줄행랑쳤다가, 아차 싶어 다시 들어가 신발을 들고 집으로 뛰어갔습니다. 그런데 스미다 씨 목소리가 들렸어요. 아, 스미다 씨가 돌아와 란코 씨가 돈을 훔치려 한 줄 아는구나, 싶었습니다. 안방에 누워 있던 할머니가 무슨 일이냐고 물었습니다. 저는 대답할 여유도 없었어요. 밖으로 나가서, 스미다 씨 댁 벽돌 담장 너머로 갔습니다. 안에서 '너, 그 돈 훔쳤구나'라고 말하는 게 들렸습니다. 저는 최대한 멀리 도망가야 한다는 생각뿐이었어요. 조금 전의 그 건널목을 달음박질로 건너서…… 그다음 일은 기억에 없습니다. 제가 스미다 씨 댁에서 돈을 훔치려 했던 때의 일은 이게 전부입니다. 저는 당시 학교에서 인기였던 프라모델 키트를 갖고 싶었어요. 스미다 씨가 돈이 든 봉투를 늘 불단 안에 놔두는 걸 알고 있었습니다. 그러니까 처음부터 훔칠 생각으로 그 댁에 들어간 겁니다. 스미다 씨가 잠깐 외출할 때 현관문을 안 잠그는 걸 알았으니까요. 말하자면 작정하고 빈집을 노린 셈이지요."

고사카 마사오는 말을 마치고 라이트밴을 움직여 큰길로 나와 우회전해, 이치바타 버스라고 적힌 버스 정류장 못미처에 차를 세웠다.

"마키노 씨가 알고 싶으신 건 그로부터 열흘쯤 뒤의 일이 아닐까 합니다." 고사카 마사오가 말했다. 공항에서 만났을 때보다 표정이 밝았다. 전부 털어놓고 나니 마음이 후련해졌는지도 모른다.

"그 뒤의 일?"

"네, 그날 하루는 버스 정류장에서 시작됐습니다. 여깁니다. 이 버스 정류장요. 버스는 이즈모 대사 앞에서 해안도로로 우회해서 이즈모 히노미사키 등대로 갑니다."

고사카 마사오가 넓은 길 한편에 차를 세웠다. 길은 똑바로 이즈모 대사로 이어진다. 양쪽에 은행, 찻집, 기념품가게와 잡화점 등이 늘어서 있고, 정면에 큰 도리이와 숲이 보였다.

참배객이 많지 않아 넓은 길은 한산했다. 어쩌면 12월 26일은 연말연시를 앞두고 가장 한가한 시기인지도 모른다.

언덕길을 올라가자 기념품가게, 찻집, 소바가게 들이 신사 주위에 모여 있었다.

바람도 없는데 신사를 품은 숲은 큰 폭으로 천천히 출렁였다.

고사카 마사오가 신사 오른편에 있는 소바가게를 가리키며 "어머니가 저기서 일하셨어요"라고 말하고, 신사 왼쪽으로 난 길로 자동차를 달렸다.

"옛날 생각 나네요. 대학 마지막 여름, 히노미사키 등대에 갔던 날, 등대에서 바다를 따라 난 길을 걸어 여기까지 왔습니다. 그런 다음 란코 씨가 졸업한 중학교를 찾아가 졸업생 명부를 보여달라고 했죠. 그때만 해도 요즘처럼 개인정보를 엄중히 관리하지 않았고, 저도 졸업생이라 그랬는지 곧바로 열람할 수 있었어요. 덕분에 란코 씨의 성이 마키노로 바뀐 것도, 이타바시 구 주소도 알았습니다."

밭과 민가가 뒤섞인 곳을 지나 구불구불한 길을 더 나아가자 바다가 보이기 시작했다. 버스가 다니는 큰길과 합류한 듯했다.

"온통 아찔한 낭떠러지만 있는 해안선이네요." 고혜가 경사가 심해진 도로에서 바다를 바라보며 말했다.

"네, 옛날엔 갑자기 폭풍이 몰려와도 배가 피난할 장소가 없었습니다. 암초에 부딪쳐 배가 산산조각 나버리니까, 에도 시대 기타마에부네 에도 시대와 메이지 시대에 걸쳐 활약한 해상 운송선는 가까운 연안보

369

다도 먼 오키노시마에 피난했던 모양입니다. 안개 때문에 오늘은 오키노시마가 안 보이려나?"

뭔가 몹시 높은 장소를 향해 가는 감각이었다. 이렇게 높은 곳에 지상에서 꼭대기까지 44미터라는, 일본에서 제일 높은 석조 등대가 있는가.

내부에 163단의 나선계단이 있고, 등댓불 바로 아래 설치된 회랑식 전망대에는 관광객도 오를 수 있다고 한다.

고혜는 전날 밤 인터넷을 검색해 해안보상청이 제작한 이즈모 히노미사키 등대 안내 동영상을 봐두었다.

"163계단, 올라가볼까." 고혜가 말했다.

"그러고는 싶지만, 저는 사양하겠습니다." 고사카 마사오가 빙그레 웃으며 말했다.

"첫 번째는 사십몇 년 전 란코 씨가 시켜서, 혼자 올라갔습니다. 두 번째는 대학 4학년 때고요. 두 번 다 평생 못 잊을 기억이 됐습니다. 특히 첫 번째는요."

절벽이 더욱 가팔라지고, 구름이 사라졌다 나타났다 하며 서쪽에서 동쪽으로 이동했다. 햇빛도 점차 강해졌다.

'우류 분기점'이라는 버스 정류장 부근에서 길이 갈라졌다.

직진하면 히노미사키 등대라고 적힌 표시판 근처에서 고사카 마사오가 속도를 줄이고 말했다.

"저쪽은 히노미사키나 우류로 갑니다."

지도를 확대하면 이 일대는 엄연히 히노미사키 반도에 속하지만, 축소하면 반도로는 보이지 않는다. 바다 쪽으로 끝이 아주 조금 튀어나온 해안처럼 보일 뿐이란다.

"버스는 여기서 히노미사키까지 갔다가 일단 되돌아와, 우류까지 갔다가 등대로 갑니다. 괜한 짓처럼 보이지만 실제로는 두 곳 다 등대에서 상당히 떨어져 있거든요."

차는 등대로 가는 길을 똑바로 나아갔다. 때때로 서쪽에서 검은 구름이 나타나면 싸라기눈이 흩날렸지만 오래 가지는 않았다.

고혜는 조금 전 이야기 가운데 마음에 걸렸던 대목을 물어보았다.

"고사카 씨는 대학에 못 간다며 경찰엔 신고하지 말라고 사정했다고 하셨는데, 초등학교 2학년짜리가 대학 진학에 그렇게 집착할 수도 있을까요?"

"아아, 그건 어머니가 제 손버릇을 걱정하셔서, 가령 껌 하나라도 훔치면 경찰에 잡혀간다고 단단히 겁주셨기 때문이에요. 경찰에 잡혀가면 학교에서 쫓겨난다, 그러면 중학교도 고등학교도, 당연히 대학교도 못 간다고요. 그 얘기를 귀가 따갑도록 듣는 사이, 어린 마음에도 대학이 인생에서 제일 중요한 목표가 됐지 싶어요. 대학 못 가면 인생이 끝나는 줄 알았습니다."

"고사카 씨는 어릴 때 손버릇이 안 좋았나요?"

"그게…… 저한테는 딱히 남의 물건을 훔친다는 자각이 없었거든요. 옆 친구의 껌을 말도 없이 하나 꺼내 씹거나, 같이 차고 놀던 축구공을 내일 돌려줄 건데 뭐, 하면서 집으로 가져가거나, 빌려 쓴 연필을 그냥 갖고 있거나……."

고사카 마사오는 경사가 급해진 솔숲 근처에 차를 세웠다.

"훔쳐야지, 라든가 빼앗아야겠다는 생각은 전혀 없었습니다. 어떻게 말하면 좋을까요…… 버릇이랄까요. 잠깐 빌리는 건데 뭐 어때, 하고 허락도 안 받고 가져와버리는 일이 곧잘 있었습니다. 상대방이 보면 자기 물건을 멋대로 쓰고, 말도 없이 가져가버리니까 제가 훔쳐간 거나 다름없죠. 지금이야 그 정도는 알지만, 당시 저는 그런 생각을 못했습니다. 그런 일이 쌓이고 쌓여서, 뒤에서는 '손버릇 고약한 아이'라는 말이 돌았습니다. 어머닌 그걸 몹시 걱정하셨죠. 저희 집에서 대학을 나온 사람은 외삼촌뿐입니다. 친가, 외가 통틀어 대졸자는 한 분이에요. 어머니한텐 아주 자랑스러운 오빠였죠. 성함이 쓰루키 데쓰로. 저를 양자 삼으시고 대학도 보내주셨어요. 다니시던 종합상사에서 이사직까지 올라가셨는데, 예순두 살 때 암으로 돌아가셨습니다. 그 삼 년 뒤에 외숙모도 돌아가셔서, 지금 도쿄 기치조지 집에는 제 아내와 아들딸, 그리고 어머니가 살고 있습니다. 어머니는 내일모레 아흔이신데 당신 일은 알아서 하십니다. 건망증이 심해졌고 귀가 아주 멀어지셨지만 정정하십니다."

고사카 마사오가 바다를 따라 난 언덕길의 앞뒤를 확인하고 차를 출발시켰다.

등대가 바로 가까이 있음을 알리는 간판에 주차장을 가리키는 화살표가 그려져 있었지만, 등대는 아직 보이지 않았다.

주차장에 차를 세웠다. 주위에 식당과 기념품 가게가 모여 있고, 남자들이 가게 앞에서 손님을 불렀다.

"맛있는 눈볼대 정식 있어요."

"해산물 덮밥 어떠세요."

두 사람은 차에서 내려 식당 사이 계단을 내려갔다. 아마 등대로 이어지는 길일 터인데, 마치 지방 도시 시내 같은 분위기였지만 다음 길을 왼쪽으로 돌자 갑자기 히노미사키 등대가 나타났다.

"우와, 예쁜 등대네요. 우아해요. 하도 높은 데다 등대도 구름도 새하얘서, 저기 있는데도 안 보였군요." 고혜가 말하고 천천히 나아갔다.

"차에서도 계속 오른손 재활 훈련을 하시더군요." 고사카가 빙그레 웃었다.

"아, 그랬나요?"

"손을 쥐었다 폈다 하시고, 손목도 계속 안팎으로 구부려보시고……."

"아아, 몰랐네요. 무의식적으로 그랬나 봅니다. 열흘 후면 가게를 다시 연다고 생각하니까 좀 초조해졌어요."

솔숲을 지나자 등대로 곧장 뻗은 길과 깎아지른 절벽 쪽에서부터 등대를 바라볼 수 있는 산책로, 두 갈래로 갈라졌다.

절벽 쪽 길을 걸어 오른쪽에 히노미사키 등대를, 앞쪽으로 바다를 바라보는 벤치에 앉았다. 소나무가 주위를 둘러싸고 있다.

"벌써 1시가 되어가네요. 시장하지 않으세요? 조금 전 식당에서 점심을 먹어둘걸 그랬나요?" 고헤 옆에 앉으면서 고사카가 말했다.

"아침에 나오면서 크로켓 빵 하나밖에 안 먹었는데 어째 배가 전혀 안 꺼지네요. 어제는 잠을 자지 못했고요." 고헤가 말하고, 고사카에게 직업을 물었다.

"가게로 찾아간 날 너무 긴장해서 명함 드리는 것도 깜박했습니다. 이즈모 히노미사키 등대에 가자는 소리는 용케도 나왔다 싶어 돌아오는 지하철에서 좀 어이없었습니다."

고사카가 말하고 명함 지갑에서 명함을 꺼냈다.

"주식회사 쓰루키 내비게이션 테크 대표이사 쓰루키 마사오."

고헤가 명함을 들여다보고, 어떤 일을 하는 회사인지 물었다.

"자동차에 들어가는 내비게이션 소프트를 제작하는 회사입니다. 원래는 지도 제작판매 회사에 근무했습니다만, 십이 년 전 회사를 나와서 창업했습니다. 테크는 테크놀로지의 약자고요. 간단히 말해 카 내비게이션 소프트웨어를 만드는 회사입니다."

"카 내비게이션 소프트웨어라면?"

"길은 쉴 새 없이 변화하거든요. 작년까지 없던 다리가 놓이고, 지금껏 막혀 있던 길이 이어진다든지, 2차선이던 고속도로가 4차선이 된다든지. 그러면 내비게이션 소프트웨어도 새로 만들어야 하죠. 일본 전국에서, 매일 지도가 끊임없이 바뀌고 있습니다."

아니, 일본만이 아니라고 고사카는 미소 지은 채 말을 이었다.

"현재 저희 회사 최대 고객은 베트남, 캄보디아, 태국입니다. 필리핀 같은 나라는 섬이 수천 개나 되지요. 거기다 갈수록 자동차 사회가 되어가고요. 반도와 반도를 다리로 이으면 낡은 소프트웨어로는 자동차가 바다 위를 달리는 화면이 나와버리죠."

고사카는 이윽고 자신의 경력을 간추려 들려주었다.

— 대학에선 공학부였는데, 그 무렵 신설된 정보공학과에서 컴퓨터를 배웠다. 프로그래머가 향후 컴퓨터 업계의 주역으로 주목받던 시대였다.

하지만 컴퓨터 분야로 나가려는 청년들이 넘쳐서 이미 경쟁이 치열해지는 추세였다.

학창 시절 아르바이트를 했던 인연으로 졸업 후 지도 제작판매 회사에 취직했다. 지도 제작으로는 전국에서 세 손가락 안에 드는 회사로, 일반인에게는 별로 알려지지 않았지만 사원은 아르바이트를 포함하면 천 명 가까운 규모였고, 경영도 탄탄했다.

한신 대지진1995년 1월 17일 효고 현 남부에 발생한 거대 지진을 전후해 일반 인도 휴대전화를 지니는 시대가 됐고, 컴퓨터도 일반 가정에 많이 보급되었다.

그와 동시에 카 내비게이션 시대가 도래했다. ─

거기까지 말하고, "이런 얘기나 계속하다가는 뭐 하러 마키노 씨를 이즈모 히노미사키 등대로 모셔왔는지 모를 일이네요" 하면서 등대에서 40미터에서 50미터쯤 서쪽, 기묘한 무늬의 바위가 많은 곳을 가리켰다.

"저기, 구불구불한 소나무 보이시죠? 그 옆 벤치에서 저와 란코 씨는 한참이나 등대를 올려다봤습니다. 저기로 가서 그날 일을 말씀드리죠."

고사카가 앞장서서 이동했다. 바위 전체에 거북 등껍질 같은 균열이 가서 마치 무늬처럼 보였는데, 덕분에 미끄럼 방지도 되는 듯했다.

"제가 이쪽. 그쪽이 란코 씨" 하면서 고사카는 란코가 앉았던 자리를 고혜에게 권했다.

"그날, 8월 며칠이었는지는 모르겠지만, 아침 8시쯤 란코 씨가 저희 집에 찾아와, 어른들 모르시게 저를 근처 버스 정류장으로 데려갔습니다. 오후 2시쯤 '정문 앞' 정류장에서 버스를 타라면서 백 엔짜리 동전 다섯 개를 주더군요. '정문 앞'에서 타는 거야. 혹시 내가 그 버스에 타고 있지 않더라도 무조건 타고, 혼자 히노미사키 등대로 가. 나도 꼭 뒤따라 갈 테니까. 란코 씨는 그렇게 말했습니다. '정문 앞'은 아까 지나온 이즈모 대사 입구가 있는 곳입니다. 소바가게와 기념품가게가 모여 있는 곳이요."

"그날은 8월 5일이었어요." 고혜가 말했다.

고사카가 의아한 표정으로 바라봤지만, 고혜는 날짜를 아는 이유를 설명하지 않았다.

바람의 방향이 바뀌면서 갑자기 기온이 떨어진 듯했다. 고혜는 다운재킷의 깃을 세우고, 얼얼해진 양쪽 귀를 손바닥으로 감쌌다.

— 여름방학이었지만 란코짱은 탁구부 연습에 가는지 라켓과 신발 등을 넣은 흰색 보스턴백을 들고 있었다.

"버스 기사님한테 등대에서 내려달라고 해. 그럼 혹시 잠들어도 알려주시니까"라고 말하고 란코짱은 학교로 향했다.

나는 무서웠다. 란코짱에게 바싹 몰리는 기분이 들었다. 내가 돈을 훔치려 한 걸 봤으니, 으름장을 놓을지도 모른다. 말하자면 그런 공포를 느꼈던 것 같다.

그 뒤에 스미다 씨가 뭘 어떻게 했는지 나는 알지 못했다. 혹시 경찰에 신고하거나 했다면 내 귀에도 들어왔을 것이다. 엄마에게는 란코짱 어머니가 유일한 상담자여서, 수시로 그 집으로 건너가 이런저런 이야기를 했다. 헤어진 남편과 아직 해결하지 못한 문제도 털어놓고 조언을 구하는 눈치였다. 아직 정식으로 이혼한 처지가 아니었기 때문이다.

엄마는 하소연할 만한 상대가 아무도 없었으므로, 늘 이야기를 귀담아 들어주는 란코짱 어머니는 큰 의지가 되었으리라.

남편이 이혼에 응해주지 않는다, 장남을 품고 보내주지 않는다, 모르는 사이에 보증인이 되는 바람에 빚을 떠안았다 같은 이야기를 털어놓으면서 가까스로 정신의 균형을 유지했던 게 아닐까.

돌이켜보면 그 무렵 어머니의 정신상태는 위태위태했다. 란코짱 어머니도 느끼는 게 있었는지 "마사오, 엄마한테서 눈을 떼면 안 돼"라고 말한 적이 있다. 무슨 뜻인지는 나도 잘 알 수 없었지만.

어느 밤, 일을 마치고 돌아온 엄마가 저녁밥도 먹는 둥 마는 둥 하고 집을 나갔다.

란코짱 어머니 말이 퍼뜩 떠올라, 나도 뒤따라갔다. 이치바타 전철 건널목 가까이에 엄마가 서 있었다.

달려가서 엄마를 불렀다. 엄마가 돌아보고 묘한 미소를 지은 채 말했다. "마사오, 반드시 대학을 졸업하는 거야. 그러니까 중학교에 꼭 가고, 열심히 공부해서 고등학교도 꼭 가야 해. 안 그러면 대학에 못 가."

그때 엄마의 얼굴에 떠올랐던 비틀린 미소가 눈에 선하다.

엄마가 왜 그렇게 대학에 집착했는지는 지금도 모르겠다. 아마 엄마의 불안정한 마음이 대학만 졸업하면 잘 살 수 있다는 환상을 낳았지 싶다. 당시 엄마에게 유일한 희망은 나뿐이었는지도 모른다.

어쨌거나 아버지가 엄마에게 휘두른 폭력은 차마 볼 수 없을 정도였다. 그런 폭력이 오 년 가까이 계속됐다.

차단기가 내려가지 않은 건널목 옆에 엄마가 하염없이 서 있었던 일은 내 기억만으로도 세 번이다.

란코짱 어머니도 알았다. 그때마다 내가 보고했으니까.

이웃끼리 지갑 속까지 훤히 알던 시절, 이른바 좋았던 옛 시절이 지방의 작은 마을에서도 끝나가던 무렵이지만, 우리 집과 란코네는 간장 된장도 서로 빌려주는 사이였다.

스미다 씨는 다부지고 성질이 급했지만 심술궂은 사람은 아니었다. 카리스마 있는 여성으로, 대대로 내려오는 땅 부잣집에서 자라서인지 근본이 여유가 있고 선했다. 예의 사건을 경찰에 신고도 하지 않고 주위에 떠들지도 않았다.

혼자 버스를 타고 히노미사키 등대에 가는 일은 내키지 않다. 등대는 내게 몹시 멀고 쓸쓸한 곳에 있는, 키가 무척 큰 유령 같은 존재였다.

하지만 두말없이 돌아서서 뙤약볕 아래를 걸어가는, 교복을 입은 란코짱의 뒷모습에는 거스를 수 없는 기백 같은 것이 있었다.

안 가는 게 더 무섭겠어. 그런 기분을 안고, 텔레비전 낮 뉴스가 끝나자 집을 나와 '정문 앞' 정류장으로 갔다.

정류장에 도착한 버스에는 란코짱이 타고 있었다. 승객은 대여섯 명쯤이었을까.

어디 앉을까 하면서 슬쩍 쳐다봐도 란코짱은 알은체하지 않아서, 나는 조금 떨어져 앉았다.

'우류 분기점'을 지나 '히노미사키'에서 다시 '우류 분기점'으로 돌아와, 마침내 '히노미사키 등대' 정류장에 닿을 때까지, 란코짱은 내게 눈길 한 번 주지 않았다.

정류장에 내리자 란코짱은 시각표를 확인하고, 보스턴백에서 노트를 꺼내 돌아가는 버스 시간을 적었다.

그런 다음 계단 주위에 늘어선 식당을 한 집 한 집 들여다보고 물었다. "나 아직 점심 못 먹었어. 배고프다. 마사오는?"

나는 집을 나오기 전에 할머니와 먹은 빵이 전부였다.

"교코 이모가 오백 엔 줬어. 소바 튀김 세트 사줄게."

식당에 들어가 주문하고, 란코짱은 가족들이 도쿄로 돌아간다고 말했다. 아버지만 일이 끝날 때까지 이즈모에 남기로 했는데 그 집에서는 나온다. 혼자 지내기에는 너무 넓으니까. 아버지는 이즈모 시 역 근처의 아파트로 이사한다.

그러고는 아무 말 없었다.

나는 소바와 튀김을 다 먹고 물었다. "내 탓이야?"

"맞아." 란코짱이 말하고 다시 입을 다물었다. 매몰찬 침묵이 식당에서 지금 앉아 있는 이 벤치까지 계속됐다.

그날은 관광버스로 등대를 보러 온 사람들로 붐볐다. 젊은 연인들도 많았다. 개중에는 자칫하면 추락할 만큼 아슬아슬한 곳까지 가는 사람도 있었다. 당시는 추락 방지용 울짱을 설치하지 않은 절벽도 많았다.

"일본에서 제일 높은 히노미사키 등대를 봐서 만족이야. 이제 다시는 못 볼 테니까, 난 여기서 계속 보고 있을래. 막차는 6시 17분이야."

그러고는 내 눈을 들여다보며 말을 이었다.

"남의 물건과 내 물건은 구별해야 해. 다른 사람 물건에는 멋대로 손대선 안 돼. 그런데 마사오는 말도 안 하고 남의 물건을 주머니에 넣잖아? 굉장히 나쁜 버릇이야. 언제부터 몸에 뱄는지 모르지만, 그 버릇 안 고치면 진짜 도둑이 되는 거야. 세상엔 자기 것이 아닌 물건이 자기 것보다 몇천 배 많으니까. 그러다가 슈퍼마켓에서 물건을 슬쩍하게 돼. 어른이 되어 좀도둑질하다 붙잡히면 제아무리 대학을 나왔다 한들 아무것도 못 돼. 남의 물건에 멋대로 손대는 버릇, 지금 여기서 고쳐."

"지금? 어떻게?"

"오른손을 잘라 저기서 바다에 던지면 돼."

란코짱이 젊은 남녀가 아슬아슬한 데까지 가서 발밑의 바다를 내려다보는 절벽 끝을 가리켰다.

나는 고개를 푹 숙이고 바닥에 깔린 솔잎만 내려다봤다.

"안 잘라?"

"그러게, 자를 게 없잖아."

"있으면 자를래? 나이프? 식칼? 톱?"

란코짱의 눈은 내가 식칼이라고 하면 당장 식칼을 구해 올 것처럼 날카롭게 빛났다.

나는 아무 말 못 하고 그저 발밑만 내려다봤다.

란코짱이 내 손을 붙잡고 벤치에서 일어나 등대로 향했다. 나는 겁이 덜컥 나서 뒷걸음질했지만 란코짱은 힘을 풀지 않았다.

두터운 돌담 옆을 지나 등대로 들어가는 문 앞에 다다르자 란코짱이 낮은 목소리로 말했다.

"올라가. 대학에 꼭 가겠습니다, 남의 물건을 훔치지 않겠습니다. 이 두 가지를 맹세하고 와. 히노미사키 등대 꼭대기에서 바다와 등대에 맹세하고 와. 바다도 등대도 신하고 똑같으니까."

그러고는 내 엉덩이를 때려 밀었다.

안으로 들어가려는데 란코짱이 나를 불러 세워 속삭였다. "맹세한 다음, 저 전망대에서 나한테 경례해. 내가 안 보일 때까지, 계속해서 허리 숙여 경례하는 거야. 마사오는 나한테 그 정도는 해야 할 거야."

란코짱의 발그레한 관자놀이를 타고 내려오던 땀 한 줄기를 나는 지금도 선명히 떠올릴 수 있다.

어서 뛰어올라가 바다와 등대에 맹세하지 않으면 나만 두고 가버릴 것 같았다. 나는 정신없이 나선계단을 올라갔다.

때로 발을 멈추고 잠시 쉬는 사람, 도중에 포기하고 내려오는 사람…… 좁은 나선계단은 그런 사람들로 제대로 움직일 수 없을 만큼 붐볐다.

계단을 절반쯤 올라갔을 때 어지럼증이 나서 속도가 현저히 떨어졌지만, 한 번도 쉬지 않고 전망대에 닿았다. 관광객 네다섯 명이 바다를 카메라에 담거나 나란히 서서 기념 촬영을 하고 있었다.

어찌나 높은지 다리가 후들거렸다.

전망대 난간에서 내려다보니 란코짱의 흰색 교복이 보였다. 콩알만 해서 얼굴은 보이지 않았다.

어떤 말로 맹세했는지는 잊었다. 아무튼 나는 바다에 맹세하고, 등대에 맹세했다. 마치 란코짱에게 맹세하는 기분이 들었다.

그런 다음 저 아래 란코짱을 향해 차려 자세로 경례했다. 옆에 있던 아주머니가 웃으면서, 누구한테 경례하느냐고 물었다.

"신이요"라고, 나는 고함치다시피 대답했다. 최대한 우렁찬 목소리를 냈지만, 아마 란코짱에게는 가 닿지 않았으리라. 등대 아래쪽에서는 상상도 하지 못할 강풍이 불었다.

됐다, 하라는 대로 다 했어. 나는 허겁지겁 계단을 내려가려

했다.

그때 란코짱이 내게 손을 흔들고, 돌담 쪽을 향해 걷기 시작했다. 그 얼굴이 웃고 있는지 여전히 무표정인지, 전망대에서는 알 수 없었다.

아아, 혼자 돌아가고 싶은 거구나.

게다가 관광객이 바글바글한 163단의 나선계단을 아무리 빨리 내려간다 한들, 그때쯤이면 란코짱은 이미 버스에 올라탔으리라.

나는 전망대 난간에 기대다시피 하고 경례를 계속했다.

란코짱은 돌담 쪽에서 소나무 길로 사라졌다가, 식당과 기념품 가게가 모여 있는 길에 다시 모습을 드러내고, 그 길이 꺾이는 곳에서 마침내 시야에서 완전히 사라졌다. 나는 경례를 계속했다.

그러는 사이 왠지 눈물이 났다. 슬퍼서도 아니다. 기뻐서도 아니다. 분한 것도 아니다. 홀로 차갑게 내쳐진 느낌이었다. 외톨이가 된 것 같았다. 쓸쓸해, 쓸쓸해. 생각하면 할수록 눈물이 쉴 없이 흘러내렸다.

란코짱을 쫓아갈 생각은 들지 않았다. 경례를 계속해야 했다.

조금 전의 아주머니가 전망대를 조심스럽게 한 바퀴 돌고 와서 내가 우는 걸 보더니 찜찜한 얼굴로 나선계단을 내려갔다.

이윽고 나는 가파른 나선계단을 천천히 내려와, 거북 등껍질 같은 무늬가 있는 바위 쪽으로 갔다. 거기서 보는 히노미사키 등대가 가장 아름다웠다.

나는 오랫동안 등대를 바라보았다. 그때는 아무 소리도 듣지 못했는데, 고교 입학 후 기치조지 외삼촌댁에서 살게 되면서 햇빛을 머금은 등대에서 란코짱의 목소리가 들려왔다.

"나한테 계속 경례하는 거야."

이즈모 히노미사키 등대는 내 상상 속에서 어느새 란코짱이 되어갔다.

고3 때 아버지가 간경변으로 돌아가셨다. 이혼 서류에 끝내 도장을 찍어주지 않았던 아버지는 형을 무척 예뻐했다. 아들들과 연이 끊어지는 게 싫어서 아내의 옛 성을 따르게 두고 싶지 않았으리라. 아버지가 세상을 떠나자 형은 이즈모에서 어머니와 살았다.

아버지는 맨정신일 때는 남의 얼굴도 똑바로 쳐다보지 못할 만큼 기가 약한 사람이었다.

대학 4학년 초에 할머니가 돌아가셨다.

장례식 때 육 년 만에 이즈모 집에 돌아갔다. 히노미사키 등대에 다시 가보고 싶었지만, 아예 대학 마지막 여름방학에 전국의 주요 등대를 순례하고, 히노미사키 등대는 최후의 하이라이트로 남겨두자는 생각이 싹텄다.

그렇지만 란코짱에게 굳이 그 소식을 전할 생각까지는 하지 못했다. 이따금 히노미사키 등대의 화신으로 내 공상 속에 나타나는 일은 있었어도, 이미 먼 사람이었다.

도쿄로 돌아와 막노동 아르바이트로 돈을 모아, 여름 등대 순례 계획을 세웠다.

졸업 후의 취업도 내정된 터라 마음이 편했다.

학생들이 주로 이용하는 싼 숙박시설에 머물며 고속버스와 지방 대중교통으로 이동하는 등대 순례는 보소 반도에서 시작했다.

이바라키, 후쿠시마, 미야기, 이와테, 아오모리, 홋카이도……
도호쿠 연안에서 호쿠리쿠 바다로.

그대로 돗토리, 마쓰에 쪽으로 나아가면 미호노세키 등대에서 히노미사키 등대에 닿아버리니까, 단고 반도에서 태평양 쪽으로 가로질러 이즈 반도, 주부 아쓰미 반도, 이세시마까지 우회해 시코쿠, 규슈를 돌고 시모노세키로 향했다.

아이치 현 사다미사키 등대는 육지에서 보는 것보다 오이타에서 시코쿠로 건너가는 페리에서 바라봐야 가장 아름답다는 말을 등대 순례중이던 대학생에게 듣고, 같은 페리를 탔다.

선실에서 지도를 보면서 그가 가봤다는 등대 주변의 싸고 맛있는 식당 정보를 듣고 나서, 나는 화장실에 갔다.

무심코 폴로셔츠 가슴 주머니를 만졌는데 샤프펜슬이 손에 잡혔다.

순간 등골이 서늘해졌다. 샤프펜슬을 주머니에서 꺼내는 손이 후들거렸다.

"이거구나. 란코짱이 했던 말이 이거였어. 이건 내 것이 아냐. 아까 그 학생 거잖아. 그걸 나는 말도 없이 주머니에 챙겼어. 빨리 돌려줘야 해."

얼른 선실로 돌아와 사과했다.

정작 그는 좀 멍한 얼굴이었다. 빌려 쓴 필기구를 깜박 주머니에 넣은 채 화장실에 가버리는 일쯤은 흔한데 뭘 정색하고 사과까지, 하면서 웃었다.

등에서 식은땀이 계속 흘렀다. 문득 고질병이라는 말이 떠올랐다. 이게 내 고질병이구나. 내 안에 자리 잡은, 간단히는 낫지 않는 병.

남들은 그냥 웃어넘길 하찮은 실수였지만, 내게는 뱃속을 열어 보인 것만큼 부끄러운 실패였다. 나는 몹시 허둥댔다. 자신의 손버릇에 처음 공포를 느끼고 가슴이 떨렸다.

"신에게 제대로 경례를 하지 않았기 때문이야." 나는 진심으로 그렇게 생각하고 페리 갑판으로 나가, 눈앞의 사다미사키 등대가 아니라 그 왼편 훨씬 멀리, 바다를 바라보며 서 있을 히노미사키 등대를 향해 경례를 계속했다. 내게 히노미사키 등대는 란코짱이었다는 기억이 되살아났다.

아이치 야와타하마 항에서 그와 헤어져, 예정했던 등대를 패스하고 히노미사키 등대로 향했다.

당시 어머니와 형은 여전히 같은 셋집에 살았지만, 문패는 '쓰루키'로 바뀌었다. 스미다 씨도 아직 정정했지만 집에 칩거하다시피 했다.

집에서 하루 자고, 이튿날 아침 일찍 히노미사키 등대로 갔다. 그리고 163단의 나선계단을 올라갔다.

그때 란코짱이 대신 잘못을 뒤집어써주지 않았더라면 나는 어떻게 되었을까.

문득 대학을 졸업한다는 소식만은 전해야겠다는 생각이 들었다. 물론 감사 인사도 같이 전할 수 있는 내용이어야 한다.

졸업 소식은 짧은 문장으로 전할 수 있다. 하지만 이제 내 것과 남의 것을 구분할 줄 안다는 말은 어떻게 전하면 좋을까.

히노미사키 등대. 그거면 뜻이 통하지 않을까. 그것만으로도 란코짱은 알아줄 것이다.

내가 쓰루키 성을 쓰게 된 후로도 외삼촌은 '고사카' 문패를 떼지 않았다. 형이 전문학교를 졸업하고 취업을 준비하기 위해 상경하게 됐기 때문이다. 형이 아버지의 기분을 헤아려 고사카 성을 계속 쓴다는 걸 외삼촌은 알았다. 형과 아버지의 특별한 관계를 외삼촌은 잘 이해해주었다.

'고사카 마사오 님'이라고 적힌 우편물이 와도 수취인 불명으로 반송될 일은 없다.

등대 순례에서 돌아와, 일주일 걸려 엽서를 썼다. 혼신의 힘을 다했다면 좀 과한 표현이지만, 지도에 내 마음을 오롯이 드러내고 싶었다.

옛날에는 섬세한 설계도를 그릴 때 오구烏口라는 필기구를 썼는데, 그 오구의 가장 가느다란 선으로 히노미사키 전체를 그리고, 등대에 작은 점을 찍었다.

마키노 란코 씨의 답장을 받았을 때, 나는 봉투를 뜯기 전에 긴 경례부터 했다.

"저는 그쪽을 전혀 모릅니다."

뭔가 뺨을 얻어맞은 듯한 실망감으로 가슴이 막혔지만, 차츰 란코짱의 진심이 전해졌다.

스미다 씨 집에서 있었던 일은 마사오도 그만 잊어. 이미 먼 옛일이잖아. 그렇게 말해준 것 같았다.

그 일은 영원히 묻어둘 테니 안심해, 라고 란코짱이 몇 줄의 짧은 글 사이에 보이지 않게 적어 보내준 것 같았다. ─

고사카 마사오가 이야기를 마치자, 고헤는 혼자 등대 입구로 가서 안을 들여다보았다.

"163계단, 도전해보시겠어요?"

접수대의 중년 직원이 웃으면서 말했다.

"아뇨, 됐습니다. 자신 없어요." 고헤가 말하고는 고사카 마사오에게 돌아와 물었다. "사십몇 년 전, 란코의 모습이 사라져버린 다음 고사카 씨는 어떻게 하셨어요? 혼자 남겨져서 불안하셨 겠죠?"

"식당이 늘어선 곳으로 돌아가 란코 씨가 주고 간 돈으로 소 프트아이스크림을 사 먹었습니다. 먹으면서 버스 정류장에서 다음 버스를 기다렸어요. 6시가 다 되어서야 집에 들어간 걸로 기억합니다. 할머니한테 야단맞았죠. 점심때 나간 애가 돌아오 지 않으니 걱정하셨겠죠."

고사카 마사오는 빙그레 웃고 조금 전의 벤치 쪽으로 천천히 걸음을 옮기면서, 고헤에게 앞으로의 예정을 물었다.

"마쓰에 신지 호 근처 호텔을 예약해뒀습니다."

"그럼 제 차로 같이 가시죠. 호텔까지 모셔다드리겠습니다. 저 도 지인의 차를 돌려줘야 하고요." 고사카 마사오가 말했다. 추 워서 그의 코도 빨갰다.

"저는 여기서 등대를 좀 더 보다 가겠습니다." 고헤가 말했다.

고사카는 고개를 끄덕이고, 신년 연휴가 끝나면 베트남 출장 이라면서 뭔가 할 말이 더 있는 듯한 표정을 지었지만, 머리를 꾸벅 숙이고 말없이 돌아서서 주차장으로 향했다.

주차장으로 가는 길이 여러 갈래였구나 생각하면서, 고헤는 멍하니 고사카의 뒷모습을 바라보았다. 솔숲을 나온 곳에서 그 가 발을 멈추고, 돌아서서 차려 자세를 하더니 히노미사키 등대 를 향해 허리를 숙였다.

지나가던 사람 서넛이 의아한 표정으로 쳐다봤다.

긴 경례를 마치자, 고사카 마사오는 고헤 쪽을 보지 않고 돌아서서 빠른 걸음으로 사라져갔다.

"온몸이 꽁꽁 얼었는데도 추운 줄 모르겠어." 고헤가 등대에게 말을 걸었다.

검붉게 물들기 시작한 태양이 솔숲 사이로 들어와 소나무 그림자를 짙게 만들었다.

"고사카 씨 어머니는 아흔이신데, 무척 정정하시고 기치조지에 사신다는군. 몇 번이나 죽음을 생각했던 사람이 지금은 행복한 만년을 보내고 있어."

고헤는 이번에는 입 밖에 내지 않고 속으로 말했다.

햇빛을 머금고 빛나는 히노미사키 등대를 삼십 분쯤 바라봤을까. 고헤는 다음 버스를 타기 위해 벤치에서 일어나, 여름 교복을 입은 란코를 향해 허리를 숙였다.

TODAI KARA NO HIBIKI

by MIYAMOTO Teru

Copyright ⓒ 2020 MIYAMOTO Teru

All rights reserved.
Originally published in Japan by Shueisha Inc.
Korean translation rights arranged with MIYAMOTO Teru, Japan through THE SAKAI AGENCY
and IMPRIMA KOREA AGENCY.
Korean translation copyright ⓒ 2023 Viche, an imprint of Gimm—Young Publishers, Inc.

이 책의 한국어판 저작권은 THE SAKAI AGENCY와 임프리마 코리아 에이전시를 통한
MIYAMOTO Teru와의 독점 계약으로 비채에 있습니다.
저작권법에 의해 한국 내에서 보호를 받는 저작물이므로 무단전재와 무단복제를 금합니다.

등대

1판 1쇄 인쇄 2023년 4월 28일 **1판 1쇄 발행** 2023년 5월 17일

지은이 미야모토 테루 **옮긴이** 홍은주
펴낸이 고세규
편집 장선정 **디자인** 홍세연
마케팅 이헌영 **홍보** 반재서 이태린

발행처 김영사
주소 경기도 파주시 문발로 197(문발동) 우편번호 10881
등록 1979년 5월 17일 (제406—2003—036호)
구입 문의 전화 031)955—3100 **팩스** 031)955—3111
편집부 전화 02)3668—3295 **팩스** 02)745—4827 **전자우편** literature@gimmyoung.com
블로그 blog.naver.com/viche_books
트위터 @vichebook **인스타그램** @drviche
ISBN 978-89-349-8128-2 03830 책값은 뒤표지에 있습니다.

비채는 김영사의 문학 브랜드입니다.